Tomasz Duszyński
Glatz

TOMASZ DUSZYŃSKI, 1976 geboren, Journalist und Drehbuchautor für Computerspiele, veröffentlicht Romane, Kinderbücher und Kurzgeschichten. Seine Glatz-Reihe wurde mit zwei der wichtigsten Krimipreisen Polens ausgezeichnet. Er beschäftigt sich immer wieder mit seiner Heimat Niederschlesien. Seit 2020 leitet er die Bibliothek in Strzelin/Strehlen.

MARKUS SCHNABEL, 1978 geboren, studierte in Wien und Krakau Slawistik und setzte sich in seiner Abschlussarbeit mit Kriminalliteratur aus Polen auseinander. Er ist Übersetzer und Vermittler der aufstrebenden polnischen Krimiszene und lebt in Wien.

Tomasz Duszyński

Glatz

Aus dem Polnischen von Markus Schnabel

Jaron Verlag

1. Auflage 2024
Jaron Verlag GmbH, Berlin
www.jaron-verlag.de

In Kooperation mit Agentur Schnabel, Wien
www.agentur-schnabel.at
Die Originalausgabe erschien 2019 unter dem Titel Glatz,
bei SQN in Krakau.

Redaktionelle Bearbeitung: Anemone Bauer
Verlagslektorat: Nelly Möller
Umschlaggestaltung: EICURA Corporate Designs, Augsburg
Satz und Layout: Prill Partners | producing, Barcelona
Druck und Bindung: CPI books GmbH, Leck
ISBN 978-3-89773-891-1

Für meine Großmutter, meinen Großvater,
meine Eltern,
die aus Kłodzko stammende Duszyński-Familie
und für alle Einwohner von Kłodzko

Gustav Taube, Zeichenlehrer und Direktor des Glatzer Lyzeums, überquerte gerade den nebelverhangenen Ring, den Hauptplatz der Stadt, und bog neben der neuen Filiale der Schlesischen Bank in den Brücktorberg ein. Es war Montag, der 12. April 1920, fünf Uhr morgens. Wenige Minuten zuvor hatte Taube die Feier verlassen, die seine Freunde im Restaurant des Hotels Schwarzer Bär für ihn organisiert hatten. Es war sein zweiundsechzigster Geburtstag. Ein weiteres Jahr war vorbei, und er war davon überzeugt, bisher in Anstand und Würde gelebt zu haben. Ein Gefühl tiefer Zufriedenheit durchströmte ihn. Er hatte in der Arbeit mit der Jugend seine Berufung gefunden. Aus den Begegnungen und Gesprächen mit seinen Schülerinnen schöpfte er eine Energie, die ihn immer wieder zuversichtlich heimkehren ließ. Dort saß er dann in seinem Arbeitszimmer, las und erweiterte sein Wissen, um es am nächsten Tag mit seinen Schützlingen zu teilen.

Der Abend zuvor war heiß und schwül gewesen. Ungewöhnlich für diese Jahreszeit. Im Laufe der Nacht war die Temperatur gesunken und Nebel hatte sich gebildet. In den frühen Morgenstunden war die milchige Brühe immer dichter geworden. Die Sicht war nun so schlecht, dass der Professor kaum die Hand vor seinen Augen sah.

Er tastete sich voran. Nur der schwache Schein der Gaslaternen diente als Orientierung. Eigentlich stellte dies für ihn kein großes Problem dar. Durch seine Stadt fand er auch mit verbundenen Augen. Er kannte jedes Haus und jede Gasse, hatte oft vor den Renaissance-, Jugendstil- oder Barockfassaden gestanden und Portale, Erker und korinthische Säulen studiert, die er zu Hause detailgetreu zu Papier brachte. Der Professor besaß ein fotografisches Gedächtnis.

»Verehrte Damen und Herren«, hob Taube laut an und klang

dabei, als sänge er einen Schlager. Der Professor bat mit erhobener Hand die im Nebel verborgenen Zuhörer um Ruhe und Aufmerksamkeit. »Wir verllll... verlassen nun den Unterring in Richtung Sandinsel und überqueren dabei den Mühlgraben auf einer gotischen Steinbogenbrücke ... Dieses an die prachtvolle Prager Karlsbrücke erinnernde Bauwerk ist wahrlich außergewöhnlich ... hicks.«

Taube drehte Pirouetten wie ein Eiskunstläufer, fand sich aber schließlich anhand des abschüssigen Geländes wieder zurecht. Vielleicht hatte er an dieser Stelle das alte Brücktor erwartet. Es war schon vor Jahren abgerissen worden, um der wachsenden Stadt Platz zu verschaffen. Er torkelte auf Loewys Laden für Damenhüte zu, was ihn an die eigene Kopfbedeckung denken ließ. Doch seine Hand griff ins Leere, statt des Hutes fühlte er nur sein schütteres Haar. Seine Melone hatte er wohl im Restaurant vergessen. Der Professor lachte kurz auf und setzte seinen nächtlichen Spaziergang unbeeindruckt fort.

»Die prachtvollen Barockfiguren, die Sie hier sehen ... oder aufgrund des vermaledeiten Nebels leider nicht sehen ...« Der Professor musste erneut aufstoßen und kehrte, nachdem er sich bei der imaginären Touristengruppe entschuldigt hatte, zum Thema zurück: »... werden Ihre uneingeschränkte Bewunderung finden. Vor allem zwei davon, gesttt... gestiftet von mächtigen, verdienten, ach was sage ich, herausragenden Bürgern dieser Stadt!«

»Halts Maul!« Über dem Kopf des Professors knallte ein Fensterladen. Das Geräusch wie auch die unbekannte Stimme verhallten sogleich im nächtlichen Echo. Im Nebel ging auch das Kichern des Professors unter. Taube legte den Finger an die Lippen und beschleunigte seinen Schritt unwesentlich.

»Zwei verdienen besss... besondere Aufmerksamkeit.« Er sprach jetzt leiser und mühte sich vergebens, einen ernsten Eindruck zu machen. »Eine Pietà, im 17. Jahrhundert vom damaligen Glatzer Landeshauptmann Reichsgraf Johann Georg von Götzen und seiner Frau Maria Elisabeth gestiftet, ... und Christus am Kreuz mit der trauernden Maria Magdalena ... Diese Statue stifff… stiftete ein anderer grandioser Vertreter unserer Region, nämlich Graf … hicks … Herberstein samt Gattin.«

Das Kopfsteinpflaster am Brücktorberg war rutschig. Beinahe hätte der Professor das Gleichgewicht verloren, als ihm ein paar liebestolle Katzen vor die Füße sprangen und in einem der Kellerfenster verschwanden.

Taube lachte und griff sich theatralisch an die Brust. In seinem Kopf drehte sich alles. Das leise Rauschen in den Ohren war angenehm. Genauso wie der Nachgeschmack des Batavia-Arraks aus Java. Er war das Lieblingsgetränk des Professors, und seit die Destillerie Louis Schott ihn importierte, wurde er auch in Glatz immer beliebter.

Der Professor wollte gerade den nächsten Schritt tun, als das Rauschen in seinem Kopf plötzlich lauter wurde. Taube schlug sich mit der offenen Hand ans Ohr, als wollte er Wasser herausschütteln. Erst nach einer Weile lokalisierte er die Quelle des Geräuschs und seine Ursache. Er stand auf der Brücktorbrücke. Der Mühlgraben unter ihm hatte sich über Nacht von einem malerischen Bächlein in ein tosendes Ungeheuer verwandelt. Zuerst wunderte sich der Professor über die Wassermassen, doch dann fiel ihm ein, dass Starkregen und Schneeschmelze ja jedes Jahr für Aufregung in der Grafschaft sorgten. Der Pegel der Glatzer Neiße war in den letzten Tagen deutlich angestiegen, und am Ufer sah man immer mehr Spaziergänger, die ehrfürchtig auf die Wassermassen starrten. Taube schüttelte den Kopf, als wollte er alle Katastrophengedanken vertreiben. Die letzten Kriegsjahre mit ihren unvorstellbaren Grausamkeiten hatten seinen Seelenfrieden zur Genüge erschüttert. Es dauerte, bis er weiterredete. Seine Worte wurden jedoch vom Rauschen des Wassers übertönt.

»Und hier ist eine Statue, die Sie, werte Herrschaften, kennenlernen sollten. Der heilige Franz Xaver, Schutzpatron unserer geliebten Stadt.« Taube taumelte und blieb stehen. Er hob die Hand und wedelte mit dem Zeigefinger vor den imaginären Zuhörern herum. Erst jetzt fiel ihm ein, dass die Statue aus porösem Sandstein die Zeit nicht überdauert hatte. Auf der Brücke war ja nur der leere Sockel, der auf die Nachbildung des Glatzer Stadtpatrons wartete, an der der Steinmetzmeister Bruno Tschötschel arbeitete. »Nächste Woche kehrt die originalgetreue Nachbildung unseres Heiligen mit Glanz und Gloria zurück ...« Der Professor musste erneut aufstoßen. Kurz kämpfte er mit sich und dem Mageninhalt, der die Speiseröhre hochzukommen drohte: halb verdaute Gänseleberpastete und eine vorzüglich zubereitete regionale Köstlichkeit: Schlesisches Himmelreich.

Taube trat an die steinerne Brüstung und erstarrte. Das Rauschen aus dem Mühlgraben wurde jetzt durch das Pochen in seinen Schläfen übertönt. Er rang nach Luft und fühlte sich, als sei sein Schädel in einen Schraubstock gezwängt. Er war sich sicher, dass ihm sein Verstand einen Streich spielte. Über ihm war nun doch eine schneeweiße Figur. Aus dem Nebel ragte ein Kopf mit verklebtem grauem Haar. Der nackte Körper war übersät mit bräunlichen Wunden, aus denen Flüssigkeit sickerte.

Dem Professor lief es kalt über den Rücken und er trat einen Schritt zurück, unfähig, den Blick von dem Gesicht zu lösen, das ihm vertraut und fremd zugleich erschien. Taubes Herz krampfte sich zusammen. Der Kiefer des Toten klappte nach unten, als wollte er etwas sagen. Doch stattdessen glitt etwas aus dessen Schlund und fiel dem Professor direkt vor die Füße.

Der Mageninhalt des Professors fuhr nun, einem Aufzug der Glatzer Fabrik Thiele & Maiwald gleich, nach oben. Speck und Dörrobst malten auf der Brücke eine Landschaft, die man beim besten Willen nicht als idyllisch bezeichnen konnte.

*

Die Wachtmeister Paul Seipelt und Lothar Schulz waren die Ersten, die auf der Brücktorbrücke eintrafen, nachdem Professor Taube die Bewohner der umliegenden Häuser in der Ross-Straße alarmiert hatte. Wenig später war fast die gesamte Glatzer Polizei auf der Brücke versammelt. Das provisorische Kommando hatte der schon etwas ältere Wachtmeister Ernst Puder übernommen, dessen Magen nicht so empfindlich war wie der seiner jüngeren Kollegen.

Puder hatte eher aufgrund der Anweisungen des Bürgermeisters, dem die Glatzer Polizei unterstand, Bauchweh. Er schwitzte, als er die Order ausgab, die Brücke auf beiden Seiten, also vom Rossmarkt und vom Brücktorberg/Ecke Zwinger her abzuriegeln. Je heller es wurde, desto schlimmer wurde auch die Nervosität des Wachtmeisters. Sein Blick schweifte über die Häuser in unmittelbarer Nähe. Der Nebel lichtete sich langsam und gab nach und nach neue Stockwerke und Fenster frei, aus denen die Schaulustigen herausglotzten. Vom Ring drang Lärm herüber, und immer mehr Gaffer sammelten sich an den Polizeiabsperrungen. Puder fühlte sich, als stecke er wie ein Fremdkörper mitten in einem Bienenstock. Die angrenzenden Eckhäuser wurden regelrecht belagert. Vor dem Zigarettenkiosk hatte sich eine Schlange gebildet. Der Besitzer öffnete auf Bitten der Schaulustigen sein Verkaufsfenster früher als sonst. Selbst unter der Brücke war Stimmengewirr zu hören. Bald würden alle sehen, was Professor Taube vor einer halben Stunde entdeckt hatte.

»Schneller mit dem Gerüst!«, trieb Wachtmeister Puder den Schreiner Paul Francke an. Der war eilig aus seinem Haus geholt worden, um einen Sichtschutz um den Sockel zu errichten, auf dem bis vor Kurzem noch die Statue des heiligen Franz Xaver gestanden hatte. »Habt ihr eine Plane dabei?«

»Aber sicher. Gleich decken wir den armen Kerl ab.«

Francke schien nicht sonderlich irritiert zu sein. Hämisch dachte Puder, dass dies daran liegen mochte, dass der Schreiner an derart schaurige Anblicke gewöhnt war, wenn er neben seiner nicht gerade reizvollen Frau Gertrude erwachte.

»Nicht gleich. Sofort! Niemand soll was sehen!«

»Zu Befehl, Herr Wachtmeister!«

Puder folgte Francke zur Holzkonstruktion. Einer seiner Gesellen war gerade dabei, eine Abdeckplane über die Bretter zu spannen. Zum Glück war es windstill, sonst wäre die klobige, sperrige Konstruktion davongesegelt. Jetzt wirkte der hohe Verschlag um den Toten wie eine gewöhnliche Baustellenabsicherung.

Der Wachtmeister seufzte erleichtert, nahm die Mütze ab und wischte sich mit dem Ärmel den Schweiß von der Stirn. Der Bürgermeister hatte ihn angewiesen, die Leiche nicht anzurühren, bis ein gewisser Hauptmann Klein einträfe. Der Name sagte Puder nichts, aber der Nachdruck, mit dem sein Vorgesetzter den Befehl ausgesprochen hatte, ließ vermuten, dass es sich um jemand Besonderes handelte. Puder wollte es nicht darauf ankommen lassen. Einzig dem Polizeifotografen erlaubte er Zutritt zum Fundort der Leiche. Als wiederholt Magnesium aufblitzte, hatte er das Gefühl, die Situation unter Kontrolle zu haben. Erst nach einer Weile fiel ihm auf, dass er auf etwas starrte, das unter dem Sockel lag: eindeutig ein männliches Geschlechtsteil. Die wirren Worte von Professor Taube kamen ihm wieder in den Sinn. Der hatte von etwas gesprochen, das aus dem Mund der Leiche gefallen war und ihn an einen langen Wurm erinnert hatte.

»Nicht drauftreten!« Er zeigte auf den abgetrennten Penis.

Der Fotograf trat einen Schritt zurück und bückte sich. Wieder leuchtete ein Blitz auf, als er das Glied des Toten verewigte.

Puder blickte auf die Uhr. Dieser Hauptmann Wilhelm Klein musste verdammt wichtig sein, wenn er es sich leisten konnte, alle auf sich warten zu lassen. Der Bürgermeister war eigentlich dafür bekannt, dass er jeden vor die Tür setzte, der auch nur eine Minute zu spät kam.

*

Jürgen Roth holte aus dem Audi Typ C alles raus, was der Motor hergab. Trotz Dunkelheit und dichten Nebels entlang der Neiße fuhr der Wagen deutlich schneller als die erlaubten neunzig Stundenkilometer. Der sogenannte Alpensieger bewährte sich auch auf den Straßen des Glatzer Landes, und so war Roth in knapp zwanzig Minuten im Hof von Schloss Grafenort. Ein stattlicher Hausdiener stellte sich ihm in den Weg.

»Haben die vom Rathaus noch nicht angerufen?«, rief Roth. »Ich soll einen Hauptmann Wilhelm Klein holen! Bringen Sie mich zu ihm!«

Der stämmige Mann ließ Roth nun zwar ins Schloss, versperrte ihm aber schweigend den weiteren Weg. Sein Blick war dabei auf die Fliegerbrille geheftet, die der Fahrer immer noch trug.

»Was ist denn noch? Bewegung!«

»Moment!«

Der Bedienstete ging gerade zur Treppe nach oben, da klingelte das Telefon. Der Mann verharrte kurz auf einem Bein, machte kehrt und eilte in Richtung des störenden Geräuschs. Diesen Augenblick nutzte Roth, um sich zur Treppe zu schleichen und in die obere Etage zu sprinten. Er war sich der Größe des Schlosses bewusst. Die Suche nach Klein konnte ewig dauern. Zu seinem Glück sah er im Flur ein Dienstmädchen und packte es am Arm.

»Klein, Hauptmann Wilhelm Klein. Kam gestern mit dem Zug in Glatz an. Einer von euch hat ihn abgeholt und hergebracht.«

Die Frau schüttelte nur den Kopf.

»Sag mal, verstehst du mich nicht?« Roth verlor die Geduld. Er wollte sich lieber nicht vorstellen, dem Bürgermeister erklären zu müssen, warum seine Fahrt nach Grafenort so lange gedauert hatte. »Ich bin von der Polizei! Wo finde ich Hauptmann Klein?«

Roth musste seine Finger besonders fest in den Arm des Dienstmädchens gegraben haben, denn sie jammerte vor Schmerzen.

»Geradeaus, dann links. Im Salon hinter der Glastür!«

Roth hatte keine Zeit für Entschuldigungen. Er hetzte in die angegebene Richtung. Die Gummisohlen seiner Schuhe quietschten auf dem Marmorboden. Er erreichte eine Tür, durch die flackernder Schein drang. Er klopfte. Als niemand antwortete, öffnete er.

Wie angewurzelt blieb er stehen. Alles war voller Spiegel, ein Kristalllüster, goldverzierte Wände … Auf einem großen Bett rekelten sich mehrere Körper. Roth war, als starre er auf ein Renaissance-Gemälde. Inmitten einer Komposition aus waghalsig verschlungenen Körpern und Gliedmaßen erblickte er schließlich das Gesicht eines Mannes.

»Herr Hauptmann!« Er räusperte sich und wiederholte: »Hauptmann Klein!«

»Mensch, was willst du?«

Roth wurde verlegen. Er starrte in ein Gesicht, dessen Mund sich keinen Millimeter bewegte und hörte doch eine raue Stimme. Erst nach einigen langen Sekunden begriff er, dass das Gesicht nicht Klein gehörte, sondern einer Frau, deren Wange auf einem männlichen Geschlechtsteil ruhte.

»Herr Hauptmann ...« Jürgen Roths Blick wanderte nach oben bis zu den weit aufgerissenen Augen eines Mannes. »Ich komme Sie abholen. Auf der Brücktorbrücke wurde heute Nacht jemand ermordet. Bürgermeister Ludwig lässt ausrichten, dass es sich bereits um das zweite Opfer handelt.«

»Das zweite Opfer«, wiederholte Klein und starrte ins Leere.

Es schien, als lausche er auf das Echo seiner Worte, um sich zu vergewissern, dass er wirklich wach war. Er schob den Kopf der schlafenden Frau beiseite und befreite sich aus dem Gewirr von Armen und Beinen weiterer Frauen, deren Zahl Roth immer noch nicht schätzen konnte. »Fünf Minuten ... Warten Sie draußen.«

»Selbstverständl... « Jürgen Roth verstummte, als sein Blick auf den Körper Wilhelm Kleins fiel. Im ersten Moment dachte er, der Hauptmann sei in einen dünnen Stoff mit Schuppenmuster gehüllt. Dann erst begriff er, dass der Mann am ganzen Körper mit Narben übersät war, was zweifellos von massiven Verbrennungen herrühren musste. »Selbstverständlich, ich warte draußen.«

Roth senkte den Blick und zog sich zurück. Auf dem Weg zum Flur starrte er auf den polierten Parkettboden. Erst vor der Tür wagte er, tief Luft zu holen. Ihm war heiß, und er glaubte, in einem surrealen Traum gefangen zu sein. Er kniff sich, um sicherzugehen, dass auch er wach war. Dann schüttelte er den Kopf und rieb sich die Schläfen. Die Dinge nahmen heute unerwartete Wendungen und er ahnte, dass dies nicht die letzte Überraschung gewesen sein sollte.

Roth ging die Treppe hinunter und kam im Erdgeschoss an dem empörten Hausdiener vorbei. Wenige Augenblicke später ließ er den Motor des Automobils an. Er musste nicht lange warten. Wie angekündigt war Hauptmann Klein nach fünf Minuten da. Nun bekam Roth einen genaueren Eindruck von ihm. Er war groß, sehr schlank und selbstbewusst in seinem Auftreten. Wie Roth bereits im Salon festgestellt hatte, gab es an Kleins Körper kein Gramm Fett, und seine Muskeln schienen aus Stahl zu sein. Als er mit federnden Schritten näherkam, wehte sein halblanges Haar im Wind. Leichtfüßig sprang er in den Wagen und nahm wortlos hinter dem Fahrer Platz. Kaum hatte Klein die Tür zugeschlagen, fuhr Roth los. In der Einfahrt spritzte der Kies unter den Reifen auf. Roth grinste, als er die Staubwolke sah. Er war sich sicher, dass der Hausdiener ihnen nachsah und sie verfluchte.

Erst nach einer Weile schaute er wieder in den Rückspiegel. Wilhelm Klein trug einen breiten Schal um den Hals, vom rechten Auge bis zur Schläfe war eine Narbe zu erkennen. Auch sein Ohr war erschreckend deformiert. Das Gesicht des Mannes war respekteinflößend und sein Blick geradezu hypnotisch. Zum ersten Mal in seinem Leben dachte Roth, es stimme wohl, dass jeder Mensch eine Aura habe. Wilhelm Kleins Aura war wie keine andere. Wenn auch schwer zu lesen.

Roth trat aufs Gaspedal. Wie es seinem Fahrgast dabei ging, war ihm egal. Doch der zeigte sich von der rasanten Fahrt völlig unbeeindruckt. Im Gegenteil, er schien einen gemeinsamen Rhythmus mit dem Automobil gefunden zu haben, als könne er die Kurven vorausahnen. Kleins Reaktionen kamen Roths Fahrmanövern zuvor, wenn der minimal verzögert agierte.

»Sie haben sich nicht vorgestellt.«

Roth schaute wieder in den Rückspiegel. Dort traf sein Blick auf starre, braune Augen.

»Entschuldigen Sie! Es hat sich nicht ergeben. Jürgen Roth, Polizeiassistent.«

»Sie fahren dieses Auto öfter, Roth.«

»Das stimmt. Ein großartiger Wagen. Nicht kleinzukriegen. Graf Herberstein hat ihn dem Rathaus zur Verfügung gestellt. Vorerst, solange Sie hier sind.«

»Chauffieren Sie damit den Bürgermeister?«

»Selten. Nur wenn er keine andere Wahl hat. Er ...«

»Er mag die Geschwindigkeit nicht?«

»Nein, nicht besonders.« Roth lächelte. Er verschwieg, dass er mit Bürgermeister Ludwig noch langsamer als die Pferdefuhrwerke über die Straßen der Grafschaft fahren musste.

»Franz ist einer der mutigsten Menschen, die ich kenne. Aber Automobile machen ihm aus mir unerfindlichen Gründen Angst.«

Roth fiel auf, dass Wilhelm Klein den Bürgermeister beim Vornamen nannte. Die beiden mussten also wirklich sehr vertraut miteinander sein, grübelte er. Da der Mann auf Schloss Grafenort logierte, das im Besitz der steirischen Linie der Herbersteins war, musste er wohl auch Maximilian von Herberstein kennen. Roth konnte es sich nicht verkneifen, von Zeit zu Zeit in den Rückspiegel zu blicken. Klein faszinierte ihn immer mehr. Sein Gehirn lief auf ähnlich hohen Touren wie der Motor des Audis. Der junge Polizeiassistent glaubte, das Gesicht des Hauptmanns trotz der vielen Narben erkannt zu haben. Mehr noch, da war auch dieser Name.

»Darf ich Sie etwas fragen, Herr Hauptmann?«

»Sollte es damit zu tun haben, was Sie vorhin im Schlafzimmer gesehen haben, würde ich es vorziehen, nicht darüber zu sprechen.« Der Mann lächelte.

»Ich habe nichts gesehen.« Wieder trafen sich ihre Blicke im Spiegel. »Es geht darum ... Ein Audi wie dieser gewann vor dem Krieg einige Male die Österreichische Alpenfahrt, die härteste Bergrallye in Europa ...« Sein Fahrgast schwieg, also sprach Roth weiter: »Einer der Fahrer trug denselben Vor- und Nachnamen wie Sie.«

»Ich kenne niemanden mit demselben Namen.«

Roth lächelte kaum merklich und nickte. Sein Gedächtnis für Gesichter hatte ihn nicht getäuscht, auch wenn dieses hier sehr entstellt war.

»Geben Sie Gas. Zeigen Sie mal, was in diesem Biest steckt.«

Das ließ sich Roth nicht zweimal sagen. Zum ersten Mal fuhr er jemanden, der seine Fähigkeiten zu schätzen wusste und keine Angst vor Geschwindigkeit hatte.

»Zu Befehl, Herr Hauptmann.«

*

Wachtmeister Puder sah das Automobil schon von Weitem. Ein lautes Hupen kündigte die Ankunft des Hauptmanns an, das Echo hallte zwischen den Häusern des Sellgittplatzes und auf der Sandinsel wider. Am Rossmarkt bahnte Roth sich den Weg durch die Schaulustigen und schreckte Droschkenpferde auf, die noch nicht an den Lärm der mechanischen Ungeheuer gewöhnt waren. Das genügte, um Puder wieder zum Schwitzen zu bringen. Er hasste Montage. Gestern noch war er mit seiner Familie in Reinerz gewesen und hatte im dortigen Kurhaus Heilwasser getrunken. Er war überzeugt gewesen, sein inneres Gleichgewicht gefunden zu haben und allen Anforderungen der kommenden Woche gewachsen zu sein. Nur wenige Stunden hatten nun genügt, um ihm diese Illusion wieder zu rauben.

Auf der Brücke standen bereits Doktor August Kuhnast und Polizeikommissar Heinrich Richter. Beide schienen wenig erfreut zu sein, auf einen Unbekannten warten zu müssen und wertvolle Zeit zu verlieren. Puder hatte sich bereits den Ärger der beiden Männer zugezogen, indem er die Anweisung des Bürgermeisters strikt befolgte und sie nicht zur Leiche vorließ. Er befand sich in einem Dilemma, wusste aber, dass er seine guten Beziehungen zu Kuhnast und Richter nicht über den Willen seines Vorgesetzten stellen durfte.

Endlich parkte der Wagen vor der Minoritenkirche. Puder wies einen jungen Polizeiassistenten an, die beiden Männer durchzulassen. Er hatte Jürgen Roth erkannt. Sein Begleiter musste Hauptmann Klein sein. Erneut wischte er sich mit dem Ärmel den Schweiß von der Stirn. Er dachte, dass er die Uniform noch heute zur Reinigung bringen müsste, wenn er weiter so schwitzte. Seine Rita würde ihn zur Schnecke machen. Es sei denn, er könnte sie mit einer detaillierten Schilderung der Ereignisse dieses Morgens besänftigen. Ja, Rita liebte solche Geschichten. Erst zum Schluss würde er den durchgeschwitzten Uniformrock erwähnen, den sie dann, dankbar für den neuesten Tratsch, vermutlich gleich zur Reinigung bringen würde. Etwas gelassener ging er nun auf die Ankömmlinge zu.

»Wachtmeister Ernst Puder!« Puder schlug vor Klein die Hacken zusammen. Er musste den Kopf nach oben recken, der Fremde war außerordentlich groß. »Wir haben auf Ihre Ankunft gewartet, Herr Klein. Auf Veranlassung des Bürgermeisters wurden lediglich der Tatort gesichert und Fotos gemacht. Die Leiche hat niemand angerührt.«

Er hatte so laut Meldung erstattet, dass auch Kuhnast und

Richter es hören konnten. Beide warteten, die Arme vor der Brust verschränkt, hinter der Absperrung und warfen ihm tödliche Blicke zu.

»Danke, Herr Wachtmeister.«

Wilhelm Klein löste seinen Blick von Puder, der dachte, der Hauptmann wolle nun gleich zu der Konstruktion, die den Tatort abschirmte. Aber Klein blickte erst nach links, dann nach rechts und musterte die Umgebung. Seine braune Iris erstarrte für den Bruchteil einer Sekunde, als präge er sich ein Detail ein.

»Können wir irgendwie helfen?«, fragte Puder irritiert.

»Wenn Sie so fragen: Ja, Herr Wachtmeister. Tragen Sie dem Fotografen diskret auf, Aufnahmen von den Schaulustigen zu machen, auch von denen in den Fenstern und auf den Dächern.«

Puders und Roths Blicke trafen sich. Klein drehte sich um und lächelte. Ernst Puder studierte Kleins Gesicht nun genauer. Die linke Wange war von leichtem Bartflaum bedeckt, die rechte glatt. Mit einem Mal spürte Puder kalten Schweiß auf der Stirn. Eine tiefe Brandnarbe erinnerte an grobkörnigen Sandstein. Neben den Verbrennungen waren weitere Narben erkennbar, die ein scharfer Gegenstand verursacht haben musste.

»Jawohl.« Ernst Puders Mund war plötzlich schrecklich trocken. »Ich trage es ihm sofort auf.« Erleichtert, das Gespräch beenden zu können, ging er zum Fotografen.

Klein hatte währenddessen ein paar Worte mit Roth gewechselt und wandte sich nun den beiden Männern zu, die an der Absperrung lehnten: Doktor Kuhnast und Kommissar Richter.

»Meine Herrschaften, legen wir los.«

Kuhnast schien bei diesen Worten explodieren zu wollen. Richter hielt ihn diskret an der Schulter zurück. Die Männer kamen hinter der Absperrung hervor und gingen grußlos auf den abgeschirmten Körper zu.

»Wollen Sie übernehmen?«, fragte Richter. Falls ihn die Warterei auf Klein ebenso genervt hatte, ließ er es sich nicht anmerken. Sein Tonfall war neutral.

»Nein, Herr Kommissar.« Klein schüttelte den Kopf. »Ich bin nur Beobachter.«

Richter hob die Augenbrauen, sagte aber nichts. Er nickte seinen Assistenten zu, die daraufhin näherkamen.

Unterdessen ließ Wachtmeister Puder ein Gespann auf die Brücke fahren, das den Toten später ins Leichenschauhaus bringen sollte. Da er nichts Besseres zu tun hatte, beobachtete er Klein. Er versuchte sich an das morgendliche Gespräch mit dem Bürgermeister zu erinnern. Noch müde von der späten Rückkehr aus Reinerz, hatte er seinem Vorgesetzten nur halb zugehört. Langsam tauchte aus den Tiefen seines Gedächtnisses auf, was der Bürgermeister über Klein gesagt hatte. Franz Ludwig hatte ihn als Hauptmann des Deutschen Heeres vorgestellt. Ernst Puder wusste, dass das Heer nach dem Krieg durch die Vorläufige Reichswehr ersetzt worden war. Gehörte Klein also immer noch der Armee an, musste er entsprechend wichtig sein. Bei diesem Gedanken kratzte sich der Wachtmeister im Gesicht. Nachrichtendienst also. Einen einfachen Offizier hätte man wohl kaum nach Glatz geschickt. Außerdem musste der Mann einen guten Draht zum Bürgermeister haben. Immerhin war Puder angewiesen worden, Kommissar Richter aufzuhalten und auf Kleins Ankunft zu warten.

Die Männer näherten sich langsam der Leiche. Puder war klar, dass die Augen aller Umstehenden auf den hochgewachsenen Mann gerichtet waren und sich weder für den Kommissar, noch für den Doktor oder den abgeschirmten Tatort interessierten. Der Mann fiel nicht nur durch seine Größe auf, sondern wirkte wie ein Wolf inmitten einer Schafherde.

»Verdammt!«, flüsterte Puder und griff sich an die Stirn. »Der Mord von letzter Woche … Was, wenn der heutige Leichenfund etwas damit zu tun hat? Natürlich!« Puder schien plötzlich alles klar. Klein musste schon vorher aus Berlin geschickt worden sein. Erst der Mord an Major Friedrich Peschke und jetzt das hier … Ernst Puder erbleichte, musste aber schon einen Moment später grinsen. Er dachte an seine Rita und wusste, dass er ihre Neugier würde befriedigen können wie nie zuvor. Mit leuchtenden Augen würde sie seinen Schilderungen lauschen. Eine Spionagegeschichte, Geheimdienste, zwei Leichen und ein grausam entstellter Offizier als leitender Ermittler. Puder spürte ein wohliges Kribbeln. Er war sich sicher, dass Rita aus Dankbarkeit weit mehr tun würde, als nur seine verschwitzte Uniform zu waschen …

*

Hauptmann Wilhelm Klein stellte zufrieden fest, dass Wachtmeister Puder seine Anweisung befolgt hatte. Der Geruch von verbranntem Magnesium lag in der Luft. Bevor der Hauptmann die Leiche eingehend studierte, ließ er seinen Blick unauffällig über die Schaulustigen schweifen. Dabei hielt er Ausschau nach Personen, die durch den Fotografen nervös geworden waren und sich hinter anderen versteckten oder das Weite suchten. Doch niemand verhielt sich verdächtig. Schließlich nahm er den Sockel in Augenschein, oder besser gesagt die Leiche eines Mannes um die fünfzig. Eine dicke Eisenstange, an die er gefesselt war, hielt ihn aufrecht. Um Taille und Brust waren Hanfstricke gewickelt. Die Stange steckte gerade so tief in der Sockelöffnung, dass sie den Körper in einer äußerst dramatischen Pose fixierte. Die Beine des Toten waren angewinkelt, das Kinn ruhte auf der Brust.

»Man hat ihm Nägel durch die Füße geschlagen …«

Klein hatte die zwei Nagelköpfe zwischen den Mittelfußknochen des Toten bereits gesehen.

»Lässt sich der Todeszeitpunkt bereits abschätzen, Herr Doktor?«, fragte Kommissar Richter den immer noch verstimmten Kuhnast.

Die Antwort war ein unverständliches Gemurmel.

Klein kümmerte das nicht. Er schwieg, während er auf den blassen Körper blickte. Nirgends war Blut zu sehen, nicht einmal an den Füßen, wo die Nägel eingeschlagen worden waren. Der Mann musste schon tot gewesen sein, als er an die Stange gebunden wurde. Außerdem sah es so aus, als wären alle Körperflüssigkeiten zuvor abgeleitet worden. An einigen Stellen der Haut waren kleine Wunden zu sehen. Diese Verletzungen mussten von einem scharfen Gegenstand, einem Messer oder einer Spicknadel stammen.

»Fast keine Totenflecken.« Kuhnast schien für einen Moment

seinen verletzten Stolz vergessen zu haben und die berufliche Routine gewann die Oberhand. »Das Opfer ist verblutet. Sein Glied wurde abgetrennt, und man kann zahlreiche Stichverletzungen erkennen.«

»Wurde er heute oder gestern getötet?«

Der Arzt verdrehte die Augen und seufzte laut.

»Mindestens vor einigen Stunden. Mehr kann ich erst nach einer genaueren Untersuchung in der Pathologie sagen. Nehmt ihn erst mal ab ... Es sei denn, Hauptmann Klein hat Einwände?«

Klein schüttelte den Kopf.

Ein Polizeiassistent, der neben einer vorbereiteten Bahre stand, streifte sich Handschuhe über, hob angewidert das vor dem Sockel liegende Glied auf und packte es in einen Beutel. Währenddessen stellte ein anderer Beamter eine Leiter auf.

»Schulz! Vergesst nicht, zuerst die Nägel rauszuziehen!«, wies Richter mit ruhiger Stimme an.

Erstaunt sah Lothar Schulz seinen Vorgesetzten an. Er hatte erwartet, angeschnauzt und beschimpft zu werden, nicht aber mit einer beinahe väterlichen Ermahnung gerechnet. Für ihn stand außer Zweifel, dass die Wesensveränderung des Kommissars mit der Anwesenheit dieses geheimnisvollen Hauptmanns zusammenhing.

Wilhelm Klein hatte das Gespräch interessiert verfolgt und sich schnell eine Meinung gebildet, sowohl über den Polizeibeamten als auch über Doktor Kuhnast. Beide strahlten Arroganz, Eitelkeit und Kleinlichkeit aus, Schwächen, die man bei Gelegenheit würde ausnutzen können.

Der Leichnam lag nun auf der Bahre. Am Brustkorb konnte Klein einen geraden, gleichmäßigen Schnitt zwischen den Brustwarzen erkennen. Es war offensichtlich, dass er nicht zu den anderen Verletzungen passte.

»Die Halsschlagader ist durchtrennt.« Wieder seufzte der Doktor laut. Er zog seine Brille aus der Brusttasche und setzte sie sich auf die Nase. Einen Augenblick später wiederholte er seine Worte, als wollte er die zuvor gemachte Beobachtung bestätigen: »Ja, die Halsschlagader.«

»Ich kenne den Toten.« Wachtmeister Schulz schauderte, als er in das Gesicht der Leiche blickte. »Das ist Stadtrat Heinrich Dinter. Er ist erst letztes Jahr von hier nach Breslau gezogen.«

Auch Richter sah nun genauer hin und nickte.

»Ja, jetzt erkenne ich ihn auch«, sagte er. »Gute Arbeit, Schulz!« Dem Polizeiwachtmeister war dieses Lob suspekt. Er wusste, dass er dafür würde bitter bezahlen müssen. Wenn sein Vorgesetzter jetzt auch noch auf die Idee käme, ihm auf die Schulter zu klopfen, bliebe ihm nichts anderes übrig, als sich von der Brücke in den Mühlgraben zu stürzen. Verstohlen sah er Klein an. Der blickte ihm direkt in die Augen und lächelte, als hätte er seine Gedanken gelesen.

»Sieht so aus, als ob jemand die Leiche gewaschen hätte. Da sind zwar ein paar Blutspuren, aber es müsste viel mehr geben.« Auch Paul Seipelt, der zweite Wachtmeister, wollte sich offenbar profilieren. »Für eine durchtrennte Halsschlagader ist da viel zu wenig Blut auf der Brust.«

In diesem Moment griff Klein ein. Er ging zur Bahre, kniete sich neben den Toten und zog zwischen dessen Fingern einen Stängel mit zungenförmigen Blättern hervor.

»Was ist das?« Kuhnast beugte sich über Klein. »Eine Pflanze?«

»Wasserpest, Herr Doktor. Kanadische Wasserpest. Gärtner des Botanischen Gartens in Berlin haben zu ihrer Verbreitung beigetragen. Als zu viele davon im Garten wuchsen, warfen sie sie achtlos in den Fluss. Und jetzt haben wir sie hier.«

»Der Stadtrat war also im Kanal.« Der Arzt und die Beamten blickten hinunter auf den Mühlgraben.

»Die Stricke waren auch nass«, bemerkte Seipelt. »Und daran hing doch auch das gleiche Zeug.«

Den eisigen Blick seines Vorgesetzten nahm der junge Wachtmeister nicht wahr. Sehr wohl jedoch Schulz. Er hatte Richters Stimmungsumschwung bemerkt und konnte sich nur mit Mühe ein Grinsen verkneifen. Das Gesicht des Kommissars war rot angelaufen, und unter anderen Umständen wäre er längst explodiert. Nun konnte er seiner Wut nicht freien Lauf lassen. Der Kommissar fuhr sich ein paarmal mit der Hand über den mit Pomade eingeriebenen Bart, aber das war alles. Schulz ahnte, dass Richter die Demütigung, die er hier auf der Brücktorbrücke erfuhr, an seinen Untergebenen auslassen würde, sobald er die Schwelle des Rathauses überschritten hatte. Das deprimierte ihn.

»Bedeckt den Stadtrat! Meine Leute bringen den Toten zum Leichenschauhaus. Heute Abend, spätestens morgen ist der Obduktionsbericht fertig.« Kuhnast hatte offensichtlich genug für heute. Er lüftete seine Melone und marschierte trotzig in Richtung Rossmarkt.

Jetzt wurde auch Richter aktiv. Längst galt seine Aufmerksamkeit weniger der Leiche als vielmehr dem geheimnisvollen Gast des Bürgermeisters. Er wollte ihn in sein Büro bitten. Er war sich sicher, dass er, wenn er es richtig anstellte, die Zusammenarbeit zu seinen Gunsten regeln und Klein ausmanövrieren konnte. Er wollte ihn ansprechen, musste aber mit Erstaunen feststellen, dass Klein bereits auf der anderen Seite der Brücke war. Er hatte sich in Begleitung von Wachtmeister Puder und dem jungen Polizeiassistenten, dessen Name Richter entfallen war, entfernt. Der Kommissar schüttelte den Kopf. Er hatte, Gott möge sein Zeuge sein, klare Verhältnisse schaffen wollen mit dem Kerl, der die Rückendeckung des Bürgermeisters hatte. Nun aber würde sich Wilhelm Klein um sein Wohlwollen bemühen müssen. Der Kommissar hatte nicht vor, ihm das Leben leicht zu machen. Im Gegenteil, der Gedanke, wie er diesem Mann unauffällig Steine in den Weg legen könnte, verzerrte sein Gesicht zu einem boshaften Lächeln. Ein Blick auf die begriffsstutzigen, planlos auf der Brücke herumirrenden Wachtmeister und Assistenten genügte, um ihn wütend zu machen.

»Tragt den Stadtrat auf den Pferdewagen. Sie sollen ihn zu Kuhnast fahren. Selpelt, unter die Brücke! Sehen Sie nach, ob es Spuren gibt. Mittags erstatten Sie mir Bericht, Sie Tölpel. Und noch was: Bringt mir sofort diesen Professor ins Rathaus, der sich hier in der Nacht herumgetrieben hat!«

*

Gustav Taube stand immer noch unter Schock. Einer der Wachtmeister hatte ihn zu dem vierstöckigen Gebäude gebracht, das der Schneiderfamilie Stähler gehörte. Im Erdgeschoss des Mietshauses befand sich eine Bierstube. Der Professor mochte das Lokal und glaubte, sich hier von seinem Schock erholen zu können. Der Eigentümer kannte den Professor und hatte den Schankkellner angewiesen, früher zu öffnen. Gierig stürzte Taube das goldgelbe Warmbier hinunter. Ein wohliges Gefühl breitete sich in ihm aus. Ein Frühstück lehnte er ab, weil er fürchtete, sein Magen sei noch nicht bereit für feste Nahrung. Die Bilder dieses nebligen Morgens ließen ihn nicht los. Zum ersten Mal verfluchte der Professor sein fotografisches Gedächtnis. Er würde die Leiche nicht mehr aus dem Kopf bekommen und sich an jedes noch so kleine Detail erinnern, nicht nur in seinen Träumen, sondern auch bei Tage. Aus den Tiefen seines Gedächtnisses würde alles wiederkehren, ihn quälen und ihm keine Ruhe lassen.

Der Kellner öffnete einen der Fensterläden. Licht fiel in den Raum. Minuten vergingen. Immer mehr Menschen sammelten sich auf dem Rossmarkt und drängten in Richtung Mühlgraben und Brücke. Doch die Gesprächsfetzen, Motorenlärm und das Hupen eines vorbeifahrenden Wagens drangen nicht bis ans Ohr des Professors. Taube zog unbewusst Notizheft und Bleistift, seine ständigen Begleiter, aus der Manteltasche und legte sie vor sich auf den Tisch. Seine Hand tanzte vertraut und flüssig über das Papier. Das Zittern war verschwunden, was nicht zuletzt am bereits zweiten Krug Warmbier lag. Der Professor hatte wieder diesen spezifischen Geruch des Nebels in der Nase und wurde sich der Gegenwart des Todes bewusst.

In den Reflexionen gedämpften Lichts, in den Schatten und Halbschatten erkannte er leichenblasse Haut, Falten, Schnitte, Wunden … Aus seinen Skizzen schälte sich immer deutlicher ein Klumpen mit menschlichen Zügen heraus, der erschöpft schien und den Kopf hängen ließ. Ein Bild, das ihn für immer begleiten würde. Taube versuchte, seinen Schrecken zu überwinden, aber dabei überkam ihn eine Ohnmacht, die sich in Ungeduld und Wut verwandelte. Verflucht sollte dieser Verbrecher sein. Der dem armen Kerl diese Abscheulichkeit angetan hatte, hatte auch ihm Gewalt angetan. Nie wieder würde er unbeschwert über die

Brücktorbrücke spazieren können und nie mehr an seinem Lieblingsplatz Ruhe finden. Er drückte den Bleistift so fest aufs Papier, dass die Spitze brach. Taube blickte von seinem Notizbuch auf und bemerkte erst jetzt den Mann, der ihm gegenübersaß. Der musste ihn schon eine Weile beobachtet haben.

»Darf ich?«

Der Professor starrte auf die ausgestreckte Hand, die auf sein Notizbuch zeigte. Überrascht stellte er fest, dass der Mann seine eleganten Handschuhe nicht ausgezogen hatte. Er wollte bereits protestieren, weil er den Unbekannten im ersten Moment für einen der gewöhnlichen Spinner hielt. Doch dann griff er nach dem Krug und nahm einen großen Schluck. Er schloss kurz die Augen und genoss den bitteren Geschmack, der sich auf der Zunge ausbreitete und ihm durch die Gurgel rann. Er blickte auf den Krug. Der Schaum, der sich am oberen Rand festgesetzt hatte, hatte ein Spitzenmuster hinterlassen. Schließlich stellte er das Gefäß wieder ab.

»Herr Professor, man könnte meinen, der von Ihnen skizzierte Mann sei lebendig. Ich bin mir jedoch nicht sicher, ob Sie ein ebenso begeisterter Anhänger schwarzen Humors sind wie ich ein Bewunderer Ihres zeichnerischen Talents.«

Taube lachte. Er betrachtete sein Gegenüber nun wohlwollender. Der Mann konnte kaum älter als dreißig sein. Aufgrund der Gesichtsverletzungen fiel es schwer, sein Alter zu schätzen. Die Augen waren die eines jungen Mannes, lebhaft und aufgeweckt.

»Gestatten, Wilhelm Klein. Ich würde mich gern mit Ihnen unterhalten.«

Klein nahm den Hut ab und legte ihn auf den Tisch. Mit der rechten Hand strich er sich übers Haar, das ihm über der Stirn lag.

»Sind Sie Polizist?«

Der Hauptmann hob die Brauen.

»Sagen wir, ich unterstütze die hiesige Polizei.«

Taube nickte. Er wollte nicht neugierig erscheinen. Am Tresen sah er zwei Beamte. Einer von ihnen war Wachtmeister Puder, der als einer der Ersten am Tatort eingetroffen war. Die Männer mussten gemeinsam in die Bierstube gekommen sein.

»Nach dem, was heute Morgen passiert ist, bezweifle ich nicht, dass die Polizei dringend auf Hilfe angewiesen ist. Worüber möchten Sie mit mir sprechen?«

»Über Ihre Zeichnung, Herr Professor.«

»Über meine Zeichnung«, wiederholte Taube. Er betrachtete die Skizze, als sähe er sie zum ersten Mal. »Was interessiert Sie daran?«

»Die Technik und vielmehr noch Ihre Interpretation.«

Der Professor griff nach der Zeichnung und fuhr mit den Fingerkuppen über das glatte Papier.

»Was genau?«

»Als Kind hat man mir beigebracht, dass man beim Zeichnen eines Menschen geometrische Formen verwenden kann. Der Rumpf bildet sich aus Zylindern, Kugeln und Quadraten ... Diese Geometrisierung half mir, die Proportionen besser hinzubekommen. Sie hingegen scheinen eine umgekehrte Technik anzuwenden. Sie haben zuerst das Opfer gezeichnet und später erst die Formen auf den Körper übertragen. Dieser Tote sieht aus, als wäre er Teil einer Konstruktion.«

Taube betrachtete die Zeichnung und nickte.

»Ist das eine Technik, die Sie oft anwenden?«

»Nein, nie.«

Jetzt starrten beide auf die Zeichnung, als offenbare sie ihnen ein Geheimnis.

»Sie unterrichten Zeichnen an der höheren Mädchenschule ... auf der Grundlage abstrakter Kunst oder genauer gesagt: abstrakter Geometrie. Ihre Skizze, Herr Professor, ist ein Beispiel für die Verbindung der Malerei mit anderen Bereichen wie etwa der Architektur.«

»Hier ging es vielmehr um Spontaneität und den Glauben an das Ausdrucksvermögen des Unbewussten«, sagte Taube.

Klein überlegte kurz und nickte.

»Sie haben damit eine außergewöhnliche Skizze geschaffen. Mich würde interessieren, wie Sie darauf gekommen sind.«

»Offen gesagt weiß ich es nicht, Herr Klein.«

»Überlegen wir gemeinsam!« Der Mann beugte sich vor und

fixierte Taube mit seinem Blick. »Die Proportionen sind aufgelöst. Der Brustkorb …«

»Eine Komposition aus Polygonen«, fuhr der Professor fort.

»Die meisten sind gleichseitige Dreiecke.«

»Bis auf eines.« Taube saß jetzt kerzengerade. Er verspürte eine gewisse Beunruhigung, war gleichzeitig aber auch aufgeregt, als dringe er in unerforschtes Terrain vor. »Die Ausrichtung der Dreiecke ist nicht zufällig.«

»Bitte fahren Sie fort, Herr Professor.«

»Ich habe die Stichwunden am Körper des Mannes gesehen. Das war keine zufällige Anordnung. Wenn es ein Messer war …«

»Wahrscheinlich ein großer Nagel.«

»Ein Nagel.« Taube erzitterte. »Der wurde an ausgewählten Stellen eingestochen und diese Punkte dann gespiegelt, wenn man die Körpermitte als senkrechte Achse betrachtet. Was bedeutet, dass dieser Mann … methodisch gefoltert wurde.«

Der Professor griff nach dem Krug, musste aber feststellen, dass er leer war. Einen weiteren wollte er nicht bestellen.

»Dieses eine Dreieck, Herr Professor … Warum ist es anders?«

Diesmal zögerte Taube. Er schloss die Augen und rief sich die Bilder ins Gedächtnis.

»Der Mann war an etwas geschnürt, aber … ich habe da eine Wunde gesehen. So eine lange, breite Linie zwischen den Brustwarzen.« Taube strich sich mit dem Daumen über die Brust. Er schauderte, denn ein beklemmendes Gefühl überkam ihm.

»Diese Wunde haben Sie als Basis für Ihr gleichseitiges Dreieck genommen. Die Brustwarzen als zwei der Eckpunkte. Der dritte Eckpunkt ist der Einstich am Hals … Wäre ein nach unten gerichtetes gleichschenkliges Dreieck, dessen Spitze die Stelle des abgetrennten Gliedes bildet, nicht naheliegender?«

»Die Komposition des Werks würde dadurch gestört … zumindest meiner Meinung nach.«

»Sie haben recht, Herr Professor.«

»Wirklich?«

»Ich sehe es genauso. Danke, dass Sie Ihre Sichtweise mit mir geteilt haben.«

Taube wunderte sich über das abrupte Ende des Gesprächs. Er hatte den Gedankenaustausch mit dem Fremden nicht als lästig empfunden. Im Gegenteil, Klein hatte ihn als Partner betrachtet und ihn seine überlegene Position als Ermittler nicht spüren lassen.

»Sie haben überhaupt nicht nach all den Dingen gefragt, nach denen die Polizei üblicherweise fragt.«

»Wonach hätte ich Ihrer Meinung nach fragen sollen?«

»Zum Beispiel, wann ich die Veranstaltung verlassen habe, ob ich das Opfer kannte ... Fragen aus dem Handbuch eben. Es gibt doch sicher Handbücher mit Anweisungen zum Ablauf von Befragungen.«

»Sie unterrichten Kunst am hiesigen Lyzeum. Ihre Geburtstagsfeier, die im Schwarzen Bären stattfand, war kurz vor vier Uhr vorbei. Erlauben Sie mir bei dieser Gelegenheit, Ihnen zum zweiundsechzigsten Geburtstag alles Gute zu wünschen ... Danach machten Sie noch einen kleinen Spaziergang, weil Ihnen der Alkohol zu Kopf gestiegen war. Im Verlaufe unseres Gesprächs fassten Sie sich mehrmals an den Kopf. Bestimmt, um zu prüfen, ob Sie Ihren Hut aufhaben. Sie müssen ihn im Schwarzen Bären vergessen haben. Dann waren da noch die Ereignisse auf der Brücke, die ...«

»Genug.« Taube hob die Hand und sah den Mann bewundernd an. »Gleich werden Sie mir mehr über mich erzählen, als ich wissen will.«

Klein antwortete mit einem Lächeln und stand auf. »Nochmals vielen Dank für Ihre kostbare Zeit, Herr Professor.«

»Zu Diensten.« Taube schüttelte ihm die Hand. »Angesichts der unerfreulichen Angelegenheit war es dennoch ein anregendes Gespräch.«

Klein nickte zum Gruß und verließ in Begleitung des jüngeren Beamten die Bierstube. Taube schaute aus dem Fenster und sah, wie die beiden Männer auf ein vor der Minoritenkirche geparktes Automobil zugingen. Wenig später wendete das Fahrzeug und fuhr über die Rossbrücke in Richtung Sellgittplatz.

Erst jetzt fiel dem Professor auf, dass er vieles von dem, was

Wilhelm Klein aufgezählt hatte, niemandem erzählt hatte. Nicht einmal Wachtmeister Puder. Und den verlorenen Hut hatte er bestimmt auch nicht erwähnt. Er lächelte vor sich hin und merkte plötzlich, dass er ziemlich gut gelaunt war. Jetzt fühlte er sich schon so wohl, dass er wieder ans Essen denken konnte. Der Duft aus der Küche erfüllte den Raum, kitzelte seine Nase und ließ ihm das Wasser im Mund zusammenlaufen. Schon wollte er nach der Bedienung rufen, doch bevor er einen Ton hervorbringen konnte, standen Wachtmeister Puder und ein weiterer Beamter, der sich als Wachtmeister Schulz vorstellte, vor ihm.

»Kommissar Richter möchte Sie kurz sprechen«, ließ ihn Puder wissen. »Ich habe eine Kutsche bestellt, die bringt uns hin.«

»Ich muss erst etwas Anständiges essen«, sagte Taube vorwurfsvoll.

»Der Kommissar wartet schon.«

»Soll er eben noch ein wenig warten.«

Taube wusste selbst nicht, woher er diese Entschlossenheit nahm. Die beiden Wachtmeister sahen sich an, widersprachen aber nicht. Der Professor nickte der Kellnerin zu und bestellte einen Dooflaf, eine Eierspeise mit Milch und Weizenmehl. Dieses Gericht erinnerte ihn an seine Kindheit. Beim Warten auf sein Essen griff er zu Notizblock und Bleistift. Die Uniformierten ignorierte er.

Wenig später schaute ihm Kleins Gesicht von dem weißen Blatt Papier entgegen. Als der Professor es konzentriert betrachtete, hatte er das Gefühl, in eine vielschichtige Tiefe einzutauchen. Es beschrieb den Charakter dieses Mannes ebenso wie seinen Gemütszustand. Taube fühlte ein leichtes Unbehagen, freute sich aber gleichzeitig über seinen scharfen Verstand. Er machte es sich bequem, und als das Frühstück serviert wurde, bestellte er noch ein Warmbier.

*

Über die Wasserstraße ging es auf den Ring. Mehrmals musste Roth hupen, weil unachtsame Passanten fast vors Auto liefen. Sie fuhren am Geschäft von Oskar Düring vorbei, bogen rechts ab und parkten kurz darauf neben dem Brunnen vor dem Rathaus.

»Ich warte hier, falls Sie nach dem Gespräch mit dem Bürgermeister wieder nach Grafenort wollen.«

Klein nickte und stieg aus. Zwei Schulmädchen starrten ihn an. Eine sah zu Boden, als sich ihre Blicke trafen. Der zweiten stand angesichts seiner Narben das Erstaunen ins Gesicht geschrieben. Sie schien weniger erschrocken als ihre Begleiterin und wandte den Blick nicht ab, sondern lächelte verlegen. Der Hauptmann zwinkerte den beiden zu und betrachtete den wuchtigen Bau des Rathauses.

Der Architekt des Glatzer Rathauses, in dem sich auch die Polizeistation befand, hatte das Neorenaissancegebäude einem Palast nachempfunden. Es war beeindruckend. Klein betrat die kühle Eingangshalle, stieg die Treppe hinauf und ging durch eine Pendeltür. Die Beamten, die ihm auf den Gängen mit Akten in den Händen entgegenkamen, starrten ihn fasziniert an. Vermutlich war die Nachricht von seiner Ankunft bereits bis in die Zimmer der Schreibkräfte und Sekretärinnen gedrungen. Nun wollten sie die ihm vorausgeeilte Beschreibung mit der Realität abgleichen. Klein brauchte nicht nach dem Büro des Bürgermeisters zu fragen. Der Weg war ausgeschildert. Er hatte keine Eile. Wenn er spürte, dass ein Blick länger auf ihm ruhte, schaute er die entgegenkommende Person etwas länger an, bis sie sich erschrocken ihrer Arbeit zuwandte. Klein kannte seine Wirkung auf Menschen, und sie gefiel ihm. Dann war er da.

Bürgermeister Franz Ludwig wirkte auf den ersten Blick zart und schwächlich. Der dunkle Schnurrbart und die ebenso dunklen Augenbrauen kontrastierten mit dem früh ergrauten Haar. Hervorstehende Wangenknochen und dunkle Ringe unter den tief liegenden Augen verrieten jedoch Stärke und Hartnäckigkeit. Seine energischen Bewegungen trugen ein Übriges dazu bei, dass Ludwig nicht den Eindruck eines an seinem Schreibtisch träge gewordenen Beamten machte. Er wirkte wie ein vom Leben gestählter Diener des Volkes, der stets dessen Wohl im Auge hatte.

Ludwig erhob sich. Auch er musterte nun sein Gegenüber. In Erwartung seines Neffen war die Neugier immer größer geworden. Er hatte Wilhelm zuletzt vor einigen Jahren gesehen und erinnerte sich an ihn als einen schmächtigen, kleinen Jungen mit düsterem Gesichtsausdruck. Der Grund war damals allzu verständlich. Es war der Tod der Mutter, die ihren einzigen Sohn allein großgezogen hatte. Bald darauf erschütterte ein weiteres Ereignis die Welt des Jungen: der Abschied von der Heimat und die Reise nach Berlin, wo er bei entfernten Verwandten unterkam. Es folgten der Armeedienst und der Krieg, in dem er schwer verwundet wurde. Franz Ludwig umarmte seinen Gast innig. Erst jetzt erinnerte er sich daran, dass Wilhelm schon in jungen Jahren verlernt hatte, Gefühle zu zeigen. Tatsächlich merkte der Bürgermeister, wie seine Umarmung Unbehagen auslöste.

»Setz dich, mein Lieber!«, versuchte Franz Ludwig seine Ergriffenheit zu verbergen. Während der Umarmung hatte er gespürt, dass der Körper, der sich unter dem Mantel verbarg, besorgniserregend dünn war. Klein wirkte zerbrechlich. Hätte er nicht gewusst, dass er den Sohn seiner Cousine vor sich hatte, hätte er Wilhelm nicht erkannt. Weder auf den ersten noch auf den zweiten Blick. Vom Jungen, an den er sich erinnerte, war nur mehr der düstere Gesichtsausdruck geblieben.

Franz Ludwig wies auf den Stuhl vor seinem Schreibtisch und nahm selbst hinter dem massiven Möbel Platz. Er war immer noch aufgewühlt, und zum Glück verschaffte ihm sein Neffe zweiten Grades einen Moment zum Durchschnaufen, indem er sich interessiert im kargen Büro umsah. In der Fensterecke stand ein Blumentopf. Neben dem Schreibtisch füllte ein Aktenschrank das Büro aus. Die einzige persönliche Note war ein schlichtes Regal mit einigen Büchern über die Region. Das Buch »Die Grafschaft Glatz in Wort und Bild«, dessen Autor Franz Ludwig war, sah er nicht darunter. Eitelkeit konnte man dem Bürgermeister nicht vorwerfen.

Wilhelm kannte den Lebenslauf seines Onkels sehr gut. Nach Kriegsende hatte allein seine Autorität ein Blutvergießen verhindern können. Denn auch in Glatz hatten Aufständische versucht, die Kasernen und die Kommandantur der Gendarmerie zu übernehmen. In den folgenden Krisenzeiten blieb das Vertrauen der Bevölkerung in ihr Stadtoberhaupt ungebrochen. Franz Ludwig war Bürgermeister aus Berufung und widmete sich mit Herz und Seele seiner geliebten Stadt.

»Herr Hauptmann, ich freue mich, dass du hier bist und dass gerade du ausgewählt wurdest, um die Ereignisse der letzten Tage aufzuklären.« Endlich hatte Ludwig seine Stimme wieder unter Kontrolle. Er hatte sich für eine halboffizielle Strategie entschieden, zu fremd erschien ihm der Neffe.

»Du hattest keinen Einfluss darauf, Onkel Franz?«

»Du überschätzt meine Verbindungen. Erst vor zwei Tagen kam eine Depesche aus Berlin, in der die Entsendung eines Ermittlers angekündigt wurde. Ich solle ihn nach Kräften unterstützen. Der Name in der Depesche hatte die Hoffnung aufkeimen lassen, dass es sich um dich handelt. Lange habe ich nichts von dir gehört. Gestern habe ich erfahren, dass du angekommen und ins Schloss des Grafen Herberstein gebracht worden bist. Ich muss gestehen, dass ich bedaure, nicht selbst von deiner Ankunft benachrichtigt worden zu sein. Ich hätte dich gerne persönlich begrüßt. Die wenigen Informationen, die ich habe, besagen, dass du längere Zeit im Lazarett verbracht hast. In Frankreich.« Ludwigs Miene verfinsterte sich, als sein Blick unbewusst über die Wange seines Neffen wanderte. »Ich war mir nicht sicher, ob du noch lebst.«

»Selbst ich war mir da lange nicht sicher, Onkel Franz!«

Ludwig entspannte sich. Er lächelte sogar ein wenig.

»Wilhelm! Ich habe mich so gefreut, als ich deinen Namen im Telegramm las. Zuerst konnte ich nicht glauben, dass man dich zu uns schickt.«

»Hm, vielleicht sehen meine Vorgesetzten in dieser Aufgabe den nächsten Schritt zu meiner Genesung. Nach der Behandlung der körperlichen Gebrechen jetzt etwas für den Kopf. Vielleicht soll mich der Fall wieder auf den richtigen Weg bringen.«

»Du siehst nicht aus, als hättest du dich verlaufen.«

Klein lächelte. Er mochte diese Art von Humor. Ludwig sah

überarbeitet aus, aber er hatte seinen Scharfsinn und seine positive Einstellung nicht verloren. Daran änderte auch die Packung Kola-Dultz-Pastillen auf seinem Schreibtisch nichts. Wilhelm hatte am Tag zuvor in der jüngsten Ausgabe der »Grafschaft Glatz« eine Reklame für die Pastillen gesehen. Täglich eingenommen, so versprach der Hersteller, würden sie die Nerven stärken und Lebenslust und Schaffenskraft bringen.

»Die Umstände sind allerdings nicht sehr angenehm.« Ludwig blickte aus dem Fenster, als könne er durch die Scheibe den letzten Tatort sehen. »Erst wurde Major Friedrich Peschke erschossen, und jetzt haben wir den nächsten Toten.«

»Polizeiassistent Roth sprach von einem zweiten Opfer. Woher diese Gewissheit?«

Der Bürgermeister öffnete die Schreibtischschublade. Mit einem Taschentuch nahm er behutsam eine kleine Schachtel heraus, stellte sie auf den Tisch und schob sie Wilhelm mit dem Radiergummiende eines Bleistifts zu.

»Das hat man uns geschickt. Der Sekretär hat das Päckchen am Morgen aus der Post gefischt. Es war ans Rathaus adressiert. Im Absenderfeld stand: ›Das nächste Opfer‹.«

Klein nickte. »Wie viele Sendungen bekommt ihr normalerweise?«

»Viele.«

»Hat sich der Sekretär sofort dieser Sendung angenommen?«

»Er sieht sich die Briefe und Pakete immer gleich an, um sie zu sortieren. Außerdem … feuchtete die Schachtel durch.«

»Der zweite Teil der Nachricht?«

»Genau.« Franz Ludwig nickte und blickte Wilhelm ernst an. »Drei Finger waren darin. Ich habe sie sofort zu Doktor Kuhnast bringen lassen. Die Schachtel behielt ich hier. Ich wollte sie dir zeigen, bevor unsere Leute sich darum kümmern. Wir haben vor Kurzem neue Anweisungen bekommen, was die Abnahme von Fingerabdrücken betrifft. Wir sind dabei, unsere Kartei zusammenzustellen.«

»Welche Finger waren es?«, unterbrach ihn der Hauptmann.

»Mittelfinger, Ringfinger und kleiner Finger.«

Nach einem kurzen Moment griff Klein nach der Schachtel. Da er in Gesellschaft nie die Handschuhe auszog, musste er nicht fürchten, Spuren zu vernichten. Vorsichtig nahm er den Deckel ab, untersuchte ihn, hielt ihn an die Nase und roch daran.

»Ein sehr charakteristischer Geruch.«

Der Bürgermeister runzelte die Stirn. Dann beugte er sich über den Schreibtisch und roch ebenfalls am Deckel, den ihm sein Neffe unter die Nase hielt.

»Gerstenleim ... da bin ich mir sicher. Den findest du heute in jedem Haus. Billig und schnell herzustellen. Die Zeiten sind hart, da verdienen sich die Leute etwas dazu. Schon die Kinder kleben Kerzenschachteln, und ganze Familien stellen Tausende davon im Monat her.«

»Also handelsüblicher Klebstoff ... auf dem Deckel ein liniertes Blatt. Die Buchstaben darauf aus einer Zeitung ausgeschnitten ... Es wurde keine Schreibmaschine benutzt, und auch Adresse und Nachricht sind nicht von Hand geschrieben. Vielleicht fürchtet er, wir könnten die Handschrift erkennen?«

Klein antwortete nicht. Ohne einen Blick hineinzuwerfen, stellte er die Schachtel wieder auf den Schreibtisch. Ludwigs Interesse an dem jungen Mann wuchs. Irgendwie kitzelte ihn die Aufregung. Oft hatte er die Arbeit der örtlichen Polizei beobachten können. Niemand analysierte auf diese Art. Das konnte man auch schwerlich verlangen. Die Kriminalität in Glatz beschränkte sich auf Körperverletzungen, Diebstähle und Raufhändel. Der Bürgermeister hatte den Eindruck, sein Neffe komme von einem anderen Stern, und fragte sich, wie er sich wohl in der Glatzer Realität zurechtfinden werde.

»Wilhelm.« Ludwig quälte sich schon lange mit einer Frage. »Sag mir, sind diese Finger wirklich von Stadtrat Dinter?«

»Es waren zwar nicht alle Glieder der Leiche an ihrem Platz ... aber Finger fehlten keine.«

Ludwig machte es sich auf seinem Stuhl bequem.

»Was willst du damit sagen?«

»Dem Rat hat man den Penis abgeschnitten und in den Rachen gestopft.«

Der Bürgermeister glaubte sich verhört zu haben.

»Das ist ja ... bestialisch! Wir haben es mit einem Wahnsinnigen zu tun! Zwei Opfer!«

»Mindestens zwei.«

Ludwig wurde unruhig und griff nach einer Packung Juno. Sechs Zigaretten befanden sich ordentlich in Reih und Glied darin. Der Bürgermeister griff in Momenten höchster Anspannung oft nach dieser Packung, aber er nahm nie eine Zigarette heraus. Auch jetzt erlag er nicht der Versuchung und schloss die Schachtel sofort wieder.

»Der Sekretär ist kurz vor mir im Rathaus gewesen. Als er mich gesehen hat, hat er mir sofort das Päckchen gegeben. Ich habe es umgehend aufgemacht. Dann kam Wachtmeister Puder und berichtete vom Leichenfund auf der Brücke. Da dachte ich, das Päckchen könnte etwas damit zu tun haben.«

»Aber so war es nicht.«

»Nein.« Ludwig schüttelte energisch den Kopf. »Sieht so aus, als gehören die Finger jemand anderem. Bisher habe ich gedacht, Major Peschkes Tod hätte etwas mit dem heutigen Mord zu tun. Jetzt bin ich mir nicht mehr so sicher, ob wir die beiden Verbrechen miteinander in Verbindung bringen sollten.«

»Doch, das müssen wir.«

Ludwig sah seinen Neffen einen Moment lang verwundert an, dann nickte er.

»Wir haben hier selten mit solch grausamen Fällen zu tun, also spricht vieles dafür, dass du recht hast. Es gibt ein paar Fragen, die wir besprechen müssen, bevor du mit deinen Ermittlungen beginnen kannst.«

»Heikle Fragen, wie ich annehme?«

»In der Tat.« Ludwig kam direkt zum Punkt. »Wir sind hier in der Provinz. Wie du weißt, ist auch in Glatz nach den Stein-Hardenbergschen Reformen der Bürgermeister für die Polizei zuständig. Deshalb habe ich meinen Stellvertreter Conrad Goebel zum Polizeichef ernannt. Conrad ist gerade nicht da. Sobald er kommt, wird er dir sicherlich helfen. Ich vertraue ihm uneingeschränkt.«

»Es gibt jedoch ein Aber.«

»Berlin hat dich geschickt.« Ludwig lächelte gequält. »Du ermittelst fürs Militär, und nicht einmal die Berliner Polizei weiß von dir. Der Mord an Major Peschke muss jemanden in den höchsten Armeekreisen erschüttert haben. Obwohl der Fall eigentlich unsere Angelegenheit sein sollte, eher noch in die Zuständigkeit der hiesigen Gendarmerie fällt, kümmert sich ein Ermittler aus der Reichshauptstadt darum. Ein Signal, das als Zeichen mangelnden Vertrauens in die provinzialen Ermittlungsorgane verstanden werden könnte. Stimmt schon, den meisten Beamten hier ist außer den Aktenbergen auf ihrem Tisch alles ziemlich egal. Aber es gibt auch Beamte mit Ambitionen.«

»Komm zur Sache, Onkel.«

»Bis vor Kurzem war hier in diesem Gebäude auch die Gendarmerie untergebracht. Wir lebten recht und schlecht zusammen, aber ... Ich nehme an, dass du als Armeeangehöriger mit denen zusammenarbeiten wirst?«

»Die lokale Gendarmerie ist von der Ermittlungsarbeit entbunden. Ich werde sie nicht mit einbeziehen.«

»Gut.« Ludwig nickte sichtlich erleichtert. »Für die Ermittlungen im Fall des ermordeten Major Peschke wäre die Einbindung der Gendarmerie unumgänglich. Der Tod von Stadtrat Dinter macht die Frage nach den Zuständigkeiten schwieriger. Deine Ankündigung, sie aus den Ermittlungen herauszuhalten, kommt mir gelegen. Du musst aber damit rechnen, dass sie dich nicht in Ruhe lassen werden. Und dann ist da noch die Frage nach unserer Zusammenarbeit. Ich würde gerne wissen, wie du an die Sache herangehen willst.«

»Ich werde eine Ermittlergruppe zusammenstellen.«

»Eine Gruppe? Kommt noch jemand aus Berlin?«

»Nein. Mit deinem Einverständnis würde ich gerne einige deiner Leute miteinbeziehen.«

Ludwig schüttelte den Kopf. »Ich muss zugeben, damit habe ich nicht gerechnet. Du weißt, dass ich niemandem befehlen kann, mit dir zusammenzuarbeiten. Du gehörst dem Militär an, aber die Polizeibeamten tun das nicht. Du weißt, dass sie sich

Ärger einhandeln können, wenn sie für dich arbeiten. Das wird niemand wollen.«

»Lass das meine Sorge sein. Ich würde niemals verlangen, dass du mir jemanden zuteilst. Ich wähle sie selbst aus und werde mit ihnen sprechen. Ich bitte dich lediglich, meine Wahl zu akzeptieren, wenn sie einverstanden sind.«

Ludwig hob eine Braue. Das Selbstbewusstsein des jungen Mannes grenzte fast schon an Impertinenz. Der zerbrechlich wirkende Körper stand in grobem Gegensatz zu diesem eisernen Willen.

»Nehmen wir an, du hast deine Gruppe beisammen. Bleibt noch Kommissar Richter. In Goebels Abwesenheit spielt er hier die erste Geige. Ich kenne seinen Ehrgeiz. Er träumt davon, nach Breslau versetzt zu werden, und dieser Fall könnte ihm dabei helfen.«

»Ich sehe keinen Grund, warum nicht zwei unabhängige Ermittlergruppen an dem Fall arbeiten sollten.«

»Er wird dich nicht unterstützen. Nicht im Geringsten.«

»Das erwarte ich auch nicht.«

Ludwig verzichtete auf weitere Einwände. Ihm war klar, dass Klein längst schon alles durchdacht hatte.

»Also gut. Die beiden Gruppen werden mir laufend Bericht erstatten, zumindest bis Conrad Goebel zurückkommt. Sollte ich feststellen, dass das Experiment keinen Sinn hat, breche ich es sofort ab. Ich werde nicht zulassen, dass die Stadt in Angst lebt. Wilhelm, ich bitte dich sehr: Kläre die Sache so schnell wie möglich auf. Finde diesen Wahnsinnigen, bevor er ganz Glatz in Angst und Schrecken versetzt.«

Ludwig sah, wie sein Neffe plötzlich kreidebleich wurde.

Dicke Schweißperlen standen ihm auf der Stirn. Der Bürgermeister stand auf und öffnete das Fenster.

»Ich habe dir ein Zimmer im Hotel Stadtbahnhof reservieren lassen. Der Inhaber Menzel gewährt der Stadt einen erheblichen Rabatt.«

»Danke. Aber ich zahle das aus meinem Spesenbudget.«

Ludwig nickte. Er merkte, dass Wilhelms Stimme immer leiser wurde.

»Soll ich dir einen Raum im Rathaus zur Verfügung stellen?«

»Nein.«

»Wo willst du dich denn mit deinen Leuten treffen?«

»Ist das Hotelrestaurant nicht geeignet?«

Kleins Gesichtszüge gefroren. Ludwig sah, dass der junge Mann von Krämpfen geschüttelt wurde.

»Natürlich. Sehr sogar. Bestimmt wird dir auch das Essen dort schmecken: Klöße, Klöße und noch mal Klöße. In unterschiedlichen Variationen und mit verschiedenen Namen. Deftige Küche. Da kommst du schnell wieder zu Kräften.«

Klein zeigte wider Erwarten keine Reaktion. Ludwig wechselte das Thema.

»Wilhelm, diese Bitte, die du in deinem Brief an mich gerichtet hast ...«

»Ich hatte um einen Fährtenhund gebeten.«

»Genau.« Ludwig stützte sich an der Fensterbank ab. »Ich habe in Breslau angefragt und gebeten, uns einen zur Verfügung zu stellen. Das Gesuch wurde bewilligt, und der Hund sollte noch heute, spätestens morgen da sein.«

»Danke.«

»Du weißt nicht, wie froh ich bin, dich zu sehen. Ich danke Gott, dass du wieder da bist ...« Ludwig zögerte. Er hatte »wohlbehalten und gesund« hinzufügen wollen, aber er wusste, dass das nicht stimmte. Also wiederholte er nur: »... dass du wieder da bist.«

»Ja, ich bin wieder da.« Kleins Stimme klang wenig überzeugt.

Der Bürgermeister spürte, dass er aus seinem Neffen nicht mehr herausbekommen würde, und beschloss, ihm etwas Ruhe zu gönnen.

»Ich lasse dir eine Legitimation ins Hotel bringen. Die wirst du brauchen können.«

»Danke! In diesem Land ist jeder Stempel wichtig.« Klein rang sich ein Grinsen ab.

»Womit wirst du anfangen?«

»Wie gesagt, mit der Zusammenstellung meiner Gruppe.« Klein stand energisch auf. Der Schwächeanfall war verflogen. Er nickte und verließ das Büro. Ludwig blieb mit seinen Gedanken allein zurück.

*

Jürgen Roth wartete neben dem Auto auf Klein. Es war ihm nicht in den Sinn gekommen, das Rathaus zu betreten. Er fühlte sich dort immer noch fremd. Das ihm zugewiesene Zimmer war nicht viel größer als ein durchschnittlicher Abort und roch auch so. Auf fünf Quadratmetern war Roth gemeinsam mit drei anderen Assistenten zusammengepfercht. Einer von ihnen schien aus jeder Pore Alkohol auszudünsten. Der beißende Gestank betäubte seine Sinne, die Arbeit ermüdete seinen Geist. Seine Vorgesetzten überhäuften ihn mit Unmengen von Papierkram, würdigten seine Bemühungen aber nicht im Geringsten.

Der junge Polizeiassistent verstand nicht, wie die Institution, bei der er angestellt war, so verknöchert sein konnte. Die vor Jahren angeschafften Smith-Premier-Schreibmaschinen verstaubten. Für die Beamten waren sie mechanische Ungetüme, derer sie nicht Herr wurden. Die meisten schrieben ihre Berichte von Hand, und die wenigen, die sich der Herausforderung stellten, wirkten wie Marionetten, wenn ihre Zeigefinger über den Tasten schwebten. Die Suche nach den Buchstaben dauerte ewig. Jürgen Roth ertappte sich oft dabei, wie er seinen Kollegen insgeheim die Daumen drückte, dass sie endlich das letzte Wort eines Satzes beenden konnten, an dem sie seit Minuten arbeiteten. Er selbst hatte diese Probleme nicht. Mit fast angeborener Leichtigkeit bediente er alle möglichen Geräte. Zu seinem Leidwesen wurde das schnell bemerkt, woraufhin man ihm auftrug, den Großteil der handschriftlichen Dokumente der Abteilung abzutippen.

Heute konnte er Pause machen. Eigentlich war er ein Mann der Tat und nicht dafür geschaffen, hinter einem Schreibtisch zu sitzen. Schon immer hatte er bei der Polizei arbeiten wollen. Er war sich sicher: Wenn man ihm nur eine Chance gäbe, würde man in ihm den idealen Ermittler erkennen. Deshalb antwortete er sofort, als Wilhelm Klein aus dem Rathaus kommend auf ihn zutrat und ihm eine kurze Frage stellte. Dem Impuls des Augenblicks folgend stimmte er zu, ohne sich der Konsequenzen bewusst zu sein. Unmittelbar setzte ein Adrenalinschub ein. Das war seine Chance auf Veränderung! In Hauptmann Kleins Gruppe konnte Jürgen Roth endlich zeigen, was in ihm steckte.

»Wer kennt die Gosse am besten?«

Die folgenden Fragen musste Klein wiederholen, damit Roth sie verstand.

»Wer kennt den Abschaum der Stadt am besten? Welcher Polizist geht an die Grenzen des Gesetzes und scheut keine Konsequenzen? Nenne die Brutalsten und Trotzigsten. Wenn ich Sauhund sage, wer fällt dir als Erstes ein? Finde ich so jemanden im Rathaus?«

»Einen ...«

»Was einen?«

»Einen gibt's, auf den das alles zutrifft.«

Roth sah Klein grinsen. Es war nicht gerade der erbaulichste Anblick, aber er erkannte, dass diese Grimasse ein Zeichen der Anerkennung war.

»Umso besser. Wie heißt er?«

»Franz Koschella. Erster Stock, dritte Tür links, etwa so groß wie Sie, aber ... er ist gefährlich.«

Klein, der schon wieder auf dem Weg zum Eingang war, warf einen kurzen Blick zurück. Dies genügte, Roth senkte den Blick. Er war jetzt überzeugt, wenn jemand die Bezeichnung gefährlich verdiente, dann sein neuer Chef.

Als Klein im Rathaus verschwunden war, ließ Roths Anspannung nach. Schwer lehnte er sich gegen die Motorhaube und sah sich unruhig um. Erst jetzt wurde ihm die Tragweite seiner Entscheidung bewusst. Was in Gottes Namen hatte er nur getan? Er atmete tief durch und versuchte, sich zu beruhigen. Konnte er noch einen Rückzieher machen? Man hatte ihm keine Zeit zum Nachdenken gegeben, darauf würde er sich immer berufen können. Oder hatte er doch die richtige Wahl getroffen? Hauptmann Klein musste einen guten Stand beim Bürgermeister haben. Also war es besser, auf ihn zu setzen.

Roth lief der Schweiß den Rücken hinunter. Die Sonne versteckte sich hinter Wolken, aber es war schwül geworden. Etwas lag in der Luft. Er drehte sich um und klopfte mit der Schuhspitze gegen den Reifen. Aus einem offenen Fenster im ersten Stock drang das Hämmern von Schreibmaschinentasten. Es gab eine Alternative. Er konnte an seinen Schreibtisch und zu den Ausdünstungen von Olaf Reinert zurückkehren. Jürgen Roth schüttelte den Kopf und atmete tief durch. Allein beim Gedanken daran wurde ihm übel.

*

Wilhelm Klein stand vor der Tür, hinter der sich nach den Worten des jungen Polizeiassistenten Wachtmeister Franz Koschella aufhalten sollte. Er öffnete die Tür und unterbrach damit die lebhafte Unterhaltung der fünf Männer, die dort saßen. Wie auf Kommando blickten alle den Fremden an, und die Atmosphäre wurde merklich angespannter.

»Bitte?«, fragte der Älteste in der Runde. Die anderen tauschten Blicke und feixten.

»Raus mit euch.«

Dieser kurze Befehl sorgte für Verwirrung unter den Männern. Verblüfft sahen sie sich an.

»Meine Herren, verlassen Sie den Raum«, wiederholte Klein. Einer der Anwesenden lachte. Aber sein Lachen brach jäh ab.

Der Älteste, ein grauhaariger, faltiger Hungerhaken, stieß einen Laut aus, als stecke eine Gräte in seinem Hals fest. Er war rot angelaufen, und seine Halsschlagader trat hervor. Es schien, als müsse der stetig steigende Druck gleich durch die Ohren entweichen. Doch bevor es zu einer unkontrollierten Explosion kommen konnte, packte ihn einer seiner Kollegen, ein dicker, kahlköpfiger Mann um die dreißig, am Oberarm und blickte vielsagend zur Tür. Einen Augenblick später standen vier Männer auf und verließen das Zimmer.

»Franz, du auch!«, rief der Dicke seinem Kollegen vom Flur aus zu. Doch der rührte sich keinen Millimeter.

Klein drehte den Kopf und sagte leise: »Franz will nicht und bleibt.« Er knallte die Tür hinter ihnen zu.

Franz Koschella hatte inzwischen demonstrativ die Füße auf

den Schreibtisch gelegt und saß entspannt in seinem Stuhl, die Hände hinter dem Kopf verschränkt. Er spannte dabei seine Muskeln an, sodass seine gewaltigen Oberarme das Hemd ausfüllten.

Klein betrachtete ihn, wie es Zoobesucher mit Käfigtieren machen. Mit seiner krummen Nase, dem schiefen Kiefer und den abstehenden Ohren sah Koschella ziemlich grotesk aus. Abgesehen von diesen drei Merkmalen war sein Gesicht unscheinbar. Es hätte ebenso gut einem Matrosen, einem Totengräber oder einem Bergmann gehören können. Klein hatte Koschella lange genug gemustert. Mit einem schnellen Schritt trat er gegen eines der Stuhlbeine. Der Hundertkilomann hatte auf dem windigen Sitzmöbel keine Chance. Koschella schnappte nach Luft, als er mit dem Stuhl umfiel. Klein stand schon über ihm, da hatte der Wachtmeister kaum den Boden berührt. Er zwängte Koschellas Kopf in die Öffnung zwischen Sitz und Lehne und rollte seinen Gegner auf den Bauch. Der fixierte Kopf des Mannes wurde nach hinten gedrückt, während Klein gleichzeitig mit der Rückenlehne Druck auf dessen Wirbelsäule ausübte. Diese Konstruktion stützte er mit seinem ganzen Gewicht ab. Das war nicht einfach, denn Koschella war in Rage und versuchte mit aller Kraft sich zu befreien.

»Du brichst dir das Genick. Beruhige dich.«

Doch der Polizist schien für alle Drohungen taub zu sein und wälzte sich wie ein wildes Tier. Klein hatte keine andere Wahl, als die Rückenlehne weiter nach oben zu ziehen. Auch das Kinn des Wachtmeisters wanderte nach oben, und es knackte in der Wirbelsäule.

»Willst du zum Krüppel werden? Willst du, dass dir deine Frau für den Rest deines Lebens den Hintern abwischen muss?«

Die Kraft, die der Polizist in seine Befreiungsversuche steckte, musste heftig sein, denn plötzlich entwich ihm ein Furz. Klein musste lachen.

»Mein Gott, Franz! Deine Darmwinde gehören auf die Liste der verbotenen Gase!«

Mit einem Mal hatte Koschella alle Energie verloren. Wahrscheinlich lag es daran, dass Klein ihn noch fester niederdrückte.

»Bist du vernünftig geworden?« Er lockerte seinen Griff und

Koschellas Widerstand ließ etwas nach. »Hör mir jetzt gut zu. Ich weiß, dass dein Ruf hier nicht der beste ist, und dein erbärmliches Dasein lässt sich kaum als Erfolg bezeichnen. Die Glanzpunkte deiner Karriere werden darin bestehen, zu überprüfen, ob sich nicht die nächste Schickse etwas eingefangen hat. Ich bin dein Erlöser, Koschella. Ich werde dein Leiden verkürzen und dich aus diesem Loch hier herausholen. Ich sorge dafür, dass du noch heute hochkant aus dem Polizeidienst fliegst.«

Koschella murmelte etwas, was Klein als Protest auffasste.

»Das willst du nicht? Du hast große Ambitionen? Dann bleibt dir nur eine einzige Möglichkeit. Von heute an wirst du für mich arbeiten. Du wirst mein Spürhund sein. Ich brauche das, was in deinem bornierten Schädel steckt: Informationen. Ich nehme an, dass sämtliche Akten in diesem Amt wertlos sind. Du aber weißt alles über jeden in dieser elenden Provinz. Stimmt's?«

Klein verringerte den Druck auf den Stuhl, denn er spürte, dass Koschella aufgehört hatte sich zu wehren und ihm zuhörte.

»Du hilfst mir, und vielleicht kann ich dir im Gegenzug helfen. Du verlässt gleich diesen Raum und gehst in die Stadt. Ich will wissen, was auf der Straße über die Morde geredet wird. Ab morgen meldest du dich jeden Tag an der Rezeption des Hotels Stadtbahnhof und wartest auf meine Anweisungen. Nimmst du mein Angebot an? Ja? Dann hör mir zu ...«

*

Roth war in Gedanken versunken. Dass Franz Koschella vor ihm stand, bemerkte er erst, als er dessen krächzende Stimme hörte.

»Ab heute sind wir beide Klein zugeteilt. Wir werden zusammenarbeiten.«

Jürgen Roth antwortete nicht, so überrascht war er. Erst vor wenigen Wochen hatte er bei der Glatzer Polizei angefangen, und in der ganzen Zeit hatte Wachtmeister Koschella kein einziges Wort mit ihm gewechselt. Wenig verwunderlich, dass er jetzt, als er den Riesen vor sich sah, blinzelte, als wolle er einen Albtraum vertreiben. Es war nicht nur Koschellas Verhalten, sondern auch sein Aussehen, das ihn verwirrte. Der Wachtmeister sah anders aus. Die sonst so ordentliche Frisur war zerzaust und Haarsträhnen klebten an der Stirn. Koschella schien es nicht zu bemerken. Er wischte sich Blut von der Lippe, drehte sich zur Seite und rieb sich den Nacken. Er hatte anscheinend beschlossen, dass es nichts weiter zu sagen gab, denn er ging wackeligen Schritts den Ring hinunter in Richtung Wassertorstraße, nicht unbedingt die beste Adresse der Stadt.

Wenige Minuten später erschien Klein. Er stieg ins Auto und ließ sich zum Hotel Stadtbahnhof fahren. Roth versuchte gar nicht erst, aus dem versteinerten Gesicht des Hauptmanns etwas herauszulesen, und stellte auch keine Fragen. Er startete den Wagen und fuhr los. Eine gewisse Genugtuung erfüllte ihn, als er die vielen Gesichter der Beamten sah, die ihnen aus den Fenstern des Rathauses nachblickten.

Wenig später erreichten sie den weitläufigen Sellgittplatz. Roth parkte direkt vor dem Hotel. Bevor Klein ausstieg, trug er ihm auf, er solle sein Gepäck abholen und ins Hotel bringen. Jürgen Roth wartete, bis Klein hinter der Eingangstür verschwunden war, und fuhr dann abrupt los. Schon bald raste er mit einem breiten Grinsen im Gesicht in Richtung Grafenort.

Wilhelm Klein hatte inzwischen die Rezeption erreicht und stützte sich schwer auf den Tresen. Der Rezeptionist Anton Krupski überlegte, ob er nicht den Sicherheitsdienst rufen sollte, um sich des strauchelnden und, wie ihm schien, betrunkenen Mannes zu entledigen. Doch plötzlich kam ihm eine Ahnung, ein Instinkt, der sich auf jahrelange Berufserfahrung stützte. Der Hoteldirektor hatte ihm die Ankunft eines Gastes angekündigt, der mit besonderer Sorgfalt behandelt werden müsse. Außerdem hatte er Gerüchte über einen Mann mit einer Narbe gehört, der nach Glatz gekommen war, um einen Mörder zu fassen, der die Stadt in Angst und Schrecken versetzte. Er mutmaßte, dass er es nun mit ihm zu tun hatte.

»Hauptmann Wilhelm Klein? Ihr Zimmer steht bereit. Herr Direktor Menzel hat die beste Suite reservieren lassen.«

»Ich hätte gerne ein Zimmer im Dachgeschoss, weit weg von den anderen, mit Blick auf den Bahnhof.«

»Aber …« Krupski verstummte, nickte nur und griff in den Schlüsselkasten.

»Eigenes Treppenhaus, Dachgeschoss, Ecke Sellgittplatz und Bahnhof. Zur alleinigen Verfügung.«

Als Krupski das ansehnliche Trinkgeld in Empfang nahm, wusste er, dass er richtig gehandelt hatte. Als er die Schlüssel überreichte, fügte er hinzu:

»Der Direktor hat für Sie und Ihre Gäste ein Abrechnungskonto eingerichtet. Alles in Absprache mit der Glatzer Polizei.« Diesmal verfehlte er die beabsichtigte Wirkung. Eilig machte er sich in Gedanken eine Notiz. Der Gast nickte zum Gruß und ging in Richtung Hintertreppe. Krupski sah ihm noch eine Weile nach. Er musste zugeben, dass der alte Menzel ein Fuchs war.

Die ganze Stadt, vielleicht ganz Schlesien, würde sich über diesen Sonderling das Maul zerreißen. Und gleichzeitig wäre das Hotel in aller Munde. Kostenlose Werbung, die Gäste aus höheren Kreisen anlocken könnte. Das Restaurant würde besser ausgelastet sein. Vielleicht gab es sogar eine Lohnerhöhung? Nach den mageren Jahren müssten endlich wieder fette Jahre kommen. Krupski rief den Pagen.

»Hans, lauf ins Restaurant und bring einen Obstkorb ins Dachgeschoss. Steck die Visitenkarte des Direktors rein, aber so, dass man sie auch sehen kann!«

»Jawohl!«

Der Junge eilte davon, während sich der Empfangschef die Hände rieb. Der Direktor wird zufrieden sein, dachte er. Und ein zufriedener Direktor bedeutet zufriedene Mitarbeiter.

*

Klein öffnete die Tür und taumelte ins Zimmer. In seinem Kopf drehte sich alles. Mit der Zunge fuhr er sich über die spröden Lippen. Sofort steuerte er auf den Stuhl vor dem Schreibtisch zu. Er setzte sich und stützte die Ellbogen auf den Tisch. Den Kopf hielt er mit den Händen hoch. So versuchte er, gegen die Übelkeit anzukämpfen. Als er die Augen schloss, wurde ihm noch schwindliger. Er suchte nach einem Ankerpunkt, fand einen Kratzer auf der Platte des Mahagonitisches und konzentrierte sich auf ihn. Noch immer zitterte er am ganzen Körper und rang nach Atem. Er lockerte den steifen Kragen und wischte sich mit einem Taschentuch den Schweiß von der Stirn. Seine Haut fühlte sich klebrig und kalt an. Er brauchte dringend frische Luft, aber er fürchtete, nicht einmal die wenigen Schritte bis zum Fenster zu schaffen. Das gleichmäßige Ticken der Uhr, der beschleunigte Herzschlag. Klein versuchte, den Rhythmus seines Herzens mit dem des Sekundenzeigers in Einklang zu bringen. Als er es fast geschafft hatte, hörte er ein Klopfen an der Tür. Erneut war sein Herz aus dem Takt.

»Herein!«

»Ein Obstkorb! Mit besten Grüßen von der Direktion.«

Klein beachtete den Ankömmling nicht einmal, sondern starrte auf die Flasche Weber-Quelle auf dem Schreibtisch. Er griff danach, hatte aber keine Kraft mehr, sie anzuheben. Der Page stellte den Korb auf den Stuhl am Fenster und drehte sich um.

»Ich mache sie für Sie auf.« Er nahm dem Gast die Flasche ab, öffnete den Bügelverschluss und schenkte ein Glas ein. »Kann ich sonst noch etwas für Sie tun?«

»Das Fenster«, krächzte Klein. »Mach das Fenster auf und verschwinde.«

»Jawohl!«

Jetzt erst sah Klein den jungen Mann an. Vielleicht hatte dessen charakteristisches Jawohl etwas in ihm ausgelöst. Als er einen Hauch frischer Luft spürte, stürzte er das Glas Wasser in einem Zug hinunter. Er kramte für den jungen Mann einige Münzen hervor.

»Danke, Herr Hauptmann«, sagte der mit einer Verbeugung, eilte aus dem Zimmer und schloss die Tür hinter sich.

Klein hatte das Gefühl, den Pagen schon einmal irgendwo gesehen zu haben. Im Moment war er jedoch zu schwach, um sich darauf konzentrieren zu können. Die Übelkeit war zurück und mit ihr ein stechender Schmerz. Ein alter Bekannter, der nicht in Vergessenheit geraten wollte. Nur manchmal schwieg er, und wenn Klein glaubte, ihn unter Kontrolle zu haben, meldete er sich stärker und intensiver als zuvor.

Klein stand auf, ging auf unsicheren Beinen zum Fenster und hielt sich an der Fensterbank fest. Er beugte sich vor und hatte das Gefühl, plötzlich schwerelos zu sein und davongetragen zu werden. Sein Blick fiel auf den Bahndamm und die Bahnsteige, wo er ein Gewimmel von Reisenden sah. Ein fernes Pfeifen drang zu ihm herauf und bald hörte er das Rattern eines in eine Dampfwolke gehüllten Zuges. Wenige Augenblicke später kam das schwarz glänzende Ungetüm mit einem Quietschen der Bremsen zum Stehen, und der Pfiff des Schaffners ertönte. Die Menschentraube unter dem Holzdach hielt kurz inne, um sich gleich darauf wieder in Bewegung zu setzen, als die Waggontüren aufgingen. Eine bunte Welle ergoss sich in die Abteile, reges Treiben war zu hören, das erst vom Zischen des stählernen Ungetüms wieder übertönt wurde. Dampf kroch über die Gleise, die Treibstangen zogen rasselnd an den Antriebsachsen, und der Zug setzte sich Richtung Breslau in Bewegung. Weißgraue Wolken wirbelten auf, hüllten den Bahnsteig ein, bildeten kleine Knäuel, die immer größer wurden. Vor Kleins Augen verschwamm das Bild. Es schien ihm, als käme der Dampf auf ihn zu. Er spürte die Hitze auf seinen Wangen, alles verschwand in klebrigem, hitzeflirrendem Grau. Seine Knie gaben nach und er schlug auf dem Holzboden auf.

*

Jürgen Roth steuerte den Audi mit leichter Nonchalance. Er ertappte sich dabei, wie er seiner Beifahrerin imponieren wollte. Immer wieder blickte er in ihre Richtung, doch sie ignorierte ihn hartnäckig. Nachdem er im Schloss angekommen war und den Dienstboten den Grund seines Kommens erklärt hatte, musste er nicht lange auf Kleins Gepäck warten. Gut möglich, dass der Hauptmann es am vorangegangenen Abend nicht einmal ausgepackt hatte. Roth wunderte sich weniger über die kleine Reisetasche als vielmehr über eine unerwartete Zugabe in Gestalt einer jungen Frau, die sich als Agnes vorstellte. Auf Anweisung des Schlossherrn von Grafenort sollte sie gemeinsam mit Kleins Gepäck im Hotel abgesetzt werden. Den Polizeiassistenten konnte an diesem Tag nichts mehr in Erstaunen versetzen. Schnell packte er also die Taschen seines neuen Chefs und der Frau in den Kofferraum und fuhr mit Agnes zurück nach Glatz.

Einige Male versuchte er ein Gespräch anzustoßen, um mehr über Klein und sie selbst herauszubekommen. Ihre Antworten waren jedoch einsilbig. Mangelnde Diskretion konnte man ihr nicht vorwerfen. Das schnelle Tempo machte ebenfalls keinen Eindruck auf sie. Im Gegensatz zu den meisten anderen Frauen brachten Adrenalin und Aufregung weder ihren Widerstand noch ihr Herz zum Schmelzen. Agnes saß ungerührt im Wagen und beobachtete interessiert die vorbeiziehende Landschaft.

Als Roth gedankenverloren zu scharf in eine Kurve einfuhr, wo gerade ein Pferdefuhrwerk aus einem Waldweg auf die Straße einbog, konnte er nur in letzter Sekunde einen Zusammenstoß vermeiden. Er sog scharf die Luft ein und blickte verlegen zu Agnes hinüber. Die aber war keineswegs einer Ohnmacht nahe, wie er befürchtet hatte, sondern schaute nur etwas säuerlich drein und schwieg. Hier hatte er es mit einer harten Nuss zu tun, dachte Roth. Und er fragte sich mit roten Ohren, ob sie wohl auch an der nächtlichen Orgie teilgenommen hatte.

Wenig später fuhren sie in den Sellgittplatz ein und hielten vor dem Hotel. Roth war noch nicht ausgestiegen, da stand der Page schon bereit. Er öffnete Agnes die Tür und blieb vor dem Kofferraum stehen. Roth überließ ihm das Gepäck und betrat mit Agnes das Foyer. Der Page stieg als Erster die Treppe hinauf, dicht gefolgt von Agnes. Roth hatte es nicht eilig. Er gehörte zu den Männern, die Frauen gerne in Bewegung sahen. Ohne Skrupel betrachtete er die wohlgeformten Waden und das von einem engen Rock umschlossene Gesäß. Ein Jäckchen bedeckte die schmalen Schultern, auf der Steckfrisur saß ein eleganter Hut. Hätte man ihn gefragt, hätte Roth sie als graue Maus beschrieben. Eine auf den ersten Blick unscheinbare junge Frau mit Sommersprossen, die aber etwas sehr Anziehendes an sich hatte.

Sie erreichten das Dachgeschoss, wo der Page an die Tür klopfte. Einmal, ein zweites Mal. Keine Reaktion.

»Vielleicht ist er nicht da?«, spekulierte Roth.

»Hauptmann Klein hat das Zimmer nicht verlassen, da bin ich mir sicher.«

»Geh zur Seite.« Roth ergriff nun die Initiative. Er wollte Agnes' Interesse auf sich lenken. Sie aber ignorierte ihn. Er klopfte und rief: »Herr Hauptmann! Ihr Gepäck.«

Immer noch keine Antwort. Roth bemerkte, dass Agnes unruhig wurde. Plötzlich warf sie ihm einen Blick zu, der ihn zu einer heroischen Handlung veranlasste. Er klopfte noch ein letztes Mal, griff dann nach der Klinke und öffnete die Tür. Klein lag reglos auf dem Boden. Roth hielt den Pagen zurück, der schon ins Zimmer stürmen wollte, und eilte zum Hauptmann, um seinen Puls zu fühlen.

»Er lebt«, sagte er und sah sich gleichzeitig im Zimmer um. Sein erster Gedanke war, Klein sei überfallen worden. Doch es war niemand da.

»Legt ihn aufs Bett.«

Der Ton, den Agnes anschlug, ließ Roth erstarren. Sie war genauso beherrscht wie vorhin, als er beinahe mit dem Fuhrwerk zusammengestoßen wäre.

»Einen Moment ...« Roth versuchte etwas zu erwidern.

Die Frau wiederholte ihre Aufforderung im gleichen entschlossenen Ton. Der Page beugte sich über den Bewusstlosen und schob vorsichtig seine Hände unter dessen Achseln. Zögernd packte Roth die Füße und gemeinsam hoben sie den Hauptmann aufs Bett.

»Ich kümmere mich um ihn. Es ist alles in Ordnung. Bitte gehen Sie. Beide.«

»Soll das ein Scherz sein?« Jürgen Roth sah Agnes verständnislos an. »Wir rufen den Doktor, und zwar sofort!«

»Ich kümmere mich um Herrn Klein. Er braucht keinen Arzt. Bitte gehen Sie und kommen Sie frühestens in einer Stunde wieder.«

Roth sah den Pagen an. Der hatte fluchtartig das Zimmer verlassen und stand vor der Tür.

»Wirklich! Gehen Sie. Es ist alles unter Kontrolle.«

Sie sprach jetzt in einem ganz anderen Ton. Roths Lippen bewegten sich, aber er fand nicht die richtigen Worte. Als er sie ansah, erkannte er Sanftmut in ihren Augen, dann blieb sein Blick auf den Sommersprossen auf Wangen und Nase hängen. Ihm kam der Gedanke, sie sei eine Hexe, die jeden betören könne. Früher hätte man Frauen wie sie wohl in die Neiße geworfen oder auf dem Scheiterhaufen verbrannt. Wütend auf sich selbst drehte er sich noch einmal um, bevor er die Tür schloss. Aus den Augenwinkeln sah er, wie Agnes aus der Reisetasche eine Metalldose hervorholte. Auch ohne den Inhalt sehen zu können, ahnte er, was sich darin befand. Mit dem Luftzug, der durch das offene Fenster herrührte, drang der in Krankenhäusern allgegenwärtige Geruch von Desinfektionsmitteln zu ihm. Draußen im Flur hatte er das Bild einer Spritze aus Metall und Glas vor Augen.

»Ich gehe runter.«

Roth sah den Pagen entgeistert an und wurde erst aus seinen Gedanken gerissen, als dieser die Treppe erreicht hatte.

»Warte! Wie heißt du?«

»Hans. Hans Fredke, werter Herr.«

»Kein Wort zu niemandem, Hans«, sagte er schroff. »Sonst wirst du es bereuen!«

»Aber natürlich, werter Herr.« Der Page, der noch auf der ersten Stufe stand, drehte sich um. »Für den Herrn Hauptmann würde ich alles tun.«

Etwas in den Worten des jungen Mannes irritierte Roth, aber in seinem Kopf schwirrte so viel herum, dass er nicht genau ausmachen konnte, was es war. Er blickte noch einmal zur Tür und ging dann hinunter zum Wagen. Er musste ins Rathaus, um sicherzugehen, dass seine Vorgesetzten wussten, dass er Hauptmann Wilhelm Klein zugeteilt worden war. Dabei wollte er den Eindruck erwecken, diese Situation behage ihm überhaupt nicht. Was natürlich gelogen war.

*

Professor Gustav Taube stieg aus eigener Kraft aus der Kutsche, kam aber auf den Stufen des Rathauses ins Wanken. Wachtmeister Puder konnte ihn gerade noch rechtzeitig stützen, um einen

Sturz zu verhindern. Der Professor kicherte, als er den entsetzten Blick des Wachtmeisters sah. In der Tat hatte er ein oder zwei Krüge zu viel getrunken, aber er hatte nicht vor, sich dafür zu rechtfertigen. Er glaubte, sich das verdient zu haben, nachdem das Schicksal ihm heute solche Aufregungen beschert hatte.

»Seien Sie unbesorgt, Wachtmeister. Mit dem Kommissar werde ich schon fertig.«

Als Taube erneut aufstoßen musste, seufzte Puder. Er bedauerte nun, den Mann nicht schon früher aus der Kneipe geholt zu haben.

Der Professor richtete sich auf und stürmte hocherhobenen Hauptes auf das Portal zu. Genau in diesem Moment wurde die Tür von innen geöffnet. Taube rauschte mit Schwung zur Treppe nach oben durch und ließ den Wachtmeister einige Schritte hinter sich. Im ersten Stock ging ihm jedoch die Luft aus und er lehnte sich keuchend gegen die Wand.

»Ich mach nur ein kleines Päuschen.« Erneut griff er nach seinem Hut, mit dem er sich Luft zufächeln wollte. Doch wieder berührte er nur sein schweißverklebtes Haar.

»Vielleicht möchten Sie sich ein wenig frisch machen?« Puder änderte seine Strategie und beschloss, das Aufeinandertreffen mit Kommissar Richter so lange wie möglich hinauszuzögern.

»Gott behüte!« Der Professor hatte sich bereits wieder im Griff. »Bringen wir es hinter uns. Ich will nur noch nach Hause und schlafen. Das war schon viel zu viel für mich.«

»Für mich auch«, brummte Puder, packte den Professor an der Schulter und führte ihn am Sekretariat vorbei zum Büro des Kommissars.

Heinrich Richter blickte mit großen Augen auf die beiden Männer, als falle ihm erst jetzt wieder ein, dass er nach Taube geschickt hatte. Er blieb sitzen und deutete auf den Stuhl ihm gegenüber.

»Nehmen Sie Platz, Herr Professor.«

Taube setzte sich. Eine Weile rutschte er hin und her, weil er keine bequeme Position finden konnte. Puder hatte inzwischen von seinem Vorgesetzten das unmissverständliche Signal erhalten, dass er nicht mehr gebraucht werde, und verließ erleichtert den Raum.

»Es tut mir leid, dass Sie heute Morgen Zeuge eines so unangenehmen Ereignisses wurden. Aber ich muss Sie dazu befragen. Ich hoffe, Sie verstehen das.«

»Eigentlich nicht.« Taube musste laut aufstoßen. Sofort bedeckte er den Mund mit der Hand und hielt den Atem an. Seine Augen tränten, er blinzelte.

Erst jetzt nahm Richter den herben Geruch von Alkohol und Zigarettenrauch wahr. Er biss die Zähne zusammen.

»Das ist nun mal die Aufgabe der Polizei. Ich möchte Ihnen ein paar Fragen stellen.«

»Aber ich habe doch schon alles diesem äußerst intelligenten Polizisten, dem Herrn Klein gesagt.«

Richter spürte, wie ihm der Kamm schwoll und der Druck in seinem Kopf stieg. Langsam beschlich ihn das Gefühl, dass ihm das jedes Mal passierte, sobald der Name Klein fiel. Schließlich schluckte er und sagte, immer noch gegen seine Gereiztheit ankämpfend:

»Erzählen Sie es also bitte noch einmal, diesmal mir, dem Kommissar der Glatzer Polizei.«

Taube taxierte sein Gegenüber für einen Moment und stellte fest, dass er den Kommissar beim besten Willen nicht als Klein ebenbürtig empfinden konnte. Ihm war klar, dass dieser Kommissar das meiste von dem, was er am Morgen mit dem Hauptmann im Gasthof am Rossmarkt besprochen hatte, nicht verstehen würde. Also erzählte er kurz von seinem Geburtstag und dem unglücklichen Spaziergang über die Brücktorbrücke. Alle weiteren Beobachtungen ließ er weg. Während er erzählte, musste er mehrmals aufstoßen, was Kommissar Richter einem Schlaganfall immer näherbrachte. Den Professor störte das allerdings nicht. Schließlich hatte der ihm nicht einmal ein Glas Wasser angeboten.

Richter stand auf, trat ans Fenster und schaute hinaus. Er war zu dem Schluss gekommen, Taube würde nicht viel zur Sache beitragen können. Seine Aufmerksamkeit richtete sich nun vielmehr auf das Auto, das aus der Schwedeldorfer Straße kam, einer der repräsentativsten Straßen von Glatz. Am Steuer erkannte er den jungen Polizeiassistenten Jürgen Roth. Er hatte bereits einen Blick in seine Akte werfen können. Gestern hatte der Bürgermeister ihn Klein zur Seite gestellt und in der nächsten Zeit würde er ihn begleiten. Richter lächelte. Jeder junge Mensch ist ehrgeizig und vieles hängt davon ab, ob er Leuten begegnet, die ihm wohlgesonnen sind und ihm bei seiner Karriere helfen. Und dieser Roth schien ein sehr ehrgeiziger Junge zu sein.

»Nun gut, Herr Professor. Das war alles, was ich hören wollte.«

Taube war so überrascht, mitten in seiner Erzählung unterbrochen zu werden, dass sogar sein Schluckauf plötzlich weg war. Der Kommissar ließ sich von der Verblüffung des Professors nicht beeindrucken und rief nach Puder. Natürlich würde er Taube, der ihm auf die Nerven ging, nicht so einfach davonkommen lassen. Aber auch der Wachtmeister sollte sein Fett abbekommen.

»Wachtmeister, protokollieren Sie die Aussage des Herrn Professor. Ich möchte auch einen Bericht über unseren Einsatz an der Brücke«, sagte er und fügte nach einer Weile an beide gewandt hinzu: »Das wäre alles.«

Während Puder und Taube mit säuerlichen Mienen das Büro verließen, griff Richter zum Telefon. Die Zeit drängte, er musste handeln, wenn er Klein ausstechen wollte. Zuerst rief er seinen Freund Major Kurt Schneider an, den Kommandanten der Glatzer Militärgendarmerie, und verabredete sich mit ihm für den Abend. Dann setzte er sich mit dem Sekretariat in Verbindung und ordnete das unverzügliche Erscheinen von Polizeiassistent Jürgen Roth an. Zufrieden griff er in die Schublade, holte einige Akten hervor und breitete sie vor sich aus. Er tat so, als würde er die Berichte studieren. In Wahrheit wusste er nicht einmal, worum es darin ging.

*

Jürgen Roth hatte den Braten bereits gerochen. Gleich nach seiner Ankunft im Rathaus war ihm befohlen worden, sich im Büro des Kommissars zu melden. Ihm schwante sofort, dass seine »Vorladung« mit dem Berliner Ermittler zu tun haben musste. Die ganze Fahrt über vom Hotel hierher hatte er überlegt, was er seinen Vorgesetzten und Kollegen sagen sollte. Mit einer Konfrontation mit Kommissar Richter hatte er indes nicht gerechnet. Reiß dich zusammen, Jürgen, sprach er sich Mut zu. Nutz die Situation zu deinem Vorteil. Endlich hast du die Chance auf Veränderung. Vielleicht verfaulst du doch nicht in diesem schäbigen Zimmer am Ende der Befehlskette.

Heinrich Richter saß hinter seinem Schreibtisch und blickte nicht auf, als Roth eintrat. Er hob lediglich die Hand, um zu signalisieren, dass er diese wichtige Akte noch fertiglesen müsse. Den Falten auf der Stirn des Kommissars nach zu urteilen, musste es sich um eine sehr wichtige Angelegenheit handeln. Als Richter das letzte Blatt wendete, wirkte er erstaunt, dass das Dokument zu Ende war. Unzufrieden steckte er das Papier zurück in die Mappe und wandte sich dem Assistenten zu.

»Setzen Sie sich«, befahl er unwirsch.

Roth nahm verkrampft Platz. Die Armlehne bohrte sich schmerzhaft in seine Rippen. In den Räumen der Glatzer Polizei fehlte es nicht an Möbeln, die auch vorzügliche Folterinstrumente abgegeben hätten. Er schwieg. Noch nie hatte er allein mit dem Kommissar gesprochen. Aber Kollegen hatten ihm geraten, kein Wort ungefragt zu sagen und den Kommissar niemals zu unterbrechen. Darüber, hieß es, könne Richter so in Rage geraten, dass einige der Stempel, die einen großen Teil des soliden Schreibtischs einnahmen, schon mal quer durch den Raum flogen.

»Roth, Jürgen Roth …« Richter lehnte sich bequem zurück.

»Jawohl, Herr Kommissar. Sie haben mich herbeordert.«

»In der Tat!« Richter kniff die Augen zusammen. Er spürte einen Schmerz. Seine Sehkraft hatte in letzter Zeit merklich nachgelassen, und der Kommissar stellte mit Bedauern fest, dass er den Besuch bei Max Weigmann nicht länger aufschieben konnte. Vom Rathaus waren es nur wenige Schritte bis zum Laden des Optikers. Schon lange wollte er sich eines der viel gerühmten Carl-Zeiss-Gläser in einer modischen Fassung kaufen. Bisher hatte er sich für keine entscheiden können, weshalb ihm nun nichts anderes übrigblieb, als sich die schmerzenden Augen zu reiben.

Roth saß derweil wie auf Nadeln. Das war nicht nur eine Redensart. Die Sitzfläche des Stuhls war tatsächlich an den Rändern mit Nägeln gespickt.

»Roth, Sie begleiten unseren Gast, Hauptmann Klein?«

»Ja. Das wurde mir vom Bürgermeister aufgetragen.«

»Zu Recht.« Richter blickte den Polizeiassistenten an. »Der Mord an Major Peschke hat das Interesse der Reichswehr geweckt. Offenbar nimmt man die Sache in Berlin so ernst, dass sie einen ihrer Männer geschickt haben. Aber der heutige Vorfall auf der Brücktorbrücke verkompliziert die Situation. Zweifellos haben wir es hier mit einer sehr heiklen Geschichte zu tun.«

Richter machte eine Pause, die Roth endlos vorkam. Wegen der Warnungen seiner Kollegen sagte er jedoch nichts.

»Momentan gibt es keinen Grund, den Mord am Major mit dem am Stadtrat in Verbindung zu bringen. Aufgrund der guten Beziehungen zum Übergangsheer sehe ich keinen Grund, Klein die Ermittlungen zu verwehren. Vielleicht kooperiert er mit der Gendarmerie. Hat er schon mit dem örtlichen Posten Kontakt aufgenommen?«

»Davon ist mir nichts bekannt.«

Richter runzelte die Stirn.

»Wir sind den Bürgern gegenüber verpflichtet, sie vor den Taten von Verrückten wie Dinters Mörder zu schützen. Im Dienst der Gesellschaft ist es unsere moralische Pflicht, diese Verbrecher zu fassen.«

Jetzt verstand Roth, worauf Richter hinauswollte. Und die Pause, die Richter einlegte, hatte diesmal einen anderen Zweck, als ihn zu beeindrucken.

»Herr Kommissar, wir alle sind entsetzt und persönlich betroffen von dem, was geschehen ist. Ich bin überzeugt, dass der Täter gefasst und bestraft werden wird.«

Richter lächelte verständnisvoll.

»Ich habe ein ungutes Gefühl, Roth. Ich hoffe, Sie verstehen mich. Wir dürfen uns bei den Ermittlungen nicht ablenken lassen. Wilhelm Klein ist befugt, eigenständig zu ermitteln, und so soll es auch sein. Aber ich kann nicht zulassen, dass wir durch sein Handeln behindert werden. Sollte es, Gott behüte, zu einem weiteren Mord kommen, wer wird dann verantwortlich gemacht? Wem wird man Inkompetenz vorwerfen? Hauptmann Klein? Nein! Es wird auf uns zurückfallen, Roth. Und ich werde nicht zulassen, dass das Ansehen der Polizei durch die Handlungen Dritter beschädigt wird. Ihnen ist also klar, dass ich nicht tolerieren kann, dass uns etwas Wichtiges verschwiegen wird.«

Roth fuhr sich mit der Zunge über die Lippen. Hatte der Kommissar ihm gerade zu verstehen gegeben, er solle den Hauptmann bespitzeln?

»Wir brauchen junge, ehrgeizige Leute wie Sie. Es tut mir leid, dass Ihnen diese undankbare Aufgabe zugeteilt wurde. Sie verdienen mehr, als nur den Chauffeur dieses Klein abzugeben.«

Roth versuchte sich zu erinnern, ob ihm jemals eine, wie der Kommissar es nannte, dankbarere Aufgabe übertragen worden war als die jetzige.

»Ich hoffe, dass bald alles vorbei ist und Sie wieder zu uns kommen.« Richter nickte nachdenklich. »Ich weiß, dass Ihnen diese Rolle aufgedrängt wurde, und bestimmt fürchten Sie, in den Augen der Kollegen und Vorgesetzten an Ansehen zu verlieren. Aber ich bin mir sicher, dass Sie, auch wenn Sie für Klein arbeiten, nicht vergessen werden, woher Sie kommen und wo Ihre berufliche Zukunft liegt. Wenn alles nach unseren Vorstellungen abläuft, werden Ihnen rasch Aufgaben zugeteilt, die Ihren Fähigkeiten entsprechen.«

»Danke, Herr Kommissar«, krächzte Roth.

»Nun …«, um Richters Mundwinkel zuckte es. »Erledigen Sie Ihre Aufgabe gewissenhaft und wenden Sie sich an mich, wenn Ihnen etwas merkwürdig vorkommt. Direkt an mich.«

»Jawohl, Herr Kommissar.«

Zufrieden wandte sich Richter wieder seinem Aktenstudium zu, während Roth das Büro mit der Erkenntnis verließ, nun ganz bestimmt alles zu seinen Gunsten drehen zu können. Es bedurfte einer äußerst vorsichtigen und sensiblen Herangehensweise, um zwischen Richter und Klein den richtigen Weg zu finden. Noch hatte er etwas Zeit, dieses fragile Arrangement zu durchdenken. Was tun? Das große Unbekannte wählen? Loyalität zu Klein oder zum Kommissar und seiner Abteilung, in der er sich nicht anerkannt fühlte?

Mach es! Hinterlass keine verbrannte Erde! Sei schlau, Jürgen, zeig nicht, dass du mehr draufhast als diese Pappnasen! Wenn die Zeit reif ist, wirst du deine Entscheidung treffen. Aber lass nicht zu, dass es nur leere Versprechungen sind ... In Gedanken versunken stieg er die Rathaustreppe hinunter. Wenn der Kommissar ihn zum Denunzianten machen wollte, so sollte er für die Informationen wenigstens teuer bezahlen.

*

Ein Grollen. Ein Dröhnen in der Ferne. Es fühlte sich an, als hätte eine Kruste aus Blut und Schlamm seine Augen verklebt. In der Nase der Geruch von Erde, Harz, Verwesung und Schweiß. Die lebhaften Empfindungen rauschten durch sein Blut, während das Gift in seine Adern strömte, nach dem sein Körper so sehr verlangte. Die Erleichterung kam in Wellen, wie eine steigende Flut, die eine zerklüftete Felsküste umspült. Das ferne Donnern der Geschütze verstummte. Gellende Schreie verloren sich im Nichts. Aus diesem Nichts kehrte Hauptmann Wilhelm Klein langsam zurück in die Welt der Lebenden.

Er spürte die Berührung einer kühlen Hand auf seiner Stirn. Ein sanfter, dennoch fester Druck. Eine Weile kämpfte er noch mit der Trägheit seines Körpers, dann hob er die Augenlider, und ihm war, als würde er zum ersten Mal seit langer Zeit wieder atmen.

»Wer sind Sie?«

»Nennen Sie mich Agnes. Graf Herberstein hat mich gesandt. Ich werde mich während Ihres Aufenthaltes um Sie kümmern.«

Er schob ihre Hand beiseite und richtete sich im Bett auf. Durch das Fenster war die Abenddämmerung zu sehen. Klein schwindelte noch, spürte aber bereits eine gewisse Entspannung und Leichtigkeit. Er war sensibel geworden: das Ticken der Uhr, das Atmen der Frau, das Scheuern des Vorhangs an der Fensterbank, der Geruch aus dem Hotelrestaurant. Seine Fingerspitzen glitten kurz über die kleine Einstichstelle an seinem Handgelenk. Sogleich zog er den Hemdsärmel darüber.

»Lassen Sie uns etwas essen«, sagte er. »Es soll hier allerlei Klöße geben.«

»Ja, daher auch die Bezeichnung Kleeßlahengste für die Glatzer Bauern«, erwiderte sie leise. »Hier in diesem Restaurant sind das jedoch nur Beilagen zu raffinierteren Gerichten. Bitte stärken Sie sich. Ich kann Sie leider nicht begleiten.«

Klein sah die junge Frau an. Sie benutzte offenbar keinerlei Kosmetik, um etwaige Schönheitsmakel zu überdecken. Denn es gab keine. Die bezaubernden Sommersprossen auf Nase und Wangen konnte man wahrlich nicht als Makel bezeichnen. Natürlichkeit zeichnete die Frau aus. Das längliche Gesicht verriet Intelligenz und Entschlossenheit, ihre haselnussbraunen Augen blickten ihn aufmerksam an. Die Unbekannte hatte so dezent Parfüm aufgetragen, dass Klein es sicherlich nicht wahrgenommen hätte, wenn seine Sinne nicht geschärft gewesen wären. Am Tag zuvor hatte er die Frau auf Schloss Grafenort nicht gesehen. Vielleicht hatte sie bis vor Kurzem noch den alten Grafen gepflegt. Nun hatte der junge Herberstein ihr aufgetragen, sich um seinen Freund Klein zu kümmern. Reglos saß sie da, wohl wissend, dass sie taxiert wurde.

»Eine Frau voller Rätsel.«

Sie lachte, schlug die Beine übereinander und ließ ihre Blicke über ihn wandern, wozu sie vorher doch ausreichend Gelegenheit gehabt hätte.

»Der Graf sagte, Sie seien grandios im Lösen von Rätseln. Allerdings noch besser im Erfinden von Rätseln. Bitte versuchen Sie sich an der ersten Fähigkeit!«

Dieses Spiel gefiel ihm. Er stand vom Bett auf und merkte, dass er sich viel besser fühlte. Er holte den Stuhl, der neben dem Schreibtisch stand, und stellte ihn direkt vor Agnes. Als er sich setzte, berührten seine Knie beinahe die ihren. Zum ersten Mal sah er etwas Verlegenheit in ihrem Gesicht.

»Man könnte meinen, Sie seien Ärztin, aber ich wage zu behaupten, dass Sie nicht jeden Tag Menschen behandeln.«

»Nein?«

»Sie behandeln kranke, verletzte und verkrüppelte Tiere. In ihren Augen sehe ich Hoffnung und Schmerz über den Verlust. Vielen ihrer Patienten konnten Sie nicht helfen. Sie haben Rückschläge erlebt. Sie haben alles versucht, es trotz verzweifelter Bemühungen aber nicht geschafft und sie verloren. Und als sie starben, nahmen sie einen Teil ihrer Seele mit. Denn auch damit befassen Sie sich: Sie kümmern sich nicht nur um den Körper ihrer Patienten, sondern auch um deren Geist.«

Sie schwieg. Die Charakterisierung schien sie nicht zu überraschen.

»Sind Sie mit meiner Antwort zufrieden?«

»Wenn dem so wäre, warum bin ich dann hier?«

Klein lehnte sich etwas zurück. Ihre Stimme passte zu seiner Beschreibung. Agnes fügte sich in die Umgebung ein, wurde auf zwanglose Weise Teil des Lebens der Patienten. Vielleicht half ihr dabei ein unerschöpflicher Vorrat an Einfühlungsvermögen, vielleicht auch eine angeborene, natürliche Gabe, sich der Umgebung anzupassen.

»Offensichtlich bin auch ich eines dieser verletzten Tiere.« Er lächelte. »Und Sie sind mir zu Hilfe geeilt. Zur Rettung meiner nicht vorhandenen Seele.«

»Sie haben also keine Seele«, wiederholte sie langsam. »Wenn, wie Sie behaupten, jeder Patient mir ein Stück meiner Seele genommen hat, dann bedeutet das, dass die Seele ein messbares Volumen hat und ich sie Schritt für Schritt verloren habe. Wir sind also beide des göttlichen Elements beraubt. Niemand kann uns mehr etwas wegnehmen.«

»Wir haben nicht viel zu verlieren, richtig?« Diesmal erwartete er keine Antwort. Er stand auf und griff nach seinem Jackett. »Ich gehe hinunter ins Restaurant. Wenn Sie Hunger haben, sind Sie herzlich eingeladen.«

»Danke.« Agnes lächelte und stand ebenfalls auf. »Ich werde jetzt meine Sachen auspacken. Erlauben Sie mir, das Zimmer am Ende der Suite zu nehmen.«

Er nickte. Während er seine Hemdsärmel zuknöpfte, beobachtete er sie weiter. Sie ging auf eine Tür zu, die weiter ins Innere der Suite führte. Klein vermutete, dass sich dort das Bad und ein oder zwei weitere Räume befanden. Das würde er sich später anschauen. Im Moment knurrte ihm der Magen. Er musste schleunigst etwas essen, um wieder zu Kräften zu kommen.

*

Das Hotel Stadtbahnhof war eines der elegantesten Häuser der Stadt. Der Besitzer musste große Ambitionen gehabt haben. Er hatte sich um viele Details gekümmert, auch wenn manche einen gewissen Provinzialismus verrieten. Das Hotelrestaurant wirkte einladend. Der Boden war mit einem dreifarbigen Mosaik aus geometrischen Mustern ausgelegt, die Wände mannshoch mit Holz vertäfelt. Klein stand in einem Gang zwischen zwei Speisesälen. Kandelaber an den Wänden beleuchteten runde und rechteckige Tische, die mit weißen Tischtüchern gedeckt waren. Über den Tischen hingen Lampen, die mit ihren quastenbesetzten Schirmen so gar nicht zur übrigen Einrichtung passten. Doch der größere Saal war erst recht nicht nach Kleins Geschmack. Als er sich in einem Wandmosaik aus Dutzenden von Spiegelquadraten selbst erblickte, zog er sich in den ersten Raum zurück. Dort setzte er sich an einen Tisch neben der Bar, der ihm eine gewisse Intimität und Abgeschiedenheit von den Gästen bot, die nun in immer größerer Zahl das Restaurant betraten.

Lautlos tauchte der Kellner vor ihm auf. Klein sah erst gar nicht in die Speisekarte, sondern bestellte eine Flasche Limonade und den Hauptgang: Klöße mit Rindfleisch. Der Mann nahm die Bestellung auf und zündete die Kerze auf dem Tisch an, die Klein sofort wieder löschte. Er ließ sich in den gepolsterten Stuhl sinken und war jetzt ganz entspannt. Die Gespräche an den Nebentischen wurden lauter. Die Stadt Glatz kam nach dem Krieg langsam wieder in Gang. Früher hatte es eines Wunders bedurft, genügend Fleisch für die Restaurantküchen aufzutreiben, nun aber kehrte das Leben in die Gasthäuser, Kneipen und besseren Lokale zurück. Klein hörte das Klirren von Besteck und Tellern, im Hintergrund erklang aus einem Radio ein Strauss-Walzer. Gerüche und Geräusche vermischten sich und erfüllten den Raum des ganzen Restaurants. Klein hatte den Eindruck, dass die wohlig-angenehme Atmosphäre seinen Körper umhüllte, ja geradezu durch seine Haut drang. Seine Gedanken wurden träge, er konnte sie nicht mehr sammeln, keine Zusammenhänge von Ursache und Wirkung mehr herstellen. Er ertappte sich bei einem glückseligen, dümmlichen Grinsen. Würde er jetzt in den Spiegel schauen, wäre er zutiefst angewidert von sich selbst und würde alles tun, um die Anzeichen seiner Schwäche von seinem Gesicht zu tilgen.

»Guten Appetit, Herr Klein. Darf ich noch etwas bringen?«

»Danke.« Klein signalisierte dem Kellner mit einer Handbewegung, dass er weiter nichts wünschte. Bei dieser Bewegung schien ihm die Hand vor den Augen zu verschwimmen. Er starrte auf den Boden. Das Mosaik wechselte die Farben, die Polygone drehten sich im Kreis, und Klein erkannte, dass der Impuls, der sie zur Bewegung zwang, das Ticken der großen Wanduhr war.

Sein Blick fixierte den Teller. Die dreieckigen Klöße, die im Halbkreis aufgefächert übereinander lagen, erinnerten an umgestürzte Dominosteine. Inmitten der Soße lag ein saftiges Stück Fleisch. Klein griff zu Messer und Gabel, teilte einen der Klöße, tauchte das Stück in die dicke Soße und schob es in den Mund. Gierig verschlang er den Bissen, um gleich darauf den nächsten nachzuschieben. Doch er hatte schnell genug. Er war kein großer Esser. So plötzlich ihn der der Heißhunger überfiel, so schnell verschwand er auch wieder, besonders nach Vorfällen wie heute. Langsam trank er seine Limonade und spürte bald schon die anregende Wirkung des Zuckers. Nachdem sein Durst gestillt war, griff er nach der Streichholzschachtel auf dem Tisch, einem Werbeartikel des Hotels. Er öffnete sie und schüttete den Inhalt auf den Tisch. Zunächst bildete er mit den Streichhölzern das Muster des Restaurantfußbodens nach. Dann formte er ein Quadrat, ein Rechteck und schließlich zwei gleichseitige Dreiecke. Die Spitze des ersten Dreiecks zeigte nach oben, die des zweiten nach unten. Klein sah diese Dreiecke in einem dreidimensionalen Raum. Sie drehten sich um ihre eigene Achse und überlappten sich dabei.

Das mit der Spitze nach oben war männlich, das andere weiblich. Drei Ecken, drei Finger im Paket, vielleicht bereits drei Opfer. Hatte diese Dreizahl eine religiöse Bedeutung? Symbolisierte sie die Dreifaltigkeit Gottes?

Klein ließ seinen Gedanken freien Lauf. Zweifellos übermittelten der oder die Täter mithilfe von Symbolen Botschaften. Waren die Vermutungen, die er im Beisein von Professor Taube angestellt hatte, richtig? Ein Kellner riss ihn aus seinen Grübeleien.

»Eine Nachricht für Sie. Ein Bote aus dem Rathaus.«

Klein schaute auf den kleinen Teller vor sich, auf dem ein Umschlag lag. Er öffnete ihn, zog ein Blatt hervor und begann zu lesen.

Lieber Wilhelm!

Ich sende Dir die Einladung für das morgige Wohltätigkeitsbankett. Obwohl ich weiß, dass Du solche Veranstaltungen nicht magst, hoffe ich, Du machst diesmal eine Ausnahme. Unter den geladenen Gästen sind die wichtigsten Bürger der Stadt. Es ist gut möglich, dass Du bei Deinen Ermittlungen mit ihnen zu tun haben wirst. Es könnte von Vorteil sein, sie in ungezwungener Atmosphäre kennenzulernen.

Das Bankett wird von der Familie Magnis zugunsten des Deutschen Kriegerbundes ausgerichtet. An Deiner Anwesenheit liegt ihnen viel. Ich werde Dich nicht zum Anlegen deiner Galauniform zwingen, wo ich doch weiß, dass Du sie nicht gerne trägst. Und die einzige Tasche, mit der Du angereist bist (ja, auch ich habe hervorragende Informanten), enthält vermutlich keine Kleidung, die diesem Anlass angemessen wäre.

Ich empfehle Dir das Geschäft von Działoszyński in der Schweeldorfer Straße. Oder aber die Läden von Weinstein und Brass, die Du am Ring findest. (Ich versichere Dir, dass ich keine Provision von den Inhabern bekomme!)

Solltest Du Fragen oder Wünsche haben, stehe ich Dir sowohl im Büro als auch in der Abgeschiedenheit meines Hauses, in das ich Dich auch im Namen meiner Familie sehr herzlich einlade, gerne zur Verfügung.

Franz

Klein hob den Kopf und sah, wie Jürgen Roth sich mit nachdenklichem Blick dem Tisch näherte.

»Ich komme wieder, wenn Sie fertig sind.« Der Polizeiassistent wollte sich bereits zurückziehen, als Klein ihm bedeutete zu bleiben.

»Ich bin fertig.« Er steckte die Einladung in die Innentasche seines Jacketts. »Bitte fahren Sie mich ins Krankenhaus.« Als er das entgeisterte Gesicht des jungen Mannes sah, fügte er lachend hinzu: »Es geht um das heutige Opfer. Ich möchte Doktor Kuhnast sprechen.«

»Natürlich«, erwiderte Roth. »Wie Herr Hauptmann wünschen.«

Klein wusste, dass der junge Mann Zeuge seines Schwächeanfalles gewesen sein musste. Agnes wäre allein nicht in der Lage gewesen, einen bewusstlosen Mann aufs Bett zu hieven.

»Also los, Roth. Es sei denn, Sie haben Hunger?«

Jürgen Roth schüttelte den Kopf. Noch vor einigen Monaten waren die Lebensmittel in Glatz rationiert und es war schwer gewesen, etwas Nahrhaftes zu finden. Aber er hatte nie hohe Ansprüche gehabt. Die auf Mehl und Kartoffeln basierende hiesige Küche wusste sich auch in Zeiten größter Versorgungsengpässe zu helfen. Nur flüchtig schaute er auf den Teller. Viel länger ruhte sein Blick auf den Streichhölzern. Zwei übereinandergelegte Dreiecke bildeten eine Figur, die er kannte. Ein Hexagramm.

*

Doktor August Kuhnast verfluchte in Gedanken das funzelige Licht im Leichenschauhaus. Die Stadt hatte versprochen, es innerhalb eines Monats an das neue städtische Netz anzuschließen. Doch dieser angebliche Monat zog sich unbarmherzig in die Länge, während Kuhnasts Sehkraft mehr und mehr nachließ. Die Generatoren des Spitals waren unzuverlässig, weshalb der Arzt Karbidlampen neben dem Seziertisch hatte platzieren lassen. Die Anordnung der Lichtquellen beherrschte er mittlerweile so gut, dass kein Schatten auf die Leichen fiel. Nichts kam jedoch elektrischem Licht gleich.

Als einer der Mitarbeiter die Ankunft von Wilhelm Klein in Begleitung eines Polizeiassistenten ankündigte, verschlechterte sich die Laune des Doktors noch mehr. Für einen Moment überlegte Kuhnast, ob er diesen geheimnisvollen und ihm nicht besonders sympathischen Mann abwimmeln sollte. Dann erinnerte er sich der Warnung von Kommissar Richter, dass Klein mit Bürgermeister Franz Ludwig gut bekannt oder sogar verwandt sei. Eine herablassende Behandlung dieses Mannes war also nicht ratsam. Kuhnast blieb nichts anderes übrig, als seinem Mitarbeiter zähneknirschend zu bedeuten, die Besucher vorzulassen.

Kurz darauf hörte er Schritte. Statt eines Grußes schleuderte er den Besuchern barsch entgegen: »Sie wollen sicher wissen, ob ich bereits herausgefunden habe, wie und wann der Rat getötet wurde?«

»Herr Doktor! Ich bin sicher, dass Ihre erste Beobachtung auf der Brücke richtig war.«

Kuhnast blickte von der Leiche auf und sah Klein an.

Fast alle, die den Arzt im Keller des Spitals besuchten, waren angesichts des Gestanks und des Anblicks der Leichen kurz angebunden und sprachen nur noch unverständlich. Ihre Atmung wurde flacher und die Stimmen klangen gepresst, da sie nur noch durch den Mund atmeten. Klein aber hatte einen langen, zusammenhängenden Satz gesprochen. Noch dazu mit normaler Stimme. Kuhnast fragte sich, ob der Geruchssinn des Mannes gestört war, oder ob er regelmäßig mit Leichen zu tun hatte.

»Richtig. Das Opfer ist etwa vier bis sechs Stunden vor dem Auffinden gestorben. Todesursache war ein Herzstillstand, verursacht durch den Blutverlust. Rat Dinter ist verblutet. Die zahlreichen sichtbaren Schnitt- und Stichverletzungen waren an sich nicht lebensbedrohlich, erst das Durchtrennen der Halsschlagader. Und die inneren Organe des Opfers sind unversehrt.«

»Und die Lunge?«

»Sauber. Ohne größere Wasseransammlungen ... Erst nach seinem Tod brachte man die Leiche auf die Brücke. Vielleicht lag er auch, wie Sie anmerkten, im Wasser. Er war während der Folter gefesselt. Ein Teil der Abschürfungen und Verletzungen an den

Handgelenken deutet darauf hin. Der Körper wurde erst nach dem Tod nach oben gezogen, was Ihre Theorie untermauern könnte, er sei vom Mühlgraben auf die Brücke gehievt worden. Sofern ich Sie richtig verstanden habe?«

»Genau das hatte ich im Sinn, Herr Doktor.«

Klein betrachtete die Leiche auf dem Tisch. Brustkorb und Bauch waren geöffnet. Daneben standen Schalen mit den Organen des Toten.

»Konnten Sie noch etwas finden?«

»Keine weiteren Spuren. Die Leiche wurde im Wasser sauber gewaschen. Der Strick weist ebenfalls keine Besonderheiten auf. Dinter hätte noch einige Monate, vielleicht ein Jahr gelebt ...«

»Und die Leber?«

»Sie sind sehr aufmerksam.« Kuhnast zeigte aufrichtige Bewunderung. Er griff nach einer Schale und platzierte sie neben den Füßen des Toten. »Leberzirrhose, Krebs, fortgeschrittenes Stadium, inoperabel. Zahlreiche Zysten in der Bauchspeicheldrüse, aber das sagt Ihnen bestimmt nichts.«

»Im Gegenteil. Dank Ihnen.«

»Dank mir?« Der Pathologe war wieder überrascht.

»Ich bin mit Ihrer Doktorarbeit zum Thema Bauchspeicheldrüsenzysten bei Professor Anton Biermer vertraut.«

»Aha, hm.« Mehr brachte Kuhnast nicht hervor. Wilhelm Klein wurde ihm langsam sympathisch. »Professor Biermer hat sich um die Wissenschaft sehr verdient gemacht. Damals war es mir eine Ehre, dass er zugestimmt hatte, mein Doktorvater zu sein ...«

»Biermers Beschreibung der perniziösen Anämie war ein bedeutender Beitrag für die Medizin.«

Roth, der die ganze Zeit danebengestanden hatte, lauschte mit angehaltenem Atem dem Gespräch der beiden Männer. Anfangs war dies dem furchtbaren Gestank geschuldet, später der Entwicklung der Situation, die einem Theaterstück zu entstammen schien. Er konnte beobachten, wie aus Kuhnast, den er nie im Leben als wohlwollenden Menschen beschrieben hätte, mit einem Mal aller Hochmut wich und der Doktor bei jedem einzelnen von Kleins Worten dahinschmolz wie Wachs in der Sonne. Roth staunte, wie

Klein den Doktor einwickelte. Eine so geschickte Manipulation hatte er noch nie erlebt, und er hätte nie gedacht, dass ausgerechnet der für sein schroffes Verhalten bekannte Doktor Kuhnast ihr zum Opfer fallen würde. Seine Bewunderung für Klein wuchs. Ihm wurde bewusst, dass er von seiner Position an der Seite des Hauptmanns nur profitieren konnte. Schon am ersten Tag hatte er mehr gelernt als in den Wochen zuvor bei der Glatzer Polizei.

»Herr Doktor, ich habe Fragen zu Major Friedrich Peschke. Würden Sie freundlicherweise Ihre Beobachtungen und die Ergebnisse der Obduktion mit mir teilen?«

Nun schwebte Kuhnast beinahe. Jürgen Roth war fasziniert. Körpersprache und Stimme des Mannes hatten zuvor verraten, dass er sich nicht wertgeschätzt fühlte. Es hatte nur weniger Worte bedurft, um ihm Flügel wachsen zu lassen.

»Er war sofort tot. Ein Schuss in den Hinterkopf. Aus weniger als hundert Metern Entfernung, aber das werden Ihnen bestimmt die Ballistiker der Gendarmerie sagen. Ich bestätige nur deren Bericht. Sie konnten sogar das Dach bestimmen, von dem geschossen wurde.«

»Ich habe den Bericht gelesen. Ein präziser Schuss. Das Opfer befand sich inmitten von Passanten auf der Grünen Straße.«

»Richtig. Der Schütze hat geschossen, während die Kirchenglocke läutete. Daher gab es keine Panik. Die Leute wussten nicht, was los war, und wollten dem Major helfen.«

»Im Bericht waren nur Fotos des zertrümmerten Gesichtsschädels. Und eine Notiz, bestimmt von Ihnen, über eine Schnittwunde auf der Brust des Toten.«

Kuhnast schnalzte mit der Zunge.

»Gestatten Sie mir ein Lob. Endlich jemand, der mitdenkt und Interesse zeigt. Nur zitieren Sie mich bitte nicht.«

Klein wartete, bis im kalten, weiß gekachelten Raum das Lachen des Pathologen verhallt war.

»Ich versuche herauszufinden, wann diese Wunde entstanden sein könnte.«

Kuhnast grübelte.

»Ich habe den Schnitt erst hier bei der Obduktion entdeckt.

Er stammt von einem scharfen Gegenstand, vermutlich einem Messer. Ich kann verstehen, warum die Wunde vorher niemand bemerkt hat. Der Tote war voller Blut, vor allem das Hemd. Die Todesursache war klar. Niemand suchte nach weiteren Verletzungen. Wann diese Verletzung entstanden ist? Hm, keine Spuren von Nähten, die bei so langen und tiefen Schnitten notwendig wären. Sie muss dem Major kurz vor oder nach dem Schuss zugefügt worden sein.«

»Der Täter könnte unter den Helfern gewesen sein oder unter denen, die ihn ins Leichenschauhaus brachten.«

»Ja, das ist auch meine Vermutung. Und ich denke, die Glatzer Polizei sieht das ebenso. Das Motiv dahinter ist mir aber nicht klar. Warum ein derartiges Risiko? Das ist doch völlig sinnlos!«

»Können Sie diese Wunde auf der Brust des Toten beschreiben?«

»Der Schnitt ging von der Fossa jugularis zur linken Brustwarze des Opfers. Ein gerader, perfekter Schnitt. Mit äußerster Kunstfertigkeit ausgeführt. Wie auch immer …« Kuhnast blickte unversehens auf die Leiche des Stadtrats. »Ich denke, ich weiß, worauf Sie hinauswollen, Herr Hauptmann. Es wird sie vermutlich nicht überraschen, wenn ich Ihnen sage, dass Dinters Leiche eine ähnliche Wunde aufweist. Da verläuft der Schnitt allerdings zwischen den beiden Brustwarzen.«

»Von links nach rechts?«, fragte Klein.

»Ganz genau.« Kuhnast zögerte. »Was kann das bedeuten? Ist die Richtung der Schnitte relevant? Haben wir es mit einem Verrückten zu tun, der seine Opfer kennzeichnet?«

»Mit mehreren Verrückten. Wobei ich nicht vollends davon überzeugt bin, dass die, die hinter den Morden stehen, wirklich verrückt sind. Vielleicht wollen sie nur für verrückt gehalten werden.«

Roth lauschte gebannt. Auch er zweifelte nun nicht mehr daran, dass die Schnitte, von denen Kuhnast und Klein sprachen, die beiden Morde verbanden. Und er verstand, dass sowohl beim ersten als auch beim zweiten Mord mindestens zwei Täter involviert gewesen sein mussten. Major Peschke war von einem Scharfschützen erschossen worden. Dieser musste einen

Komplizen gehabt haben, der sich auf der Grünen Straße unter die Menschenmenge mischte und dem Major den Schnitt auf der Brust zufügte. Auch für den Mord an Stadtrat Dinter brauchte es mindestens zwei Personen. Denn sowohl das Hochhieven des Leichnams als auch das Festmachen am Sockel auf der Brücke konnte man nicht allein bewerkstelligen.

»Da wäre noch eine Sache, Herr Doktor. Der Bürgermeister hat heute eine Sendung erhalten. Ich nehme an, der Inhalt wurde an Sie weitergeleitet?«

»Das stimmt.« Kuhnast lehnte sich an den Metalltisch. »Sie wissen, was in dem Päckchen war?«

Klein nickte. »Was konnten Sie herausfinden, Herr Doktor?«

»Drei Finger. Kleiner Finger, Ringfinger und Mittelfinger. Sie stammen von einem Mann, etwa vierzig, vielleicht fünfzig Jahre alt. Schwer zu sagen, ob die Person noch lebte oder bereits tot war, als man ihr die Finger abschnitt. Ich gehe davon aus, dass Sie auch diesen Fall mit den Morden in Verbindung bringen?«

Klein schwieg, und Kuhnast drängte nicht auf eine Antwort. Der Moment bedrückten Schweigens hatte allerdings eine Wirkung auf Roth, dem nun langsam schlecht wurde. Zum Glück verabschiedeten sich die beiden Männer bald darauf, und er konnte mit dem Hauptmann das Leichenschauhaus verlassen. Erst im Auto, Richtung Stadtzentrum, öffnete er wieder den Mund.

»Die Mörder kommunizieren mit uns, Herr Hauptmann?«

»Ja.« Kleins Blick war in die vorbeiziehende Landschaft vertieft. Seine Stimme war weit weg. »So sieht es aus.«

»Mit so etwas hatte ich noch nie zu tun. Was wollen die? Sie ritzen an zwei Toten herum, während die drei abgetrennten Finger auf ein drittes Opfer hindeuten. Gibt es auf dessen Brust einen ähnlichen Schnitt, dann haben wir … eine geometrische Figur.«

»Ein Dreieck, Roth. Genau das wird passieren.«

»Was soll das bedeuten?« Roth hatte den Tisch im Restaurant vor Augen, auf dessen Tischdecke ein Hexagramm aus Streichhölzern lag.

»Wir werden es bald erfahren. Ich fürchte, Ihnen ist heute Abend keine Erholung vergönnt. Ich habe eine Aufgabe für Sie.«

»Natürlich!« Roth lächelte. Er war nicht müde. Adrenalin schoss durch seine Adern. Ihm schien, als könne er Berge versetzen, würde der Hauptmann es von ihm verlangen. »Wie lauten Ihre Befehle?«

Klein gefiel diese Antwort.

»Sie werden sich an einen von mir angegebenen Ort begeben. Dort suchen Sie sich einen Punkt, von dem aus man unbemerkt die Umgebung observieren kann. Sollten Sie Personen sehen, die Ihnen verdächtig erscheinen, folgen Sie ihnen, stellen deren Aufenthaltsort und, sofern möglich, Identität fest. Ich zähle auf Sie.«

Jürgen Roth erinnerte sich an Kuhnast, der bei Kleins Worten geradezu vom Boden abgehoben hatte. Nun schwebte auch er fast über dem Autositz.

»Sie müssen diese Aufgabe nicht allein bewältigen. In der Nacht wird Unterstützung kommen. Sie werden den Ort gemeinsam bis zu meiner Ankunft in den frühen Morgenstunden observieren.«

»Jawohl!«

Roth versuchte um alles in der Welt, seine Aufregung zu verbergen. Endlich hatte er eine Aufgabe. Er konnte es kaum erwarten, seiner Adele mitzuteilen, dass er heute Nacht nicht bei ihr bleiben könne. Er war den Mördern von Glatz auf der Spur. Mehr noch: Er könnte zu deren Ergreifung beitragen und damit in die Annalen der Stadt eingehen. Er hatte die richtige Wahl getroffen. Als er das Gaspedal durchtrat, gewann er den Eindruck, als würde auch sein Leben Geschwindigkeit aufnehmen, genauso wie der Alpensieger.

*

Das Bürgerliche Brauhaus Glatz, genauer gesagt die dazugehörige Gaststätte, befand sich am Baderberg. Es war der regelmäßige Treffpunkt von Kommissar Richter und Major Schneider. Beide schätzten die Atmosphäre des Brauhauses. Es unterschied sich von einfacheren Schenken durch eine reichhaltige Speisekarte und eine große Auswahl an Bieren und Weinen. Entscheidend war aber auch das Wissen, dass direkt hinter der Wand in dampfbeheizten Kesseln das köstliche goldgelbe Gebräu reifte. Schon beim Betreten des Brauhauses erschnupperten die Liebhaber ober- und untergäriger Biere, in welches Reich sie traten. Der süßliche Geruch von Hopfen und Malz, gepaart mit dem Duft der zubereiteten Speisen, hob sofort die Stimmung. Unter anderem deshalb zogen die beiden die vormalige Brauerei Nathan Zimmermann der nur wenige Schritte entfernten Brauerei Müller vor. Außerdem konnte man hier frei reden.

Richter war als Erster eingetroffen und hatte bereits Eisbein und Lagerbier bestellt. Die meisten Tische waren leer. Die Besucherzahl im Brauhaus sank seit einiger Zeit, und Richter hatte sogar gehört, dass das Bürgerliche Brauhaus noch in diesem Jahr schließen sollte. Keine gute Nachricht. Ein ähnlich diskreter Treffpunkt war in der Innenstadt nicht leicht zu finden.

Wenige Minuten später tauchte Kurt Schneider auf. Als Richter ihn sah, musste er sich das Lachen verkneifen. In seinem schwarzen Mantel sah der Major aus wie ein Spitzel, der einen Besenstiel verschluckt hatte. Seine Bewegungen waren durch jahrelangen militärischen Drill ökonomisch und präzise geworden. Er war überaus hager und sein Gesicht vom Alter gezeichnet. Dazu zog er ständig eine Miene wie drei Tage Regenwetter. Und so unglücklich war er tatsächlich auch. Die Physis des Majors spiegelte den Zustand seiner Seele exakt wider. Schneider eilte an den Tischen vorbei, legte seinen Mantel ab und setzte sich in die Seitenloge zu Kommissar Richter.

Nach einem kurzen Nicken zündete er sich eine Zigarette an. Genüsslich sog er den Rauch ein und bestellte daraufhin das gleiche wie der Kommissar. Einen Moment lang sahen sie sich schweigend durch die Rauchschwaden an. Dann ergriff der Major das Wort.

»Du wolltest mich sehen, also grins nicht so dumm. Sag, was du auf dem Herzen hast.«

»Ich hatte den Eindruck, du wärst derjenige, dem an einem Treffen liegt.« Richter wollte absolut nicht bierernst werden. Im Gegenteil, das erste Bier hatte seine Laune gehoben. Ebenso der Anblick Schneiders, der noch angespannter wirkte als sonst.

»Schließlich gibt's auf deinem Hof einen neuen Jagdhund. Einen, der einiges durcheinanderwirbelt.«

»Auf unserem Hof«, korrigierte Schneider den Kommissar. »Und es ist kein Jagdhund, sondern höchstens ein Pudel.«

Richter trank einen Schluck. Er wollte sein Verhältnis zu dem alten Haudegen nicht überstrapazieren. Ihr informeller Pakt war fragil und von gegenseitigem Nutzen, der Informationsaustausch von unschätzbarem Wert. Der Major gehörte zu seinen wichtigsten Verbündeten, auch wenn der Einfluss des Militärs in Glatz seit dem Verlust des Festungsstatus mehr und mehr abnahm.

»Was weißt du über unseren Pudel?«, fragte er schließlich.

Er hätte nicht für möglich gehalten, dass Schneiders Mundwinkel noch tiefer sinken konnten. Das Gesicht des Majors nahm nun beinahe groteske Züge an.

»Seine Akte unterliegt der Geheimhaltung.«

Der Kommissar staunte. »Aber irgendetwas wirst du doch über ihn wissen?«

»Nicht viel. Geboren 1888 in Strehlen, nicht weit von hier.«

»Ein guter Anfang ...«

»Ein Jahr später ist er angeblich mit seiner Mutter nach Berlin gezogen. Vater unbekannt. Bestimmt weißt du bereits, dass es ein Verwandtschaftsverhältnis zwischen unserem Pudel und Bürgermeister Ludwig gibt. Kleins Mutter war dessen Cousine.«

»Ist das alles?« Richter verbarg seine Enttäuschung nicht.

»Laut meinen Informanten hat er in Berlin Medizin studiert. Danach wurde er von der Abteilung III b des Generalstabs rekrutiert. Kurz vor Kriegsausbruch Reisen nach Frankreich, Russland und Großbritannien.«

»Verdammt, ein Spion.«

Schneider zuckte mit den Schultern und zog erneut an seiner Zigarette. Kurz hielt er den Rauch in der Lunge, dann blies er ihn mit gestrecktem Kinn aus.

»Nachrichtendienst, wie mir scheint. Zweifellos einer von Oberst Nicolais Leuten. Fronteinsatz. Ab da gibt es keine Informationen mehr, außer dass er noch während der Kampfhandlungen einige wichtige Auszeichnungen erhielt und zum Hauptmann befördert wurde. Danach galt er als hinter den feindlichen Linien vermisst. Wahrscheinlich wurde er schwer verwundet und benötigte spezielle Behandlungen.«

»Und seine Waffenbrüder? Ich kann mir nicht vorstellen, dass du niemanden gefunden hast, der mit Klein zusammen gedient hat.«

»Ich konnte keinen finden. Angeblich sind alle aus seiner Einheit tot. Das kann ich aber nicht überprüfen, weil ich keine Namen habe.«

Richter griff nach dem Krug und stellte ihn gleich wieder ab.

»Was ist mit seinen Vorgesetzten?«

»Kleins Einheit unterstand dem Generalstab in Berlin, wem genau, ist nicht bekannt. Alle haben plötzlich Gedächtnislücken.«

»Verdammt ...« Richter grübelte. Er sah Schneider an, der weder Bier noch Eisbein angerührt hatte. Sehr ungewöhnlich. Als er merkte, dass der Major seinem Blick auswich, wurde auch er nervös. »Du hast dich also geirrt, Herr Major.«

»Was meinst du?« Schneider fuhr sich mit der Hand über das graue Haar und wischte sich den Schweiß von der Stirn.

»Das ist kein Pudel, mein Lieber, das ist ein Wolf.«

Der Major befeuchtete seine Lippen mit der Zunge und wischte sich mit den Fingern einen Tabakkrümel von der Unterlippe.

»Du bist dran, Herr Kommissar«, sagte er. »Du musst jemanden finden, der an Klein herankommt und mehr über ihn rausfindet. Vor allem, warum man ausgerechnet ihn geschickt hat.«

Richter lächelte verschwörerisch. Schneider blickte ihn aufmerksam an.

»Ich habe da jemanden«, sagte er langsam. »Aber ich befürchte, dass ich bisher zu sanft mit ihm umgegangen bin. Gut möglich, dass er doch nicht so intelligent ist wie gedacht und meine Andeutungen nicht verstanden hat.«

»Seit wann gibt es intelligente Leute bei der Polizei?«

»Stimmt, manche weisen wir ab. Die gehen zum Militär oder zur Gendarmerie. So schlimm steht's nicht um uns.«

»Spar dir die Häme. Du bist auch in einer schwierigen Lage. Die nächste Leiche, ein Mörder ... Ich hoffe, das ist nicht der Vorspann zum baldigen Ende deiner Karriere.«

»So wie der Mord an Major Friedrich Peschke dein Ende einläuten könnte?«

Schneider drückte die Zigarette aus. Er blickte auf das Eisbein, als wäre es eine entsicherte Granate. Schließlich schob er den Teller von sich und griff nach dem Bierkrug.

»Und wieder sind wir auf uns allein gestellt, Kommissar. Aneinandergefesselt geben wir uns gegenseitig Deckung und weichen den Querschlägern aus. Wir haben schon größere Schwierigkeiten durchgestanden und ich bin überzeugt, wir werden auch diese Sache überstehen.«

»So ist es. Obwohl ich mich daran erinnere, dass du vor ein paar Monaten hier an diesem Tisch den Major Peschke genauso als Pudel bezeichnet hast wie jetzt Klein. Irre ich mich?«

»Weil Peschke tatsächlich ein Pudel war. Er jagte seinem eigenen Schwanz nach. Offiziell hieß es, er sei nach Kriegsende in Berlin in Ungnade gefallen und nach Glatz verbannt worden. Mir schien das eine Legende zu sein. Ich vermute, er wurde der Kommandantur zugeteilt, um hier herumzuschnüffeln. Aber hier war nichts zu finden. In unserer Garnison brennt niemand darauf, dem Reich die Loyalität aufzukündigen.«

»Du denkst, nur das hat ihn interessiert? Ob in der Glatzer Garnison jemand einen Putsch anzetteln will wie dieser Kapp in Berlin?«

»Er war schon vor dem Putsch hier, mein Lieber. Du erinnerst dich doch, was gleich nach Kriegsende hier passiert ist. Wäre Franz Ludwig nicht gewesen, hätte es wahrscheinlich ein Blutvergießen gegeben.«

»Und da kannst du so ruhig bleiben? Vor einem Moment hast du angedeutet, der erschossene Major Peschke hätte auch etwas mit dem Nachrichtendienst zu tun! Wenn einer von Nicolais Leuten ausgeschaltet wird, ist es nicht verwunderlich, dass man einen anderen schickt, um herauszufinden, wer dahintersteckt.«

Schneiders Mundwinkel suchten den Weg nach oben. Dafür musste der Major einen heroischen Kampf gegen die eigene Mimik führen.

»Natürlich ist das nicht verwunderlich.«

Auch der Kommissar lächelte jetzt. »Aber bis heute warst du dir nicht sicher, ob Peschke wirklich für den Nachrichtendienst arbeitete.«

Schneider setzte energisch seinen Bierkrug ab.

»Mit dem Major ist es etwas komplizierter, mein Lieber.« Er zuckte mit den Schultern. »Er hätte während des Kriegs für den Nachrichtendienst arbeiten können. Tatsache ist, dass er in Ungnade fiel und nach Glatz geschickt wurde. Peschke hatte es faustdick hinter den Ohren und hat seine eigenen Interessen verfolgt. Womöglich hat das jemandem nicht gefallen.«

»Versteh ich das richtig, dass du dieses Thema nicht weiter erläutern willst?« Der Kommissar verbarg seinen Sarkasmus nicht.

»Militärgeheimnis«, lächelte Schneider, wurde aber sofort wieder ernst und fragte: »Was wisst ihr über den Tod des Stadtrats?«

»Polizeigeheimnis«, konterte Richter. »Vieles weist darauf hin, dass die Morde zusammenhängen. Eine gute Nachricht für dich, wie mir scheint. Es gibt somit keinen Grund, nur in deinem Hof herumzuschnüffeln.« Richter machte eine Pause. »Es wird wohl nicht bei diesen zwei Morden bleiben, aber ein paar Details behalte ich vorerst für mich. Ich weiß, dass dir das Auftauchen eines Mörders gelegen kommt. Es wirft ein anderes Licht auf Peschkes Tod und lenkt vom Chaos in eurer Kommandantur ab.«

»Ich versichere dir, es ist nicht größer als das Durcheinander bei euch.« Schneider nahm erneut einen Schluck und wischte sich mit der Hand über den Mund. »Jetzt steht ihr im Rampenlicht, worum ich euch nicht beneide.«

»Ich werde den oder die Täter fassen. Verlass dich drauf.«

»Das wünsch ich dir von ganzem Herzen.« Der Major zündete sich die nächste Zigarette an und blickte seinem Gegenüber in die Augen. »Klein hat alle Vollmachten aus Berlin, um eigenständig zu ermitteln. Ich habe keine Befehlsgewalt über ihn. Du wirst selbst mit ihm zurechtkommen müssen. Die Gendarmerie wird er wohl von den Ermittlungen entbinden. Er wird nicht lockerlassen und dir auf die Nerven gehen. Müsste er nur im Falle des Majors ermitteln, bekämst du nicht so viel davon mit. Da es ein zweites Opfer gibt, werdet ihr jetzt aber öfter miteinander zu tun haben.«

»Woher die plötzliche Fürsorglichkeit? Der Tod von Dinter scheint dich ja mehr zu beschäftigen als der von Peschke.«

»Nun ja«, Schneider zuckte mit den schmalen Schultern, »ein Soldat muss vorbereitet sein auf den Tod. Ein Zivilist nicht.«

Der Kommissar lachte.

»Es stimmt, Klein ist mit außerordentlichen Vollmachten ausgestattet. Und Bürgermeister Ludwig steht hinter ihm. Ich habe deswegen keine Angst. Du, Kurt, hast mehr Grund zur Sorge.«

»Ich mach mir keine Sorgen.« Der Major stieß eine Rauchwolke aus, als wolle er sein Gesicht vor dem prüfenden Blick des Kommissars verbergen. »Ich möchte dir nur helfen.«

»Das glaube ich dir sofort ... Lass weiter in Sachen Klein nachforschen. Vielleicht finden deine Leute noch was.«

»Das tun sie doch die ganze Zeit. Ich bin sicher, wir finden schon bald etwas Interessantes.«

*

Roth parkte vor Müllers Garten in der Luisenstraße. Von dort gingen sie durch die Wilhelmstraße am Park entlang Richtung Stadtzentrum. Klein wies auf das markante Gebäude der Obermühle. Der junge Polizeiassistent verstand sofort, dass das der Ort sein musste, den er observieren sollte. Nach einer kurzen Einweisung bog Klein in Richtung Minoritenstraße ab und ließ Roth zurück. Der hatte bald einen Platz gefunden, von dem aus er das Gebäude ebenso gut beobachten konnte wie die Wehre, die den Zufluss des Mühlgrabens regulierten, sowie die vor Unrat schützenden Gitter. Er kauerte an einer Hauswand. Weder Dunkelheit noch Kälte störten ihn, denn heroische Fantasien wärmten ihn von innen. In einer davon entwaffnete und überwältigte er die Täter, die für die Morde verantwortlich waren.

Währenddessen durchstreifte Hauptmann Klein die engen Gassen auf dem Weg zur Brauerei Müller. Er hielt sich so nah wie möglich am Mühlgraben, um das Ufer im Auge zu behalten. Noch immer waren Spaziergänger unterwegs, die die ersten warmen Tage des Jahres ausnutzten. Kinder rannten schreiend zwischen den Bäumen umher. Ein älterer Mann zog einen Kohlenwagen und murmelte etwas in seinen Bart. Auf der Brücke ging Klein an einem eng umschlungenen Paar vorbei. Eine Spiegelung im Wasser ließ ihn innehalten. Das Bild wurde schärfer und verschwamm wieder. Er konnte nicht weitergehen. Etwas hielt ihn zurück.

Ein kalter Schauer lief ihm über den Rücken, er begann zu zittern. Direkt unter der Brücke über den ehemaligen Stadtgraben sah er sie. Köpfe tauchten aus den Tiefen des Mühlgrabens auf. Weiße Ovale mit stummen Gesichtern. Er versuchte die Vision durch heftiges Kopfschütteln zu vertreiben. Vergeblich. Er erkannte gespenstische Gestalten in durchnässten Uniformen. In ihren knochigen Händen hielten sie Gewehre mit aufgepflanzten Bajonetten. Im schlammigen Graben warteten sie auf das Signal zum Angriff, zum Sturm auf die feindliche Stellung. Auch er wartete auf dieses Signal. Mit einem Mal drehten sich alle Gesichter in seine Richtung. Er erkannte sie, erinnerte sich ihrer Namen. Schweigend standen sie und warteten, was er tun würde. Er aber war zu keiner Regung fähig. Schließlich verblasste die Erscheinung. Die Strömung riss die geisterhaften Schemen mit sich fort, und Klein lehnte sich schwer gegen die Brüstung.

»Alles in Ordnung?«

Der junge Mann hatte sich von seiner Freundin gelöst. Klein versuchte zu lächeln, spürte aber, dass ihm der Wahnsinn noch ins Gesicht geschrieben stehen musste. Die Frau erschrak und zog ihren Begleiter am Arm fort. Klein stolperte weiter über die Brücke, erreichte schließlich das andere Ufer und war bald darauf unten an der Steinmauer, die die Glatzer Altstadt umgab. Ihr folgte er bis zur Brücktorbrücke, um von dort aus den Tatort zu betrachten.

Das Gerüst um den Sockel des heiligen Franz Xaver war noch da. Ein Polizeiassistent bewachte es. Die meisten Passanten, die vom Rossmarkt in Richtung Ring unterwegs waren, blieben vor der Plane kurz stehen. Wenn der Verkehr auf der Brücke zu arg stockte, griff der Beamte ein und forderte die Leute auf weiterzugehen. Klein ging noch eine Weile weiter am Fluss entlang, kehrte dann um und machte sich auf den Weg vom Baderberg hinauf zur Brauerei Müller.

Vor dem Eingang torkelten ihm zwei Arbeiter entgegen. Die Männer unterhielten sich lautstark über Hermann Lindheims neue Spinnerei in Ullersdorf. Klein hatte von dieser ersten mechanischen Spinnerei Preußens gehört. Er war sich sicher, sie würde den Arbeitern auch kein besseres Leben bringen. Philanthropen, glaubte er, gab es unter den Unternehmern nicht. In diesen Zeiten zählte nur das Geld.

Wenig später stand er in einem Raum, erfüllt von einem säuerlichen Gemisch aus Schweiß und Zigarettenrauch. Wandverkleidung und Böden der Brauerei Müller waren aus dunklem Holz, sodass das ohnehin spärliche Licht noch mehr verschluckt wurde. Der Lärmpegel war enorm und immer wieder ertönte schallendes Gelächter. Hart arbeitende Familienväter genossen nach einem langen Arbeitstag ihr wohlverdientes Bier. An einem der Tische entdeckte Klein Franz Koschella, mit dem er hier verabredet war. Der war bester Laune und trank mit sichtlichem Genuss ein großes Bier. Als er Klein erblickte, gefror ihm das Lachen im Gesicht. Er stellte seinen Krug ab und blaffte seine Tischnachbarn an.

»Verschwindet!«

Klein setzte sich ihm gegenüber und schaute in den Raum. In der Nähe strahlte ein Kachelofen wohlige Wärme aus. Die direkt daneben saßen, wirkten angetrunkener als der Rest der Gäste. Hinter dem hohen, massiven Tresen füllte ein Mann Krüge, die ihm eine zierliche, rotwangige Bedienung gebracht hatte. Das Bier floss aus den Zapfhähnen, bis der Schaum über den Rand der Krüge schwappte. Dann fasste die junge Frau sie geschickt und verteilte sie auf die Tische. Auch vor Klein stand nun ein Bierkrug, obwohl er keinen bestellt hatte. Gebannt sah er der Kellnerin nach, die wie eine Ballerina an den grobschlächtigen Gästen vorbeitänzelte, ohne auch nur einen Tropfen zu verschütten. Sie tauchte unter kräftigen Arbeiterarmen hindurch, um sich gleich darauf zwischen zwei menschlichen Fleischbergen durchzuzwängen, deren Bäuche sie zu zerquetschen drohten. Geschickt wich sie allem aus, schnappte sich die leeren Gefäße und brachte sie zurück zum Tresen.

»Was hast du gefunden, Franz?« Klein kam umstandslos auf den Punkt. »Hast du was für mich?«

»Möglicherweise.« Koschella lächelte schief, wobei die Grimasse auch von seiner Kieferanomalie herrühren konnte. »Wir haben uns noch gar nicht über die Bedingungen unserer Zusammenarbeit geeinigt, Herr Hauptmann. Was hab ich davon?«

»Ich dachte, das wäre bereits geklärt. Ich hatte den Eindruck, du hättest genug auf dem Kasten, um zu verstehen, dass du ab jetzt für mich arbeitest. Wie sich unsere Zusammenarbeit gestaltet, hängt weitgehend von dir ab. Kommst du deinen Pflichten nicht nach und missachtest meine Befehle, kannst du dir bei Lindheim in Ullersdorf einen Posten suchen. Aber wenn du dich immer noch als Polizist fühlst, gebe ich dir die Chance, zu beweisen, was du draufhast. Du musst dich jetzt entscheiden. Noch mal werde ich das nicht mit dir durchkauen.«

Koschella trank vom Bier. Er wollte den Krug schon absetzen, überlegte es sich dann anders und schüttete sich, ohne merkbare Bewegung des Kehlkopfs, den Rest in die Kehle. Er wischte sich mit dem Ärmel über Mund und Oberlippenbart und sagte: »Über den Stadtrat wird so einiges geredet.«

»Und zwar?«

»Er war nicht sehr beliebt. Man kannte ihn in ein paar Puffs, in denen junge Männer auf der Speisekarte stehen. Den eigenen Schwanz im Maul ... Alle halten es für einen Racheakt. Er muss jemandem zugesetzt, ihn vielleicht sogar verletzt haben und hat nun sein Fett abbekommen. Jedenfalls war da vor zwei Jahren was. Der Stadtrat war betrunken und hat im Puff einen Jungen fast totgeschlagen.«

»Wurde er dafür verurteilt?«

»Nein. Die haben das unter sich geregelt: der Stadtrat, die Puffmutter und der Stricher.«

»Was war das für einer? Wo finde ich ihn?«

»Ich muss Sie enttäuschen, Chef. Der war nicht auf Rache aus. Der Junge hat so viel Knete bekommen, dafür hätte er sich bestimmt noch mal vergewaltigen lassen. Er ist nach Amerika ausgewandert. Wie man hört, macht er dort Karriere in der Filmindustrie. Ich kann mir schon ausmalen, was das für Filme sind.«

»Gut, zur Puffmutter kommen wir später. Was erzählt man sich über Major Peschke?«

»Über ihn wissen die Leute nicht allzu viel. Vor einem Jahr ist der hergekommen. Ein typischer Beamter. Hat sich selten in der Stadt blicken lassen. Höflich und zuvorkommend. Wenig Kontakte. Arbeit, Arbeit und noch mal Arbeit. Angeblich wollte er nächsten Monat seine Familie nach Glatz holen, aber wer weiß, ob das stimmt. Eigentlich wusste niemand etwas über ihn. Es scheint, zwischen dem Stadtrat und ihm gibt es keine Verbindung. Die haben sich verpasst. Der eine ist weg, bevor der andere gekommen ist.«

»Worüber redet man sonst noch?«

»Interessiert Sie das wirklich?«

»Wenn ich frage, heißt das, dass es mich interessiert.«

Koschella sah sich nach der Kellnerin um. Aber die war am anderen Ende des Saals. Klein schob ihm seinen Krug zu. Koschella nickte anerkennend.

»Man sagt, es ist noch nicht vorbei. Dass jetzt oben aufgeräumt wird, dass ein Rächer in der Stadt ist, der die, die sich versündigt haben, für ihre Taten zur Rechenschaft zieht.«

Koschella griff nach dem Bier. Doch Klein kam ihm zuvor und legte seine Hand darauf.

»Ich habe meine Meinung geändert. Für heute ist Schluss mit dem Saufen, Koschella. Du gehst nach Hause und schläfst dich aus. Heute Nacht um zwei wirst du meinen Mann vor der Obermühle ablösen. Sag ihm, er soll um sieben wiederkommen. Ich werde dann auch da sein. Eine lange Nacht und ein noch längerer Tag liegen vor dir. Ich empfehle dir sehr, meinen Rat zu beherzigen.«

Koschella sah Klein ungläubig an. Er umklammerte immer noch den Griff des Bierkrugs und sah aus, als überlege er, ob er die Hand des Hauptmanns wegschlagen und aus Trotz wenigstens einen Schluck nehmen solle. Einen Augenblick später gab er sich geschlagen. Er stand auf, deutete ein Nicken an und verließ das Brauhaus. Zu seiner eigenen Überraschung ging er direkt nach Hause in die Frankensteiner Straße. Befehle hatte er noch nie leiden können. Er hatte all diese Arschlöcher satt, die nur welche gaben, um sich wichtig zu fühlen und Macht auszuüben. Er hasste Vorgesetzte, die keinen Schimmer hatten, was in der Stadt vor sich ging, und deren Anweisungen von Mal zu Mal dümmer wurden. Jetzt erkannte er sich selbst nicht wieder. Dieser Mann mit den Brandnarben im Gesicht und den Augen, in denen das Höllenfeuer zu flackern schien, hatte ihn bezwungen. Leise fluchte er vor sich hin.

Klein war sitzen geblieben. Er ahnte, was seinem neuen Mitarbeiter durch den Kopf ging. Mit einem Blick beorderte er die Kellnerin zu sich. Sie tänzelte auf ihn zu und legte einen Zettel auf den Tisch. Die Striche darauf verrieten, wie viel Bier Koschella getrunken hatte.

»Ich möchte zahlen.«

»Auch für Franz?«

»Ja. Auch für Koschella.«

»So ein Glückspilz.« Sie lächelte.

Klein reichte ihr ein paar Scheine. Es war mehr, als die Rechnung ausmachte.

»Ich hätte noch zwei Wünsche.«

»Aha! Der Herr Hauptmann wünscht?«

Auch sie wusste also schon, wer er war. Informationen verbreiteten sich in einer Kleinstadt rasend schnell.

»Wer ist für die Obermühle zuständig und wo finde ich ihn?«

»Ist das alles?« Lasziv neigte sie den Kopf. »Es ist nicht weit, Kirchgasse 2. Sie müssen nach Paul Wickel fragen. Und der zweite Wunsch?« Sie zwinkerte kokett.

»Ich suche einen guten Fotografen.«

»Da müssen Sie zu Marx gehen. Wilhelmstraße 9. Ein guter Mann, und macht schöne Fotos. Sie werden zufrieden sein.«

»Danke.«

Die junge Frau lächelte wieder, zeigte dabei ihre kleinen, schiefen Zähne und verschwand dann lachend zwischen den Gästen, einen Arm voller Gläser, die sie von den Tischen eingesammelt hatte.

Klein verließ das Brauhaus und blieb an der Ecke Unter-Ring/Baderberg stehen. Er betrachtete die Statue des heiligen Wenzel an der Fassade des Eckhauses. Die Symbolik der Figur beeindruckte ihn. Der Fuß des Heiligen in römischer Rüstung ruhte auf dem böhmischen Löwen, in der Hand hielt er das Wappen der Habsburger. Dann blickte der Hauptmann den Baderberg hinunter. Immer noch waren hier viele Menschen unterwegs, unter denen er Kommissar Richter entdeckte. Er kam in Begleitung eines älteren, etwas steif wirkenden Herrn die Stufen herauf. Auch er war Klein aus dem Aktenstudium vor seiner Ankunft bekannt. Die Vertrautheit der beiden Männer überraschte ihn nicht. Von den beiden unbemerkt bog er um eine Hausecke und war kurz darauf in der Kirchgasse, wo er vor dem Haus mit der Nummer 2 stehenblieb. Es war die erste von zwei Adressen, die er an diesem Abend noch aufsuchen wollte. Um seinen Plan für den nächsten Morgen in die Tat umsetzen zu können, waren noch einige Dinge zu erledigen.

*

Jürgen Roth kämpfte mit dem Schlaf. Ihm war kalt und die Füße taten ihm weh. Seine Begeisterung war verebbt und er begann, am Sinn des stundenlangen Observierens zu zweifeln. Seine Gefühle waren mit ihm durchgegangen. Aber jetzt, nachdem er über die Ereignisse des Tages nachgedacht hatte, konnte er das Verhalten des Hauptmanns nicht mehr nachvollziehen. Welchen Sinn hatte es, ihn in der Nähe der Mühle zu postieren und auf Gott weiß wen zu warten? War Klein der Meinung, dass genau hier das nächste Verbrechen geschehen würde? Warum? Und wenn, wieso ließ er ihn allein?

Roth schauderte. Für den Fall, dass tatsächlich jemand Verdächtiges auftauchte, hatte er eine Waffe. Er konnte eingreifen, würde es brenzlig werden, oder den Betreffenden verfolgen. Aber war es nicht vielmehr Klein, dessen Verhalten verdächtig war? Roth seufzte. Er war jetzt sicher, dass der Hauptmann ihn auf die Probe stellen wollte. Ihm kam der Gedanke, dass er es mit einem

Irren zu tun haben könnte. Die Wunden des Mannes zeugten von einem Trauma. Wer weiß, ob er nicht auch psychisch etwas abbekommen hatte?

Roths Fantasie begann ihm Streiche zu spielen. Manchmal hatte er den Eindruck, im Wasser Dinge zu sehen, die er nicht sehen sollte. Schatten, Bewegungen unter der Wasseroberfläche, Spiegelungen ... Seine Vorstellungskraft erschuf Bilder, die es in der Realität nicht gab.

»Geh nach Hause, Roth. Schlaf dich aus, und um sieben bist du wieder hier.«

Fast wäre Roth vor Schreck aufgesprungen. Einen Schrei hatte er gerade noch unterdrücken können. Diese Genugtuung gönnte er Koschella nicht, der unvermittelt hinter seinem Rücken aufgetaucht war.

»Zum Teufel!«, fluchte er und funkelte den Wachtmeister wütend an.

»Ich fürchte, wir sind beide schon in seinen Fängen.«

Das schiefe Grinsen verlieh Koschellas Gesicht gespenstische Züge. Roth ging auf diese Bemerkung nicht ein, fand sie aber sehr treffend.

»Dann bis morgen«, sagte er. »Ich hab nichts Verdächtiges bemerkt. Ersäuf dich nicht aus Langeweile.«

»Junge, mach dir um mich keine Sorgen.«

Roth verkniff sich weitere Sticheleien. Eigentlich wollte er zum Auto gehen, doch dann beschloss er, es gegenüber Müllers Garten stehen zu lassen. Er würde den Wagen ohnehin zur Polizeigarage bringen müssen. Von dort aus war es sogar noch ein Stück weiter bis nach Hause in die Königshainer Straße. Er verabschiedete sich und schlug den Weg Richtung Promenade ein.

Auf einem der schmalen, von Bäumen gesäumten Wege spielte ihm seine Fantasie erneut einen Streich. Für einen Moment glaubte er, im Dickicht am Mühlgrabenufer jemanden gesehen zu haben. In der Minoritenstraße schließlich wuchs seine Unruhe, sodass er umkehrte. Im Schatten der Bäume näherte er sich vorsichtig der Stelle, an der er die Gestalt gesehen zu haben meinte. Und er lag richtig. Ein Mann, sichtlich aufgeschreckt, kam aus seinem Versteck und lief den Mühlgraben entlang in Richtung Altstadt.

Roth rannte ihm nach. Sein Herz hämmerte wild. Er erinnerte sich an Kleins Anweisungen, und nun erschienen ihm die Worte seines Vorgesetzten weit weniger verrückt. Um jeden Preis wollte er dem Kerl auf den Fersen bleiben. Aber der bewegte sich schnell und wendig, fast lautlos. Roth hatte das Gefühl, einem Geist nachzujagen. Er beschloss, nicht länger Katz und Maus zu spielen und den Flüchtenden anzuhalten. Also beschleunigte er sein Tempo und konzentrierte sich dabei auf seine Atmung. In diesem Moment sah der Mann sich um und Roths Herz setzte kurz aus: Er verfolgte einen Gesichtslosen. Der musste sich etwas Schwarzes auf die Haut geschmiert oder einen Strumpf übergezogen haben. Jetzt war klar, dass es sich nicht um einen zufälligen Passanten handelte. Jürgen Roth zog im Laufen seine Waffe.

Gerade als er etwas rufen wollte, stolperte er über einen Stein. Er spürte noch, wie sein Kopf hart auf dem Boden aufschlug. Dann tanzten Nachthimmel und Baumkronen vor seinen Augen, und er versank in einem kalten, schmerzhaften Abgrund.

*

Wilhelm Klein fieberte, Albträume und Visionen suchten ihn heim. Er konnte kaum atmen, sein Brustkorb schien von einem eisernen Reifen umschlossen, ein weiterer umspannte glühend seinen Kopf. In seiner Fantasie tauchte eine dunkle Gestalt auf, deren Gesicht von einer Maske verhüllt war. Er versuchte sie zu fassen, und als es ihm endlich gelang, war er enttäuscht. Er riss der Gestalt die Maske vom Kopf und blickte in sein eigenes Gesicht.

Langsam sank er in die Tiefe des Fiebertraums, überzeugt, sein Ende sei nah. Doch dann spürte er kühle Hände an seinen Schläfen. Diese Empfindung wurde für ihn zum einzigen Berührungspunkt mit der realen Welt. Er konzentrierte sich auf die Handflächen, die das Fieber aus ihm herauszuziehen schienen, und während er sich diesem Prozess hingab, fühlte er sich vollkommen wehrlos.

Als er am Morgen die Augen öffnete, sah er, wie Agnes die Bettdecke aufschlug und nackt aus dem Bett schlüpfte.

Schweigend sah er ihr beim Anziehen des Nachthemds zu. Erst als er sicher war, dass er nicht träumte, sagte er: »Du warst hier. Du warst die ganze Nacht bei mir.«

Sie drehte sich zu ihm um. »Es ist Zeit aufzustehen. Du hast gesagt, ich soll dich früh wecken.«

Er stützte sich auf die Ellenbogen.

»Haben wir ... in der Nacht ...?«

Sie lächelte und schüttelte den Kopf.

»Natürlich, verzeih die Frage. In meinem Zustand wäre ich ohnehin nicht in der Lage gewesen.«

Sie antwortete nicht, sondern wandte sich um und verschwand in ihrem Zimmer. Erst dann schlug er die Bettdecke zurück und blickte auf seinen eigenen nackten Körper. Es war kühl und das Laken noch feucht vom Nachtschweiß. Er legte eine Hand an die Stirn und stellte zwei Dinge fest: Das Fieber war gesunken, dafür war etwas anderes allzu deutlich nach oben gegangen.

Er ging ins Bad und wusch sich eilig. Dann kleidete er sich an und blieb kurz in der Mitte der Suite stehen. Ihm wurde bewusst, dass er auf die Tür zu Agnes' Zimmer starrte. Für einen Moment spielte er mit dem Gedanken anzuklopfen, wusste aber nicht, was er hätte sagen sollen. Also griff er nach Mantel und Hut, trat hinaus auf den Flur und verließ das Hotel. Am Sellgittplatz angelangt, entschied er sich, den Weg zur Obermühle zu Fuß zurückzulegen.

*

Georg Marx war es gewohnt, früh aufzustehen. Einen Wecker hatte er nie gebraucht, seine innere Uhr ließ ihn immer pünktlich aufwachen. Diesen inneren Mechanismus schärfte er bei zahlreichen Wanderausflügen in die umliegenden Berge. Dann packte er seinen Rucksack mit der Fotoausrüstung und kehrte erst am späten Abend zurück, von Wind und Sonne erhitzt und voller Vorfreude auf das Entwickeln der Fotos. Doch diesmal war seine innere Uhr aus dem Takt. Grund dafür war der abendliche Besuch eines unerwarteten Gastes, mit dem er ein langes und äußerst interessantes Gespräch geführt hatte. Nun war er übermüdet und angespannt.

Marx hatte das Atelier in der Wilhelmstraße von Martha Völkel gekauft, die es nach dem Tod ihres Mannes dessen ehemaligem Lehrling gern überließ. Die Kriegsjahre verliefen für Marx recht erfolgreich. Er fotografierte Soldaten, ihre Frauen und Verwandten. Alle wollten eine Erinnerung, bevor die geliebten Söhne, Onkel und Ehemänner an die Front gingen. Nach dem Krieg versiegte diese Einnahmequelle und oft grübelte der Fotograf, wie es weitergehen solle. Das Ende des Kriegs bedauerte er dabei absolut nicht. Oft sah er die Witwen derer, die vor nicht allzu langer Zeit noch in seinem Atelier stolz vor der Kamera posiert hatten. Er war erst dreiunddreißig Jahre alt, hatte aber bereits das Gefühl, dass sein Leben in eine Sackgasse geraten war. Er wusste nicht, was noch kommen sollte. Das änderte sich in dem Moment, als Wilhelm Klein vor seiner Tür stand. Denn der Mann, der sich überdies als begeisterter Wanderer zu erkennen gab, brachte Marx auf eine neue Idee, die seinen Kopf zum Glühen brachte. Ein Anstoß hatte genügt, um ihm einen neuen Weg zu weisen. Nun wusste er, was er tun sollte: Er würde Ansichtskarten herstellen und verlegen, auf denen die Schönheiten der Städte und Dörfer des Glatzer Landes abgebildet waren. Wie er sie vertreiben würde, war ihm auch sofort klar, und er sah sich schon als erfolgreichen Verleger. Zunächst aber würde er seine Finanzen aufbessern, indem er Klein bei dessen Ermittlungen half. Sein erster Auftrag sollte ihn zur Obermühle führen, nur einen Steinwurf von seinem Atelier entfernt. Marx zog sich hastig an, wusch sich das Gesicht und frisierte sich. Kurz suchte er nach der Brille und fand sie auf dem Nachttisch. Dann schulterte er den Rucksack mit der Ausrüstung und verließ sein Haus.

An der Mühle standen bereits mehrere Männer, die bei seinem Anblick die Krempen ihrer Hüte und Mützen berührten. Marx erkannte den Kaufmann Paul Wickel und seine Gehilfen, die in der Mühle arbeiteten. Auch Wachtmeister Koschella war da. Der hatte ihn vor nicht allzu langer Zeit aufgesucht, um sich für seinen Dienstausweis fotografieren zu lassen. Er hatte dabei den nicht ungewöhnlichen Wunsch geäußert, Marx möge seine Schönheitsfehler kaschieren. Der Wachtmeister hatte ein Problem mit seinem Unterkiefer, der wohl schon oft gebrochen war, und Lücken im Gebiss, was zu einer Asymmetrie im Gesicht führte. Der Fotograf hatte das relativ leicht korrigieren können.

Marx näherte sich den Männern. Die kurze Erwähnung von Hauptmann Klein und seinem Auftrag genügte, um in Ruhe gelassen zu werden. Er schaute in die Runde. Dabei entging ihm die allgemeine Unruhe nicht. Unsicher blickten alle vor sich hin und wussten nichts mit sich anzufangen. Marx war sich sicher, dass es Klein war, der diese Versammlung einberufen hatte.

»Verdammt, ist das kalt!«

Marx lächelte. Bemerkungen über das Wetter waren immer schon die Rettung für stockende Gespräche.

»Ein kalter Luftzug, da kommt noch mal Schnee in den Bergen.«

Die Müllergehilfen rieben sich die Hände, als hätte sie bereits der Frost gepackt.

Nur Koschella stand aufrecht, rauchte und starrte in die Tiefe vor dem Mühlenwehr. Auch Marx blickte ins trübe Wasser, konnte aber nichts erkennen.

»Meine Herren, wir können anfangen. Stellt die Wehrverschlüsse so, dass so wenig Wasser bleibt wie möglich.«

Kleins Ankunft brachte Leben in die Männer.

»Zum Wehr. Josef weiß, was zu tun ist«, rief Wickel einem seiner Gehilfen zu. Dann wandte er sich an Klein: »Klappe und Gitter bewegen sich gleich. In einer Viertelstunde ist das Wasser weg, Herr Hauptmann.«

»Ausgezeichnet!« Klein lehnte am Geländer. Neben ihm Koschella.

»Ist dir nicht kalt gewesen?«

»Nein, Herr Hauptmann«, knurrte der Wachtmeister. »Draußen war es nicht so kalt wie im Ehebett.«

»Oh, ein Anfall von Ehrlichkeit?«

»Nach zwanzig Jahren Ehe. Normal, oder?«

»Vielleicht.«

Marx lauschte dem seltsamen Gespräch, während er seine Ausrüstung vorbereitete. Er stellte den Rucksack an einem sicheren Ort ab und entnahm ihm alles, was er benötigte.

»An die Arbeit, Männer. Josef hat seinen Teil erledigt.« Wickel starrte in den Mühlgraben.

Die Gehilfen drehten an den Reglern. Der Wasserpegel sank rapide. Die Zahnräder knarrten, als beschwerten sie sich, dass sich seit Jahren niemand um sie gekümmert hatte. Marx war nicht klar, was er tun sollte. Er hatte noch nie für die Polizei gearbeitet. Klein hatte ihm nicht gesagt, was er erwartete. Und Marx wollte auch nicht den Anschein erwecken, er sei ein Anfänger. Was zu tun war, würde sich von selbst ergeben.

Und tatsächlich. Zuerst hörte er Wickels Gehilfen tuscheln und kurz darauf den Müller fluchen. Er blickte in den Mühlgraben und erstarrte. Durch den gesunkenen Wasserspiegel waren zwei Hände zum Vorschein gekommen, deren Handgelenke an den unteren Querbalken des Gitters gekettet waren.

»Hauptmann Klein!«

Alle blickten sich um. Zwischen den Bäumen kam ein Mann auf wackeligen Beinen auf sie zu. Marx wähnte ein blutverschmiertes Gespenst vor sich. In dem Moment rief Koschella: »Roth! Wo zum Teufel warst du? Wer hat dir denn eins über die Rübe gezogen?«

Der Polizeiassistent taumelte zum Geländer und hielt sich daran fest. Sofort waren Klein und Koschella bei ihm. Jürgen Roth war kreidebleich und hielt sich den Kopf, als fürchtete er, der würde gleich abfallen.

»Was ist passiert?« In Sorge, der junge Polizist könnte über das Geländer stürzen, packte Klein ihn bei den Schultern.

»Als Koschella mich abgelöst hat, wollte ich nach Hause.« Roth kämpfte gegen die Übelkeit an, hielt kurz inne und schluckte. »Dann habe ich gesehen, wie jemand vor der Mühle herumschleicht. Ich wollte ihm folgen, aber er hat mich bemerkt und ist weggerannt. Ich habe versucht, ihn zu schnappen, aber dann …

Verdammt, dann habe ich, wie Koschella es ausdrückt, eins auf die Rübe bekommen. Die müssen zu zweit gewesen sein.«

Noch im Reden drehte sich Roth in Richtung Kanal und starrte auf das Gitter. Jetzt sah auch er die aus dem Wasser ragenden Hände.

»Der Wasserleiche fehlen drei Finger«, rief er. »Drei Finger der linken Hand.«

Außer Klein blickten alle erschrocken hinüber. Als wäre das Verbrechen nicht schon schaurig genug.

»Jürgen, schaffst du es bis zum Rathaus?« Klein unterbrach das Schweigen.

»Ich denke schon.«

»Gib Kommissar Richter und dem Bürgermeister Bescheid. Sie sollen Verstärkung schicken und unbedingt Doktor Kuhnast verständigen. Und frag beim Bürgermeister nach, ob der Fährtenhund schon da ist. Wenn ja, sollen sie den Hundeführer dort hinschicken, wo du überfallen wurdest. Vielleicht wittert er was. Und lass die Kopfwunde versorgen.«

»Jawohl!«

»Sei froh, dass sie dich nicht abgemurkst haben, Jürgen.« Koschella hatte schon die nächste Zigarette angesteckt. »Sonst hätten wir die vierte Leiche für unsere Sammlung.«

»Sie haben Roth nicht getötet, weil er nicht in ihren Plan passt«, bemerkte Klein.

»Also ist das ein größerer Plan?« Der Wachtmeister zog theatralisch die Augenbrauen hoch.

Klein schien die Frage überhört zu haben. Koschella und Roth sahen sich bedeutungsvoll an.

Koschella flüsterte: »Hab ich's nicht gesagt, Roth? Hab ich nicht vom Teufel gesprochen? Jetzt hat er uns beide in seinen Klauen. Ich für meinen Teil mag ja den Geruch von Schwefel. Du auch?«

Roth konnte nicht antworten. Er konnte nicht sagen, ob seine Kopfschmerzen vom Schlag auf den Hinterkopf kamen oder von den Gedanken, die ihm durch den Kopf jagten. Und es half auch nicht, dass Koschellas Lachen ihn bis auf die andere Straßenseite begleitete und ihm noch in den Ohren klang, als er schon die Luisenstraße erreicht hatte und den Motor des Alpensiegers startete.

*

Zehn Minuten später wimmelte es rund um die Mühle von Polizeibeamten. Einige von ihnen waren direkt aus dem Bett geholt worden, wie zerzauste Haare und müde Blicke verrieten. Der Zugang wurde abgesperrt, und Schreinermeister Francke errichtete die nächste Konstruktion, die den Tatort vor neugierigen Blicken schützen sollte. Auf Kleins Anordnung wurde das Wasser im Kanal vollständig abgelassen. Dann stellte man eine Leiter auf, über die Klein, Marx und Koschella auf den glitschigen Boden hinabstiegen. Auch hier kam Francke zu Hilfe. Er ließ Holzbretter auf den Grund des Kanals werfen, auf denen man sicher zur Leiche gelangte.

»Keine falsche Scheu! Fotografieren Sie einfach alles, was Sie für richtig halten.«

Georg Marx quittierte Kleins Anweisung mit einem Nicken. Schon seit einiger Zeit schoss er ein Foto nach dem anderen. Abgesehen von den Aufnahmen aus der Ferne versuchte er, kein wichtiges Detail zu übersehen. Die Konzentration auf seine Arbeit erlaubte es ihm, das Bild der aufgedunsenen, bleichen, am Gitter festgeketteten Männerleiche an den Rand seines Bewusstseins zu drängen. Beim Blick durch das Objektiv hatte Marx das Gefühl, sich hinter einer Schutzmauer zu befinden, die ihn vom Ort des Verbrechens trennte. Magnesium blitzte auf. Das Gesicht des Mannes umspannten schwarze Riemen, die an ein Pferdegeschirr erinnerten. Der Mund stand weit offen, darin funkelte ein runder Gegenstand. Ein weiterer Blitz. Ein Metallgeflecht, das sich um die Gliedmaßen schlang …

»Den kenn ich.« Koschella ging in die Hocke, um das Gesicht des Toten besser sehen zu können. »Und ich habe keine guten Nachrichten … Wenn ich nicht falsch liege, ist das Johann Beier, Vizedirektor der hiesigen Schlesischen Bank.«

»Das reicht, Herr Marx«, wies Klein den Fotografen an. Einen Moment lang betrachtete er den Toten und studierte insbesondere die Ketten, mit denen er am Gitter befestigt war. »Bevor Sie in Ihr Atelier zurückkehren, fotografieren Sie doch bitte noch all die Schaulustigen rund um die Mühle.«

»Natürlich«, entgegnete Marx kurz. »Ich werde die Fotos danach sofort entwickeln.«

»Schicken Sie sie mir bitte ins Hotel Stadtbahnhof. Es reicht, wenn sie an der Rezeption abgegeben werden.«

Marx nickte und atmete erleichtert auf. Die Kamera schirmte ihn nun nicht mehr von dem schrecklichen Bild ab. Als er seinen Blick vom Toten abwandte, war er froh, nicht gefrühstückt zu haben. Er packte seine Sachen und stieg die Leiter hoch, um Aufnahmen der weiter anwachsenden Menschenansammlung zu machen.

Kleins Blicke folgten ihm. Als Marx am Kommissar und am Polizeifotografen vorbeikam, konnte er beobachten, wie ihm beide mit finsterer Miene nachblickten.

»Wie sind Sie denn auf den Ort gekommen, Chef?«, fragte Koschella flüsternd. »Der Kommissar wird dasselbe fragen.«

Klein konnte oder wollte nicht antworten. Kommissar Richter war an sie herangetreten. Breitbeinig stand er da und fauchte den Hauptmann an.

»Ich denke, wir müssen ein ernstes Wort reden. Was Sie da tun –«

»Ich tue, was ich für richtig halte«, unterbrach ihn der Hauptmann. »Sie wurden in dem Moment informiert, in dem wir sicher waren, dass wir es mit dem nächsten Toten zu tun haben. Das Opfer wurde nicht angerührt, die Untersuchung der Leiche und des Tatorts überlasse ich ganz Ihren Leuten.«

Richter konnte sich nur mit Mühe beherrschen. Er war es nicht gewohnt, derart unhöflich unterbrochen zu werden. Doch er versuchte ruhig zu bleiben.

»Ich möchte ohnehin mit Ihnen reden.«

»Natürlich, Herr Kommissar.«

Klein drehte sich um und ging zur Leiter. Koschella stand einen Moment verwirrt da, dann folgte er ihm. Richter sah dem Hauptmann nach und fluchte leise. In diesem Moment tauchten oberhalb des Kanals weitere Polizisten auf. Sie traten beiseite, als Klein aus dem Graben kletterte, lüpften ihre Hüte und grüßten höflich. Koschella konnte sich ein Grinsen nicht verkneifen. Zum ersten Mal in seinem Leben war er froh, dass sein schiefes Gesicht sämtliche Emotionen verbarg. Und als unmittelbar danach die Kollegen ihn ebenfalls grüßten, empfand er aufrichtigen Stolz und Genugtuung.

Wenige Meter vor der Polizeiabsperrung blockierte ein Auto den Weg. Roth stieg aus dem Wagen.

»Ein ziemliches Chaos, nicht wahr?«, sagte er und zeigte die Zähne. Seine Augen funkelten, sein Kopf war dick bandagiert. »Wissen wir schon mehr, Herr Hauptmann?«

»Koschella hat das Opfer identifiziert.« Klein deutete auf Franz.

»Johann Beier, Vizedirektor der hiesigen Bank«, krächzte Koschella heiser.

Roth pfiff leise.

»Immer größere Fische ... Etwas muss die Opfer verbinden.«

»Dazu kommen wir noch, Roth.« Klein hob die Hand, um das Thema zu wechseln. »Was ist mit dem Hund, um den ich den Bürgermeister gebeten hatte?«

»Der ist gestern Abend aus Breslau gekommen. Wachtmeister Puder hat Erfahrung mit Hunden. Ich habe ihm den Ort genannt, er müsste bald da sein.«

»Wir haben keine Zeit zu verlieren.« Klein blickte zum Himmel, an dem sich dicke Wolken zusammenzogen. »Es wird bald regnen. Mal sehen, ob der Hund eine Fährte aufnimmt.«

»Eine Hündin, Herr Hauptmann. Es ist ein Weibchen.«

Klein lachte und Koschella tippte sich theatralisch mit dem Finger an die Stirn.

Wenig später standen sie auf der Promenade, wo Wachtmeister Puder mit einem Schäferhund wartete. Der Beamte salutierte vor Klein und deutete auf das Tier. Mit einem entschuldigenden Lächeln begrüßte er die drei.

»Es gab nur diese Hündin. Flora. Etwas älter schon, und wie unschwer zu erkennen, hat sie einiges durchgemacht.«

Flora sah Klein an. Sie hob die Schnauze und schnupperte.

Der Hauptmann kam langsam näher und streckte der Hündin seine Handfläche entgegen. Das Tier schnupperte am Handschuh, ohne den Mann aus den Augen zu lassen. Dann steckte es die Nase in den Ärmel seines Jacketts. Der Schwanz, der bis dahin völlig ruhig geblieben war, trommelte auf den Boden. Klein ging vor der Hündin in die Hocke und berührte ihre Flanke. Die kahle Stelle war ihm sofort aufgefallen. Es sah so aus, als hätte sie einen Unfall gehabt.

»Kennen Sie den Hund?«, fragte Koschella. »Also die Hündin?«

»Nein«, antwortete Klein knapp.

»Und Sie haben sie so leicht für sich gewonnen?«

»Ich habe dich zuvor auch nicht gekannt, und dennoch konnte ich dich für mich gewinnen.«

Roth prustete vor Lachen und Puder tat, als interessiere er sich für die Wipfel der umliegenden Bäume.

»Ende der Plauderstunde, meine Herren. Wachtmeister Puder, Polizeiassistent Roth zeigt Ihnen die Stelle. Wachtmeister Koschella und ich folgen Ihnen. Mal sehen, wie weit uns die Fährte führt.«

Puder nickte und gemeinsam mit der Hündin folgten sie Roth bis zum Gebüsch, in dem er den Verdächtigen gesehen hatte.

Die Hündin streifte umher, schien aber nichts Interessantes zu finden.

»Vielleicht braucht sie ein Kommando«, rief Koschella. »Such! oder Fass den Dieb!«

Puder tat, als höre er ihn nicht und ließ Flora Zeit.

»Vielleicht hat sie den Geruchssinn verloren«, wandte sich Koschella an Roth. »Sie hat Brandnarben wie der Hauptmann. Auf der Schnauze hat sie doch auch diese Flecken.«

Roth schüttelte den Kopf, Koschella zuckte mit den Schultern und grinste schief.

»Darf man nicht mehr scherzen? Was bist du so ernst, Roth?«

»Wir haben was!« Puder folgte der Hündin, die plötzlich in Richtung Mühlgraben lief.

»Da ist er lang und ich hinterher.« Roth war ganz aufgeregt.

Vor einem dichten Gebüsch unweit des Kanals blieb die Hündin stehen, streifte kurz umher und sah dann Roth an.

»Hier hab ich eins übergebraten bekommen«, sagte der Assistent leise. »In dem Busch da bin ich zu mir gekommen, den Rest kennt ihr.«

»Sieht aus, als hätte sie dich gewittert«, flüsterte Koschella und fletschte die Zähne wie ein Wolf. »Hoffentlich denkt sie nicht, sie müsse nach dir suchen. Pass auf, sonst beißt sie dich noch in den Hintern.«

Roth ignorierte die Worte des Wachtmeisters und sah erst zur Hündin und dann zu Klein. Auf einmal lief Flora weiter, diesmal zur Brücke. Klein schaute sich noch eine Weile an der Stelle um, an der Roth überwältigt worden war. Dann erst schloss er zur Gruppe auf.

Sie steuerten nun auf die Altstadt zu. Hinter Zimmermanns Brauerei bogen sie ein in Richtung Kirchplatz und Jesuitenkirche. In dem Moment begannen die Kirchenglocken zu läuten. Von den umliegenden Dächern stoben Vögel auf, durch die Gassen eilten Gläubige auf dem Weg zur Messe. Einige von ihnen blieben beim Anblick der Polizisten und des unruhigen Hundes stehen, doch Klein beachtete die Neugierigen nicht und blickte sich um. Dann ging er auf den Schäferhund zu und tätschelte ihn.

»Das reicht fürs Erste«, sagte er.

»Jawohl, Herr Hauptmann!« Wieder salutierte Puder.

»Lassen Sie das!«, ermahnte Klein den Beamten. »Wir sind hier nicht beim Militär.«

»Jawohl …« Irritiert reichte Puder der Hündin eine Belohnung. Doch die interessierte sich nicht sonderlich dafür. »Nimm, du hast das gut gemacht!«

Erst jetzt schnappte die Hündin zu, als sei sie bisher überzeugt gewesen, keine Belohnung verdient zu haben.

»Nicht genug, dass das Vieh keinen Geruchssinn hat, es scheint auch noch taub zu sein«, flüsterte Koschella. Roth, inzwischen gewöhnt an Koschellas Kommentare, starrte auf Flora, die an ihrem Leckerli kaute und Klein nicht aus den Augen ließ. Er fröstelte, wusste aber selbst nicht, warum er sich so unbehaglich fühlte. Erst der Befehl des Hauptmanns riss ihn aus der Erstarrung.

»Wir werden einen weiteren Ort aufsuchen. Das Dach, von dem die tödlichen Schüsse auf Major Peschke abgegeben wurden. Das ist doch in der Nähe, oder?«

*

Die Brauerei Hübner an der Ecke Kirchgasse/Grüne Straße war geschlossen. Durch das Fenster konnte man den Besitzer sehen. Koschella hämmerte einige Male gegen die Tür. Kurz darauf erschien der kleine, kahlköpfige Mann am Fenster und beäugte die Männer vor der Tür misstrauisch. Er öffnete ihnen erst, als neben Koschellas Faust auch einer seiner Stiefel zum Einsatz kam.

»Die verehrten Herren von der Polizei wünschen? Wir haben schon geschlossen.«

»Schon? Dann ist jetzt wieder geöffnet«, verkündete Koschella und stieß die Tür auf. Der Mann, der den Eingang versperrt hatte, sprang zur Seite.

»Bitte sehr, seien Sie willkommen.« Er blickte die Eintretenden an und murrte auch nicht, als er die Stiefelabdrücke auf dem frisch gewischten Boden sah. »Kommen Sie in einer bestimmten Angelegenheit, oder haben Sie Durst?«

»Wir wollen aufs Dach.«

»Schon wieder?«

»Wohl taub geworden von all dem Radau, Hübner. Zu viele Saufgelage, hm? Die Nachbarn beschweren sich über die Besoffenen, die sich in den Torbögen erleichtern. Wobei ich eher glaub, es stinkt nicht nach Pisse, sondern nach deinem Bier.«

»Was reden Sie, Herr Wachtmeister! Mein Bier ist von bester Qualität!«

»Bei Gelegenheit kost ich's mal wieder, aber jetzt bring uns nach oben.«

»Natürlich.« Der Brauer musterte noch einmal die Ankömmlinge, bis sein Blick an Klein hängenblieb, der noch kein Wort gesagt hatte. Mit einem Mal wurde er bleich, nahm die Schlüssel vom Tresen und führte die Gäste durch einen schmalen Gang, vorbei an Kisten und Fässern. Unter der Treppe standen Flaschen und Bierkrüge. Der Geruch von Geräuchertem und Sauerkraut drang aus der Vorratskammer zur Rechten. Im Lokal hätte wieder einmal gründlich durchgelüftet werden müssen. Über eine knarrende Treppe stiegen die Männer in den ersten Stock und weiter auf den Dachboden. Hier mischte sich in den süßsäuerlichen Dunst der Gestank von Katzenurin und Staub. Der Brauer griff nach einem Stuhl in der Ecke und stellte ihn unter eine Leiter. Behände kletterte er hinauf und öffnete eine Dachluke, nachdem er das Vorhängeschloss entfernt hatte.

»Bitte sehr«, rief er triumphierend und sprang von der untersten Sprosse. »Bleiben Sie oben, solange Sie wollen.«

Koschella zwängte sich wortlos am Brauer vorbei und kletterte aufs Dach.

»Wenigstens regnet es nicht. So brechen wir uns vielleicht doch nicht das Genick«, rief er ihnen von oben zu.

»Soll Flora auch hoch?«, fragte Puder, offensichtlich nicht beruhigt von Koschellas Worten.

Klein bejahte. Roth bot Hilfe an. Nachdem der Wachtmeister hinaufgeklettert war, hob er die Hündin nach oben. Unter ihrem Fell konnte er die Knochen spüren. Flora war nicht allzu kräftig gebaut. Als sie auf dem Dach war, trat der Assistent zurück und ließ Klein den Vortritt. Er selbst kletterte schließlich als Letzter hinauf.

»Wir müssen über das Dach zum Eckhaus an der Schwedeldorfer Straße«, verkündete Koschella und eilte voraus, ohne auf seine Begleiter zu warten.

Vorbei an Schornsteinen und Belüftungsöffnungen passierten sie einige verrußte Fenster. Das Dach war in hohem Maße renovierungsbedürftig. Fast hätte Puder sich in einem Loch in der Dachpappe den Knöchel verstaucht. Schließlich hielten sie an. Koschella stand an der Dachkante, genau an der Stelle, von wo der Attentäter angeblich geschossen hatte. Die Hündin lief unruhig im Kreis.

»Sie wittert schon wieder etwas«, sagte Puder.

»Die muss bestimmt nur pissen.« Koschella verzog das Gesicht.

»Hier waren inzwischen so viele Leute, da kann sie nichts riechen.«

»Mir war gar nicht bewusst, dass du so ein Hundekenner bist«, entgegnete Roth.

»Herr Hauptmann, mir scheint, sie reagiert auf denselben Geruch wie an der Stelle, wo Roth niedergeschlagen wurde.« Puder ließ sich von Koschellas und Roths Gezänk nicht beirren. »Sonst würde sie stillsitzen.«

»Meiner Meinung nach«, Koschella sprang von einem niedrigen Sims und verschränkte die Hände vor der Brust, »findet der Köter Roth ziemlich verdächtig. Vielleicht hat er seine Witterung hier wie dort in der Nase.«

»Aber ich war doch noch nie auf diesem Dach.«

»Ach ja?« Koschella runzelte die Stirn. »Und auf dem Schießstand sollst du auch sehr gut sein.«

»Es reicht jetzt, Koschella! Am Schießstand ist Roth vielleicht besser als du, aber einen solchen Schuss hätte auch er nicht hinbekommen«, brach Klein sein Schweigen. Er war inzwischen das Dach abgegangen und hatte sich die Nachbarhäuser und den von den Gebäuden umschlossenen trapezförmigen Innenhof angesehen.

Roth musste sich ein Grinsen verkneifen, als er Koschellas Gesichtsausdruck sah. Der warf ihm giftige Blicke zu, versagte sich aber jeden Kommentar.

»Also ich finde, von hier aus war's nicht so schwer, das Ziel zu treffen«, sagte Puder, der neben Koschella an der Kante stand. »Der Major ist an der Kreuzung von Grüner Straße und Kirchgasse erschossen worden. Keine hundert Meter von hier. Der Schütze hatte ausreichend gute Sicht … wenn auch nur für kurze Zeit.«

»Das heißt, wir wissen, warum er diese Stelle gewählt hat.« Roth beugte sich für einen besseren Blick auf die Kreuzung vor. »Aber es kommt mir trotzdem seltsam vor, dass er ausgerechnet von hier geschossen hat. Es gibt Dächer, von denen es noch einfacher gewesen wäre.«

»Es ist nicht bewiesen, dass von hier geschossen wurde«, bemerkte Klein.

Die Männer sahen sich verwirrt an.

»Aber die Ballistiker haben bestätigt ..., das Militär hat Tests durchgeführt«, wagte Roth zu widersprechen. »Der Schuss wurde von hier abgegeben.« Er deutete auf die linke Hausecke. »Sie haben gemeint, es gäbe keine andere Möglichkeit.«

»Angenommen, du hättest dieselbe Waffe wie der Täter, also eine Mauser 98. Mach dich mal zur Schussabgabe bereit.«

»Aus welcher Position?« Das Herz des Assistenten hämmerte.

»Genau! Aus welcher?«, wiederholte Klein die Frage.

Roth spähte zu Puder und Koschella, in der Erwartung, sie würden ihn auslachen. Doch beide blieben ernst.

»Hinlegen würde ich mich nicht.« Roth versuchte sich an die Mauer zu lehnen, die Position war aber unbequem. Wie sehr er sich auch verrenkte, immer ragte eines seiner Beine über die Dachkante.

»Versuch eine andere Position«, schlug Klein vor.

Roth ging in die Hocke und legte die imaginäre Waffe an.

»Mir fehlt etwas zum Abstützen. Lange halte ich das nicht durch.«

»Der Major ist auf dem Heimweg von der Kommandantur in die Judengasse regelmäßig hier vorbeigekommen. Auf dem Ring wollte er nach Feierabend nicht länger bleiben als nötig, aber dort unten, vor dem Delikatessengeschäft von Hugo Drosdatius, ist er immer stehengeblieben.« Koschellas Finger wies auf das Schaufenster mit dem reichhaltigen Angebot an Weinen und Lebensmitteln, flankiert von Werbung für Maggis Würze. »Aber an jenem Tag ging er an dem Laden vorbei direkt nach Hause. Der Schütze hatte wenig Zeit.«

Alle blickten auf das Schaufenster. Einige Passanten zeigten von unten auf sie.

»Wir sind noch nicht lange hier und wurden schon entdeckt«, sagte Puder. »Aber an jenem Tag hat niemand den Schützen gesehen.«

»Von wo, Herr Hauptmann, hat der Täter denn Ihrer Meinung nach geschossen?« Koschella schien Mitleid mit Roth zu haben, der noch immer nach einer bequemen Schussposition suchte.

»Kommt mit.« Klein trat an die Dachkante, sprang auf ein Mauerpodest und blieb neben einem großen Schornstein stehen.

»Roth, such jetzt mal eine Position, die dir einen gezielten Schuss erlaubt und gleichzeitig Schutz vor unerwünschten Blicken bietet.«

Roth ging nach kurzem Zögern neben dem Schornstein in die Hocke und sah sich um. Dann schaute er hinab auf die Kreuzung.

»Ein kleiner Ausschnitt«, bemerkte er. »Man sieht die Leute eine, vielleicht zwei Sekunden.«

»War es windig an dem Tag?«

»Nun, ja, durchaus ...« Jürgen Roth nickte.

»Ja, sehr sogar.« Klein blickte über die Dächer hinweg zur Festung, die über der Stadt thronte. »Der Wind kam aus nördlicher Richtung. Der Attentäter musste Seitenwind miteinberechnen. An der Kreuzung, an der der Major getötet wurde, war der besonders stark.«

»Also haben Sie recht, Herr Hauptmann«, sagte Koschella. »Unter diesen Bedingungen hätten weder ich noch Meisterschütze Roth einen Treffer landen können.«

»Der Major ist von der Schwedeldorfer Straße in die Grüne Straße eingebogen«, fuhr Klein fort, ohne Koschella zu beachten. »Einer der beiden Täter muss in konstantem Abstand vor ihm gegangen sein. Sobald der Schütze seinen Komplizen im Visier hatte, wusste er, dass der Major nun im Schussfeld auftauchen würde.«

»Wozu der ganze Aufwand? Warum zum Teufel gehen die so ein Risiko ein?«, wunderte sich Roth.

»Jeder einzelne Mord ist eine Botschaft«, kommentierte Klein knapp.

»Aber was wollen die uns sagen?«, fragte Puder.

»Legt euch besser nicht mit uns an!«, sagte Koschella nachdenklich. »Wir arbeiten unseren Plan ab und niemand wird uns daran hindern. Sie machen uns klar, dass sie keine Angst haben und auf die Glatzer Polizei scheißen.«

»Mehr oder weniger«, stimmte Klein zu.

»Wollen Sie damit sagen, Herr Hauptmann«, Puder warf einen

Blick auf die Hündin, die mit gespitzten Ohren dem Gespräch ebenfalls aufmerksam zu folgen schien, »dass die so von sich überzeugt sind, dass sie uns signalisieren, sie könnten alles tun? Vor unseren Augen?«

»Vor unseren Augen hat man bereits drei spektakuläre Morde begangen. Also ja«, stellte Roth fest. Diese Botschaft der Täter, wie Klein es nannte, empfand auch er als Beleidigung. »Stellt sich die Frage, wie wir verhindern können, weiter an der Nase herumgeführt zu werden. Und wie wir sie schnappen können.«

Klein musste bei diesen Worten schmunzeln.

»Roth, such nach einer Verbindung zwischen den Opfern und geh die Akten durch. Überprüf die Mitgliederlisten sämtlicher Glatzer Organisationen und Vereine. Und wenn die Namen der Getöteten auf derselben Liste stehen, gehst du dieser Spur nach.«

Roth nickte, obwohl die Rückkehr an den Schreibtisch nicht das war, wovon er geträumt hatte.

»Koschella, du stellst die ganze Stadt auf den Kopf und überprüfst jedes noch so dumme Gerücht.«

Koschella griff nach Zigarette und Streichholz. Kurz darauf sog er gierig den Rauch ein.

»Und ich?« Puder fühlte sich plötzlich als Teil der Gruppe. Zum ersten Mal seit Langem hatte er das Gefühl, dass eine Ermittlung so ablief, wie sich das gehörte. »Was soll ich tun?«

»Puder, Sie leiten ab sofort die neu eingerichtete Glatzer Hundestaffel. Flora ist Ihr erster Schützling. Wir werden sie nicht nach Breslau zurückschicken. Sie bleibt in Ihrer Fürsorge. Und Sie, Wachtmeister, werden uns bei den Ermittlungen helfen.«

»Zu Befehl, Herr Hauptmann!«

Puder erinnerte sich gerade noch rechtzeitig an das Salutierverbot und seine Finger wanderten nur an den Schnurrbart. Klein nickte zufrieden.

»Das wäre vorerst alles, meine Herren! Roth, Koschella, ihr kommt morgen früh um acht Uhr ins Hotel. Es sei denn, in der Zwischenzeit passiert noch etwas.«

Wilhelm Klein ging zurück zur Dachluke der Brauerei Hübner

und war bald außer Sichtweite, während die anderen noch eine Weile in Gedanken versunken herumstanden, bevor sie ihm folgten.

*

Der Handlungsgehilfe Adolf Herke trat vor das Damen- und Herrenkonfektionsgeschäft mit der Adresse Ring 11. Auf Anweisung seines Chefs Isaak Brass sollte er die Schaufenster des Ladens sowie der benachbarten Salamander-Filiale, die Salomon Weinstein, dem Geschäftspartner von Brass, gehörte, auf Sauberkeit überprüfen. Sonne und Wolken spiegelten sich auf der makellosen Glasoberfläche, und so war er zufrieden.

Als er in den Laden zurückkehren wollte, traf er vor der Tür auf einen großen, schlanken Mann, den er und seine Kollegen aus den Gesprächen mit mehreren Kundinnen kannten. Der junge Gehilfe überholte den Herrn flink, öffnete ihm die Tür und geleitete ihn, noch während das Türglöckchen neue Kundschaft ankündigte, unter Verbeugungen ins parfümierte Reich von Isaak Brass.

»Guten Tag! Wie können wir dienen, werter Herr?«

Der Blick des Ankömmlings war aufmerksam, aber kühl. Doch Herke ließ sich nicht so leicht einschüchtern. Seine Selbstsicherheit hatte er von Brass gelernt, der seine Mitarbeiter belehrte, manchmal auch ermahnte und besonders Begriffsstutzige hin und wieder mit Besenstiel und Bürste bearbeitete.

»Ich brauche alles für eine Abendveranstaltung.«

Adolf verspürte ein anregendes Kribbeln. Er führte den Kunden zu einem bequemen Stuhl und rief mit einem Fingerschnipsen einen Kollegen herbei. Dieser erkannte sofort, mit welch vornehmem Gast sie es zu tun hatten, und bot Kaffee und Tee an. Anschließend eilte er ins Obergeschoss, wo er im Büro des Inhabers verschwand, während Herke sich an die Arbeit machte. Brass hatte seine Gehilfen gründlich geschult und ihnen beigebracht, möglichst schnell verschiedene Kundentypen zu unterscheiden. Er hatte sie gelehrt, mit höflicher Konversation über das Wetter ein Verkaufsgespräch einzuleiten und den Kunden dazu zu bringen, ein weiteres überzähliges Hemd und überflüssige Manschettenknöpfe zu kaufen. Diesmal merkte Herke aber sofort, dass er sich das Gespräch über das Wetter sparen konnte, denn schon die knappen Eingangsworte des Mannes bei seinem Eintreten zeigten, dass er keine Lust hatte zu reden, und den Einkauf als lästige Notwendigkeit betrachtete. Adolf beschloss, seinen Kunden so schmerzlos wie möglich auf dem Weg zur Komplettierung seiner Garderobe zu begleiten. Er war sich bewusst, dass dieser den kleinsten Fehler oder die geringste Unachtsamkeit sofort bemerken würde. Anders gesagt, Kleins ganzer Körper schrie förmlich: Ich muss etwas kaufen. Und ich bin auf dich angewiesen. Aber wenn du mir irgendeinen Mist andrehst, werde ich ihn dir so tief in den Hals stecken, dass du daran erstickst!

Körpersprache ist etwas Wunderbares, dachte Adolf, während sein Blick über die Kollektion feinsten Zwirns wanderte.

Der zweite Handelsgehilfe erschien mit einer Tasse, die er auf dem Tischchen vor Klein abstellte. Von seinem silbernen Tablett nahm er auch eine Zuckerdose, einen Teller mit einer Pyramide aus bunten Geleebonbons der Marmeladenfabrik Hermann May sowie ein Glas Likör der Marke Glatzer Rose.

»Möchte der Herr verraten, um welche Art von Veranstaltung es sich handelt?«

»Ein Bankett im Hotel Kaiserhof. Angeblich versammelt sich dort heute die hiesige Crème de la Crème.«

»Das hatte ich vermutet. Ich werde mir erlauben, Ihnen zwei Anzüge aus unserem umfangreichen Sortiment herauszusuchen. Einer wird Ihnen sicher gefallen, Herr Hauptmann.«

»Nun, schauen wir mal.«

Klein stand auf, ohne vom Tee oder den Süßigkeiten gekostet zu haben, und folgte dem Handelsgehilfen in die Umkleide.

Adolf schaltete die Beleuchtung an. Der Salon war mit zahlreichen Spiegeln ausstaffiert, die das Licht zurückwarfen. Die Umkleide war ein großer Raum mit einer Chaiselongue, in dem man in Ruhe seine Auswahl treffen konnte. Hier führte Brass auch, falls nötig, Änderungen durch oder nahm bei den Kunden Maß, die maßgefertigte Stücke wünschten. Diese wurden dann von

Schneidern genäht, mit denen der Salon kooperierte. Adolf reichte Klein den ersten Anzug.

»Die Kleidung eines Mannes sollte bis ins letzte Detail ebenso exquisit wie dezent sein und perfekt sitzen, sodass er würdevoll aussieht, ohne aufzufallen, Herr Hauptmann. Diesem Grundsatz folgen wir in unserem Haus.«

»Sie zitieren Brummell?« Klein wirkte amüsiert. »Ich hätte nicht gedacht, dass ein britischer Dandy die Angestellten eines Glatzer Konfektionshauses inspirieren könnte.«

»Nun«, Adolf ließ sich nicht beirren und lächelte, »ich war mir sicher, dass diese Worte von einem anderen Gentleman stammen, dessen Name ebenso mit dem edlen Buchstaben B beginnt. Isaak Brass hat uns diesen Leitspruch immer als den seinen vorgetragen.«

»Ein Frack also.«

Adolf nickte. »Sie machen nicht den Eindruck, als ob Sie etwas von formeller Kleidung halten würden. Ich garantiere Ihnen, Sie werden sich darin wohlfühlen. Zugleich unterstreicht er auch noch Ihre Persönlichkeit.«

Klein schlüpfte in den Frack und betrachtete sich im Spiegel.

»Ich sehe, der Frack weckt gemischte Gefühle, Herr Hauptmann.«

»Das haben Sie doch erwartet, oder? Sie haben zwei Stücke aus Ihrem Sortiment ausgewählt. Entweder ist die Auswahl nicht so groß, wie Sie behaupten, oder Sie sind überzeugt, dass mir der zweite Anzug besser gefällt. Insbesondere nach der wenig überzeugenden Präsentation des ersten.«

Adolf nickte mit einem Grinsen im Gesicht.

»Lassen Sie mich wieder auf die britischen Gentlemen zurückkommen. Ihre Intuition und Intelligenz erinnern mich an Sherlock Holmes. Sie aber sind ein Mensch aus Fleisch und Blut.«

»Und Ihre Fähigkeiten stehen, wie mir scheint, Dr. Watson in nichts nach.«

»Vielen Dank für das Kompliment. Lassen Sie mich Ihnen einen anderen Vorschlag machen, etwas gewagt, aber … irgendetwas sagt mir, dass dieser hier passen könnte.« Adolf hatte ein zweites Anzugoberteil in der Hand. »Ein britischer Smoking, wo wir doch gerade von den Engländern reden.«

Klein nahm den Bügel entgegen und schlüpfte in das einreihige Jackett.

»Änderungen, falls nötig, machen wir hier vor Ort.«

Adolf war zufrieden. Klein war gerade in eine zweite Haut geschlüpft. Schon öfter war er Zeuge solcher Situationen gewesen. Das Kleidungsstück hatte geradezu auf seinen idealen Träger gewartet und dann vom Körper Besitz genommen, an dem es sich präsentieren wollte.

»Wir kommen der Sache näher ...«

Adolf verbeugte sich und eilte aus der Umkleide. Er war mit der Auswahl der restlichen Garderobe so beschäftigt, dass er Isaak Brass gar nicht bemerkte, der aus seinem Arbeitszimmer gekommen war und oben an der Treppe stand. Diesen Platz mochte der Kaufmann besonders. Er schwebte dann gleichsam über den hölzernen Regalen und sog die Gerüche und Bilder seines Geschäfts in sich auf. Adolf kehrte in die Umkleide zurück und reichte Klein Hemd und Hose. Dann verschwand er wieder, um weitere Accessoires zu holen. Als er seinen Kollegen drängte, die Fliege doch schneller aus einer der Glasvitrinen zu holen, stand Brass plötzlich neben ihm und klopfte ihm auf die Schulter.

»Immer mit der Ruhe, junger Mann«, ermahnte er ihn. »Es gibt keinen Grund zur Eile. Geh rüber in den Salamander und hol passende Schuhe für den Herrn Hauptmann. Ich kümmere mich inzwischen um unseren Kunden.«

Adolf nickte, wenn auch widerwillig. Er bedauerte, den Salon verlassen zu müssen, wenn auch nur für einen Moment. Aber für Klein die richtigen Schuhe auszuwählen, war ebenso verlockend. Heute konnte er sich der Anerkennung seines Chefs und, was ihm noch wichtiger war, des bereits stadtbekannten Hauptmanns sicher sein. Also flitzte der Verkäufer aus dem Salon, während Brass die Umkleide betrat.

»Der verehrte Herr, erlauben Sie mir dies anzumerken, sieht im Smoking hervorragend aus. Bitte legen Sie ihn noch nicht ab. Kleidung, die nicht maßgeschneidert ist, hat die Eigenschaft ...«

»... dass sie nicht maßgeschneidert ist«, beendete Klein den Satz, während er das Hemd aufknöpfte.

»Sie nehmen mir das Wort aus dem Mund, Herr Hauptmann.« Brass lächelte geduldig. In seiner Hand befanden sich plötzlich Maßband, Bleistift und Notizheft. »Es dauert nur eine Minute. Ich weiß, dass Sie aufgrund der aktuellen Ereignisse viel zu tun haben. Wir leben in unruhigen Zeiten! Der Krieg ist vorbei, aber die Geister der Vergangenheit sind noch allgegenwärtig.«

»Von welchen Geistern sprechen Sie?«

Der Kaufmann zupfte das Jackett an Kleins Rücken zurecht, maß die Ärmellänge, schnalzte anerkennend mit der Zunge und sagte, während er sich die Maße notierte:

»Es ist nur das Geschwätz eines alten Mannes, der viel erlebt und noch mehr gesehen hat. Der Krieg ist noch in den Köpfen der Leute und es wird dauern, bis er vergessen ist. Der Krieg weckt Dämonen im Menschen und bringt das Böse in ihnen zum Vorschein. Anderthalb Jahre sind vergangen, die Armut in unserem Land steigt. Die Bewältigung dieser Krise wird dauern. Für die einen länger als für die anderen. Die Unterschiede zwischen den Leuten werden noch länger sichtbar bleiben. Jene, die es verstehen, die allgemeine Unzufriedenheit auszunutzen, werden in ihren Reden Schuldige finden, die sie für alles Schlechte verantwortlich machen können. Und wenn sich dann erst einmal alle die Hände schmutzig gemacht haben, um diese angeblich Schuldigen zu vernichten, gibt es kein Zurück mehr ... Wer A sagt, muss auch B sagen. Und das kann dann etwas sein, was die Menschheit in ihren Grundfesten erschüttert.«

Klein streckte die Arme von sich, als der Kaufmann seinen Brustumfang maß. Er schwieg, weil er spürte, dass der Kaufmann noch nicht fertig war mit seinen Ausführungen.

»Nehmen wir den jüngsten Putschversuch in Berlin. Darüber hinaus drängt aus dem Osten die rote Pest. Sollten die Polen sie nicht aufhalten, werden die Sowjets auch vor Berlin nicht haltmachen. Noch gestern befürchteten wir, dass die tschechoslowakische Armee in die Grafschaft einmarschiert und Glatz einnimmt. Die Bevölkerung wollte bis zum letzten Blutstropfen kämpfen. Heute sind die Tschechen keine Bedrohung mehr, aber wer weiß, was die Zukunft bringt. Mir scheint, das Schlimmste kommt noch. Und das Böse ist nicht jenseits der Grenzen zu suchen. Es kommt von innen.«

»Sind diese Morde ihrer Meinung nach nun Geister der Vergangenheit oder ein Vorgeschmack dessen, was kommen wird?«

»Beides, Herr Hauptmann. Beides ist untrennbar miteinander verbunden. Es fällt mir schwer, darüber zu sprechen ... Ich habe gehört, was heute Morgen bei der Mühle passiert ist. Ich lebe schon lange in dieser Stadt und ich liebe sie. Aber ich bin nicht blind. Drei Morde an ausgewählten Orten ...«

»Was denken Sie?«

»Herr Hauptmann.« Brass nahm weiter an Kleins Arm Maß. »Sie wissen doch: Die Gerüchteküche brodelt und verschiedene Theorien kursieren. Die einen gieren nach Sensationen, die anderen wollen Leute aufstacheln. Ich bin überzeugt, dass Sie den Sachverhalt schneller erfassen als andere.«

»Wollen Sie darauf hinaus, dass die Morde dazu dienen könnten, eine bestimmte Gruppe verdächtig zu machen?«

»Verzeihen Sie mir, wenn ich meine Rolle missbrauche. Sicher ist es besser, wenn Sie das Geschwätz eines alten Mannes gleich wieder vergessen. Aber Sie müssen verstehen: Manche glauben immer noch, Juden würden Andersgläubige in heißen Teer werfen oder in satanischen Ritualen ausbluten lassen. Da gerade keiner weiß, was die Zukunft bringen wird, sind die Menschen verunsichert. Und Schuldige werden immer dort gesucht, wo es am einfachsten ist. Die diese schrecklichen Verbrechen begangen haben, müssen dafür zur Rechenschaft gezogen werden. Aber schlimm wird es, wenn die Leute nun die Motive für die Morde in Sphären vermuten, von denen sie keine Ahnung haben. Ich vertraue darauf, dass Sie eine Hetzjagd verhindern und die wahren Schuldigen finden, ohne sich von Vorurteilen leiten zu lassen.«

»Ich lasse mich nicht von Vorurteilen leiten.«

»Ich weiß, verehrter Herr, ich weiß.« Brass nickte und nahm weiter Maß, als Adolf mit einem Schuhkarton erschien.

»Hast du das Richtige für den Herrn Hauptmann?«, fragte Brass.

»Oxford, schwarzes Lackleder.« Die Wangen des Handlungsgehilfen glühten, er wirkte zufrieden mit seiner Auswahl.

»Ausgezeichnet. Bitte schlüpfen Sie hinein, Herr Hauptmann. Wir werden Ihnen die Sachen innerhalb der nächsten Stunde ins Hotel bringen. Verzeihen Sie bitte meine Offenheit. Ich wünsche eine wunderschöne Abendveranstaltung und danke Ihnen, dass Sie sich für unser Geschäft entschieden haben.« Der Ladeninhaber verbeugte sich.

»Herr Brass, ich bin es, der zu danken hat.«

Brass lächelte und verließ die Umkleide. Klein schlüpfte in die Schuhe und ging einige Schritte. Sie erwiesen sich als äußerst bequem.

»Die restlichen Accessoires wählen Sie bitte nach Ihrem Gutdünken. Sie haben hervorragende Arbeit geleistet«, sagte Klein und reichte dem Verkäufer ein beträchtliches Trinkgeld.

Dann verließ er den Laden, begleitet von Adolfs Herkes bewundernden und Isaak Brass' nachdenklichen Blicken.

*

Wenig später stand Wilhelm Klein in der Judengasse und blickte zu den Fenstern im ersten Stock des Hauses hinauf, in dem Major Peschkes Wohnung lag, wie er den Polizeiakten entnommen hatte. Im Innenhof fand er die Hausmeisterwohnung. Nachdem er kurz mit einem älteren, rotwangigen Mann gesprochen und den Schlüssel erhalten hatte, stieg er die Treppe hoch. Er brach das Siegel an der Tür auf und betrat die Wohnung. Es war länger nicht gelüftet worden und roch nach Schimmel und Staub.

Die Wohnung bestand aus einem Flur und einem großen Raum, der zugleich Küche, Wohn- und Schlafzimmer war. Einen gewissen Luxus stellte das private Badezimmer dar. Die meisten Einrichtungsgegenstände gehörten wohl seit Jahren zum Inventar und waren von immer neuen Mietern benutzt worden. Klein trat in die Mitte des Raums und ließ seinen Blick schweifen. Ein schief hängendes Bild zeigte ein Stillleben mit Früchten in einer Silberschale. Auf der einen Seite des Zimmers standen ein halb offener Kleiderschrank, eine Kommode, ein Bett mit Eisenrahmen und ein

Schreibtisch. Auf der anderen Seite befanden sich ein Ofen mit einigen Töpfen darauf sowie ein Tisch, der den Essbereich markierte. Die Wohnung besaß keine persönliche Note. Sie gehörte einer Person, die auf der Durchreise war und dennoch mehr als ein Jahr hier verbracht hatte. Klein trat an den Schreibtisch und wischte mit dem Zeigefinger über die dicke Staubschicht. Dann ging er zum Küchentisch und setzte sich auf einen der klapprigen Stühle.

Wenige Tage zuvor hatte er in Berlin von seinem Vorgesetzten ein in Leder gebundenes Notizbuch erhalten, das Tagebuch von Major Peschke. Es war eher ein Adressbuch mit nur wenigen Namen und Telefonnummern. Der Beweis dafür, dass der Major nicht allzu viele Kontakte in der Stadt geknüpft hatte. Koschella hatte dies bestätigt. In dem Büchlein fanden sich aber auch Aufzeichnungen über scheinbar unwichtige Ereignisse, die den Major eigentlich gar nicht betrafen. Umso rätselhafter erschienen die letzten Worte, die der Major am Tag vor seinem Tod notiert hatte.

»Diese Vaterlandsverräter sind bis ins Mark verdorben«, las der Hauptmann leise vor.

Der Boden knarzte, als hätten die Worte ihn aufgeweckt. Klein fröstelte. Er blieb kurz sitzen, als warte er auf etwas. Schließlich stand er auf und ging zur Tür. Er fragte sich, wen der Major mit »Vaterlandsverräter« gemeint hatte.

*

Gegen zwei Uhr nachmittags betrat Klein das Hotel. Gerade noch rechtzeitig, um dem Wolkenbruch zu entgehen, der über der Stadt niederging. Dunkle Wolken bedeckten den Himmel und Regentropfen fielen schwer auf das Pflaster. Der Wind entriss den Schirm allen, die sich nicht rechtzeitig in Sicherheit bringen konnten. Ein kräftiger Windstoß schob Klein ins warme Foyer, wo ihn ein Page begrüßte, den er noch nicht kannte. Der Hauptmann ging am Empfangstresen vorbei und stieg hoch zu seiner Suite.

Nachdem er Hut und Mantel abgelegt hatte, setzte er sich an den Schreibtisch und blickte aus dem Fenster auf den weiten Sellgittplatz. Die Welt war plötzlich düster und ungemütlich. Die Temperatur war auf nur wenige Grad über Null gesunken. Der

Droschkenkutscher, der vor dem Bahnsteig auf Kundschaft wartete, warf seiner Stute eine Decke über und verkroch sich im Inneren seiner Kutsche. Einen Augenblick lang hatte auch Klein Lust, es sich in seinem Zimmer unter der Bettdecke gemütlich zu machen. Er tat es aus mehreren Gründen nicht. Der wichtigste war Hunger, der sich heftig bemerkbar machte. Der Hauptmann erhob sich und lauschte eine Weile, aber die ans Fenster trommelnden Regentropfen übertönten alle anderen Geräusche. Schließlich trat er vor Agnes' Zimmer. Die Tür stand offen, sie selbst war nicht da. Wäre nicht der Koffer an der Wand gewesen, hätte man meinen können, der Raum stünde seit Ewigkeiten leer und seine Bewohnerin sei einzig ein Gebilde seiner Fantasie. Er trat auf den Flur. Die Hotelangestellten hatten die Beleuchtung eingeschaltet. Es wirkte, als sei schon Abend. Er ging an einer Frau mit einem Handwagen vorbei, auf dem sich Reinigungsutensilien und weiße Handtücher stapelten. Dann nahm er die Treppe hinunter ins Restaurant.

Dichte Wolken bedeckten den Himmel vor den Fenstern. Auch hier brannten alle Lichter. Im großen Saal herrschte reges Treiben. Die Gäste unterhielten sich ausgelassen, man hörte Geschirr und Besteck klirren und aus dem Radio erklang beschwingte Musik. Klein sah, dass der abgelegene Platz, der ihm schon zuvor gefallen hatte, frei war und setzte sich dort hin. Eine Weile studierte er die Speisekarte. Beinahe hätte er die »Königin des Gebirgsbachs in einem Schaum von Möhren« bestellt, doch dann entschied er sich, den hiesigen Klößen noch eine Chance zu geben. Während er auf das Essen wartete, trank er Mineralwasser und rekapitulierte die Ereignisse des Morgens und des Vortags. In Gedanken versunken bemerkte er den Teller vor sich erst gar nicht. Hastig nickte er dem Kellner zu, der sich bereits entfernt hatte, und griff nach Messer und Gabel. Er aß gierig und spürte dabei, wie sich Wärme in seinem Körper ausbreitete. Noch nie hatte er den Geschmack und Duft der Speisen wirklich genießen können. Für ihn war Essen nur notwendiger Brennstoff. Schon nach wenigen Bissen ließ sein Appetit nach, und das Besteck erschien ihm mit einem Mal schwer und unhandlich.

Unwillkürlich blickte sich Klein im Raum um. Von seinem Platz aus hatte er den Empfangstresen im Blick, wo gerade zwei vertraute Gesichter mit dem Mann an der Rezeption diskutierten. Der Hotelangestellte wollte Koschella und Roth offensichtlich nicht verraten, wo Klein zu finden war. Der Wachtmeister war bereits rot angelaufen vor Ärger. Da erblickte Roth den Hauptmann. Er klopfte Koschella auf den Rücken und deutete auf Klein. Wenig später standen die beiden an seinem Tisch.

»Entschuldigen Sie den Überfall, Herr Hauptmann«, sagte Koschella. »Es ist wichtig.«

»Setzt euch, wenn es derart brennt.« Klein wies auf die Stühle gegenüber.

»Nun ja, das tut es«, bestätigte Koschella mit seiner Bassstimme. Er legte Hut und Mantel ab und hängte beides an einen Haken an der Wand. »Roth und ich wollten vor unserem morgigen Treffen noch mit Ihnen sprechen, wenn's recht ist.«

Er ließ sich schwer auf seinen Stuhl fallen und kurz darauf tat Roth es ihm gleich.

»Du hast eine Frage, Franz. Das ist gut. Wer fragt, macht weniger Fehler.«

»Weniger?« Koschella grinste, zog eine verbeulte Zigarettenschachtel aus seiner Tasche und legte sie auf den Tisch. »Mag sein ... Also, wir haben eine Frage. Ich fasse mal zusammen, damit wir das Chaos in den Griff bekommen.«

Für einen Moment herrschte Stille. Koschella sammelte seine Gedanken.

»Wir haben drei Tote«, sagte der Wachtmeister schließlich. »Und höchstwahrscheinlich gibt es einen Zusammenhang zwischen den Morden. Ich weiß nur zum Teufel nicht, welchen.«

Roth spürte Koschellas Blick, zögerte aber noch.

»Gut.« Koschella wischte sich mit der Hand über das Kinn und stützte die Ellbogen auf den Tisch. »Dann fang ich anders an. Ich hab eine Spur, und die will ich zu einem Ganzen zusammenfügen. Dabei fang ich mit der politischen Ausrichtung und den Berufen an, denn die könnten damit zu tun haben. Oder auch nicht ...«

»Nur zu«, ermunterte ihn Klein.

Koschella nickte. Dann begann er. »Soweit ich weiß, stand Major Peschke der Zentrumspartei nahe. Stadtrat Dinter kam aus der Arbeiterschaft und hat diese neue NSDAP unterstützt. Der stellvertretende Bankdirektor Beier war ein typischer Anhänger der Deutschnationalen Volkspartei. Das kann relevant sein, muss es aber nicht.«

»Was fällt dir noch ein, Franz?«

»Die Tatorte. Da passt was nicht ... oder, Herr Hauptmann?«

Roth schwieg immer noch. Er kannte die Antwort auf Koschellas Frage, denn er war Zeuge des Gesprächs zwischen Klein und Dr. Kuhnast gewesen. Er wollte den Verlauf des Gesprächs jedoch abwarten.

Klein legte sein Besteck auf den Teller. Er wirkte dabei geradezu erleichtert.

»Koschella, du kennst die Stadt wie deine Westentasche, findest blind in jeden Winkel. Stell dir vor, du hättest jetzt den Stadtplan vor Augen.«

»Einverstanden. Los geht's.« Koschella sah aus, als starre er tatsächlich auf eine imaginäre Karte.

»Markiere darauf jetzt die drei Tatorte.«

»Ein Dreieck«, stieß Koschella ungeduldig aus. »Das ist sogar ohne Stadtplan klar. Aber was ist daran so besonders? Drei Tatorte, drei Eckpunkte. Das wird immer ein Dreieck bleiben!«

»Es ist ein gleichseitiges Dreieck«, sprang Roth ein. »Unwahrscheinlich, dass das ein Zufall ist!«

»Es ist kein Zufall«, stimmte Klein zu.

Franz Koschella drehte seine Zigarettenschachtel in der Hand hin und her. »Aber die Frage bleibt«, sagte er und sah seinen Vorgesetzten an. »Woher wussten Sie, dass es genau so ein Dreieck sein würde, und wie zum Teufel sind Sie daraufgekommen, wo die dritte Leiche versteckt war?«

»Fangen wir von vorn an.« Klein richtete sich auf und wischte mit der Serviette über seinen Mund. »Fangen wir mit den Ereignissen der letzten Woche an, also mit dem Mord an Major Peschke. Das waren mindestens zwei Täter. Einer war der Scharfschütze, der sich auf dem Dach in der Grünen Straße verschanzt hatte, der zweite sein Komplize. Er muss auch nach dem tödlichen Schuss noch in der Nähe des Majors gewesen sein und war vermutlich einer von denen, die ihm scheinbar helfen wollten. Und er war es auch, der das Zeichen auf der Brust des Majors hinterließ, den Schnitt vom Halsansatz bis zur linken Brustwarze.«

»Und das zweite Opfer, Dinter?«

»Das zweite aufgefundene Opfer war tatsächlich der Stadtrat. Auf seiner Brust war neben vielen anderen Wunden ebenfalls ein Zeichen. Ein Verbindungsschnitt zwischen den Brustwarzen. Von links nach rechts ...«

»Die zweite Seite des gleichseitigen Dreiecks. Wollten diese Verrückten etwa auf den nächsten Tatort hinweisen?« Franz Koschella schüttelte den Kopf. Er wollte nicht glauben, was er hörte.

»Sieht ganz so aus«, bestätigte Roth.

»Moment.« Koschella zog eine Zigarette aus dem Päckchen und begann, sie zwischen den Fingern hin und her zu drehen. »Der erste Mord war unbestreitbar spektakulär. Umso mehr der zweite. Major Peschke starb inmitten einer Menschenmenge. Den Stadtrat fand man erst einige Stunden nach seinem Tod an einer Stelle, wo man einen Toten nicht übersehen konnte. Es war klar, dass die Leiche rasch entdeckt werden würde. Ebenfalls spektakulär. Aber beim dritten Fall hätte es verdammt lange dauern können, bis man die Leiche gefunden hätte!«

»Die Finger«, warf Roth ein. »Die Täter haben doch Vizedirektor Beiers Finger ins Rathaus geschickt. Damit haben sie angedeutet, dass es ein drittes Opfer gibt.«

Wachtmeister Koschella lachte. »Roth, glaubst du, einer von uns hätte herausgefunden, wo Beiers Leiche steckt? Hätten wir das ohne fremde Hilfe geschafft? Dieser Plan hat verdammt große Lücken! Bei allem Respekt für die Glatzer Polizei, aber ich glaub nicht, dass wir dieses Rätsel geknackt hätten. Die Leiche bei der Mühle wäre erst nach ihrer Verwesung oder bei der nächsten Trockenheit aufgetaucht. Nur Hauptmann Klein war in der Lage, Rückschlüsse auf den Verbleib des dritten Opfers zu ziehen.«

Roth biss sich auf die Lippe und verstummte. Der Wachtmeister hatte recht. Er selbst hatte keine Ahnung gehabt, warum Klein ihn am Vorabend zur Obermühle geschickt hatte, und gedacht, es sei ein Test. Vielleicht war es auch einer gewesen. Aber dann hatte er ihn nicht bestanden.

»Das ist irgendein schauriges Spiel.« Koschella starrte Klein an, als wolle er eine Reaktion erzwingen. Er steckte sich die Zigarette in den Mund und riss das Streichholz an. Nach einem tiefen Zug fuhr er fort: »Ich habe das Gefühl, die Täter haben ein Spiel begonnen, mit Ihnen als Gegner. Den Stadtrat hat man in der Nacht nach Ihrer Ankunft gefunden. Gut möglich, dass auch der stellvertretende Bankdirektor zur selben Zeit ans Gitter bei der Obermühle gekettet wurde. Wenn die den Berliner Ermittler auf die Probe stellen wollten, dann ist ihnen das gelungen. Ich bin mir aber nicht sicher, ob die Geschwindigkeit, mit der Sie das Rätsel gelöst haben, nicht ihre Erwartungen übertroffen hat.«

Klein hörte aufmerksam zu und warf dem Wachtmeister einen anerkennenden Blick zu. Tatsächlich war das etwas, was ihm beim Essen keine Ruhe gelassen hatte.

»Fassen wir doch zusammen, was wir wissen«, schlug Roth vor, der nun ebenfalls auftrumpfen wollte. Wir haben einige Anhaltspunkte. Mehr, als man erwarten könnte.«

»In Ordnung«, stimmte Klein zu, griff nach der Wasserflasche und füllte sein Glas. »Gehen wir es durch.«

»Zeitpunkt, Ort, Opfer, Tötungsart ...« Roth fühlte sich durch Kleins Zustimmung angespornt. Er fand, dass er bei diesem Gespräch nun die Initiative ergreifen sollte.

»Ich denk, den Zeitpunkt können wir vernachlässigen.« Koschella zog sich den Aschenbecher heran. »Keiner dieser Tage sagt mir was. Das war sicher zufällig gewählt, es sei denn, das Erscheinen des Hauptmanns war der Auslöser für diese Machtdemonstration.«

»Also weiter zum Ort«, fuhr Roth fort. »Hier gibt's viel Raum für Interpretationen. Ein gleichseitiges Dreieck, jeder Leichenfundort wurde gewissenhaft ausgewählt. Das Dreieck muss eine Bedeutung haben.«

»Moment mal, vielleicht ist das Spiel ja damit auch schon wieder vorbei.« Koschellas Gesicht verriet, dass er selbst nicht daran

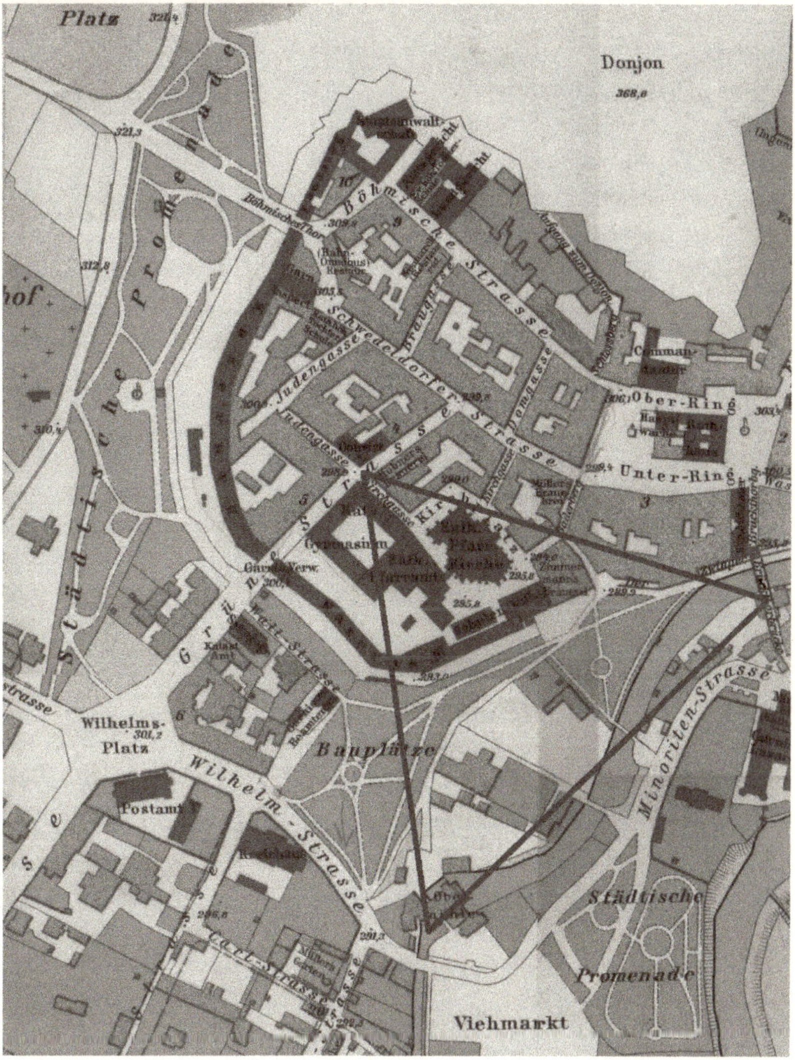

glaubte. »Das Dreieck ist in die Karte eingetragen worden, der Mörder hat seine Genugtuung und lässt nun ab. Zumindest so lange, bis er Lust auf eine neue geometrische Figur bekommt.«

»Das Morden ist noch nicht vorbei, aber in einem Punkt hast du Recht, Franz. Es wird aufhören, wenn die Täter ihre Todesliste in der einen oder anderen Form abgearbeitet haben.«

»Todesliste?« Roth sah Klein ungläubig an.

»Kommen wir zum nächsten Punkt: den Opfern.« Den Hauptmann hatte mit einem Mal wieder der Appetit gepackt.

»Auf den ersten Blick …« Roth blinzelte mehrmals, um seine Gedanken zu ordnen. »Auf den ersten Blick gibt es keine Verbindung zwischen den Opfern. Auffällig ist jedoch, dass jeder eine wichtige Funktion hatte und zumindest aus der Mittelschicht stammte. Wir haben einen Offizier, einen Stadtrat, einen stellvertretenden Bankdirektor … Das erste Opfer, Major Peschke, war erst vor einem Jahr nach Glatz gekommen. Stadtrat Dinter war zu diesem Zeitpunkt schon nach Breslau gezogen. Vermutlich haben die beiden sich nie gesehen, was wir noch überprüfen müssen. Bisher haben wir nur ein Telegramm aus Breslau, das besagt, dass Dinter dienstlich die Stadt verlassen hatte. Nicht mal der Familie hat er gesagt, wohin er fährt und wann er wieder zurück sein wird. Was er in Glatz wollte, bleibt ein Rätsel. Zurück zum Thema: Dinter und Peschke kannten sich nicht, aber Vizedirektor Beier hätte den Stadtrat kennen können. Es bleibt allerdings fraglich, ob er auch Umgang mit dem Major pflegte. Peschke hat keine Bekanntschaften geschlossen und hatte den Ruf eines Einsiedlers.«

»Ihre Berufe.« Koschella hatte während Roths Ausführungen geschwiegen und sogar seine Zigarette vergessen, die sich in eine graue Aschesäule verwandelt hatte. Er schnippte sie in den Aschenbecher. »Ein Bankier, ein Offizier und ein Behördenvertreter … Fehlt nur noch ein Pfarrer, und man könnte meinen, es handele sich um ein Kränzchen gegenseitiger Anbetung. Das müssen wir uns näher anschauen. Vielleicht verbindet sie die Mitgliedschaft in einem Verein, einem Kreis von Liebhabern geometrischer Figuren zum Beispiel.«

»Was ist mit meinem letzten Punkt?«, fragte Roth. »Der Tötungsart?«

»Franz?« Klein sah den Wachtmeister erwartungsvoll an.

Koschella druckste herum. Er fühlte sich an seine Schulzeit erinnert, als die Lehrer ihn an die Tafel riefen. »Allesamt perfekt geplant und ausgeführt. Jeder der Morde sollte höchste Aufmerksamkeit erregen. Ich würd sagen, eine Bravourleistung an der Grenze zum Wahnsinn. Jedes Detail ist durchdacht. Das müssen Profis sein.«

»Warum hinterlassen sie dann Zeichen wie dieses Dreieck?«, unterbrach Roth. »Ich denke, das ist eine Art Spiel. Die sind sich ihrer Sache sicher und wollen zeigen, dass wir sie nicht aufhalten können. Darüber hinaus beobachten sie uns, wie dort bei der Mühle, um zu sehen, ob wir der ausgelegten Spur auch folgen. Sollten sie tatsächlich den nächsten Mord planen ...«

»Ein zweites Dreieck?«, witzelte Koschella. Keiner lachte.

»Es gibt mehrere Möglichkeiten.« Klein schob den Teller von sich, griff nach der Streichholzschachtel, die Koschella in der Hand hielt, und schob sie Roth zu. »Ordne sie an, Jürgen.«

Roth lief rot an. Er wusste, was sein Vorgesetzter erwartete. Klein musste gestern gesehen haben, dass sein Experiment mit den Streichhölzern Roths Aufmerksamkeit erregt hatte. Er wollte nicht so tun, als wüsste er nicht, was der Hauptmann von ihm erwartete. Er öffnete die Schachtel und zog mit zittrigen Fingern einige Streichhölzer heraus. Er ordnete sie zu dem Muster, das er sich gemerkt hatte.

»Verdammt! Ist das dein Ernst?« Koschella polterte los und verschreckte damit einen Hotelgast. »Was soll das sein?«

»Ein Hexagramm«, erklärte Roth. »Ein Davidstern, das Siegel Salomons.«

»Das ist doch Schwachsinn! Willst du sagen, die Juden stehen hinter diesen Verbrechen?«

»Nein.« Jürgen Roth rutschte auf seinem Stuhl herum und sah den Hauptmann hilfesuchend an. »Das wäre zu einfach.«

»Wie jetzt? Doch nicht?« Koschella zeigte auf die Streichhölzer. »Für mich ist das eindeutig. Irgendwelche Ritualmorde, ein Davidstern, Magie und Aberglaube. Die Juden haben es sich in unserer Stadt bequem eingerichtet. Vielleicht reicht ihnen das nicht?«

»Genauso gut könnten wir die Bierbrauer der Morde bezichtigen«, unterbrach ihn Klein.

»Die Bierbrauer?« Roth und Koschella blickten ihn an.

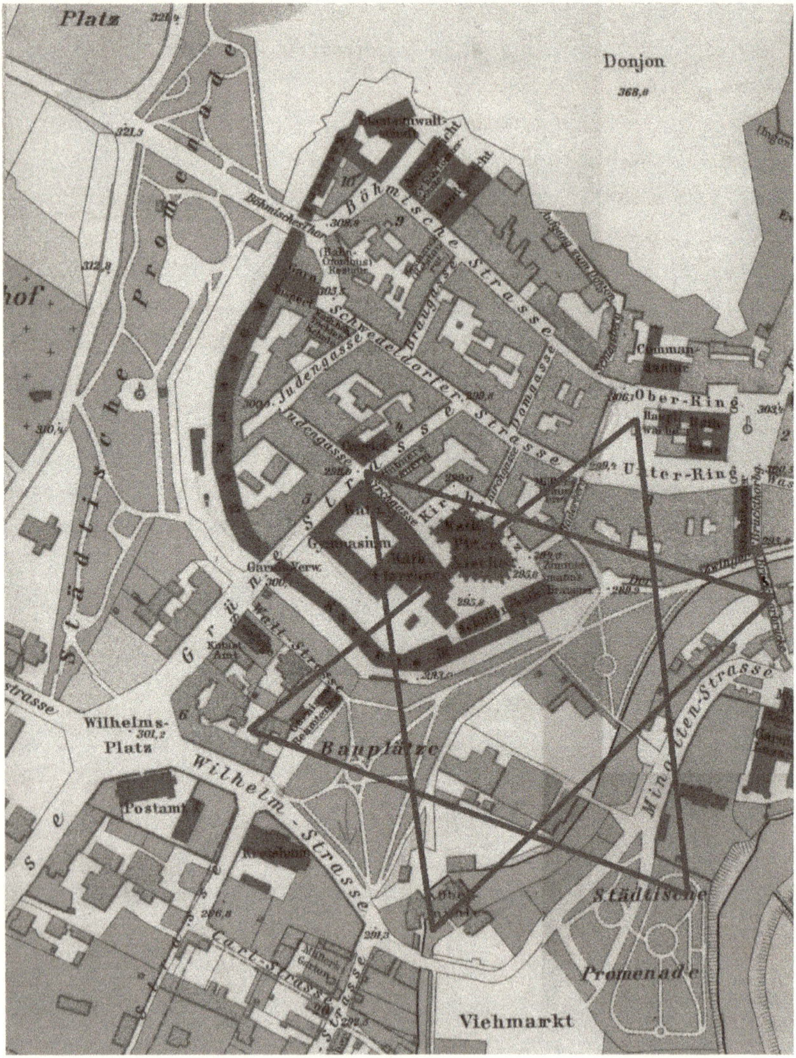

»Zwei übereinandergelegte Dreiecke. Also könnte das Hexagramm ebenso gut ein Brauerstern sein, das Zunftzeichen der Brauer und Mälzer. Die Spitzen des einen Dreiecks symbolisieren die drei Elemente: Wasser, Luft und Feuer. Die anderen stehen für Mälzen, Maischen und Fermentieren.«

Koschella lachte irr auf und schnäuzte sich in eine Serviette.

Einer der Kellner konnte nur mit Mühe so tun, als interessiere ihn die Aufregung an Kleins Tisch nicht.

»Das würd passen.« Koschella hatte sich wieder beruhigt und wischte sich Tränen aus den Augen. »Den Vizedirektor haben wir im Wasser gefunden, der Stadtrat hing in der Luft, und der Major wurde mit einer Feuerwaffe getötet. Das nächste Opfer finden wir in einem Feld, wo es kopfüber in der Erde steckt, um zu keimen. Das nächste dann in der Zuckerfabrik und das letzte in einem Bierfass.«

Koschella brach erneut in hysterisches Gelächter aus, prustete und i-ahte dabei wie ein Esel. Roth starrte ihn an wie einen Verrückten. Als er aber sah, dass selbst Klein grinste, ließ er sich vom Gelächter seines Kollegen anstecken. Koschella fiel vor Lachen die Zigarette aus der Hand. Er bückte sich, um sie aufzuheben, und schlug sich dabei die Stirn an der Tischplatte an. Eine weitere Lachsalve folgte.

»Franz, ich hoffe, du siehst jetzt ein, dass voreilige Schlüsse unangebracht sind«, sagte Klein, als sich der Wachtmeister wieder beruhigt hatte. »Warum denkst du, die Brauerzunft wäre weniger verdächtig als die jüdische Diaspora?«

Roth bemerkte ein Aufblitzen in Kleins Augen. Gespannt wartete er auf Koschellas Antwort.

Der wischte sich mit dem Ärmel über den Mund und sagte: »Sie haben Recht, Herr Hauptmann. Wir gehen von Mutmaßungen aus und müssen die Fakten prüfen. Und nach dem, was Sie gesagt haben, würd ich die Bierbrauer nicht mehr ausschließen. Ich erinnere nur daran, dass der Major in der Nähe der Brauerei Hübner getötet wurde. Und wenn ich ehrlich bin, mochte ich diesen Zwerg dort auch noch nie.«

»Wir gehen also davon aus, dass die restlichen Spitzen dieses Sterns, ob den Juden oder den Bierbrauern zugehörig, Orte kennzeichnen, an denen es zu den nächsten Morden kommt?«, fragte Roth.

»Das wären drei weitere Orte.« Koschella drückte die Zigarette aus. »Man muss sie observieren.«

»Darauf läuft es hinaus«, sagte Klein. »Momentan sehe ich keine Alternative.«

»Aber das bedeutet auch eine Zusammenarbeit mit Kommissar Richter. Alleine können wir unmöglich alle drei Orte überwachen«, warf Koschella ein.

Roth seufzte tief. Plötzlich war ihm etwas klar geworden.

»Wenn Richter das Hexagramm sieht«, begann er leise, »dann bleibt es nicht bei der Überwachung potenzieller Tatorte. Dann kommt es zu einer Hetzjagd auf die Juden. Der Kommissar wird seine Meute ausschicken und alle festnehmen lassen, die in der Kartothek sind.«

»Wo ist das Problem?«, fragte Koschella. »Vielleicht werden so weitere Morde verhindert.«

»Das denke ich nicht«, widersprach Roth. »Richter wird dadurch nur verraten, dass wir die Pläne der Mörder kennen.«

Koschella lachte höhnisch. »Hauptmann Klein hat mit seinem heutigen Bravourstück diesen Bastarden schon zu verstehen gegeben, dass er weiß, worauf ihr Spiel hinausläuft. Er hat gewusst, wo die dritte Leiche zu finden ist. Die können davon ausgehen, dass er auch das mit dem Hexagramm herausfindet.«

»Wenn es sich überhaupt um ein Hexagramm handelt«, warf Klein ein und brachte damit seine beiden Mitarbeiter wieder aus dem Konzept.

»Meinen Sie, es könnte sich um etwas anderes handeln?«

»Ich sagte, ich sehe derzeit keine andere Lösung, was nicht heißt, dass es keine gibt. Da gibt's etwas, was ich mit euch besprechen will. Die Mörder kommunizieren, wie wir bereits festgestellt haben, mithilfe von Symbolen, einem Dreieck oder einem Hexagramm. Was wird dadurch betont? Welche Aspekte fallen euch ein, wenn ihr die drei Morde zusammen und jeden für sich betrachtet?«

Koschella nickte und holte die nächste Zigarette hervor.

»Da gibt's einen sexuellen Aspekt beim Stadtrat. Dass man ihm den eigenen Schwanz in den Rachen gestopft hat, muss etwas bedeuten. Vor allem, weil er …«, Franz Koschella zögerte, blickte zu Klein und fuhr fort, da dieser ihn regungslos ansah. »Vor allem, weil er vom anderen Ufer war. Wären da nicht die anderen

Morde, würde ich denken, einer seiner verschmähten Liebhaber hat sich gerächt.«

»Major Peschke«, warf Roth ein, »ist von einem Scharfschützen erschossen worden. Die Täter haben sich einige Mühe gegeben, um die Tat auf diese Weise zu verüben. Gemeinsam sind wir zum Schluss gekommen, dass den Mord vermutlich ein Armeeangehöriger verübt hat. Das war schon beinahe eine Exekution. Den Täter würde ich eindeutig beim Militär suchen.«

»Und der Bankier?« Koschella schüttelte den Kopf. Mit seiner Zunge befeuchtete er das Papier der Zigarette, die beim Drehen zwischen den Fingern aufgerissen war. »In Ketten gefesselt, hat er sicher eine Zeit lang versucht, sich über Wasser zu halten. Das Gewicht hat ihn aber nach unten gezogen. Hier würd ich sagen, dass es sich um Rache in Verbindung mit Finanzen handelt. Vielleicht hat sich ein Bankkunde ähnlich gefühlt, als er seinen Kredit nicht mehr begleichen konnte und ihm das Wasser bis zum Hals stand?«

Roth blickte den Wachtmeister erstaunt an. Er hatte noch keine Gelegenheit gehabt, ihn näher kennenzulernen. Nun erschien ihm Franz als intelligenter und humorvoller Mann.

»Trotzdem wissen wir immer noch nicht, wie wir die Taten und die Motive miteinander in Verbindung bringen sollen«, schloss Koschella. Seine Ratlosigkeit unterstrich er damit, dass er die Zigarette anzündete und einen tiefen Zug nahm.

»Jedenfalls habt ihr eine Sache immer wieder genannt«, fasst Klein schließlich zusammen. »Bestrafung und Rache.«

»Rache«, wiederholte Roth. Er fuhr sich über die harten Bartstoppeln auf seiner Wange. »Das könnte unsere Verbindung sein …«

»Franz.« Klein rückte näher an den Tisch und beugte sich vor. »Die Bank. Schau dich dort gründlich um und sprich mit den Angestellten und dem Direktor. Schau dir die Akten an, vielleicht findest du darin etwas über den Stadtrat. Ich denke an Darlehen, Kredite … Die Banken haben Aufzeichnungen ihrer Detektive in ihren Aktenbeständen, um die sie so manches Kommissariat beneidet. Ich möchte auch wissen, mit wem sich der Vizedirektor getroffen hat, was er in seiner Freizeit machte, ob ihn jemand bedroht hat und wer seine Freunde und Feinde waren. Was dich angeht, Jürgen, dein Auftrag bleibt unverändert. Such im Polizeiarchiv nach Informationen zu den Vereinen, verschaff dir dazu im Rathaus einen umfassenden Überblick.«

»Und was ist mit dem Major? Wer soll da nachforschen?«, fragte Koschella.

»Überlasst das mir.« Klein hörte keine Einwände.

»Da wäre noch eine letzte Sache«, sagte Roth zögerlich. »Wenn wir drei mögliche Tatorte observieren sollen, wird Kommissar Richter zu informieren sein.«

»Mach das«, entschied Klein. »Sag ihm, was wir besprochen haben. Das wäre vorerst alles.«

Roth und Koschella nickten kaum merklich und verließen das Hotel. Klein stand ebenfalls auf, um auf sein Zimmer zu gehen. Unterwegs wurde er vom Rezeptionisten aufgehalten, der ihm zwei Briefe überreichte, die ein Bote abgegeben hatte.

Klein öffnete die Umschläge erst auf seinem Zimmer. Im ersten fand er die von Marx ausgearbeiteten Abzüge. Der Hauptmann hatte sich nicht geirrt. Der Fotograf hatte detaillierte Fotos in hervorragender Qualität gemacht. Auch die an der Obermühle versammelten Schaulustigen hatte er allesamt festgehalten. Klein notierte sich in Gedanken, dass er noch die Fotos des Polizeifotografen von der Brücktorbrücke sichten musste. Dann öffnete er den zweiten Briefumschlag. Darin befand sich eine Karte. Er las die Nachricht, nahm sich Mantel und Hut und verließ das Hotel in Richtung des durchnässten Kutschers.

*

Jürgen Roth hatte das Gefühl, sein Kopf würde von den vielen Informationen platzen. Das Gespräch im Hotelrestaurant übertraf seine kühnsten Vorstellungen. Zum ersten Mal hatte er an einer Unterhaltung teilnehmen dürfen, in der jeder als gleichwertiger Gesprächspartner behandelt wurde, zumindest was die Äußerung von Meinungen oder Ideen betraf. Dennoch hatte er keinen Zweifel, dass er Klein in puncto Erfahrung und Intuition nicht übertreffen konnte. Als er wenig später im Rathaus eintraf, hatte er noch nicht einmal Zeit gehabt, das Regenwasser von seinem Mantel abzuschütteln, als er schon in Richters Arbeitszimmer gerufen wurde. Auf dem Weg in die erste Etage lobte er sich insgeheim selbst für seine Voraussicht. Die letzte Frage, die er Klein im Hotel gestellt hatte, war in größerem Zusammenhang zu sehen. Er war sich sicher, dass Richter noch heute Informationen forderte. Und gemäß dem Grundsatz, dem er zu folgen gedachte, wollte er Kleins Zustimmung, sobald er gemeinsames Wissen an Dritte weitergab.

Er ging am Sekretär Otto Fengler vorbei, der vor seinem Schreibtisch stand und sich einen Löffel an die rechte Schläfe hielt. Der altgediente Beamte bedachte Roth mit einem mitleidigen Blick, als frage er sich, ob der junge Polizeiassistent das Treffen mit dem Kommissar wohl unversehrt überstehen würde. Roth war optimistisch. Er klopfte an die Tür des Kommissars und öffnete nach der heiseren Aufforderung »Eintreten und keinen verdammten Luftzug machen!«

»Jürgen Roth. Sie hatten nach mir verlangt, Herr Kommissar!« Er sah auf dem Boden vor sich zwei Stempel liegen. Er musste einen weiten Schritt machen, um nicht darauf zu treten. Einer davon – darauf hätte er hundert Mark gewettet – hatte zuvor den Sekretär am Kopf getroffen.

»Ach ja, richtig!«

Wenig später stand Richter breitbeinig vor Roth. Dabei verschränkte er seine Arme hinter dem Rücken, was an einen gewissen französischen Diktator denken ließ.

»Setzen Sie sich!«

Roth folgte der Anweisung. Seine Selbstsicherheit schwand, als er bemerkte, dass Richters künstliches Lächeln eine Frustration überspielte, die offensichtlich nicht durch das Bewerfen seines Untergebenen mit Büromaterial gemildert worden war.

»Assistent Roth, ich habe weder Zeit für Plaudereien noch für Kleins Spielchen!«

Roths Blick streifte über das potenzielle Arsenal an Wurfgeschossen auf dem Schreibtisch des Kommissars. Einer der Stempel, faustgroß, sah besonders respekteinflößend aus.

»Was haben Sie zu berichten? Denn Sie haben doch sicher etwas zu berichten?«

»Herr Kommissar. Heute Morgen haben wir mit Hauptmann Klein die Leiche des stellvertretenden Bankdirektors Johann Beier entdeckt, und ...«

»Sagen Sie mir nicht, was ich schon weiß, Roth!«, brüllte Richter. »Oder halten Sie mich für einen Idioten?! Ich möchte wissen, wie Klein auf den Tatort gekommen ist! Und noch wichtiger: Was weiß er noch?!«

Roth überlegte blitzschnell. Er würde nicht weiter bluffen können. Richter forderte hier und jetzt einen Beweis seiner Loyalität und wollte wissen, auf welcher Seite Roth stand. Also traf er eine Entscheidung.

»Den Ort hat er anhand von Schnitten bestimmt, die die Täter auf der Brust ihres jeweiligen Opfers hinterlassen haben. Zusammen betrachtet, bilden sie ein gleichseitiges Dreieck. Die dritte Spitze dieses Dreiecks zeigte nach Abgleichung mit dem Stadtplan auf die Obermühle. Daraufhin hat Klein den Auftrag zur Ableitung des Wassers im Mühlenkanal gegeben, um den Verdacht zu bestätigen. Als das Wasser die Leiche des Vizedirektors freigab ...«

»Gut, gut.« Richter hatte sich anscheinend etwas beruhigt. Eben noch war er um den jungen Assistenten gestreift wie ein Löwe, der nicht wusste, ob er satt oder hungrig war. Nun war er wieder hinter seinen Schreibtisch zurückgekehrt und lächelte sogar. »Doktor Kuhnast hat mir heute Morgen von dieser Theorie mit den Dreiecken erzählt.«

Roth nickte. Er wusste nun, dass der Kommissar ihn hatte testen wollen.

»Unsere Leute arbeiten an verschiedenen Theorien. Alle sind überzeugt, dass das Morden noch nicht vorbei ist.«

»Ja, Hauptmann Klein ist auch dieser Meinung und ...« Roth verstummte, als er den Kommissar seufzen hörte. Offenbar war allein der Name des Hauptmanns bereits zu viel für ihn.

Richter nahm hinter dem Schreibtisch Platz und begann die Gegenstände darauf herumzuschieben. Der Polizeiassistent schluckte.

»Sprechen Sie«, ermutigte ihn der Kommissar in süßlichem Tonfall, aus dem Jürgen Roth lediglich Boshaftigkeit heraushörte.

»Ein Hexagramm ... Aber der Hauptmann ist nicht ganz sicher.«

»Wie kommt er zu dieser Annahme?« Der Kommissar wirkte überrascht.

»Ich weiß es nicht«, krächzte Roth. »Vielleicht aufgrund der Wunden am Körper der Toten. Ich konnte sehen, wie der Hauptmann Streichhölzer in verschiedenen Konfigurationen anordnete.«

»Streichhölzer?« Richter brach in nervöses Lachen aus. »Hören Sie sich eigentlich selbst zu, Roth? Der liest im Kaffeesatz! Selbst wenn wir die Orte zukünftiger Morde bestimmen, so können wir die nicht Gott weiß wie lange überwachen! Nein!« Richter nahm nun den Ton eines Mentors an, sodass Roth nur zustimmend nicken konnte. »Uns sollte an der Ergreifung dieser Perversen liegen! Wir müssen Verbrechen verhindern und nicht nach weiteren Leichen suchen!«

Roth nickte immer noch, obwohl er der letzten Aussage des Kommissars nicht zustimmen konnte. Er erinnerte sich an die Geschichte von Charlotte Ursinus, die mit den Franzosen sympathisierte und während der Belagerung der Festung durch Napoleons Truppen einen Trinkwasserbrunnen vergiftete, um die Besatzung zur Kapitulation zu zwingen.

»Wir können nicht zulassen«, fuhr Richter fort, »dass die Bürger ihr Vertrauen in uns und unsere Kompetenz verlieren. Heute Morgen habe ich einen Brief erhalten, der sich in einer ähnlichen Schachtel befand wie die Finger von Vizedirektor Beier.« Richter holte einen Umschlag aus seiner Tasche, entnahm ihm ein gefaltetes Blatt und warf es auf den Schreibtisch. »Verhaftungen und Verhöre sind bereits im Gange.«

Jürgen begann zu schwitzen. Er erkannte das Zeichen zweier sich überschneidender Dreiecke und wusste, was dies bedeutete. Klein, Koschella und er selbst hatten ein solches Szenario erwartet. Von den Verhaftungen wären alle polizeibekannten Juden betroffen. Richter wollte die Täter schnellstmöglich ergreifen, ohne Rücksicht auf die Konsequenzen.

»Also hat Hauptmann Klein doch recht und nicht im Kaffeesatz gelesen«, flüsterte Jürgen tonlos.

»Was haben Sie gesagt, Roth?« Richter war wütend. Ohne eine Antwort abzuwarten, fuhr er fort: »In diesem Moment holen wir das Gesindel aus seiner Höhle. Alle, die irgendwann mal gegen das Gesetz verstoßen haben. Wir werden diese Degenerierten fassen, Roth. Koste es, was es wolle. Niemand wird uns aufhalten.«

»Jawohl, Herr Kommissar!«

»Roth.« Richter machte es sich hinter seinem Schreibtisch bequem. »Spielen wir mit offenen Karten.«

Jürgen Roth presste die Lippen zusammen.

»Am liebsten würde ich Sie von Klein abziehen und in meine Truppe holen. Ich brauche Sie aber an der Seite dieses ... Mannes. Ich möchte alles über ihn und seine Vergangenheit wissen. Quetschen Sie es aus ihm heraus oder suchen Sie jemanden, der ihn kennt. Machen Sie es diskret, aber wenn nötig unter Einsatz aller Mittel. Und vergessen Sie nicht, dass ich jederzeit da bin, sollte es Fragen geben.«

Für den Fall einer weiteren Denunziation, dachte Roth, nickte aber nur gehorsam.

»Das wäre alles!«, beendete der Kommissar das Gespräch und blickte aus dem Fenster.

Der Polizeiassistent verließ hastig das Büro. Noch in der Tür stieß er auf den Sekretär, der ihn von Kopf bis Fuß musterte, aber über das Ergebnis seiner Betrachtung nicht sehr erfreut schien. Jürgen Roth nickte ihm zu und verschwand im Flur des dunklen Gebäudes. Die Kälte, die von den Mauern ausging, ließ ihn frösteln. Kleins Vermutung hatte sich bestätigte. Der Hauptmann hatte vorausgesehen, dass im Zuge der Ermittlungen ein Hexagramm erscheinen würde. Die Täter hatten Richter diese Fährte hingeworfen, als fürchteten sie, die Glatzer Polizei würde nicht von selbst zu diesem Schluss kommen. Sie präsentierten ihren Plan auf einem Silbertablett. Das war zu einfach ... Jürgen ahnte, warum Hauptmann Klein nicht davon überzeugt war, dass die Eckpunkte des Hexagramms auf die nächsten Tatorte wiesen. Es ging hier eindeutig um etwas Größeres.

Aber er freute sich darüber, das Treffen mit Richter unbeschadet überstanden zu haben, und war überzeugt, die Angelegenheit ganz anständig über die Bühne gebracht zu haben. Er hatte seine Kooperationsbereitschaft bewiesen, indem er die von Kleins Gruppe erarbeiteten Theorien übermittelt hatte. Auch auf Wunsch des Hauptmanns. Nur die am Ende des Gesprächs gestellten unerwarteten Forderungen beunruhigten ihn. An Informationen über Kleins Vergangenheit zu gelangen, ob aus dessen eigenem Mund oder aus anderen Quellen, schien ihm unmöglich. War Richter etwa selbst nicht in der Lage, mehr über den Hauptmann herauszufinden? Wie um alles in der Welt sollte dann er, ein kleiner Polizeiassistent, in den Besitz solcher Informationen kommen?

Roth betrat das Stadtarchiv und steuerte direkt einen beeindruckenden Aktenschrank an der Wand an. Das erst kürzlich eingeführte Metlitzky-Register hatte sich bereits mehrmals als sehr hilfreich erwiesen, wenn er nach Akten gesucht hatte.

Ein Beamter nahm die Bestellung entgegen. Jürgen wartete an einem der wackeligen Tische. Er konnte sich nicht recht konzentrieren. Die junge Frau, die er am Vortag kennengelernt hatte, ging ihm nicht aus dem Sinn. Eigentlich hatte er eine Schwäche für selbstbewusste Frauen mit großen Brüsten und prallem Hintern. Agnes kam seinem Ideal von Weiblichkeit nur in puncto Charakter nahe, war sonst schlank und sportlich. Und doch beherrschte sie zu seinem Erstaunen seine Gedanken vollends.

»Das hier ist alles, was wir haben.«

Mit einem Knall landeten einige Archivmappen auf seinem Tisch und wirbelten eine Staubwolke auf. Roth dachte an die Unmengen von Schimmelsporen, die darin enthalten sein mussten.

»Danke.« Er lächelte dem älteren Archivar freundlich zu. Hatte er doch gelernt, dass Menschen, die die meiste Zeit zwischen Regalen und dicken Aktenordnern verbrachten, mit Feingefühl behandelt werden wollten. Der Mann nickte, hob die staubige Hand und setzte sich dann ebenfalls an einen der Tische.

Roth warf einen Blick auf die Unterlagen. Es waren nicht allzu viele, obwohl es in Glatz über vierzig verschiedene Bruderschaften, Vereine und Organisationen gab. Für die Polizei schienen sie von geringem Interesse zu sein, denn jede der Mappen war beinahe so dünn wie eine Scheibe Schinkenaufschnitt aus dem Feinkostladen von Hugo Drosdatius. Er begann mit dem dicksten Bündel und löste die Bindeschnur. Das erregte ihn erneut, denn einen Moment lang stellte er sich vor, wie er die Schnürsenkel von Agnes' Schuhen öffnen und dann ihren Rock hochschieben würde, um an die weiche, sommersprossige Haut zu gelangen, die er unter der Unterwäsche vermutete.

Er zog einige Blätter aus der Mappe. Die meisten Berichte waren handgeschrieben, und er hatte Schwierigkeiten, sie zu lesen. Es gab ein maschinengeschriebenes Statut des Glatzer Gebirgsvereins, der auf Initiative des Reinerzer Bürgermeisters 1880 gegründet worden war. Roth erfuhr, dass der Vereinszweck darin bestand, eine breitere Öffentlichkeit für die Gebirge der Grafschaft Glatz zu interessieren. Die Beschreibungen von Hügeln, Tälern und Gipfeln regten erneut Roths Fantasie an. Er konnte sich kaum auf die Sektionen des Vereins und deren leitende Personen konzentrieren, ganz zu schweigen von den Ausschüssen, Delegierten und Vereinsmitgliedern. Zahlreiche Honoratioren gehörten dem Verein an, Bürgermeister, Vizebürgermeister, Offiziere, Polizisten, Fabrikanten. Auch der Vizedirektor der Schlesischen Bank und Stadtrat Dinter waren darunter. Roths Interesse wuchs. Er ging die Liste nach dem Namen Peschke durch, fand ihn aber nicht. Allerdings konnte es sich um eine veraltete Liste handeln. Zumindest hatte er nun den Beweis, dass der Stadtrat und der Bankbeamte sich gekannt hatten. In den Anwesenheitslisten einiger Versammlungsprotokolle tauchten beide auf.

Er betrachtete das Symbol des Vereins: die Europäische Trollblume, auch »Glatzer Rose« genannt. Kurz schoss ihm durch den Kopf, dass die sechs spitzen Blätter am Fuße des Stängels sowohl auf die Tatorte als auch auf ein Hexagramm hinweisen könnten. Aber das schien ihm dann doch zu weit hergeholt.

»Schon gehört?«

Unerwartet stand der Archivar neben Roth.

»Was soll ich gehört haben?«, fragte Roth, noch ganz in Gedanken.

»Anscheinend haben sie ihn erwischt. Den Dreckskerl, der in unserer Stadt sein Unwesen treibt. Er soll bei der Verhaftung versucht haben zu fliehen.«

Der Polizeiassistent blickte den Mann entgeistert an. Mit einem Ruck stand er auf, schnappte sich seinen Hut und verließ das Archiv, um Klein zu suchen. Hinter ihm tanzten unsichtbar Schimmelsporen durch die dunklen Gänge des Glatzer Rathauses.

*

Die Wachtmeister Paul Seipelt und Lothar Schulz trafen sich Punkt 15 Uhr in der Ross-Straße. Aus der Bäckerei Bittner strömte betörender Duft. Doch beide wussten, dass jetzt nicht die Zeit war, sich etwas Süßes zu gönnen. Sie hatten einen Auftrag zu erledigen. In den letzten Stunden war die gesamte Glatzer Polizei mobilisiert worden. Auf Anordnung des Kommissars hatte man mehrere Männer jüdischen Glaubens verhaftet. Das kleinste Vergehen in der Vergangenheit hatte ausgereicht, um von einer Polizeieskorte abgeholt und in den Verhörraum des Kommissariats gebracht zu werden. Seipelt hatte bereits zwei Delinquenten vorführen können. Bevor er den Nächsten aufsuchte, musste er Wachtmeister Schulz um Hilfe bitten. Hugo Schuhmann, auch als »der Hehler« bekannt, hatte die umfangreichste Akte und galt als gefährlich. Auf sein Konto gingen mehrere Schlägereien, Handel mit gestohlenem Alkohol und Zigaretten sowie Zuhälterei und Körperverletzung. Er hatte schon mehrere Jahre im Gefängnis verbracht. Seipelt, der Schuhmann kannte, fühlte sich mit einem starken Mann wie Lothar Schulz an seiner Seite sicherer.

»Du wartest im Innenhof, falls dem Hehler irgendwas Dummes einfallen sollte. Ich geh alleine rauf, damit er sich nicht erschreckt.«

»Ich glaub nicht, dass der so leicht Muffensausen kriegt, Paul. Ich hoffe, du weißt, was du tust.«

»Lothar, du sicherst mich. Wenn was schief geht, gebe ich Bescheid.« Seipelt berührte die Ausbeulung seines Mantels. Er hoffte, die Dienstwaffe nicht benutzen zu müssen.

Schulz ging zur Ecke Mühlgasse und verschwand im Tor zum Innenhof. Seipelt gab ihm noch etwas Vorsprung, dabei schweifte sein Blick über die Läden ringsum. Ein paar Schritte entfernt standen zwei Arbeiter und rauchten. Schon lange hatte der Wachtmeister aufgehört, all denen Verwarnungen auszusprechen, die gegen das Rauchverbot auf Straßen und öffentlichen Plätzen verstießen. Nachdem diese Verordnung schon während der letzten hundert Jahre nicht durchgesetzt werden konnte, gab er sich keinen Illusionen hin, daran könnte sich jemals etwas ändern. Er schüttelte also nur resigniert den Kopf und schaute zum kleinen Dachbodenfenster hinauf, zum Unterschlupf des Hehlers. Dann betrat er das Haus. Über einen schmalen Flur erreichte er eine dunkle Treppe. Er sah ein kleines Büro, in dem der Inhaber des Ladens nebenan ein Lager eingerichtet hatte. Daneben ging es in den Innenhof, der durch die halboffene Tür zu sehen war. Von dort würde Schulz ihm zu Hilfe kommen, falls nötig.

Die erste Etage des Hauses in der Ross-Straße musste einem wohlhabenden Kaufmann gehören. Hier herrschte Ordnung und die Wohnungstüren sahen solide und gepflegt aus. Je höher er stieg, desto ungepflegter wurde es. Es roch nach Sauerkraut, fauligen Kartoffeln und menschlichen Ausscheidungen.

Seipelt stieg die schmale Treppe hinauf und stand schließlich vor Schuhmanns Kammer. Er schlug zweimal mit der Faust gegen die ramponierte Tür. Ohne auf eine Antwort zu warten, trat er dagegen. Die Konstruktion war solider als gedacht. Etwa zwanzig Minuten zuvor war er informiert worden, dass Schuhmann zu Hause sei. Und zwar so betrunken, dass er aus eigener Kraft sein Loch nicht mehr würde verlassen können. Seipelt wollte gerade energischer gegen die Tür treten, als er sich besann und einfach die Klinke drückte. Die Tür schwang auf.

In der Mitte des Zimmers stand ein Tisch mit einer Wachstuchtischdecke voller Flaschen. Auf dem Boden lagen Müll und Glasscherben, eine Fettschicht überzog die Fensterscheiben. Es stank nach Alkohol. Er trat ans Bett, in der Erwartung, den Bewohner dort zu finden, doch zwischen den zerwühlten Decken und vergilbten Laken war niemand.

Er untersuchte den Tisch, auf dem zwischen all den Flaschen ein Teller mit Essensresten stand. Unter dem Tischtuch war etwas versteckt. Während er es vorsichtig anhob, fiel sein Blick auf ein dickes Geldbündel, das auf dem Tisch lag. Der Wachtmeister hielt den Atem an und lauschte. Er war sich sicher, der Hehler würde die Tür zu seinem verlausten Reich nicht lange unverschlossen lassen. Zumal er hier viel Bargeld hatte. Irgendetwas war seltsam.

In dem Moment hörte er ein leises Klopfen. Vorsichtig setzte er auf den verzogenen Dielen einen Fuß vor den anderen und schlich zur Tür. Wenig später wusste er, wo er Schuhmann finden würde. Er zog seine Waffe und postierte sich vor der Toilette.

»Raus mit dir, Hugo!«, rief er. »Wenn du gerade scheißt, dann mach fertig, zieh die Hose hoch und mach dann die Tür auf! Ich zähle bis drei!«

Hinter der Tür waren verschiedene Geräusche zu hören, aber es sah nicht danach aus, als würde der Gesuchte bald erscheinen. Diesmal zeigte Seipelt kein Erbarmen. Er trat mit aller Kraft in Höhe des Griffs gegen die Tür. Holz splitterte. Er beugte sich vor und sah durch das Loch lediglich Fußsohlen. Schuhmann hatte sich durch das schmale Dachfenster gezwängt. Seipelt fluchte und griff durch das Loch, um den Türriegel zu öffnen. Sobald die Tür auf war, sprang er ans Fenster und stieg aufs Klosett. Ungeschickt rutschte sein Fuß in die Schüssel.

»Verdammte Scheiße!«, brüllte er.

Seipelt zog seinen Fuß hoch und streckte sich nach oben. Es gelang ihm, sich auf den Fensterrahmen hinaufzustemmen. Von dort kroch er hinaus aufs Dach. Er suchte das Gleichgewicht, um nicht auf den Dachziegeln auszurutschen. Fluchend stellte er sich vor, was er Schuhmann antun würde, wenn er ihn zu fassen kriegte. Das Schicksal schien ihm gewogen zu sein. Der Hehler sprang mit affenartiger Geschicklichkeit aufs Dach des Nachbarhauses, packte das Fallrohr und rutschte an ihm hinab in den Innenhof.

Seipelt beugte sich vorsichtig vor, um sich zu vergewissern, dass sein kräftiger Kollege den Rest erledigte. So war es auch. Schuhmann lag ausgestreckt am Boden. Über ihm stand Wachtmeister Schulz und verpasste ihm einen Tritt nach dem anderen. Paul Seipelt machte sich auf den Weg nach unten. Währenddessen dachte er immerzu daran, wie er gleich seinen verdreckten Schuh an diesem Mistkerl abputzen würde.

*

Zur selben Zeit betrat Franz Koschella die örtliche Filiale der Schlesischen Bank. Das neubarocke Mietshaus an der südöstlichen Ecke des Rings hatte vor einigen Jahren eine beliebte Vergnügungsstätte ersetzt. Zum Bedauern des Wachtmeisters war das Gebäude, in dem auch Theatervorführungen stattgefunden hatten und das der Stammsitz von Loewys Hutgeschäft gewesen war, abgerissen und durch einen Tempel des schnöden Mammons ersetzt worden. Zielstrebig stürmte Koschella auf die massive Eingangstür der Bank zu und stand kurz darauf, von einem Wachmann verfolgt, vor der Tür von Direktor Sigmund Winters Büro.

Ein Sekretär stellte sich ihm in den Weg, wurde aber kurzerhand zur Seite geschoben. Eilig kehrte er auf seinen Platz zurück. Koschella musste nicht einmal die Polizeimarke zücken. Gleich darauf stand er vor einem Schreibtisch, hinter dem ein Mann saß, der ihn mit leichtem Unbehagen ansah und nervös an seinem buschigen Schnurrbart zupfte.

»Wie kann ich Ihnen helfen?«

»Wachtmeister Koschella. Ich komme wegen Ihrem Stellvertreter.«

»Natürlich. Nehmen Sie Platz.« Der Direktor wies auf den Stuhl gegenüber. »Wir sind erschüttert und können immer noch nicht glauben, dass Vizedirektor Beier …«

»Gingen vor dem Mord irgendwelche Drohungen ein?«, unterbrach ihn Koschella, während er es sich, ein Bein über das andere geschlagen, auf dem Stuhl bequem machte.

»Ich verstehe nicht.«

»Ist vielleicht ein verärgerter Kunde aufgetaucht und hat sie als Gauner und Blutsauger bezeichnet? Haben Sie Haus, Laden oder Güter eines Schuldners gepfändet?«

»Ich verstehe, was Sie meinen, aber ich kann Ihnen versichern, dass wir immer im Interesse des Kunden handeln und unsere Bank alles tut, um die Wünsche und die Geschäfte der großen Einwohnerschar unserer Grafschaft zu unterstützen!«

»Beantworten Sie bitte meine Frage.«

»So etwas ist nicht geschehen«, antwortete Winter, der seine Empörung nicht verbergen konnte. »Wir rühmen uns höchster ethischer Werte ...«

»Und Vizedirektor Beier? Hatte er Feinde?«, unterbrach Koschella ihn barsch. Er wollte den Direktor aus der Reserve locken. »Sie haben ihn doch sicher gut gekannt. Ihre Arbeit ist zeitaufwendig. Sie haben doch bestimmt Stunden gemeinsam damit zugebracht, zu überlegen, wie Sie das von so manchem Neureichen angehäufte Geld in ihr Haus umleiten können! Und wie Sie noch tiefer in die Taschen der, wie sagten Sie? – der großen Einwohnerschar unserer Grafschaft greifen könnten.«

»Was erlauben Sie sich?!«, brauste der Direktor auf.

»Herr Winter, je eher Sie begreifen, dass es der Glatzer Polizei einzig und allein darum geht, die Täter zu fassen, und wir dazu alle Mittel einsetzen werden, desto besser für Sie. Denn in der Eile könnte es passieren, dass wir jemandem wehtun, seine Ehre verletzen oder seinen Ruf gefährden. Das wäre einzig der großen Bedeutung der Angelegenheit geschuldet. Die Einwohner von Glatz und der Grafschaft werden nichts gegen ein entschlossenes und hartes Vorgehen der Polizei haben, wenn sie hören, dass es der Ergreifung gefährlicher Mörder dient.«

»Was wollen Sie?« Winter sank in seinen Stuhl zurück, und Koschella glaubte, sein Ziel erreicht zu haben. Er hatte den Beamten weichgekocht.

»Was wissen Sie über Ihren Stellvertreter? Sagen Sie mir, mit wem er verkehrte, ob er Dreck am Stecken hatte, was seine Schwächen waren. War er ein Spieler? Hatte er Schulden? Eine Geliebte? Oder einen Liebhaber?«

»Sie überschätzen das Ausmaß unseres Kontakts.«

»Haben Sie sich mal außerhalb des Büros getroffen? Im privaten Rahmen, auf ein Bier oder bei Veranstaltungen eines Vereins, in dem Sie beide Mitglieder waren?«

»Wir sind … Wir waren beide Mitglieder des Gebirgsvereins. Unsere Bank ist ein Förderer. Es gab ein paar Bergwanderungen, da haben Sie recht, aber das waren größere Gruppen. Herr Beier war ein zurückhaltender Mensch, was übrigens typisch ist für einen Bankangestellten. Diese Diskretion galt auch für sein Privatleben. Er hat nie erwähnt, dass er Feinde hätte. Er spielte Karten, aber mehr zum Vergnügen, als um zu gewinnen, und die Einsätze in unserem Verein waren eher symbolisch.«

Koschella fragte sich, was für den Bankdirektor ein symbolischer Einsatz war, verkniff sich aber einen Kommentar.

»Geliebte? Sexuelle Vorlieben?«

Winter schüttelte entsetzt den Kopf, als könne er nicht glauben, dass jemand ihm solche Fragen stellte.

»Er hatte weder Frau noch Kinder, war Junggeselle. Er zeigte sich nie mit Freundinnen oder … Freunden.«

»Wie würden Sie seine politische Haltung beschreiben?«

Winter zögerte und zupfte unruhig an seinem Bart.

»Das ist wohl kein Geheimnis. Herr Beier gehörte dem konservativen Lager an.«

»Deutschnationale Volkspartei?«

Winter nickte.

»Sind Sie auch ein Sympathisant?«

Der Bankier schwieg und verkrampfte sich wieder etwas. »Nein«, antwortete er schließlich.

»Ich verstehe. Sie vertraten unterschiedliche Meinungen?«

»Ich gehöre der Zentrumspartei an. Aber die politischen Ansichten meiner Kollegen und Mitarbeiter haben für mich keine Relevanz.«

»Sehr gut!« Koschella zog Block und Bleistift aus der Manteltasche und machte sich Notizen. Er ließ sich mit Absicht Zeit, um Winter weiter zu verunsichern.

»Haben Sie noch weitere Fragen? Wenn nicht …«

»Wenn Sie mir jetzt Zugang zu den Kundenakten geben würden. Ich möchte sie einsehen.«

»Sie überschreiten Ihre Befugnisse!« Winter beugte sich vor. »Dafür brauchen Sie eine richterliche Anordnung. Wenn das alles ist, darf ich mich empfehlen!«

Koschella, der immer noch auf seinem Block herumkritzelte, hatte eine weitere Frage.

»Sie sind doch auch Junggeselle, so wie Vizedirektor Beier. Richtig, Herr Winter?«

»Was hat das damit zu tun?« Der Direktor sank wieder in seinen Stuhl.

»Nun.« Koschella blickte von seinen Notizen auf und sah sein Gegenüber an. »Stadtrat Dinter, der gleich hier nebenan ermordet wurde, war ein stadtbekannter Homosexueller. Einen solchen Verdacht könnte man auch beim Vizedirektor haben. Vielleicht spielt der erotische Geschmack der Opfer eine Rolle?« Koschella nickte, ihm schien die Idee zu gefallen. »Ich denke, das sollten wir näher untersuchen ... etwa im Rahmen einer Vernehmung. Ich werde Sie vorladen lassen.«

»Ich rufe meinen Anwalt an!« Winter griff nach dem Hörer. »Und ich werde auch mit dem Bürgermeister reden!«

»Dazu haben Sie bald Gelegenheit, vor Ort im Vernehmungszimmer des Rathauses.«

Winter lief rot an und schnappte nach Luft.

»Ich bin nicht homosexuell, Herr Wachtmeister!«, platzte er schließlich heraus. »Ich hatte nichts mit Beier zu schaffen. Das ist doch absurd! Brauchen Sie einen Beweis, dass ich Frauen liebe?«

»Ich bitte darum.«

Der Direktor verdrehte die Augen.

»Ich habe eine Freundin«, stammelte er. »Aber ... ich kann ihren Namen nicht verraten, weil ...«

»Ach, Ehebruch.« Koschella nickte verständnisvoll. »Ich weiß nicht, was schlimmer ist. Der Verdacht der Homosexualität oder die Probleme, die Ihre Geliebte und Sie mit dem gehörnten Gatten haben werden.«

»Sie erpressen mich?«

»Ich habe Ihnen gesagt, dass uns jedes Mittel recht ist, wenn es die Angelegenheit erfordert«, antwortete Koschella entschlossen. »Verschaffen Sie mir Zugang zu den Akten!«

Im Sekretariat herrschte große Verwunderung, als der Direktor in Begleitung des Wachtmeisters sein Büro verließ. Der Sekretär sah seinen Vorgesetzten das erste Mal derart aufgewühlt. Sein hochrotes Gesicht und die glasigen Augen deutete er als Zeichen, dass Winter der Tod seines Stellvertreters doch sehr nahe ging. Er fragte sich jedoch, warum die beiden Männer auf den kleinen Raum zusteuerten, der als geheimes Archiv der Bank diente und dessen Zugang der Direktor strenger bewachen ließ als den Kassenraum.

Als Koschella in dem mit Regalen vollgestopften Raum stand, konnte er sich des Eindrucks nicht erwehren, dass Klein mit seiner Bemerkung recht gehabt hatte. Um diese Akten würde manches Kommissariat die Bank beneiden. Berauscht von dieser Entdeckung wies er Winter an, ihn allein zu lassen. Sichtlich widerwillig verließ der Direktor den Raum, nachdem er Koschella den Schlüssel gegeben hatte.

Der Wachtmeister warf Mantel und Melone auf einen Tisch. Er trat an einen Schubladenschrank und zog die mit dem Buchstaben D beschriftete Lade heraus. Schnell hatte er die entsprechende Akte gefunden: Dinter Heinrich.

Aus den Unterlagen ging hervor, dass der Stadtrat noch zu Lebzeiten einen Darlehensantrag in Höhe von zweitausend Mark gestellt hatte. Eine stattliche Summe. Der Bankdetektiv hatte Dinters Bonität als niedrig bewertet. Er schrieb, dass der Stadtrat angesichts des Skandals, in den er verwickelt war, und des Verdachts auf finanzielle Untreue sein Amt verlieren könnte. Inzwischen wusste man, dass er mit seiner Einschätzung richtig gelegen hatte, Dinter könnte Glatz schon recht bald verlassen und nach Breslau gehen, wo er Verwandtschaft hatte. Dennoch war das Darlehen schließlich von Vizedirektor Beier genehmigt worden. Sogar eine Darlehenserhöhung um tausend Mark hatte er später bewilligt.

Koschella pfiff leise durch die Zähne. Er trat an ein weiteres

Regal und suchte nach Unterlagen über das erste Mordopfer. Doch wie er vermutet hatte, gab es über Major Peschke keine Akte. Nun wandte er sich der Schublade mit der Beschriftung »Ko« zu. Und wie erwartet wurde er fündig. Während Koschella seine eigene Akte las, fand er immer mehr Gefallen an der Arbeit der Bankdetektive, die ihn überprüft hatten. Er las, wie die Spezialisten der Bank seine winzige Mansardenwohnung in einem der Mietshäuser in der Frankensteiner Straße bewerteten, und dass sein Hang zum Alkohol seinen Aufstiegschancen im Wege stünde.

Koschella ließ seinen Blick durch den Raum schweifen. Er fühlte sich wie Gott, der sein Wissen um die Seelen der Sterblichen in seinem Buch festhält. Er krempelte die Ärmel hoch und begann, Namen im Kopf alphabetisch zu ordnen. Namen von Arbeitskollegen und Personen, mit denen er tagtäglich im Zuge seiner Arbeit zu tun hatte. Gut möglich, dass er zu viel trank. Aber sein Gehirn hatte der Alkohol noch nicht zerfressen. Wachtmeister Franz Koschella hatte ein fotografisches Gedächtnis. Und er wurde sich soeben bewusst, dass seine Karrierechancen nicht für immer ruiniert waren.

*

Die Droschke hielt vor dem Lyzeum in der Gartenstraße. Wilhelm Klein zahlte, stieg aus und ging im strömenden Regen zum Haupteingang. Dort wurde ihm die Tür vom Hausmeister geöffnet, der erstaunlicherweise nicht die nassen Abdrücke kommentierte, die Klein auf dem von ihm frisch gewischten Boden hinterließ.

»Zu Direktor Taube?«, fragte er freundlich.

»Ja, ich erhielt seine Nachricht. Wo finde ich sein Büro?«

»Erster Stock und dann rechts … Er ist in Raum acht. Dort, wo er auch unterrichtet. Das Klassenzimmer ist sein Büro.«

Klein nickte und ging die Treppe hoch. Er erinnerte sich an den Geruch der Schulflure, diese Mischung aus Reinigungsmitteln, abgestandener Luft und allgegenwärtigem Staub. Oben bog er entsprechend der Anweisung rechts ab. Er blieb neben einer Vitrine stehen, in der die Schülerinnen eine historische Schautafel erstellt hatten, und machte sich mit Details über das

Deutsche Kaiserreich und die nach der Novemberrevolution gegründete Weimarer Republik vertraut. Die Unterschiede zwischen einer konstitutionellen Monarchie und einer liberalen Demokratie waren seiner Ansicht nach sehr gut dargestellt. Sogar Fotos des letzten kaiserlichen Reichskanzlers und des Reichspräsidenten der Republik gab es. Die rechte Seite der Vitrine war noch fast leer. Die Ausstellung war vermutlich noch nicht fertig. Klein schien dies ein weiteres Anzeichen dafür, dass viele die gegenwärtige Situation nur als Übergangszustand verstanden und in den kommenden Jahren starke Veränderungen auf den deutschen Staat zukommen sahen.

»Sie sind schon da?« Taube trat aus dem Klassenzimmer und ging schnellen Schrittes auf seinen Gast zu. »Sehen Sie, Herr Klein, wie einfach das alles auf dem Papier aussieht. Die zukünftigen Absolventinnen dieser Schule werden Fakten und Daten lernen und wahrscheinlich keine Schwierigkeiten haben, den Unterschied zwischen Monarchie und Demokratie zu beschreiben. Sie werden sich jedoch nicht an jene erinnern, die ihr Leben opferten, um das eine oder das andere Reich, oder meinetwegen auch das nächste, das früher oder später kommen wird, zu verteidigen. In einigen Jahren werden sie den Krieg vergessen und verdrängt haben. Und was eigentlich als Warnung gelten sollte, wird vielmehr als Grund für das Wiederaufleben alter Ressentiments dienen. Man braucht nur die Ereignisse vom letzten Monat zu betrachten. Der Kapp-Putsch in Berlin, die Marine-Brigade Ehrhardt mit Hakenkreuzen als Glücksbringer auf den Helmen. Diese Idioten haben bestimmt keine Ahnung, dass es sich um ein religiöses Symbol handelt, das in den meisten Kulturen und Religionen der Welt verwendet wird. Durch ihre Taten besudeln sie es.«

»Herr Professor, Sie wollten mich sprechen. In einer dringenden Angelegenheit.«

»Ach ja.« Taube seufzte. »Folgen Sie mir. Ich möchte Ihnen etwas zeigen.«

Sie betraten einen großen Raum, in dem eine riesige Wandtafel die Aufmerksamkeit auf sich zog. Vor ihr ein Schreibtisch und Schulbänke, die jetzt leer waren. An den Wänden fielen Klein mehrere akribisch ausgeführte technische Zeichnungen und Fotos von Gebäuden der Stadt auf. Dies war offensichtlich Taubes Reich.

»Als ich heute vom Tod des stellvertretenden Bankdirektors erfuhr ..., da erinnerte ich mich an unser letztes Gespräch über Geometrie und das Vorbewusstsein. Wir hatten eine bestimmte geometrische Figur im Kopf.« Taube machte eine Pause, als erwarte er eine Reaktion seines Gesprächspartners. »Herr Hauptmann, haben Sie sich gefragt, wie es weitergeht? Ist die Figur nun fertig und die Verbrechen damit vorbei?«

»Herr Professor, die Mörder haben ihren Plan noch nicht abgearbeitet«, antwortete Klein ruhig. Er beobachtete Taube, der zwischen Lehrerpult und Tafel stand, als wüsste er nicht, was er tun sollte. »Die Symbolik hat tatsächlich eine Bedeutung, oder wir sollen glauben, sie hätte eine.«

»Das ist zutreffend.« Es war, als hätte Taube plötzlich wieder sein inneres Gleichgewicht gefunden. »Herr Klein, ich habe mich gefragt, ob ich Ihnen mitteilen soll, was mich ständig beschäftigt. Ich fürchte, unsere Erkenntnisse könnten Personen dienlich sein, die sich für diese verwerflichen Verbrechen rächen wollen. Personen, deren Plan darin besteht, unseren Stolz und unser Streben, die Wahrheit aufzudecken, auszunutzen. Nur, welche Wahrheit?«

»Bitte sagen Sie mir, was Sie herausgefunden haben«, antwortete Klein.

Taube trat an die Tafel. Holzrollen knarrten, die lackierte Holzplatte fuhr nach oben und gab den Blick auf eine zweite frei, die tief in der Holzkonstruktion verborgen war. Klein sah darauf eine Figur, die er kannte.

»Sie scheinen keineswegs überrascht zu sein, Herr Hauptmann.«

»In der Tat. Ich habe erwartet, dass Sie diese Lösung vorschlagen. Das Hexagramm hat sich mir schon aufgedrängt, nachdem wir gemeinsam Ihre Zeichnung analysiert haben und ich die Wunden an den Körpern der Opfer überprüft hatte.«

Taube seufzte erleichtert und setzte sich an seinen Schreibtisch. Eine Weile starrte er auf die Tafel.

»Sollten an den durch die Eckpunkte dieses Sterns markierten Orten weitere Morde passieren, könnte es in der Stadt zu heiklen Situationen, vielleicht sogar zu Ausschreitungen kommen. Man wird unter den Juden nach den Tätern suchen …«

»Sie haben recht. Die Polizei wird bald beginnen, Einwohner jüdischen Glaubens festzunehmen, die Probleme mit dem Gesetz haben oder hatten.«

»Und da können Sie so ruhig bleiben?« Taube bebte vor Empörung. »Erkennen Sie denn nicht, dass die Mörder genau das wollen? Kein Jude würde auf die Idee kommen, dieses Symbol zur Inszenierung von Morden zu benutzen! Das ist absurd.«

»Sie werden mir jedoch zustimmen, Herr Professor, dass die Symbolik hier wichtig ist. Wenn wir annehmen, dass die Tatorte, die die Punkte des Davidsterns auf der Karte bilden, in genau dieser Absicht gewählt wurden, eine falsche Spur zu legen, Verwirrung in der Stadt zu stiften und in den jüdischen Gemeinden das Gefühl der Bedrohung zu schüren, dann ist allein die Idee …«

»Diese Idee muss eine Absicht verfolgen. Und sie könnte uns zu den Tätern führen. Das Unbewusste …« Taube stand abrupt auf und trat an die Tafel. Er griff nach der Kreide und zeichnete ein paar Dreiecke. »Herr Hauptmann, folgen Sie der Gartenstraße. Nur wenige Häuser weiter steht ein Gebäude, für das Paul Niekisch vor vierzehn Jahren den Grundstein legte. Baumeister Schwarz hat es errichtet. Schauen Sie sich die Ostfassade an. Sie werden einen Anbau mit einem runden Fenster sehen. Vielleicht finden Sie dort Antworten.«

Taube hörte auf zu zeichnen und notierte einige Worte daneben. Er wischte seine Hände an der Hose ab, die bereits einige Kreidespuren aufwies und sah seinen Gast an.

Kleins Blick fixierte die Tafel. Er nickte dem Professor respektvoll zu und gab ihm zum Abschied die Hand.

Der Hauptmann verließ das Schulgebäude und machte sich auf den Weg zu dem von Taube beschriebenen Haus. Eine starke Bö hätte ihn beinahe umgeworfen. Klein stemmte sich gegen den Wind und schlug den Kragen seines Mantels hoch. In der Ferne war Donnergrollen zu hören. Das erste Frühlingsgewitter näherte sich der Stadt. Man konnte es auch als dunkles Omen sehen.

Der Hauptmann betrachtete die Gebäude der Gartenstraße, während er ihr stadtauswärts folgte. Schließlich blieb er vor einem imposanten Bau stehen, auf den die Beschreibung des Professors passte. Das Gartentor war verschlossen. Im Haus war alles dunkel. Offensichtlich war niemand da. Klein konnte das runde Fenster sehen, von dem Taube gesprochen hatte. Unschwer erkannte er die ins Glas geschliffene Figur, die der Professor auf der Tafel nachgezeichnet hatte. Es war eine Pyramide, die sich aus drei Dreiecken zusammensetzte, das Symbol der Freimaurerloge »Unter den drei Triangeln«.

Wilhelm Klein erstarrte und bemerkte kaum noch den Regen, der ihm in den Mantelkragen rann. Etwas, wovon Taube vorhin gesprochen hatte, ließ ihm keine Ruhe. Er beschloss, später darüber nachzugrübeln, und machte sich wieder auf in Richtung Altstadt. Vor dem Postamt machte er kurz halt. Er betrachtete das Hotel Kaiserhof, das er heute Abend noch besuchen sollte. Ebenso aufmerksam musterte er die umliegenden Häuser. Dann betrat er die Post.

*

Keuchend rannte Jürgen Roth in die Lobby des Hotels Stadtbahnhof. Er war außer Atem und nass bis auf die Haut. Den Weg vom Ring zum Sellgittplatz hatte er im Eilschritt zurückgelegt und musste dabei einigen mit Regenschirmen bewehrten Passanten ausweichen. Er war derart außer Puste, dass er sich schwor, sich wieder mehr Zeit für körperliche Aktivitäten zu nehmen.

»Ist der Hauptmann oben?«, fragte er den Pagen, der ihm tags zuvor mit dem bewusstlosen Klein geholfen hatte.

»Meine Schicht hat gerade erst begonnen«, erwiderte der junge Mann freundlich. »Aber er soll kurz nach Mittag gegangen sein. Nur Fräulein Agnes ist in der Suite. Sie kam eben erst aus der Stadt zurück.«

Kurz überlegte Roth, was er tun sollte. Er war noch wackelig auf den Beinen und traute sich so nicht die Treppe hoch. Dennoch beschloss er, Klein eine Nachricht bei dessen Assistentin zu hinterlassen.

»Ich gehe nach oben zu Fräulein Agnes.«

Er wusste selbst nicht, warum er den Pagen darüber informierte. Wollte er, dass der Name der jungen Frau durch die Lobby hallte? Er nickte dem Hotelangestellten zu und ging zum seitlichen Treppenhaus. Im Hochparterre blieb er wie angewurzelt stehen. Agnes kam gerade die Treppe herunter.

»Guten Tag«, stammelte er. »Ich weiß, Hauptmann Klein ist nicht da. Aber könnte ich ihm eine Nachricht hinterlassen? Eine wichtige Nachricht.«

»Wollen Sie mir das hier im Treppenhaus sagen, oder setzen wir uns wie zivilisierte Menschen unten hin und reden dort?«

»Ich muss es nur erst aufschreiben.«

»Ein Grund mehr, es nicht hier zu tun.« Sie lachte.

Roth merkte, wie er unter ihrem Blick errötete. Seine Selbstsicherheit war weg, was er hinter einem Grinsen zu verbergen suchte. Er ließ Agnes vorbei und folgte ihr die Stufen hinunter, wobei er nicht anders konnte, als ihre anmutige Figur zu bewundern. Wieder trug sie den engen Rock und das kurze Jäckchen. Der Schnitt betonte ihre Kurven, was Jürgen Roth erregte.

»Was für ein furchtbares Wetter. Ich hoffe, Sie sind bei Ihrem Spaziergang nicht komplett nass geworden!«

»Sie wissen von meinem Spaziergang? Beobachten Sie mich?«

Roth gefiel ihr koketter Tonfall, den er nur zu gern als Flirt verstanden hätte. Begleitet von den diskreten Blicken des Hotelpagen und des Empfangschefs gingen sie ins hoteleigene Restaurant. Agnes nahm an einem der Tische Platz und bat Roth, sich zu ihr zu setzen.

»Ich würde niemals wagen, Ihnen zu folgen«, antwortete der Polizeiassistent schließlich. Er versuchte möglichst ungezwungen zu wirken und sah der immer noch lächelnden Agnes ins Gesicht. Er hatte das Gefühl, dass sie etwas hinter diesem Lächeln verbarg. Er kam nicht dahinter. »Jedoch besteht meine Arbeit darin, Informationen zu sammeln.«

»Auch vom Pagen?«

Roth errötete noch mehr. Die Ankunft des Kellners bewahrte ihn davor, antworten zu müssen.

»Bringen Sie uns bitte Stift, Papier und einen Umschlag für den Herrn«, wandte sich Agnes an den Mann, dessen zurückgekämmtes Haar vor Pomade glänzte.

Der Oberkellner strafte Roth, dessen durchnässter Mantel immer noch tropfte, mit einem kritischen Blick.

»Wünscht die gnädige Dame noch etwas?«

»Die Speisekarte reicht für den Moment.«

Sie nahm ihm die stilvolle Speisekarte ab und legte sie auf den Tisch.

Der Kellner verbeugte sich und ging zur Bar. Bevor Roth ein Gesprächsthema finden konnte, um Agnes mit seiner Eloquenz zu beeindrucken, kam der Kellner mit den gewünschten Schreibutensilien auf einem Tablett zurück.

»Soll ich Sie allein lassen?«, fragte Agnes.

»Aber nicht doch.« Roth räusperte sich. »Es ist nichts Vertrauliches. Ich wollte nur, dass der Hauptmann die Nachricht so rasch wie möglich bekommt. Ich vermute, Sie werden ihn früher treffen als ich. Eigentlich muss ich es nicht einmal aufschreiben. Wären Sie so freundlich ...«

Sie nickte und holte eine Zigarette mit Mundstück aus ihrer Handtasche. Roth griff nach den Streichhölzern und beugte sich über den Tisch, um ihr Feuer zu geben. Als sie ihm die Hand entgegenstreckte, überlief ihn ein wohliger Schauer.

»Kommissar Richter hat im Zusammenhang mit den Morden Mitglieder der jüdischen Gemeinde verhaften lassen. Erst vor fünfzehn Minuten wurde ein Verdächtiger in Gewahrsam genommen, der den Beamten erheblichen Widerstand geleistet haben soll. Man glaubt, er könnte hinter den Morden stecken.«

»Ich verstehe.« Agnes nickte und wurde ernst. So gefiel sie Roth noch mehr. »Sobald ich Herrn Klein sehe, werde ich es ihm ausrichten. Und ich danke Ihnen für Ihre ... Loyalität.«

»Ich danke Ihnen!« Roth stand auf. Er hätte die Gesellschaft von Agnes gern noch länger ausgekostet, glaubte aber, in ihren Augen etwas wie Anerkennung gesehen zu haben. Und diesen

Eindruck wollte er nicht durch hölzerne Versuche zerstören, das Gespräch fortzusetzen. Diese Frau, so spürte er, würde nicht durch Worte, sondern durch Taten zu beeindrucken sein. »Ich werde mich wieder meinen Aufgaben zuwenden. Einen schönen Tag!«

Sie hielt ihm die Hand hin, die er, statt sie zu schütteln, küsste. Ihm schien, dass nun sie es war, die errötete. Genau konnte er es jedoch nicht sagen, denn er machte auf dem Absatz kehrt und verließ das Restaurant.

»Auf Wiedersehen, Herr Wachtmeister!«, rief ihm der Page beim Haupteingang nach.

Roth blieb abrupt stehen und dreht sich um.

»Komm mal mit raus.« Er packte den Pagen am Ellbogen. »Wir müssen reden.«

Der Page, der keinen Moment lang aufhörte zu lächeln, schaute sich kurz um. Er wollte prüfen, ob der Empfangschef ihn beobachtete. Erst dann öffnete er dem Polizeiassistenten die Tür, und wenig später standen sie unter dem Vordach, das sie vor dem Regen schützte.

»Sag, Hans, woher kennst du den Hauptmann?«

»Aus dem Hotel natürlich, Herr Wachtmeister.«

»Und das soll ich dir glauben? So, wie du gestern von Klein gesprochen hast, kennst du ihn schon länger.«

Der Junge zuckte mit den Achseln.

»Also, Hans? Bekomm ich eine Antwort oder soll ich dir dein dummes Grinsen austreiben?«

»Sie sind ein guter Beobachter, Herr Wachtmeister. Nicht umsonst sind Sie bei der Polizei.«

»Spar dir deine Komplimente für die Gäste dieser Hütte.«

»In Ordnung.« Der junge Mann nickte und kratzte sich unter seiner Mütze, auf der der Name des Hotels stand. »Der Hauptmann erinnert sich bestimmt nicht mehr an mich, aber ich war einer der Ersten, die ihn im Schützengraben gefunden haben.«

Roth erstarrte. »Wovon redest du?«

»Vom Krieg, Herr Wachtmeister, und davon, wie die Franzosen den Hauptmann den Deutschen Teufel nannten.«

Jürgen Roth sah den Jungen perplex an.

»Du hast in Moltkes Füsilierregiment gedient?«

»Jawohl, Herr Wachtmeister! 38. Regiment. Woher sollte ich sonst Hauptmann Klein kennen?«

*

Roth war wie im Delirium, als er in Richtung Hauptplatz ging. Immer wieder stieß er Passanten an. An der Brüstung der Brücktorbrücke blieb er kurz stehen. Hans Fredkes knappe Erzählung hatte ihn erschüttert und nachhaltig verwirrt. Diese Geschichte war schockierend und unglaublich zugleich. Einer der letzten Sätze hallte noch in seinem Kopf nach. »Der Hauptmann hat viele Verletzungen erlitten ... Deshalb legt er auch nie seine Handschuhe ab. Ich sah, wie verstümmelt er war. An der linken Hand fehlen ihm drei Finger.«

»Roth? Macht dir dein trauriges Leben so zu schaffen? Willst du dich in den Mühlgraben stürzen?«

»Koschella ...«

Roth musste kreidebleich geworden sein, denn Koschella sah ihn besorgt an. Und tatsächlich hatte er das Gefühl, sich gleich übergeben zu müssen.

»Reiß dich zusammen! Was machst du hier? Müsstest du nicht im Archiv sein?«

»Die Verh... Verhaftungen haben begonnen. Richter ... Seipelt und Schulz sollten einen Verdächtigen verhaften. Er hat versucht zu türmen, und jetzt denken sie, er ist einer der Täter.«

Roth war sich bewusst, dass er wirr sprach. Trotz aller Anstrengung hatte er sich noch nicht fassen können.

»Und auf welcher Grundlage hat Richter den Erfolg hinausposaunt? Wolltest du das gerade Klein erzählen? Kommst du aus dem Hotel?«

Auf all diese Fragen konnte Roth nur mit einem Nicken antworten.

»Was hat er dazu gesagt?«

»Nichts. Er war nicht da. Ich habe ihm eine Nachricht hinterlassen.«

Roth hielt inne. Das Gespräch mit Agnes behielt er besser für sich.

»Bestimmt weiß er das auch ohne deine Nachricht.«

Erst jetzt fiel Roth auf, dass Koschella verändert wirkte. Er sah fröhlich aus, was so gar nicht zu ihm passte. Außerdem sah er ihn seltsam, beinahe schelmisch an.

Franz Koschella war tatsächlich gut gelaunt. Roth konnte nicht wissen, dass er bei der Durchsicht des Bankarchivs auch nach Akten über den jungen Polizeiassistenten gesucht hatte. Und auch wenn er über Roth selbst nichts hatte finden können, so gab es doch einige interessante Informationen über dessen Eltern. Nach der spannenden Lektüre musste Koschella anerkennend zugeben, dass Roth seine Abstammung aus wohlhabendem Haus niemanden spüren ließ. Er hätte im Luxus schwelgen oder Verwalter eines der väterlichen Sägewerke im Umland von Schweidnitz werden können. Roth wollte jedoch seinen Kindheitstraum verwirklichen. Koschella hatte während des Gesprächs fortwährend ein Grinsen im Gesicht, hatte er doch Klein-Jürgen im Matrosenanzug vor Augen. Falls das sein Kindheitstraum war – ihn hatte sich der junge Mann nicht erfüllen können. Die Vorliebe für Uniformen war jedoch geblieben.

»Was ist so lustig, Koschella?«

»Ach nichts …«

»Mir scheint aber doch!«

Hartnäckigkeit konnte man Roth nicht absprechen. Offensichtlich verachtete der Sprössling Geld und Beziehungen seines Vaters, mit denen er in der Heimatstadt, möglicherweise sogar in Breslau, bestimmt schnell Karriere hätte machen können. Er hatte sich hingegen dafür entschieden, ganz unten bei der Glatzer Polizei anzufangen. Vielleicht wollte er sich etwas beweisen. Koschella hatte schon öfter komplizierte Familienbeziehungen beobachten können. Vater-Sohn-Probleme basierten häufig auf zu hohen Erwartungen und dem Versuch, die Bemühungen des Nachkommen kontrollieren zu wollen. Auch in diesem Fall könnte dies dazu geführt haben, dass sich der verwöhnte Sohn vom herrschsüchtigen Vater lösen wollte. Andererseits hatte

Koschella den Eindruck, dass Roths Ehrgeiz zwar groß war, aber nicht mit überdurchschnittlicher Intelligenz oder Pfiffigkeit einherging. Eine große Polizeikarriere sagte er dem jungen Mann nicht voraus.

»Jürgen, zurück ins Archiv! Das hat oberste Priorität. Stell dort alles auf den Kopf!«

Roth biss beim Grinsen des Wachtmeisters die Zähne zusammen. Er nahm diese Bemerkung persönlich.

»Genau dorthin bin ich unterwegs«, antwortete er. »Ich weiß, was ich zu tun hab.«

»Dann ist ja alles gut.«

Roth sah ihm nach, schüttelte den Kopf und machte sich auf in Richtung Rathaus.

Koschella setzte seinen Weg gut gelaunt fort. Er war auf dem Weg in die Unterstadt. In den Spelunken dort hatte er seine Informanten. Zuerst machte er einen Abstecher zum Gasthof Blauer Stern, wo er telefonieren wollte. Er wählte die Nummer des Rathauses und ließ Paul Seipelt ans Telefon holen.

»Sag, wen habt ihr für den Alten geholt?«

»Ich weiß nicht, ob ich dir das sagen darf. Im Interesse der Ermittlungen …«

»Im Interesse der Ermittlungen wäre es besser, wenn du sofort reden würdest.«

In Gedanken hatte Koschella Seipelts Bankakte vor Augen. Sie war nicht umfangreich, aber überaus interessant. Seipelt erschien ihm nun als ein sehr in sich gekehrter Mensch. Von seiner Spielsucht, den Problemen mit seiner Frau und den häuslichen Streitigkeiten hatte Koschella nie etwas mitbekommen. Der von der Bank genehmigte Kredit in Höhe von zweihundert Mark für die Renovierung der Wohnung war an sich nichts Außergewöhnliches. Nach Angaben des Bankdetektivs waren jedoch keine Renovierungsarbeiten durchgeführt worden, und die Rückzahlungen erfolgten nur unregelmäßig. Ein Aktenvermerk sagte viel über die Geschäftspolitik aus: »Polizist. Entgegenkommende Behandlung ratsam. Verlängerung der Zahlungsfrist um sechs Monate. Kooperationsbereitschaft vorhanden.«

»Wir haben Schuhmann.«

»Den Hehler?« Koschella lachte dröhnend in den Hörer. »Du willst mir weismachen, der steckt hinter den Morden?«

»Wir werden sehen.« In Seipelts Stimme schwangen Zurückhaltung und Zweifel gleichermaßen durch. »Irgendetwas muss er damit zu tun haben, denn der ist gerannt, als ob ihm der Arsch auf Grundeis ginge. Die Jungs haben ihn gerade in der Mangel.«

»Na, das kann ich mir vorstellen, wenn ihn Schulz in die Finger bekommen hat.« Koschella lachte.

»Noch was?«

»Wer hat die Wohnungen vom Stadtrat und vom Vizedirektor durchsucht?«

»Ich.«

»Was Interessantes gefunden?«

Seipelt zögerte. Koschella war sich sicher, dass er noch etwas ausspucken würde. Sie mochten sich. Und Paul schuldete ihm noch einen Gefallen. Abgesehen davon war die Beschreibung der Bankdetektive sehr treffend: Seipelt war kooperationsbereit.

»Hat's dir die Sprache verschlagen?«

»Franz, von mir hast du das nicht, aber beide hatten seltsame Vorlieben. Peitschen, Handschellen … die Art von Spielzeug, wo man sich fragt, wozu es verwendet wird. Ich glaube, beide waren anders gepolt.«

»Hat dich das erregt, Paul?«

»Arschloch. Da steckt mehr dahinter.«

»Da stimm ich dir zu.« Koschella wurde ernst. »Soweit ich weiß, wurde in der Wohnung des Majors nichts dergleichen gefunden.«

»Nein. Und genau das ist merkwürdig, oder?«

»Wir hören uns. Übertreibt es nicht mit diesem Schuhmann. Ich fürchte, der hat nicht viel damit zu tun.«

»Kann sein.«

Koschella legte auf. Einen Moment lang starrte er auf den leeren Empfangstresen. Der ältere Mann, der eben noch dort gesessen hatte, war verschwunden. Der Wachtmeister änderte seine Nachmittagspläne: Er beschloss nach Hause zu gehen und mit seiner Frau zu Abend zu essen. Er wollte nicht wie Seipelt seine Ehe ruinieren. Außerdem musste er einige Dinge überdenken.

*

Wilhelm Klein fand an der Wand der Eingangshalle des Postamts einen Stadtplan und studierte ihn sorgfältig. An sein Ohr drangen außer dem Gemurmel der Beamten unterschiedliche Geräusche, die für den Postbetrieb typisch waren. Vom Hof her hörte er das Klappern von Pferdehufen und Postkutschen, die über das Kopfsteinpflaster ratterten. Er trat ans Fenster und sah Stallungen und den Bereich für die, die auf wichtige Sendungen warteten.

In der Halle ging es geschäftig zu. Ab und an ging jemand die Treppe hinauf in den ersten Stock, wo sich das Fernsprechamt befand. Andere gaben nur hastig Briefe oder Pakete auf. Diese Betriebsamkeit wirkte auf Klein beruhigend. Hier gab es Regeln und feste Abläufe, die Tempo und Struktur vorgaben. Er fand darin einen Rhythmus und eine Ordnung und spürte die ihn umgebenden Schwingungen. In solchen Momenten hatte Klein das Gefühl, Teil der unbedingten und ständigen Bewegung zu sein, in der die Welt sich befand. Auf einen Beamten folgte der nächste, für jeden Toten wurde ein neuer Mensch geboren, und auf den Ruinen eines Staates entstand ein anderer. Dies war unvermeidlich – wie der Tod und die Steuer.

Gleichzeitig wurde er sich der eigenen Zerbrechlichkeit, der Vergänglichkeit des Augenblicks und der Banalität der Dinge bewusst, die ihm durch den Kopf gingen. Die Schmerzimpulse, die durch seine Synapsen jagten, blendete er dann aus.

Er trat vom Fenster zurück. An einem der Pfeiler fand er ein Regal, auf dem ein Adressbuch lag. Darin suchte er einen bestimmten Namen und prägte sich die Anschrift ein. Dann verließ er das Postamt, überquerte den Wilhelmsplatz und bog in die Grüne Straße ein. Der Regen hatte aufgehört, nun wehte ein eisiger Wind. Unbeeindruckt von den Windstößen blieb Klein vor der Synagoge stehen und betrachtete das Gebäude. Die Kuppel über dem Eingangsbereich war imposant und erinnerte ihn an jene, die er in Breslau und Hannover gesehen hatte. Darunter befand sich ein Erker, der mit einem Davidstern geschmückt war. Ein ähnliches Symbol zierte die Eingangstür. Eine Tafel an der Fassade trug die Namen jüdischer Gefallener aus der Grafschaft. Einige waren ihm vertraut. Unter den Toten war auch der Sohn von Działoszyński, dessen Laden Franz Ludwig ihm empfohlen hatte.

Die heisere Stimme eines Zeitungsjungen, der die neueste Ausgabe anpries, riss Klein aus seinen Gedanken: »Wer steckt hinter den blutigen Morden? Wird Hauptmann Klein die geheimnisvollen Täter ergreifen? Kaufen Sie die Sonderausgabe!« Einem Leierkasten ähnlich wiederholte der Junge seinen Spruch. Er verfehlte seine Wirkung nicht. Um ihn herum hatten sich bereits zahlreiche Neugierige versammelt.

Auch Klein ging auf den Jungen zu. Ihn interessierte, welche Informationen zur Presse durchgedrungen waren. Als der Junge Klein bemerkte, begann er zu stottern, als sei die Kurbel defekt, die seine Stimmbänder angetrieben hatte. Hölzern reichte er ihm eine Zeitung, nahm die Münzen entgegen und verschwand, um Nachschub zu holen. Die Zeitungen waren weggegangen wie warme Semmeln.

Klein schlenderte weiter in Richtung Altstadt und überflog im Gehen die Schlagzeilen des »Gebirgsboten«. Sie waren zahm im Vergleich zu den reißerischen Sprüchen, mit denen der Junge das Blatt angepriesen hatte. Vielleicht, weil die Zeitung von der Zentrumspartei finanziert wurde, die bemüht schien, die Lage in der Stadt zu beruhigen.

Die Reporter waren an detaillierte Informationen über die morgendlichen Verhaftungen gekommen. Der Jude Schuhmann wurde beim Namen genannt, und es wurde berichtet, dass er sich der Festnahme entziehen wollte. Der Autor des Artikels bezweifelte jedoch, dass der Verhaftete etwas mit diesen brutalen Morden zu tun hatte. Auch ein Foto von Klein war abgedruckt. Der Fotograf musste es auf der Brücktorbrücke aufgenommen haben. Es wurde vermutet, der Hauptmann sei aus Berlin geschickt worden, um die Glatzer Polizei bei der Suche nach den Tätern zu unterstützen. Die Fülle an Adjektiven im Text deutete darauf hin, dass der Autor versuchte, seinen Mangel an Informationen über den Hauptmann zu verschleiern. Abschließend rief der »Gebirgsbote« mögliche Zeugen oder Personen, die etwas über die Taten wussten, dazu auf, sich mit der Polizei in Verbindung zu setzen.

Klein warf die Zeitung in den nächsten Mülleimer. Es nieselte nun wieder, sodass die Druckerschwärze zu verschmieren begann und Schlieren bildete. Keine zehn Minuten später stand er an der Kreuzung Domgasse/Böhmische Straße. Sein Blick schweifte über die Häuser und deren Laubengänge. Über dem Schuhgeschäft von Heinrich Gallwitz hing deutlich sichtbar ein Kruzifix. Klein zählte die Häuser ab und bog dann links ein. Er erreichte eine Treppe, die auf einen Laubengang führte. Von hier war die gesamte Böhmische Straße einsehbar.

Einige Handwägelchen versperrten den Durchgang. Klein zwängte sich vorbei und traf auf einen Jungen, der Koschella wie aus dem Gesicht geschnitten war.

»Wie heißt du?«

»Opitz.«

»Ist dein Vater zu Hause?«

»Beim Essen.«

»Und du? Schon gegessen?«

»Ja. Mama will, dass ich immer alles aufess.«

»Und das zu Recht.«

Der Junge zuckte mit den Achseln.

»Kommens zum Papa? Wollens ihm wehtun?«

»Nein. Ich will nur mit ihm reden.«

»Dann gehens bis ans End' der Treppe. Und Sie haben Glück, denn der würd Sie zu Brei schlagen.«

Klein konnte darauf nichts erwidern, denn der Junge rannte wie von der Tarantel gestochen los. Bald war nur noch das Klappern seiner Schuhe zu hören. Klein betrat das Haus und folgte der knarzenden Treppe ganz nach oben, so wie der Junge gesagt hatte.

Gemütlich sah es hier aus. Bestimmt betrachtete Koschellas Frau diesen kleinen Flur als Verlängerung der Mansardenwohnung. Vor der Tür stand eine kleine Kommode, in der wohl Dinge verwahrt wurden, für die in der Wohnung kein Platz war. Zwischen dem Treppengeländer und der Wand war eine Leine gespannt, an der Unterhosen des Hausherrn und Kleidung des Sohnes hingen. Klein ging an einem Wasserbecken vorbei und klopfte an die Tür.

»Opitz, wenn du schon wieder Blödsinn machst, dann zieh ich dir das Fell über die Ohren!«

Eine rundliche Frau öffnete und sah ihn skeptisch an, während sie sich die Hände an der Schürze abwischte.

»Bitte?«

»Ich möchte zu Franz.«

Aus der Wohnung war das Scharren von Stuhlbeinen zu hören, und bald darauf stand Koschella in der Tür. Er zog die Hosenträger über, die er offenbar bei Tisch abgestreift hatte.

»Wie haben Sie mich gefunden, Herr Hauptmann?«

Der Wachtmeister wirkte überraschter als seine Frau, die den Besucher immer noch von Kopf bis Fuß musterte.

»Das war nicht schwer. Ein Adressbuch und ein kleiner Informant, der in der Wohnung am Ende der Treppe wohnt.«

»Dieser kleine Gauner.« Die Frau lachte. Auf den strengen Blick ihres Mannes hin verschwand sie im Wohnungsinneren.

»Kommen Sie zu mir, Herr Hauptmann?«

Man sah Koschella an, dass er mit sich rang. Erst als Klein nickte, trat er endgültig zur Seite.

»Ich wollt gerade essen und dann in die Stadt zurück, als …«

»Vielleicht ist der Herr Hauptmann ja auch hungrig?«, rief die Frau aus der Küche. »Mein Mann, dieser Draufgänger, rennt den ganzen Tag in der Stadt herum und jammert dann, dass ihm der Bauch wehtut. Dünn wie eine Bohnenstange haut den doch der kleinste Windstoß um. Aber wem sag ich das? Sie schauen ja selbst aus wie der wandelnde Tod, ganz als hätten Sie nur Wasser und Brot bekommen.«

Koschella erblasste, wollte aber in diesem Moment keinen Streit mit seiner Frau anfangen.

»Barbara …«, seufzte er nur.

»Ein Teller Suppe für den Herrn?« Die Frau rührte im dampfenden Topf.

»Gerne, wenn ich darf.«

»Natürlich dürfens.«

Barbara griff nach der Kelle und wenig später stand ein Teller Suppe vor den Hauptmann. Sie reichte ihm einen Löffel.

»Mahlzeit!«, sagte Koschella und zog das Tuch vom Brotkorb. Er schnitt dicke Scheiben ab, ohne darauf zu achten, ob sie gerade oder mundgerecht waren.

»Mahlzeit!«, antwortete Klein und nahm eines der klobigen Brotstücke.

Schweigend aßen sie. Gelegentlich schlürfte Koschella, bemühte sich aber sogleich, möglichst geräuschlos zu essen. Es musste ihn ordentlich Mühe gekostet haben, denn als der Teller leer war, wischte er sich den Schweiß von der Stirn.

»Die Suppe war sehr gut, Frau Koschella.« Klein hatte ebenfalls mit seiner Portion zu kämpfen gehabt.

»Warum sollte sie auch nicht gut sein?«, antwortete Barbara. »Mama und Grula haben mir beigebracht, wie man Suppe kocht. Keine, die durch den Darm flitzt, sondern ordentliche, in der der Löffel stecken bleibt. Ehrliche, nahrhafte!«

»Barbara! Der Hauptmann hat die Suppe gelobt, und du plapperst gleich von Mutter, Großmutter und Gedärmen.«

»Du könntest ruhig auch öfter mal was Nettes sagen«, versetzte die Frau und setzte scheppernd den Topf ab. »Ich such mal Opitz. Der hätte schon letzten Samstag baden sollen und hat sich dann rausgewunden. Heut kommt er mir nicht so einfach davon.« Sie ging aus dem Zimmer und redete dabei weiter vor sich hin.

Die beiden Männer saßen sich schweigend gegenüber. Koschella pulte mit der Zunge zwischen den Zähnen herum. Klein schmunzelte und sah sich in der Wohnung um. Barbara Koschella hatte den Haushalt vorbildlich im Griff. Weder roch es muffig, noch sah man ein Körnchen Staub. Die Wände waren frisch getüncht, es gab keine Tapeten, unter denen sich Wanzen oder andere Schädlinge gern versteckten, und an den Fenstern waren Musselinvorhänge. Zur Ausstattung des Zimmers gehörten ein dreitüriger Spiegelschrank, ein Herd, ein Bett und eine Kommode. Neben dem Ofen stand die Zinkbadewanne, in der der kleine Opitz in Kürze den Schmutz der ganzen Woche loswerden sollte.

»Waren es die Juden?«, fragte Koschella plötzlich. »Stecken die hinter den Morden?«

»Ich weiß es nicht, Koschella.«

»Aber Sie schließen die jüdische Spur nicht aus, oder? Denn Kommissar Richter wird nicht lockerlassen. Der hat Blut geleckt. Ich wette, er lässt bereits alle Orte observieren, auf die die Spitzen des Davidsterns weisen. Lustig nur, dass eine davon direkt vor die Kommandantur auf dem Ring zeigt. Sollte dort was passieren, explodiert er. Wenn die Täter tatsächlich alles bis ins kleinste Detail geplant haben, dann richten auch hundert Patrouillen und Spitzel nichts aus. Sogar auf dem Turm des astronomischen Observatoriums ist jemand postiert, um den Ring im Auge zu haben. Aber irgendwas passt mir da nicht.«

»Was denn, Koschella?«

Koschella griff nach einer Scheibe Brot, stopfte sich ein Stück Rinde in den Mund und kaute daran herum.

»Wenn ich einen Mordplan aushecke, dann würde ich wohl kaum der Polizei die fertige Lösung präsentieren. Als Jude würde ich doch kein Symbol verwenden, das man mit mir in Verbindung bringen kann. Außer ich will den Verdacht auf jemand anders lenken und eine falsche Spur legen.«

»Und was, wenn wir die nächste Leiche anderswo finden? An keiner der Hexagrammspitzen?«

»Na, das wär was.« Koschella schluckte. »Dann wäre die Hölle los. Bereits jetzt wird gemunkelt, die Polizei wüsste, wer hinter diesem Teufelswerk steckt. Wenn es tatsächlich so kommt, wie Sie sagen, Herr Hauptmann, dann wäre ich gewillt zu glauben, die Juden stecken dahinter. Dann haben sie uns an der Nase herumgeführt und wir es mithilfe unseres hochverehrten Kommissars auch noch verbreitet. Eine Leiche anderswo würde das ganze Konzept über den Haufen werfen, die Polizei stünde als unfähig da, und niemand käme mehr auf das jüdische Motiv zurück. Das wäre ein erstklassiger Schachzug.«

»Es passt immer noch alles zusammen.« Klein löste aus seiner

Brotscheibe das weiche Innere. »Die nächste Leiche wird woanders gefunden. Wenn nicht heute Abend, dann in den nächsten Tagen, sobald die jüdische Spur genug Verwirrung geschaffen hat.«

»Also warens doch die Juden, Herr Hauptmann?«

»Eher nicht.«

»Dann versteh ich das alles nicht mehr.«

»Die Zeit wird kommen. Geh jetzt und such Roth. Ich will, dass ihr beide heute Abend ab acht das Haus an der Ecke Gartenstraße/Wilhelmstraße im Auge behaltet.«

»Das gegenüber der Post?«

»Genau. Bezieh Posten in den oberen Etagen, damit du Dach und Fassade gut überblicken kannst. Wenn dir etwas Verdächtiges auffällt, gib mir Bescheid.«

»Und wie soll ich Sie informieren? Wo kann ich Sie finden?«

»Gegenüber, im Hotel Kaiserhof. Dort findet ein Bankett statt. Ich stehe auf der Gästeliste.«

Koschella pfiff anerkennend.

»Da werden viele Leute sein. Hohe Tiere. Glauben Sie, Herr Hauptmann, dass ...« Koschella runzelte die Stirn. »Werden die derart abgebrüht sein? Ein Mord vor den Augen von Bürgermeister, Landrat und weiß Gott wem? Ich frage nochmal, wie um Himmels willen soll ich Sie da informieren?«

»Ich werde euch im Auge behalten, Franz. Ich weiß, dir fällt was ein, wenn es drauf ankommt.«

Kurz darauf verließ Klein das Haus in der Böhmischen Straße.

Unten wartete bereits der kleine Opitz auf ihn. Er lehnte lässig an der Wand und wirkte zufrieden. Offensichtlich war es ihm gelungen, sich vor seiner Mutter zu verstecken.

»Sind Sie der Mann, der gekommen ist, um die Banditen zu schnappen?«

»So sagt man.«

»Und werden Sie sie schnappen?«

»Rein mit dir! Deine Mutter will, dass du ein Bad nimmst.«

»Sie werden sie schnappen! Ich habe mit Erwin darauf gewettet. Sie werden sie mit meinem Papa schnappen.«

Der Junge verschwand im Haus und Klein folgte einer Menschentraube Richtung Ring. Noch bevor er die Einmündung erreichte, dämmerte ihm, dass etwas passiert sein musste. In Scharen drängten die Menschen zum Ring. Einige rannten. Die Aufregung war deutlich zu spüren, aus den Gesprächen konnte Klein aber nicht heraushören, was geschehen war.

Er beschleunigte seinen Schritt. Die Menge schob sich weiter durch die enge, in den Ring mündende Straße direkt vor das Kaufhaus von Gustav Glücksmann. Dort hatte sich ein Spalier gebildet, der Lärm schwoll immer mehr an. Männer, Frauen und Kinder bildeten eine pulsierende Masse. Klein glaubte, Schreie des Entsetzens zu hören. Seine Kehle schnürte sich zu. Vor der Café-Conditorei Moltke hielt er inne, unfähig, auch nur einen weiteren Schritt zu tun. Hatte er sich wirklich so geirrt? Hatte er die Absichten der Mörder falsch gedeutet? Der Ort, an dem sich die Leute versammelten ... es war eine der Spitzen des Davidsterns.

Er blickte sich um. In der Nähe des Cafés sah er einen Polizisten, der den Auflauf im Auge behielt. Er ging auf ihn zu. Der junge Gesetzeshüter erkannte ihn und klärte ihn auf: »Eine Werbeaktion. Die Düsseldorfer Henkel-Werke hatten vor Wochen eine Genehmigung beantragt. Ein paar Fräulein laufen mit Schirmen auf und ab. Pensil steht da drauf oder so.«

»Persil«, korrigierte Klein den Beamten. Dem jungen Mann war anzumerken, dass er von Haushaltschemikalien keine Ahnung hatte.

»Genau. Wenn der Kommissar das sieht, kriegt er einen Wutanfall. Er hat bestimmt vergessen, dass die Aktion genehmigt ist. Schließlich hat er die Order ausgegeben, diesen Ort zu überwachen.«

Ein junger Mann kam mit Flugblättern auf sie zu, darauf eine strahlende Frau, die triumphierend eine Packung mit dem Namen des Waschmittels in der Hand hielt. Koschellas Frau, dachte er, wüsste die Vorzüge dieses Produkts bestimmt zu schätzen.

»Noch dazu wurden mehrere Vorfälle von Vandalismus gemeldet.«

»Welcher Art?«

Der Polizist zögerte.

»Die Schaufenster von ein paar Läden wurden eingeschlagen.«

»Läden, deren Eigentümer oder Mieter Juden sind?« Der junge Mann nickte und blickte nervös um sich. »Das ist gar nicht gut. Hier haben sicherlich auch einige Leute Steine in den Taschen. Wenn das so weitergeht, werden Unruhen ausbrechen. Die Werbefritzen ziehen zum Glück gleich weiter in die Frankensteiner Straße. Dann ist es hier wieder ruhig.«

Tatsächlich verlagerte sich die Ansammlung bald darauf auf den Oberring. Klein folgte dem Tross der Schaulustigen. An der südöstlichen Ecke des Rings bog er in die Straße zu seinem Hotel ein. Bevor er die Brücktorbrücke erreichte, passierte er Loewys Hutgeschäft. Eine der Schaufensterscheiben war zerstört und in der Auslage lag zwischen Glasscherben und Hüten ein ziemlich großer Stein. Auf dem Bürgersteig davor versuchte ein Polizist den Strom der Fußgänger zu lenken. Immer wieder blieben Gaffer vor dem eingeschlagenen Schaufenster stehen und versperrten damit den anrückenden Glasern den Weg.

Auf der Brücktorbücke hörte Klein wieder einen Zeitungsjungen rufen. Der wedelte mit einer Ausgabe der konservativen »Glatzer Zeitung«. Diesmal waren die Schlagzeilen aggressiver, und es klang, als seien die Schuldigen bereits gefunden. Nicht nur Schuhmann, sondern die gesamte jüdische Bevölkerung sollte für die bestialischen Morde verantwortlich sein.

Klein überquerte den Rossmarkt, passierte das Hotel Weißes Ross und kam zur Rossbrücke. Die Chaos in der Stadt stiften wollten, waren erfolgreich gewesen, das musste er zugeben. Nun war das Stück reif für den nächsten Akt. Bald würde Klein herausfinden, ob er mit seinen Einschätzungen richtig lag. Er wollte den kleinen Opitz nicht enttäuschen.

*

»Begleitest du mich dorthin?«

Agnes lächelte, antwortete aber nicht.

»Ich habe gefragt, ob …«

»Ich hab's gehört.«

Sie half ihm, den Mantel abzulegen. Schwerfällig ließ sich Klein auf den Stuhl fallen. Er war erschöpft. Draußen zogen dunkle Wolken über den Bahndamm. Das Bild verschwamm hinter der Fensterscheibe. Heftige Böen drückten Regen gegen das Glas. Ein kalter Schauer durchfuhr Klein. Ihm wurde bewusst, dass Agnes etwas gesagt hatte, er hatte jedoch kein Wort verstanden.

»Ich habe dir ein Bad eingelassen. Wenn du den ganzen Tag in nassen Sachen herumläufst, wirst du dich erkälten.«

»Du bist nicht meine Mutter.«

»Nein, das bin ich nicht.«

Klein sah sie an. Leicht zu kränken war sie offensichtlich nicht.

»Begleite mich«, bat er. »Ich darf während des Banketts nicht zusammenbrechen. Wenn es so weit kommt, musst du mir die Last der Gespräche über die vielen belanglosen Themen etwas abnehmen.«

»Und ich dachte schon, du lädst mich ein, weil du meine Gesellschaft schätzt.«

»Das auch. Aber ich brauche mehr. Du besitzt eine gute Beobachtungsgabe. Vier Augen sehen mehr als zwei.«

»Glaubst du, bei der Veranstaltung taucht jemand auf, der in die Geschichte verwickelt ist?«

»Das oder eines der nächsten Opfer wird unter den Gästen sein. Die Morde treffen ausschließlich hochrangige Personen. Bestimmt gibt es zwischen den bisherigen und den zukünftigen Opfern eine Verbindung. Jemand könnte sich bedroht fühlen und sich deshalb ungewöhnlich verhalten. Und ich weiß, dass du spüren kannst, wenn jemand Angst hat.«

»Warum meldet sich jemand, der befürchtet, das nächste Opfer sein zu können, nicht bei der Polizei?«, fragte sie.

Klein zögerte.

»Vielleicht wegen der Hintergründe«, sagte er schließlich. »Was, wenn die Angst vor Entlarvung größer ist als die Angst ums eigene Leben?«

»Du verstehst es, einer Frau einen Ballbesuch schmackhaft zu machen«, lachte sie. »Ich werde mitkommen, beobachten und dir dann sagen, wer Angst hat, wer selbstbewusst auftritt, und welche der werten Damen dich mit ihren Augen verschlungen hat.«

»Auf die brauchst du nicht achten.«

»Glaubst du, eine Frau wäre zu solchen Morden nicht fähig?«

Er zuckte mit den Achseln. Das hatte er nicht gemeint.

»Ich gebe dir Geld. Du brauchst ein Kleid.«

Erneut lächelte sie und schüttelte den Kopf.

»Dein Freund Graf Herberstein ist weitsichtig«, verkündete sie. »Er hat mich für den Fall unvorhergesehener Ausgaben versorgt. Nimm du jetzt ein Bad, und ich gehe ins Modehaus Działoszyński.«

»In Ordnung«, entgegnete er. Für Diskussionen war er eindeutig zu müde.

Kurz sah er ihr zu, wie sie sich anzog, ihr Haar ordnete und den schicken Hut aufsetzte. Nach einigen flüchtigen Blicken in den Spiegel schloss sich hinter ihr die Tür. Klein zog sich aus und ging ins Badezimmer.

*

Jürgen Roth trat vors Rathaus, um frische Luft zu schnappen. Seit Ewigkeiten saß er nun schon in diesem verdammten Archiv. Sein Hals kratzte, Augen und Haut juckten, und der Staub war ihm schon in jede Pore gedrungen. Langsam hatte er genug. Vor allem hatte er bislang nichts gefunden, mit dem er vor Klein hätte glänzen können.

Als Adeles Stimme an sein Ohr drang, glaubte er im ersten Moment, sich zu verhört zu haben. Er wandte sich um. Sie winkte und zwängte sich durch die Menge. Er verzog das Gesicht. Früher war ihm ihre laute und direkte Art egal gewesen. Überrascht nahm er ihre geröteten Wangen und ihr schweißnasses Haar wahr. Noch bis vor Kurzem hatte die Berührung ihrer warmen, feuchten Haut ihn erregt. Jetzt nahm er lediglich den beißenden Geruch von Schweiß und billiger Seife wahr.

»Ich hab was für dich.«

Sie stand plötzlich vor ihm. Der Stoff ihres Kleides spannte über den Brüsten, und Roth merkte, dass ihn auch das nicht erregte.

»Frisch von der Bäckerei Bittner.«

Vorsichtig guckte er in den Korb, als würden unter dem Tuch Spinnen und Skorpione lauern. Schließlich griff er hinein und zog eines der süßen Hefeteilchen heraus.

»Wann kommst du heute?«

Er zuckte mit den Schultern. Er hoffte, sie würde von selbst draufkommen, dass sie ihn störte.

»Müd schaust aus. Du arbeitest zu viel.«

Sie hob ihre Hand, aber noch bevor sie sein Gesicht berühren konnte, zog er den Kopf weg.

»Geh bitte wieder!« Er legte das Brötchen zurück in den Korb. »Ich habe im Moment keine Zeit, es gibt viel zu tun. Ich werde heute Abend gebraucht.«

»Ich brauch dich auch«, antwortete sie rasch.

Ihm wurde übel. Ein Kollege ging an ihnen vorbei und Roth sah sein spöttisches Grinsen. Er hatte Lust, sich auf ihn zu stürzen, und wusste dabei selbst nicht, woher diese plötzliche Aggression kam.

»Geh jetzt!«, zischte er und erstarrte augenblicklich.

Er sah, wie Agnes langsam auf ihn zuging, als wolle sie ihm erst Zeit geben, seine privaten Angelegenheiten zu erledigen. Ihm wurde heiß. Adele spürte seine Verlegenheit und drehte sich um. Mit angehaltenem Atem beobachtete Roth die beiden Frauen. Agnes lächelte Adele zu und sah dann zu Roth, der überzeugt war, rot angelaufen zu sein. Die Augen seiner Freundin blitzten auf, sie verstand sofort. Roth war zur Salzsäule erstarrt.

»Guten Tag, Polizeiassistent Roth. Guten Tag, die Dame.«

»Guten Tag«, antwortete Adele und streifte sich den Henkel des Korbs über den Unterarm.

Betretenes Schweigen. Roth fing sich und stellte sie einander vor.

»Ich habe schon von Ihnen und Herrn Klein gehört.«

Agnes lachte. »Über uns Frauen wird allerlei geschwatzt. Gutes wie Schlechtes, aber keiner dieser angeblichen Experten kennt uns wirklich.«

Adele nickte. Ihre Verunsicherung war Neugier gewichen.

»Dafür können die Männer nichts vor uns verbergen.«

Amüsiert lächelten beide. Roth verstand nicht, was da gerade vor sich ging.

»Ich wollte Sie nicht stören«, sagte Agnes. »Ich hatte nur zufällig ein vertrautes Gesicht gesehen. Ich kenne mich hier nicht aus und könnte Rat gebrauchen.«

»Was kann ich für Sie tun?«, krächzte Roth.

»Mir scheint, mit meiner Frage wende ich mich besser an Sie, meine Dame. Ich brauche für das Bankett heute Abend ein Kleid.«

»Ich zeig Ihnen gern ein paar Modehäuser«, schlug Adele vor. »Für eine Provinzstadt wie diese sind die recht gut ausgestattet.«

»Ich wäre Ihnen sehr verbunden, ich möchte mich aber nicht aufdrängen.«

Adele winkte ab. »Ich begleite Sie gern.«

Agnes nickte. Ihr Blick streifte flüchtig den Polizeiassistenten. In ihren Augen nahm er ein seltsames Funkeln wahr. Sein Magen verkrampfte sich.

Die Frauen verabschiedeten sich und gingen Richtung Schweldorfer Straße davon. Roth sah ihnen nach und spürte ein Kribbeln. Er wusste plötzlich nicht, wer ihn mehr erregte: Agnes, mit ihrer schlanken Taille und ihrem immer noch in der Luft hängenden Duft, oder Adele, mit ihren breiten, wiegenden Hüften. Von seinen eigenen Gedanken überrascht, beschloss er, sollte seine Freundin ihn noch einmal fragen, wann er denn endlich käme, alles stehen und liegen zu lassen. Aber nur, um sich während des Liebesspiels vorzustellen, die, die sich unter ihm in Verzückung wand, sei Hauptmann Kleins Assistentin.

*

Als Wilhelm Klein in die Kutsche stieg, überlegte er, ob es eine gute Idee war, Agnes mitzunehmen. Er war sich nicht sicher, warum er sie gebeten hatte, ihn zu begleiten. Möglicherweise suchte er wirklich nur jemanden, der ihn unterstützte, aber vielleicht brachen auch bei ihm Sehnsüchte auf, die er schon fast vergessen hatte.

In Gedanken kehrte der Hauptmann ins Militärkrankenhaus

zurück, wo er mehr als ein Jahr verbracht hatte. Die Krankenschwestern, die sich um ihn gekümmert hatten, waren nicht die hübschesten gewesen. Große, kräftige Frauen mit Schnurrbärten, die ihre Arbeit hervorragend gemacht hatten. Nie hatten sie sich etwas anmerken lassen, wenn sie dafür sorgten, dass Klein sich nicht wund lag, wenn sie seine Laken wechselten oder seinen Körper wuschen, der vor ihren Augen immer mehr verfiel. Schließlich war er überzeugt, dass die Erzählungen von hübschen Krankenschwestern und Liebesgeschichten zwischen diesen fürsorglichen, engelsgleichen Wesen und ihren Patienten nichts als Wunschvorstellungen und Märchen waren. Doch als er wieder auf den Beinen war, musste er seine Meinung korrigieren. Die blonden Schönheiten waren neben den Betten der gutaussehenden Offiziere zu finden. Mit denen flirteten sie, denen leisteten sie auf Spaziergängen Gesellschaft. Patienten mit schweren und entstellenden Verletzungen wie den seinen gingen die jungen Schönheiten aus dem Weg.

»Du bist ganz in Gedanken versunken.« Agnes hakte sich bei ihm ein. »Beschäftigen dich die Morde?«

»Nein, ich hab an dich gedacht.«

»Schmeichler!« Kokett neigte sie ihren Kopf und sah ihm in die Augen. »Woran hast du gedacht?«

»Warum du dich um uns kümmerst … also um solche wie mich.«

»Weil du es brauchst. Für dich ist immer noch Krieg. Hier drin!« Sie hob die Hand und berührte seine Schläfe. Dann wanderten ihre Finger in die Gegend seines Herzens. »Und hier auch. Ich habe Leute gesehen, die wie du mit ihren Dämonen gekämpft haben. Viele sind gescheitert. Sie haben den Kampf verloren, den sie nach dem Krieg weiterführen mussten, zu Hause, bei der lange vermissten Familie. Auch du kämpfst immer noch. Aber ich sehe auch, dass du stärker bist, als du denkst.«

»Ich bin ein Wrack. Morphinist noch dazu. Tag für Tag haben sie es mir gegeben, damit ich mir nichts antue.«

»Aus dieser Schwäche schöpfst du deine Kraft.«

Klein blickte aus dem Fenster. Der Kutscher fuhr nun langsamer. An der Ecke Wilhelmstraße/Wilhelmsplatz stauten sich die Droschken und ein paar Automobile. Die Fahrzeuge hielten vor dem Haupteingang des Hotels Kaiserhof. Nachdem sie ihre Fahrgäste entlassen hatten, fuhren sie über den Kreisverkehr wieder davon, um die nächsten Gäste abzuholen. Als sie an der Reihe waren, sprang er als Erster aus der Droschke und bot Agnes seine Hand. Sie raffte den Saum von Kleid und Mantel, um damit nicht an den Stufen hängen zu bleiben, und suchte Halt in den Armen des Hauptmanns, der ihr auf den Bürgersteig half.

Zwei befrackte Portiers verbeugten sich, überprüften die Einladungen und baten sie zum Haupteingang. Agnes hakte sich bei Klein unter und gemeinsam betraten sie das Hotel. An der Garderobe herrschte Gedränge. Das Personal nahm Mäntel und Pelze entgegen und händigte Marken mit den Nummern der Kleiderbügel aus. Klein half Agnes aus dem Mantel und legte auch den seinen ab. Die Warteschlange wurde zügig abgearbeitet. Man sah sich nach bekannten Gesichtern um, nickte grüßend, klopfte Bekannten auf die Schulter oder schüttelte Hände. Ein Gemisch aus Parfüm und Tabakduft kitzelte Klein in der Nase. Zu gerne hätte er kehrtgemacht und wäre in der Dunkelheit verschwunden. Doch Agnes packte ihn fester am Ellbogen. Gemeinsam schoben sie sich vorwärts durch die Menschenmenge.

»Ich glaube, wenn dieses Bankett nicht so einem edlen Zweck diente, wären die meisten lieber zu Hause geblieben. Die Stimmung in der Stadt ist nicht sonderlich gut. Tagsüber merkt man auf Schritt und Tritt, wie beunruhigt die Leute sind.«

»Bestimmt hast du recht.«

»Vielleicht ist das ihre Art zu zeigen, dass sie sich nicht einschüchtern lassen?«

Sie begaben sich zur Treppe. Mit einiger Geschicklichkeit galt es hier, sich an den herumstehenden Personen vorbeizuschlängeln: Männer im Frack, Frauen in schwarzen Abendkleidern, funkelnder Schmuck, pomadisierte Schnurrbärte, glänzendes Haar. Verhaltenes Gelächter wurde nach und nach lauter und unbeschwerter. Die anfängliche Steifheit und Beklommenheit unter dem Eindruck der die Stadt erschütternden Morde verlor sich nach und nach, die Menschen entspannten sich im Kreise ihrer Bekannten. War die Stadt wirklich erschüttert worden? Klein hatte den Eindruck, diese Ereignisse seien weit weg. Als befände er sich hier in einer Blase, in der sich jeder sicher fühlen konnte. Doch es entging ihm nicht, dass die Gespräche verstummten, als er mit Agnes die Treppe emporstieg. Eben noch in angeregte Unterhaltung vertieft, hielten die Menschen inne und wandten sich Klein und seiner Begleiterin zu, wenn auch nur kurz. Er spürte die unverhohlenen Blicke und starrte zurück. Doch niemand erschrak oder senkte den Blick. Im Gegenteil: Männer nickten ihm höflich zu, Frauen lächelten ihn an. Und bald zwang auch er sich zu angedeuteten Verbeugungen.

»Dein Smoking beeindruckt sie.«

Ihr Humor brachte ihn sogar zum Schmunzeln.

Im ersten Stock standen an der Tür zum Saal Kellner mit Tabletts voller Weingläser. Agnes nahm sich eines vor dem Hineingehen. Obwohl schon viele Leute da waren, war die Stimmung noch etwas verhalten. Vielleicht lag es an der Größe des Raums und der festlichen Dekoration. Die Nationalflagge, das Glatzer Wappen und ein übergroßes Schild mit der Aufschrift »Sammlung für Kriegsveteranen« wirkten einschüchternd feierlich. Außerdem war das Licht etwas zu grell. Klein wollte am liebsten sofort wieder gehen.

»Da will uns wohl jemand begrüßen … Ist das nicht der Bürgermeister?«

Franz Ludwig fühlte sich unter Menschen wie ein Fisch im Wasser. Mit den meisten schien er zumindest ein paar Worte gewechselt zu haben. Er wirkte ernst, doch sein gutmütiger Gesichtsausdruck milderte die strenge Amtsmiene.

»Meine Lieben, ich danke euch für euer Kommen!«

»Onkel Franz, ich möchte dir jemanden vorstellen. Fräulein Agnes …«

»Agnes Braun.« Sie rettete Klein aus der Verlegenheit – er hatte sie nie nach ihrem Nachnamen gefragt.

»Sie sehen bezaubernd aus.« Ludwig küsste die Hand, die Agnes ihm zögernd entgegengestreckt hatte. Derart Begrüßungen war sie offenbar nicht gewohnt. »Wilhelm, ich weiß nicht, wo du eine so entzückende Begleitung kennengelernt hast. Lass sie nicht davonfliegen.«

Agnes löste ihre Hand aus dem Griff des Bürgermeisters und strich über Kleins Oberarm. Als er sie ansah, lächelte sie unschuldig. Er wusste, dass sie sich amüsierte.

»Ich habe überlegt, die Auktion abzusagen. Damit hätte ich jedoch Gräfin Magnis enttäuscht. Sie hat sich so viel Mühe bei der Vorbereitung gemacht. Ich finde es wichtig, dass wir jetzt keine Schwäche zeigen. Wir dürfen uns nicht in unser Schneckenhaus verkriechen.«

»Richtig«, stimmte Agnes zu. »Denn das ist es doch, was sie erreichen wollen: Angst verbreiten. Sollte ihnen das gelingen, denken sie, sie hätten gewonnen.«

»Gut gesagt.«

Einige Männer traten zu ihnen. Offenbar hatten sie bemerkt, dass der Bürgermeister mit Klein sprach, und wollten sich der Unterhaltung anschließen. Agnes verschwand unauffällig. Entgegen ihrer Worte beabsichtigte sie wohl doch nicht, ununterbrochen an Kleins Seite zu bleiben. Ludwig machte seinen Verwandten mit den Herrschaften bekannt. Klein reichte jedem die Hand und stellte sich vor, wie es sich gehörte.

»Herr Hauptmann, ich weiß, Sie sind gerade erst angekommen, aber haben Sie schon eine Theorie? Etwas, das uns hoffen lässt, die Täter seien bald gefasst?«

Als Klein der Teilnahme am Bankett zugestimmt hatte, war ihm klar, dass solche Fragen gestellt werden würden. Der Glatzer Landrat Franz Peucker war nun unumwunden auf den Punkt gekommen. Klein versuchte es mit höflichen und ausweichenden Antworten, aber die Fragen wurden immer eindringlicher.

»Zwei Tage, zwei Tote. In der Presse habe ich von geometrischen Mustern gelesen, die angeblich auf die Tatorte hinweisen sollen. Machen sich die Täter über uns und die Polizei lustig? Fühlen sie sich derart unangreifbar? Glauben Sie, dieser Schuhmann war wirklich an den Morden beteiligt?«

Niemand sprang Klein zu Seite. Weder der Bürgermeister, der

sich entschuldigte, um die Lotterie zu beaufsichtigen, noch Agnes, die sich gerade an einem der Buffettische mit pyramidenförmig aufgetürmten Häppchen bediente. Langsam verlor er die Geduld. In seinem Kopf drehte sich alles und er spürte immer mehr Augenpaare auf sich gerichtet. Es schien, als warteten alle darauf, dass er eine offizielle Erklärung zu den Morden abgab oder des Rätsels Lösung wie ein Zauberkünstler aus dem Hut ziehen würde. Glücklicherweise ertönten kurz darauf im Saal die Stimmen der Organisatoren. Als der Bürgermeister in Begleitung einiger Kriegsveteranen die Bühne betrat, nutzte Klein die Gelegenheit und drängte sich zwischen den Gästen, die Franz Ludwigs Rede verfolgten, zum Buffet. Agnes war schon nicht mehr da. In der Menge konnte er sie auch nicht ausmachen. Also widmete auch er sich den Häppchen.

»Lassens Ihnen die Forelle in Aspik empfehlen. Ich find zwar, man sollte die mit Hochprozentigerem runterspülen, aber zur Not …«

Klein sah den Mann an, dessen Akzent eine slawische Herkunft verriet.

»Karel Svoboda.« Der Fremde streckte Klein seine gewaltige Hand entgegen. In der anderen hielt er einen Teller mit besagter Forelle, die während des kräftigen Händedrucks zitterte wie im Fieberkrampf. »Herr Klein, ich freue mich, Sie kennenzulernen.«

»Ganz meinerseits.«

»Überrascht es Sie nicht, einen Tschechen hier zu sehen? Vor nicht allzu langer Zeit war die Angst groß, wir würden die Grafschaft mitsamt dieser schönen Stadt gewaltsam einnehmen.«

»Aber das habt ihr nicht.«

»Ehrlicherweise bin ich erleichtert, Herr Klein. Das hätt uns nur Ärger einbracht.«

»Wie kommen Sie darauf?«

»Erfahrung, Herr Hauptmann. Der Krieg ist noch nicht lange aus. Der Versailler Vertrag hat eine neue Ordnung geschaffen, die gefällt nicht allen. Deutschlands Wirtschaftskrise ist auch hier spürbar. Vor wenigen Monaten waren die Lebensmittel in Glatz noch rationiert. Das geht nicht so schnell weg. In Zeiten der

Armut ist es leicht für jene, die nicht an der Macht sind, Politik zu machen. Populistische Parolen werden in unsicheren Zeiten leichter angenommen. Man muss nur auf den richtigen Moment warten, um die Leute zu ködern. Selbst radikale Ansichten, denen kein vernünftiger Mensch zustimmen würde, finden dann Unterstützung.«

»Was wollen Sie damit andeuten?«

»Herr Klein, der Krieg war nur der Vorbote für die wahren Kämpfe in Ihrer Heimat. Glatz zu besetzen, um es in ein paar Jahren wieder zu verlieren? Um denen, die einen gemeinsamen Feind suchen, einen Vorwand für ihre revisionistischen Forderungen zu liefern? Das kommt nicht infrage ... Darüber hinaus bin ich nach wie vor der Auffassung, dass Deutschland keine Angst vor äußeren Bedrohungen haben sollte. Wenn es eine gibt, dann von innen.«

»Warum erzählen Sie mir das?«

»Sie sind ein gescheiter Mann, Herr Klein. Sie wissen, was für Schrecken Krieg verbreitet. Und was hier geschieht, ist gewissermaßen der Beweis für den fortschreitenden Wahnsinn. Ich spreche von den grausamen Morden. Da steckt mehr dahinter als Rache oder Wahnsinn. Sie sehen das doch auch! Die Morde passieren zu einem ganz bestimmten Zeitpunkt. Sie sind das Symptom einer Krankheit, die nicht nur unser kleines Glatz hier am Rande Deutschlands, sondern das ganze Reich zerfrisst. Die Mehrheit glaubt nicht, den Krieg verloren zu haben. Versailles war für sie ein Schlag ins Gesicht. Diese Stimmung, der Vorwurf des Verrats, wird immer stärker ...«

»Blicken Sie, wie die Briten, auf den Wald und nicht auf die einzelnen Bäume? Sehen Sie auf diese Weise mehr, Herr Svoboda?«

»Da ist was dran, finden Sie nicht?« Der Tscheche lachte und nahm sich eine weitere Portion. »Die Forelle ist wirklich hervorragend, die müssen Sie probieren.«

Im gleichen Moment zog die Auktion die Aufmerksamkeit der Anwesenden auf sich. Klein bediente sich mit einem Pastetenbrötchen und einem Gürkchen und trat an eines der Fenster mit Aussicht auf den Wilhelmsplatz.

Der Kreisverkehr war wie leergefegt und auch sonst waren nicht viele Fußgänger unterwegs. Wer Gesellschaft suchte, saß in den Braustuben oder Gasthäusern, während die anderen die Ruhe ihrer vier Wände genossen. Klein schaute auf die Dächer der gegenüberliegenden Häuser. Es hatte aufgeklart und der Mond beschien die Giebel. Er konnte zwar keine Bewegung ausmachen, wusste aber, dass Koschella und Roth irgendwo da oben auf ihren Beobachtungsposten waren.

Ein Räuspern riss ihn aus seinen Gedanken. Er drehte sich um und erkannte Kommissar Richter in Begleitung eines Mannes mit finsterer Miene. Beide hatte er heute Mittag am Baderberg gesehen.

»Major Kurt Schneider«, stellte sich der ältere Mann vor und musterte Klein mit durchdringendem Blick. Sein hageres Gesicht war voller Falten. »Sie haben weder Kommandantur noch Gendarmerie aufgesucht. Da dachte ich, ich komme zu Ihnen.«

»Wilhelm Klein, Herr Major.«

»Gedenken Sie, uns weiterhin aus dem Weg gehen? Sie scheinen unsere Erfahrung und unser Wissen zu unterschätzen. Vielleicht können wir uns als nützlich erweisen.«

»Zweifellos.«

Klein ließ offen, was er damit meinte. Dass er seine militärischen Kameraden mied, die Erfahrung der Gendarmerie unterschätzte oder der Bemerkung über ihre Nützlichkeit zustimmte.

Richter lächelte. Er berührte den Major kurz am Arm, um ihm zu signalisieren, dass er sich nicht hinreißen lassen solle.

»Ich bin sicher, Hauptmann Klein wird den Major aufsuchen, wenn er es für nötig hält«, warf der Kommissar ein, »aber er ermittelt unabhängig. Natürlich den Anweisungen seiner Vorgesetzten in Berlin folgend.«

»Geheime Befehle aus Berlin? Papperlapapp!« Der alte Major schnaubte. »Wir sind hier nicht in Berlin. Uns allen liegt daran, diese … Perversen zu fassen. Die Erschießung von Major Peschke am helllichten Tag. Eine Hinrichtung! Das war für uns Soldaten ein Schlag ins Gesicht.«

»Die beiden anderen Morde etwa nicht?«, versuchte Richter

zu scherzen. Doch als er sah, wie sein Begleiter sich gefährlich aufplusterte, fügte er hinzu: »Eventuell haben wir einen der Täter bereits gefasst.«

»Wer's glaubt ...« Der Major lachte verächtlich. Dass seine Zweifel bei Kommissar Richter nicht besonders gut ankamen, schien er nicht zu bemerken. »Mal sehen, was als Nächstes passiert. Bislang gab es jeden Tag einen Mord. Sollte Hauptmann Klein morgen wieder eine Leiche aus irgendeinem Kanal fischen, dann gehe ich davon aus, dass sich jemand über uns lustig machen will.«

»Da sind Sie ja, Herr Hauptmann!«

Mit einem Mal stand Doktor Kuhnast vor ihnen und begrüßte Klein wie einen alten, lange nicht gesehenen Freund. Richter und Schneider staunten nicht schlecht. Seit Jahren kannten sie den Pathologen, und noch nie hatte er jemandem so viel Herzlichkeit entgegengebracht.

»Sie hatten recht, mein lieber Klein. Sie hatten vollkommen recht mit den Absichten der Mörder. Die Art und Weise unserer gemeinsamen Analyse, die uns zu diesen, man könnte sagen, völlig abstrusen Schlüssen führte, lässt mir immer noch einen Schauer über den Rücken laufen.«

Richter war offensichtlich nicht gerade erfreut über Kuhnasts Erscheinen. Er nahm dem vorbeigehenden Kellner ein Glas vom Tablett und zerdrückte es fast in der Hand, so fest hielt er es umklammert.

»Wir hatten heute Morgen noch keine Gelegenheit. Ich bin mit der Autopsie fertig.« Kuhnast senkte die Stimme, obwohl bei dem Lärm im Raum ohnehin niemand etwas vom Gespräch verstanden hätte. »Der Bankier wurde etwa zur gleichen Zeit getötet wie Stadtrat Dinter. Er hatte etwas Wasser in der Lunge, ist aber nicht ertrunken.«

»Vielleicht wurde Beier woanders umgebracht«, warf Richter ein. »Dinter ist auch nicht dort ermordet worden, wo man seine Leiche gefunden hat, sondern wurde bereits tot auf die Brücktorbrücke gebracht.«

»Nein, nein ..., das Opfer war geknebelt. Im Mund hatte es

einen mit Riemen befestigten Ball. Die Täter wollten den Bankier im Mühlenkanal ertränken. Sie hantierten an den Wehrreglern, damit der Wasserstand stieg. Da war Beier bereits ans Gitter gekettet.«

»Aber Sie haben doch gerade gesagt, in seinen Lungen sei fast kein Wasser gewesen«, fiel ihm Major Schneider ins Wort. »Also ist der Bankier nicht ertrunken?«

»Er konnte nicht ertrinken, weil er vorher an einem Herzinfarkt gestorben ist. Vermutlich aufgrund der Aufregung. Und außerdem …« Kuhnast hielt inne. Die ganze Zeit schaute er Klein an. Ihn wollte er beeindrucken. »Ich gehe davon aus, dass zur gleichen Zeit, als der Bankier ermordet wurde, die Leiche des Rats in einer Nacht- und Nebelaktion zur Brücke gebracht wurde. Wie sie sich erinnern, war der Nebel damals ungewöhnlich dicht.«

»Die Mörder waren definitiv gut vorbereitet – und es ist auch ein Hinweis darauf, dass sie mindestens zu zweit gewesen sein müssen.« Richter trank aus und stellte das Glas auf dem Tisch ab. »Sowohl im Fall von Major Peschkes Ermordung als auch bei Dinter und Beier waren lange und sorgfältige Vorbereitungen nötig.«

»Traust du deinem Hehler eine so komplizierte Operation zu?«, fragte Major Schneider mit ironischem Unterton.

»Er könnte einer der Täter sein«, antwortete Richter vorsichtig. »Wie auch immer. Bald könnte es weitere Tote geben. Es stimmt, derart komplizierte Operationen erfordern Vorbereitung und viel Zeit für die Planung.«

»Was halten Sie denn davon, lieber Herr Klein?« Kuhnast starrte Klein an, als erwarte er einen Orakelspruch.

»Wie Kommissar Richter schon sagte.« Klein stellte seinen Teller mit dem halb gegessenen Brötchen ab: »Die Morde waren aufwendig und bedurften einer detaillierten Planung. Jeder einzelne war schon lange durchdacht und vorbereitet – das dürfte auch die zukünftigen betreffen. Jetzt sind wir nur noch Zeugen ihrer Umsetzung.«

»Aber das würde bedeuten …« Kuhnast schenkte erst jetzt Kommissar Richter und dem Major seine Aufmerksamkeit und sah sie hilfesuchend an. Hatte er Kleins Worte richtig verstanden? »Wollen Sie damit sagen, mein lieber Klein, dass jederzeit weitere Morde geschehen könnten?«

Klein konnte darauf nicht mehr antworten. Vom Podium ertönte eine Ankündigung, der lauter Beifall folgte. Kommissar Richter und Major Schneider wurden auf die Bühne gebeten. Die beiden entschuldigten sich mit einem säuerlichen Lächeln und bahnten sich ihren Weg durch die Menge.

»Das wird noch lange nicht zu Ende sein, nicht wahr, lieber Wilhelm?«, fragte Kuhnast.

»Sie werden noch viel zu tun haben, Herr Doktor. Und das schon bald.«

»Ich stehe Ihnen jederzeit zur Verfügung.« Kuhnast seufzte und nickte jemandem zu, der nach ihm gerufen hatte. »Meine Frau, ich muss mich um sie kümmern. Sie ist in der Lage, mein gesamtes Gehalt für Lose auszugeben!«

Die beiden verabschiedeten sich. Klein bemerkte die offene Balkontür neben sich und tauchte zwischen schweren Vorhängen hindurch. Ihm war unwohl gewesen und er dachte, er hätte erneut Fieber. Die Kälte auf dem Balkon tat ihm gut.

Von hier oben hatte er den gesamten Wilhelmsplatz im Blick. Die Stadt unter ihm wirkte wie ausgestorben. Die letzten Lichter im Postgebäude waren erloschen und das Tor für die Postkutschen geschlossen. Einige Kutscher hatten ihre Gespanne am Straßenrand abgestellt und warteten, um ihre Kundschaft später nach Hause zu bringen. Klein starrte auf ein Mietshaus. Durch die vielen Fenster schien goldenes Licht, aber die Fassade selbst lag im Dunkeln. Die Mauer schien sich zum Platz hin zu neigen, als würde ein unsichtbares Gewicht sie dorthin ziehen. Ein ähnliches Ziehen spürte Klein tief in seinem Inneren. Der Hauptmann hatte das Gefühl, etwas übersehen zu haben. Irgendetwas war ihm entgangen. Die Antwort schien zum Greifen nahe, dann war alles wieder weg. Worte geisterten ihm durch den Kopf, die unterschiedlichsten Aussagen, die er in den letzten Tagen gehört hatte. Das Gedankenkarussell wurde unerträglich. Klein stützte sich mit den Handflächen auf der Brüstung ab. Der Trubel der Veranstaltung wurde leiser, dann wieder schwoll der Lärm in seinen Ohren unerträglich laut an. Dem Hauptmann fiel die Konzentration immer schwerer. Die warme Luft aus der Halle vermittelte ihm das Gefühl zu schweben.

Um in Schwung zu kommen, stieß er sich mit der Hüfte am Geländer ab und stürzte sich in die Menge. Ihm war, als sähe er sich selbst dabei zu. Alles schien mit Verzögerung abzulaufen. Was er hörte und was er sah war nicht synchron, und diese Diskrepanz belustigte ihn. Überrascht bemerkte er, dass er seine Fliege in der Hand hielt, die er unbewusst gelöst haben musste.

Die Umrisse der Umstehenden verschwammen, Gesichter wurden unscharf. Vor Klein blieb eine junge Frau stehen und hielt ihm lächelnd ein Weidenkörbchen unter die Nase. Klein versuchte seinen Blick auf die Lose zu richten. Er zog ein Bündel Scheine aus der Hosentasche und legte es zusammen mit seiner Fliege in das Körbchen. Dann eilte er an der Frau vorbei auf der Suche nach dem Saalausgang.

»Was für ein atemberaubender Wettstreit, meine Damen und Herren! Zwei Bieter sind noch übrig. Fräulein Agnes Braun und der ehrenwerte Herr Otto Langer! Ich darf Sie daran erinnern, dass die beiden um einen Preis kämpfen, den Hauptmann Eduard Metz gestiftet hat, ein großer Bewunderer unserer Stadt. Ihm ist es zu verdanken, dass die Festung Glatz jetzt eine touristische Attraktion ist und immer mehr Besucher aus den entlegensten Teilen des Landes anzieht. Seine Artikel in der lokalen Presse bringen uns die Geschichte dieser Verteidigungsanlage näher. Ich erinnere auch daran, dass der gesamte Auktionserlös dem Deutschen Kriegerbund zugutekommt! Wir kümmern uns um die Waisen der Gefallenen, aber auch um verwundete und versehrte Kriegsheimkehrer.«

Klein hielt inne und sah zur Bühne.

»Zurück zur Versteigerung«, fuhr der Mann fort. »Herr Langer hat fünfzig Mark für ein unvergessliches Abendessen im neuen Restaurant der Festung geboten! Bieten Sie mehr, verehrtes Fräulein? Oder jemand von den Anwesenden?«

»Ich erhöhe auf sechzig Mark!«

Tosender Applaus erfüllte den Saal. Klein hatte Agnes' Stimme erkannt und bahnte sich einen Weg durch die aufgeheizte Bankettgesellschaft.

»Wie lautet die Antwort des gnädigen Herrn?«

»Siebzig Mark!«

»Meine Damen und Herren, das ganze Hotel ist aus dem Häuschen.« Der Moderator heizte die Stimmung an. »Kann diese Summe noch überboten werden?«

»Einhundert Mark!« Agnes winkte und sah ihren Rivalen herausfordernd an.

Klein beobachtete den Mann, den Agnes soeben überboten hatte. Otto Langer war groß, schlank und sah sportlich aus. In seinem Auftreten lag eine gewisse Nonchalance und Selbstsicherheit. Langer lächelte Agnes zu, verbeugte sich und winkte ab als Zeichen, dass er sich geschlagen gab. Dann verbeugte er sich noch einmal und applaudierte.

»Wir haben also eine Entscheidung! Den Zuschlag bekommt diese reizende Dame für ihr hervorragendes und großzügiges Gebot! Glücklich der, der den Abend mit ihr in unserer Festung verbringen darf! Und nun laden wir Sie zu einer Darbietung des Männergesangvereins ein, der seit Jahren dem Hotel Kaiserhof verbunden ist.«

Klein begegnete Agnes Blick, als sie die Gratulationen der Umstehenden entgegennahm. Wenig später stand sie strahlend neben ihm.

»Ich gestehe, ich habe mich ein wenig hinreißen lassen.« Sie konnte nicht verbergen, dass sie ein wenig aufgekratzt war.

»Du verlierst einfach nicht gerne.«

»Da ist was dran.« Sie hakte sich bei ihm ein. »Ich muss sagen, dieser Langer ist ein wirklich netter Mann ... Weißt du, er hat mich immer wieder überboten, um mich danach zu diesem Essen einzuladen!«

»Du hättest es ihm erlauben sollen.«

»Das wollte ich auch. Ich habe das Gebot aus karitativen Gründen hochgetrieben. Ich hätte nie erwartet, dass er einen Rückzieher macht.« Sie lachte. »Ich fürchte, du musst mir mit diesen hundert Mark ein wenig aushelfen. Graf Herberstein war zwar vorausschauend, aber er hatte wohl keine Ahnung, wie hoch die unerwarteten Ausgaben werden können.«

»Du bist eben unberechenbar.« Beim Anblick ihrer roten Wangen und strahlenden Augen musste Klein lächeln. »Wir sollten dem Grafen diese mangelnde Umsicht vergeben.«

Sie schlenderten zu den Tischen, an denen Freiwillige den Erlös der Auktion einsammelten. Es hatte sich eine lange Schlange gebildet, aber niemand hatte es eilig. Während der Wartezeit brauste immer wieder Beifall für die Gesangseinlagen des Chors auf. Man unterhielt sich in lockerer, angenehmer Atmosphäre. Der Ansturm aufs Büfett wurde immer größer, ein untrügliches Zeichen dafür, dass sich das Bankett dem Ende zuneigte.

»Ach, Sie sind es! Was für ein reizendes Paar!« Eine Dame an einem der Tische applaudierte beim Anblick der beiden. Der Spitzenbesatz ihres Kleides kräuselte sich und die Pailletten glitzerten. »Ich habe Sie bei der Auktion beobachtet und freue mich, dass Sie gewonnen haben. Obwohl ich gestehen muss, dass ich gehofft hatte, mein Mann würde um den Hauptpreis mitbieten. Es wäre ein besonderes Geschenk zu unserem dreißigsten Hochzeitstag gewesen.«

»Sicher war er beschäftigt.« Agnes verteidigte den ihr Unbekannten. Die Frau schien eine impulsive Person zu sein.

»Leider nein. Stellen Sie sich vor, er ist nicht mal zum Bankett erschienen!« Sie blickte sich um, als hoffte sie, ihr Mann würde just in dem Moment erscheinen, sodass sie ihn noch zurechtweisen könnte. »Es muss etwas Wichtiges dazwischengekommen sein. Hoffentlich taucht er noch auf. Vom Gericht in der Gartenstraße ist es schließlich nicht so weit. Ein bisschen mehr Mühe sollte er sich ja schon geben, sonst schläft der Herr die nächsten Tage auf dem Diwan.« Sie lachte schelmisch.

»Vielleicht wird es nicht so schlimm«, wandte Agnes zaghaft ein.

»Oh doch! Aber wo sind meine Manieren! Erlauben Sie mir, mich vorzustellen? Laura Wiese.«

Die Frau schüttelte Agnes und Klein die Hand. Klein fand, dass Frau Wiese einen überaus kräftigen Händedruck hatte.

»Hier der Zuschlagsbetrag«, sagte er und überreichte die Scheine mit tauben Fingern. Eine freundlich lächelnde Frau legte das Geld in eine Metallkassette und reichte Kleins Begleiterin die Gewinnbescheinigung.

»Ich möchte gerne, dass Sie diese Einladung nehmen«, sagte Agnes. »Ich bin sicher, Ihr Mann wurde durch wichtige Angelegenheiten aufgehalten. Wäre er hier gewesen, hätte er bestimmt alles getan, um den Zuschlag für Sie zu bekommen.«

»Das kann ich nicht tun, Liebes. Das gehört sich nicht.« Frau Wiese hob die Hände und zierte sich, den Restaurantgutschein anzunehmen. »Ihr seid doch so ein hübsches, verliebtes Paar. Ihr solltet zusammen gehen.«

»Bitte! Machen Sie uns die Freude«, bat Agnes mit strahlendem Lächeln. »Überraschen Sie Ihren Mann!«

Dieses Argument wirkte auf die sichtlich bewegte Frau.

»Sie ist ein wahrer Engel, passen Sie gut auf sie auf, mein Herr!«, sagte sie zu Klein. Der schwieg aus Angst vor einem weiteren Händedruck. »Wir machen es so: Ich lege selbst noch mal hundert Mark dazu. Auf diese Weise bewirken wir noch mehr Gutes. Danke, meine Liebe.«

Kleins Befürchtung erwies sich als unbegründet, aber er ahnte, dass es noch schlimmer kommen könnte. Und tatsächlich hätte die Frau sie umarmen wollen, was zum Glück die Tischplatte zwischen ihnen verhinderte. Es endete mit einem weiteren Händedruck.

»Auch Ihnen, Herr Hauptmann, möchte ich für Ihr großzügiges Geschenk danken. Die Fliege, die Sie zur Versteigerung beigesteuert haben, hat den stolzen Erlös von zweihundertfünfzig Mark erzielt und ist somit das wertvollste Stück, das wir je versteigern konnten.«

Klein war außerstande zu antworten. Er erinnerte sich nicht mehr daran, wann er sich der Fliege entledigt hatte. Noch dazu hatte die Frau seine Hand mit eisernem Griff gepackt und schüttelte sie, als wolle sie sie abreißen.

»Herzlichen Glückwunsch zum dreißigsten Hochzeitstag!«

Agnes sah, welche Qualen ihr Begleiter durchmachte. Sie beugte sich über den Tisch und die beiden Damen hauchten sich Küsschen auf die Wange. Frau Wiese flüsterte ihr etwas ins Ohr, was Agnes mit einem Lachen quittierte, bevor sie mit Klein weiterging.

Der Auftritt des Gesangsvereins war vorbei. Der Saal leerte sich. Von der Treppe bis zur Garderobe waren angeregte Gespräche zu hören. Klein und Agnes machten sich ebenfalls auf den Weg, um ihre Mäntel zu holen.

»Willst du nicht wissen, was mir Frau Wiese zugeflüstert hat?«

»Ich mische mich nicht in fremde Angelegenheiten …«

»Was bist du nur für ein komischer Kauz.« Sie schüttelte den Kopf. »Ich sag es dir trotzdem. Sie hat mir verraten, wer deine Fliege ersteigert hat.«

»Garantiert irgendein Armleuchter, der nicht recht bei Trost ist.«

»Eine Frau, dazu aus edlem Haus. Gabriele von Magnis. Muss ich eifersüchtig sein? Sie ist ein paar Jahre jünger als ich! Wenn das so weitergeht, erleben wir nicht einmal unseren ersten Hochzeitstag, geschweige denn unseren dreißigsten!«

»Ich wüsste nicht, wann wir geheiratet hätten.«

»Ach ja. Dann bin ich vermutlich wegen der netten Frau Wiese dieser Illusion erlegen. Du hast mich wieder auf den Boden der Tatsachen geholt. Ich wusste, dass es so kommen würde. Schöne, wohlhabende und blaublütige Frauen. Wie soll ich da nur mithalten?«

Klein musste schmunzeln. Agnes legte eine Gelassenheit an den Tag, die ihm immer gefehlt hatte. Ihre Energie und ihre Heiterkeit färbten rasch auf andere ab.

»Du hast recht«, sagte er mit gespieltem Ernst. »Du hast keine Chance.«

Sie stieß ihm mit einem Fauchen den Ellenbogen in die Rippen und trat ihm gegen den Knöchel.

»Genau das habe ich gemeint«, scherzte er. »Kein Benimm und kein Fünkchen Anstand.«

Ihr grimmiger Blick ließ ihn verstummen. Gerade hatte er geglaubt, ihr Spiel durchschaut zu haben, aber da hatte er seine Fähigkeiten, die Absichten einer Frau zu verstehen, wohl überschätzt.

»Neben einem Neandertaler wie dir ist es nicht leicht, seine Manieren zu bewahren. Du wirst zu dem, womit du dich umgibst.«

»Und schon geht's los«, kommentierte er.

Sie verschränkte die Arme vor der Brust. »Ganz genau!« Einen Augenblick später entriss sie ihm den Mantel und fügte vorwurfsvoll hinzu: »Kein einziges Kompliment habe ich heute von dir bekommen. Dass mein Kleid bezaubernd ist, dass ich darin wie eine wunderschöne Blume aussehe, dass das Mondlicht dies, die romantischen Kerzen das … Zu spät!«, fügte sie schnell hinzu, als sie sah, dass er antworten wollte.

»Ich wollte nur sagen, dass du meinen Mantel hast.« Er hielt ihr den anderen hin.

»Ach ja, richtig.« Sie sah verdutzt drein.

»Können wir gehen?« Er bot ihr seinen Arm an.

»Wir können«, antwortete sie, wich ihm aber demonstrativ aus und bewegte sich in der kleiner werdenden Menschenmenge auf den Ausgang zu.

Klein folgte ihr und bemerkte, dass er durch sie für einen Moment all seine Ängste und Beklemmungen vergessen hatte. Vor dem Hotel kehrten diese dafür mit doppelter Wucht zurück. Rund um den Wilhelmsplatz fuhren Droschken und ließen Fahrgäste einsteigen. In der Mitte des Kreisverkehrs regelte ein Polizist den Verkehr. Kleins Blick war auf das Haus gerichtet, wo Franz Koschella und Jürgen Roth auf der Lauer liegen sollten. Er konnte sie nicht sehen und entgegen seinen Befürchtungen war auch nichts passiert.

»Siehst du was?« Agnes nahm nun doch seinen Arm. »Hältst du Ausschau nach dem nächsten Opfer?«

Er sah sie an. Sie war ernst und schien genau zu wissen, was in seinem Kopf vorging. Vielmehr konnte er sich des Eindrucks nicht erwehren, dass dies tatsächlich der Fall war.

»Ich denke, ich habe mich geirrt … Vermutlich habe ich meinen Gegner unterschätzt.«

»Ich dachte, es wären mehrere …«

Agnes wurde vom Geschrei eines Kutschers unterbrochen. Klein hatte wieder das Gefühl, die Zeit würde sich verlangsamen.

Erneut verschwammen die Bilder, die Geräusche rundherum wurden zu einem surrealen Echo.

Vor dem Hotel knallte es, Pferde wieherten und Hufe schlugen hart auf das Kopfsteinpflaster. Klein trat vom Bürgersteig auf die Straße und spähte hinter einer Droschke hervor. Der Lärm aus Richtung der Post wurde immer lauter. Schreie gellten über den Platz, Panik brach aus. Klein sah zwei aufgeschreckte Pferde, die auf den Wilhelmsplatz zugaloppierten. Wehende Mähnen, lebhaftes Muskelspiel unter der Haut, in ihren Augen der Wahnsinn. Der Anblick verschmolz mit einem Bild aus der Vergangenheit. Brennende Mähnen, ein letzter Galopp mit aufgerissenem Bauch in den Tod; die von Hufen zerschmetterten Köpfe der Unglücklichen, die einen langen, qualvollen Tod im Schlamm gestorben waren; pfeifende Kugeln, Schrapnellexplosionen, Schlammklumpen und Granatsplitter ... alles erhellt vom Schein der Leuchtgranaten über diesem Inferno.

»Haltet sie auf!«

Leute schrien entsetzt auf, als Klein sich den Pferden in den Weg stellte und seine Hände hob. Einige Frauen fielen in Ohnmacht, Männer wandten den Blick ab, überzeugt, das letzte Stündlein dieses Wahnsinnigen habe geschlagen.

Die Pferde wieherten markerschütternd. Immer noch durch die abgerissene Deichsel verbunden, versuchten die Tiere, das Hindernis zu umgehen. Der Mann vor ihnen wich jedoch keinen Zentimeter. Die Pferde bäumten sich auf und stießen seitlich zusammen, eines konnte nur vom anderen gestützt die Balance halten. Hufe krachten aufs Pflaster. Mit angehaltenem Atem beobachteten die Leute, wie Klein die Pferde zum Stehen brachte und schließlich beruhigte.

»Wilhelm!«

Klein wandte sich auf Agnes' Schrei hin zu ihr um. Erschrocken wich sie beim Anblick seines fremden, diabolischen Gesichtsausdrucks zurück. Offenbar tanzten in seinen Augen immer noch die Feuerzungen der brennenden Pferdemähnen.

Einer nach dem anderen näherte sich nun den Tieren. Weitere Rufe erklangen. Klein rief einen Polizisten zu sich und forderte die Leute auf, zurückzutreten. Kurz darauf waren Koschella und Roth, die ihre Position auf dem Hausdach verlassen hatten, ebenfalls zur Stelle.

»Mein Gott! Helfen Sie dem Mann!«, schrie jemand.

Klein ging um die Pferde herum. Er hatte bereits bemerkt, dass sie ein lebloses schwarzes Bündel hinter sich hergeschleift und eine blutige Spur gezogen hatten.

»Das nächste Opfer«, rief jemand. »Sie haben den Nächsten umgebracht!«

Neben Klein stand nun auch Kommissar Richter mit mehreren Beamten, die die Leute zurückdrängten. Doktor Kuhnast trat hervor und ging neben dem reglosen Körper in die Hocke. Klein wusste, was der Doktor feststellen würde. Der Kopf des Mannes war über das Pflaster gepoltert, bis der Schädel geborsten und vom Hinterkopf nur noch eine blutige Masse übriggeblieben war. Auf wundersame Weise war das Gesicht des Mannes unversehrt geblieben.

»Richter Konrad Wiese! Es ist Richter Wiese!«

Klein spürte, wie sich Agnes' Finger in seinen Oberarm gruben. Frau Wiese verlor das Bewusstsein. Umstehende fingen sie auf.

»Herr Hauptmann!« Koschella stand kreidebleich vor Klein. »Was sollen wir tun?«

»Schnapp dir Roth und kommt mit!«

Klein sah zu, wie einer der Soldaten die Riemen durchschnitt, mit denen die Beine von Richter Wiese an der Deichsel befestigt waren. Einige Fuhrmänner brachten Decken, mit denen die Leiche abgedeckt wurde. Der Kreis um Klein tat sich auf. Niemand sprach ein Wort. Die Blase, in der man sich eben noch so sicher gefühlt hatte, war geplatzt. Klein starrte ins Leere, als könne er etwas sehen, was die anderen nicht sahen. Koschella und Roth gingen an seiner Seite. Kommissar Richter blickte ihnen verächtlich nach.

*

»Jürgen, lauf zum Fotografen Marx und sag ihm, dass wir ihn brauchen. Er weiß dann schon, was zu tun ist.«

Jürgen Roth nickte und sprintete die Wilhelmstraße hinunter, auf der sich ein riesiger Stau gebildet hatte. Auf beiden Seiten standen die Droschken in langen Reihen und blockierten die Ausfahrt. Währenddessen hatten Klein und Koschella das Postamt erreicht. Durch das offene Tor betraten sie den gepflasterten Innenhof. Die Blutspur hatte sie vom Wilhelmsplatz bis hierher geführt und in der Mitte des Hofes war ein größerer Blutfleck zu erkennen.

»Ich mach mal dem Hausmeister Beine. Entweder ist der besoffen oder tot«, sagte Koschella und ging auf einen Anbau zu.

Klein betrachtete den überdachten Bereich, in dem Pakete und Briefe sortiert wurden. Aus den Ställen kam angstvolles Wiehern. Die Fenster des Postamts blieben dunkel, das Gebäude wirkte wie ausgestorben. Nur die Blutspur und das offene Tor verrieten, dass hier etwas passiert war.

Koschellas Faust hämmerte gegen die Tür.

»Aufmachen!!!«

Die Tür ging auf und von drinnen waren Gesprächsfetzen zu hören. Gleich darauf packte der Wachtmeister den Hausmeister am Kragen. Der Mann war betrunken und konnte kaum stehen.

»Ist was pass…? Was soll der Überfall? Ich hol' die Polizei!«

Sein Gezeter wurde durch Schluckauf unterbrochen. Gerade noch rechtzeitig, denn Koschella hatte die geballte Faust schon erhoben.

»Du versoffenes Schwein!«, knurrte er. »So schaut dein Wachdienst aus? Vor deiner Nase hat man den Richter umgebracht, zwei Pferde aus dem Stall geholt, die Leiche dran gebunden und in die Stadt gejagt! Das geht auf deine Kappe, du Scheißkerl! Bestimmt steckst du mit den Tätern unter einer Decke.«

»Mein Herr!« Der Hausmeister riss die Augen auf und war schlagartig nüchtern. Zuerst sah er Klein an, dann Koschella, dann fiel sein Blick auf die Blutlache.

»Was? Wie …?«

»Das wirst du uns im Gefängnis verraten. Den Unterschied zwischen der Zelle und deiner Hundehütte hier merkst du gar nicht!«

»Ich ... ich weiß nichts. Ich habe nichts gehört ...« Koschella schlug dem Hausmeister mit der Hand auf den Hinterkopf. Der Mann sank auf die Knie und begann zu schluchzen.

»Spuck's aus, du Dreckskerl«, knurrte Koschella und schlug ihn erneut.

Der Mann versuchte, seinen Kopf vor den Schlägen zu schützen, war gegen den wütenden Wachtmeister jedoch wehrlos.

»Es reicht, Franz.« Klein ging auf den Wimmernden zu, beugte sich hinunter, packte ihn am Kinn und blickte in kleine, triefende Augen.

»Hast du was gehört?«

»Bei Gott, ich hab nichts gehört.«

»Beruhig dich und denk mal nach.« Klein sprach wie zu einem Kind. »Irgendetwas musst du doch gehört haben. Vielleicht wolltest du nicht nachschauen.«

»Die Pferde ...«

»Was war mit den Pferden?« Koschella knurrte ungeduldig.

»Die Pferde waren unruhig. Unruhiger als sonst ... Ich war gestern Nacht noch mal draußen. Gestern, da hab ich mir eingebildet, da ist jemand. Überall hab ich nachgeschaut. Nichts! Heute dasselbe, aber diesmal ...«

»Diesmal hast du deinen Arsch nicht hochbekommen?« Koschella packte den Mann am Ohr und zog daran, bis er jaulte. »Was machen wir mit ihm?«

»Wir überlassen ihn Kommissar Richter. Wiese hat heute länger gearbeitet. Sie müssen ihn entweder im Gerichtsgebäude oder auf dem Weg zum Bankett erwischt haben ...« Klein stockte.

»Was ist los?«, fragte Koschella beunruhigt, als er den Gesichtsausdruck des Hauptmanns bemerkte. Auch Jürgen Roth, der gerade vom Fotografen zurückgekehrt war, schaute alarmiert.

Klein starrte Koschella an.

»Die Droschken!«, stieß er hervor. »Jürgen, Franz! Haltet alle Droschken an! Blockiert die Ausfallstraßen!«

Auf der Stelle wandten sich die beiden Polizisten um und liefen zum Tor. Roth eilte die Wilhelmstraße hinunter und stoppte die erste Droschke, die gerade den Kreisverkehr verlassen wollte. Er befahl dem Kutscher mit seinem Gespann die Straße zu blockieren. Koschella war nach links Richtung Hotel Kaiserhof gerannt. Auch Klein verließ rasch den Hof, wandte sich nach links und hielt sich dicht an der Fassade des Postgebäudes, bevor er in die Gartenstraße einbog. Einige Droschken hatten den Platz in diese Richtung schon verlassen. Der Hauptmann beschleunigte seine Schritte und sprang auf das erste Gespann auf.

»Sofort die Droschke anhalten und quer zur Fahrtrichtung stellen! Niemand darf hier weg!«

Er warf einen Blick in die Kabine. Eine Frau schrie erschrocken auf, doch ihr Begleiter behielt einen kühlen Kopf. Er hatte Kleins Absicht offenbar sofort begriffen.

Der Hauptmann sprang vom Wagen ab und lief zurück zum Kreisverkehr. Zufrieden stellte er fest, dass Koschella schnell und effizient arbeitete. Er hatte bereits mehrere Polizisten und Soldaten, die mittlerweile erschienen waren, an die Ausfahrten des Wilhelmsplatzes delegiert, um die Absperrungen durchzusetzen. Kommissar Richter kam mit geballten Fäusten und blitzenden Augen auf ihn zu. In der Mitte des Platzes trafen sie aufeinander.

»Was in aller Welt tun Sie da, Klein? Diese Leute haben heute schon genug durchgemacht. Und Sie verlangen jetzt, dass sie hierbleiben? Wir haben die nächste Leiche, aber statt die Situation zu beruhigen, lösen Sie eine Panik aus! Ich werde eine Beschwerde nach Berlin schreiben!«

»Niemand bricht in Panik aus, Herr Kommissar. Die Leute wissen, dass wir nach den Mördern suchen, und tun alles, um uns zu helfen! In den Droschken könnten die Gesuchten sein.«

Richter schnaubte. »Warum sagen Sie das nicht gleich? Wen suchen wir?«

»Einen Kutscher ohne Lizenz. Und bei jeder Kontrolle brauchen wir jemanden, der die Fahrgäste identifizieren kann. Sollte sich ein Unbekannter darunter befinden, muss er sofort festgenommen werden.«

»Verdammt«, fluchte Richter. Er drehte sich um und rief: »Seipelt, Schulz! Hierher! Sofort!«

Während der Kommissar sich in Richtung Hotel davonmachte, trat Koschella an Klein heran.

»Die Lage ist unter Kontrolle. Zwei Droschken sind schon weg, aber ich weiß, wer drinsaß. Ich habe auch allen, die zu Fuß nach Hause wollten, verboten, den Platz zu verlassen. Den Hoteleingang habe ich verriegeln lassen.«

»Gute Arbeit, Franz. Halt deine Waffe bereit.«

»Und Sie, Herr Hauptmann? Haben Sie denn eine Waffe?«

»Sehe ich im Smoking etwa aus wie ein britischer Spion?«

Koschella zuckte die Achseln.

»Was machen wir jetzt, Chef?«

»Zuerst die Droschken in der Nähe der Post!«

Schweigend folgte Koschella dem Hauptmann. Direkt vor dem Hotel bewahrten die Leute Ruhe, trotz des Durcheinanders auf dem Platz. Auf der Grünen Straße stand Richter, flankiert von Polizeibeamten und einem der Organisatoren des Festbanketts. In Richtung der Ausfallstraßen stauten sich immer mehr Fahrzeuge. Klein schritt die Gespanne ab und musterte Kutscher und Passagiere. Einige Gefährte waren leer und warteten noch auf Fahrgäste. Er begann sich zu fragen, ob ihn seine Intuition nicht doch im Stich gelassen hatte.

Jürgen Roth erkannte sich derweil selbst nicht wieder. Während er Klein und Koschella auf sich zukommen sah, kämpfte er gegen seine Gedanken an. Zwar hatten die Ereignisse auch ihn erschüttert, doch vielmehr hatte er immer noch Agnes am Arm von Klein vor Augen. Und dieses Bild machte ihn wahnsinnig.

»Halt deine Waffe bereit!«

Roth nickte, auch wenn die Worte des Hauptmanns kaum zu ihm durchdrangen.

»Mit Gästen besetzte Droschken einzeln vorfahren! Genau hier wird angehalten!« Koschella deutete auf einen Abschnitt des Bürgersteigs. »Her mit dem ersten Gespann!«

Der Kutscher trieb die alte Mähre an. Hufe klapperten, als die Droschke langsam auf Koschella zurollte.

»Papiere!«

Unter seinem Bock kramte der Kutscher seine Lizenz hervor

und reichte sie dem Wachtmeister. Klein warf währenddessen einen Blick auf die Fahrgäste. Zwei Frauen und ein Mann. Er hatte sie in der Schlange vor der Garderobe gesehen.

»Der Nächste!« Er nickte den kreidebleichen Damen zu. Der Mann neben ihnen hob unsicher die Hand zum Gruß. Kurz darauf trabte die Stute die Wilhelmstraße hinunter.

»Das wird dauern, Herr Hauptmann.« Koschella blickte auf die lange Schlange am Kreisverkehr. »Heilige Scheiße!«

Die nächste Droschke rollte langsam auf den Wachtmeister zu. Wieder musterte Klein die Fahrgäste und auch sie erkannte er. Sie hatten bei Frau Wiese, der Frau des Toten, Lose gekauft. Er ließ Roth und Koschella allein und ging in Richtung Hotel, hatte jedoch die ganze Zeit über die anderen Gespanne unauffällig im Blick. Bei einer der Droschken blieb er stehen. Der Mann auf dem Kutschbock schien eingeschlafen zu sein. Sein Kinn war auf die Brust gesackt, der Hut fast bis zur Nase gerutscht. Klein tat, als binde er seine Schnürsenkel.

Koschella, der einen weiteren Wagen abgefertigt hatte, sah sich suchend nach seinem Chef um und wurde Zeuge, wie der Hauptmann, der gerade noch an seinen Schuhen herumgenestelt hatte, abrupt aufsprang und den Kutscher packen wollte. Ein Knall. Klein fiel auf den Bürgersteig, der Kutscher fuchtelte mit einer Pistole herum. Koschella zielte auf den Mann, doch die Pferde des nächsten Gespanns liefen ihm aufgeschreckt in die Schussbahn.

Nun ging alles blitzschnell. Roth wollte Klein zu Hilfe eilen und wurde beinahe niedergetrampelt. Nur ein Reflex rettete ihm das Leben. Koschella war sicher, der Hauptmann sei getroffen, aber zu seiner Überraschung sah er, wie Klein sich aufrappelte, der Droschke nachlief, hinten aufsprang und sich am Rahmen festhielt. Koschella zielte auf den Kutscher, doch diesmal nahm ihm das Verdeck einer anderen heranrollenden Droschke die Sicht.

»Aussteigen!«, schrie er. »Raus! Sofort!«

Mit einem Satz war er auf dem Bock und stieß den Kutscher hinunter. Geistesgegenwärtig sprangen die Fahrgäste auf die Straße. Roth, der sich wieder gesammelt hatte, war eilends zu Koschella auf den Kutschbock geklettert. Der schrie nun auf die

Stute ein, ließ die Zügel auf ihren Rücken schnalzen und nahm die Verfolgung des Blockadebrechers auf. Die Hufe der Pferde schlugen auf das Pflaster. Koschella sah das andere Gefährt nun etwa zweihundert Meter vor sich. Klein klammerte sich immer noch an der Rückseite des Verdecks fest. Dem Wachtmeister fiel der Hut vom Kopf.

»Ist der durchgedreht?«

Koschella konnte Roth kaum verstehen. Mit Entsetzen beobachtete er, wie Klein, der inzwischen Halt für seine Beine gefunden hatte, sich langsam hochzog und in Richtung Kutschbock schob. Das sah nicht gut aus. Klein war unbewaffnet. Wenn er nur einen Fehler beging und der Verdächtige ihn entdeckte, war er ihm wehrlos ausgeliefert.

Sie passierten die Obermühle und bogen in die Minoritenstraße ein. Der Wagen vor ihnen gewann an Vorsprung.

»Jürgen, der Klepper hält nicht mehr lange durch. Ich hol alles raus. In der Kurve schießt du!«

»Das wird nichts!«, rief Roth. »Es schaukelt zu stark. Da treff ich doch den Hauptmann!«

»Versuch es!«

Koschella schrie und hieb mit den Zügeln auf die Stute ein. Rechts tauchten die Türme der Minoritenkirche auf. Die Droschke vor ihnen fuhr gerade um die Kurve. Sie konnten einen kurzen Blick auf den Kutscher erhaschen, der bisher hinter der Kabine verborgen gewesen war.

»Jetzt, Jürgen! Wenn nicht auf den Wagen, dann auf den Gaul!«

Roth hob die Waffe, zielte, feuerte aber nicht. Die Droschke verschwand hinter der Kurve. Koschella ließ die Zügel locker, denn er merkte, dass die Stute dem Zusammenbruch nahe war. Sie hatten ein altersschwaches Tier erwischt.

Als sie den Rossmarkt erreichten, war das andere Fahrzeug bereits auf der Rossbrücke.

»Da, eine andere Droschke!«, rief Roth und zeigte auf den Eingang des Hotels Weißes Ross.

Koschella hielt direkt daneben, sodass sie nur auf den anderen Kutschbock hinüberspringen mussten und sofort weiterfahren konnten. Dem Besitzer, der in diesem Moment aus dem Haus eilte und ihnen wüste Beschimpfungen nachschrie, schenkten sie keine Beachtung.

»Los, verdammt!«, brüllte Koschella, um das Pferd anzutreiben. »Und wenn du krepierst!«

Der Flüchtende hatte den Sellgittplatz bereits überquert und war unter dem Eisenbahnviadukt durchgefahren. Nachdem sie in die Herrenstraße eingebogen waren, hatten sie nahe genug zu dem Wagen aufgeschlossen, um dessen Verdeck zu sehen.

»Wenn er es in die Vorstadt schafft, verlieren wir ihn in der Dunkelheit!«

Roth hatte Recht. Nur vor wenigen Gebäuden standen hier Laternen. Hinter der Gaststätte Weißer Löwe, schon außerhalb der Stadt, würden sie zu einer Weggabelung kommen. Dort konnte der Flüchtende zwischen drei Straßen wählen: der nach Reichenstein, der nach Niederhannsdorf und der nach Landeck. Koschella fragte sich, was Klein wohl vorhatte. Aus der Ferne sah er, wie sich ein Schatten an der Seite der Droschke langsam Richtung Kutschbock vorarbeitete. Als sie auf Höhe des Weißen Löwen waren, war der Wagen vor ihnen in der Dunkelheit verschwunden.

»Verflucht!«

Koschella trieb das Pferd an, und gleich darauf hatten auch sie die beleuchtete Straße verlassen. Sie folgten der Biegung nach rechts, wo zwei der drei Chausseen abzweigten. Koschella drosselte das Tempo ein wenig. Er versuchte den Hufschlag auszumachen, aber die Droschke schien sich in Luft aufgelöst zu haben.

»Sie müssen Richtung Landeck abgebogen sein!«

»Still! Lass mich horchen!«

In diesem Moment fiel ein Schuss. Wieder trieb Koschella das Pferd an und lenkte das Gespann in Richtung Niederhannsdorf – so gut wie blind, da die Lampen der Kutsche nur spärlich Licht spendeten. Rechts von ihnen mussten nun der militärische Übungsplatz und die Schießstätte liegen, erkennen konnten sie allerdings nichts. Plötzlich rutschte Koschella das Herz in die Hose:

Ein Pferd galoppierte direkt auf sie zu. Er hatte den Tod schon vor Augen, ein Zusammenstoß schien unvermeidlich. Doch das Tier wich unter markerschütterndem Gewieher ins Feld aus. Ein Stück weiter deutete Roth auf etwas am Straßenrand und auch Koschella bemerkte jetzt die umgestürzte Droschke. Sie hielten und sprangen vom Bock.

»Vorsichtig, Jürgen!«

Mit der Waffe im Anschlag verschwand Koschella in der Dunkelheit. Er war sich der Gefahr bewusst, sah jedoch keine andere Möglichkeit und hoffte einfach, sich keine Kugel einzufangen. Als sie sicher waren, dass die Luft rein war, durchsuchten sie das Wrack gründlich.

»Nichts. Verdammt.«

Koschella sah sich um und erkannte nur hohes, trockenes Gras und knorrige Bäume mit wenig Laub.

»Hol die Lampe!«, flüsterte er. »Wir gehen!« Roth lief zum Wagen und kam mit einer Laterne zurück.

»Halte sie so weit wie möglich weg von dir. Streck den Arm aus«, wies Koschella ihn an. »Wir geben ein leichtes Ziel ab. Bete, dass der Schütze auf das Licht zielt.«

»Du machst mir vielleicht Mut.« Roth schluckte.

Nervös umrundeten sie die Droschke und suchten den aufgeweichten Boden nach Fußspuren ab.

»Hier entlang!«

Koschella ging voran, Roth dicht dahinter. Da zerriss ein weiterer Schuss die Stille. Roth wäre vor Schreck fast hingefallen. Beide rannten in die Richtung, aus der der Schuss gekommen war.

»Unsere Leute!« Roth sah sich kurz um.

Wo sie die Droschke zurückgelassen hatten, war ein Automobil vorgefahren. Hektische Kommandos waren zu hören, doch Koschella bekam davon nichts mit. Unbeirrt lief er weiter, bis er auf einer Lichtung eine kauernde Gestalt ausmachte. Die Pistole im Anschlag schrie er: »Polizei!«

Keine Reaktion. Erst nach einem Moment begriff er, dass er Klein vor sich hatte.

»Ist er weg? Ist der Dreckskerl entkommen?«, keuchte er.

Als er seinem Chef in die Augen sah, schaute er in einen Abgrund. Ein Schauer lief ihm über den Rücken.

»Er ist nicht entkommen, nicht in diesem Sinne …«

Roth hob die Lampe. Erst jetzt tauchte im Lichtkegel die Leiche zu Kleins Füßen auf. Eine Kugel hatte das Kinn des Mannes zerschmettert und war am Hinterkopf wieder ausgetreten. Teile des Gehirns quollen aus dem Schädel. Eine Hand umklammerte noch krampfhaft den Pistolengriff. Klein saß über den Toten gebeugt und hielt die andere Hand, wie bei einer Verabschiedung. Schwer atmend kämpfte Roth gegen die aufkeimende Übelkeit an. Koschella fluchte. Sie hatten so kurz davorgestanden, einen der Mörder zu schnappen. Schweigend standen sie neben der Leiche. Kurz darauf trafen weitere Polizisten ein. Wie zuvor Koschella erstarrten auch sie beim Anblick des Hauptmanns und des Toten.

Schließlich stand Wilhelm Klein auf und ging quer durch die Wiese zurück zur Straße. Koschella fing Seipelts fragenden Blick auf, zuckte jedoch nur mit den Achseln und folgte seinem Chef. Zunächst überzeugt davon, der Hauptmann hätte den Flüchtigen getötet, war ihm dann eingefallen, dass Klein unbewaffnet gewesen war. Und noch etwas hatte er bemerkt: Der Mann, den sie verfolgt hatten, hatte ein gebrochenes Bein. Er musste erkannt haben, dass ein Entkommen unmöglich war, und hatte sich in den Kopf geschossen. Koschella schauderte und fragte sich, welche Entschlossenheit man brauchte, um in dieser Situation die Waffe gegen sich selbst zu richten. Der Mann musste mit einem solchen Szenario gerechnet und sich darauf vorbereitet haben. Die anderen Täter würden vermutlich ebenso vor nichts zurückschrecken. Sie hatten nichts zu verlieren.

*

Koschella und Roth setzten Klein vor seinem Hotel ab, wo er grußlos ausstieg. Die beiden schwiegen ebenso. Im Eingang wandte sich Klein jedoch noch einmal um: »Holt Marx und lasst ihn das letzte Opfer fotografieren.«

»Zu Befehl«, antwortete Koschella leise.

Klein betrat das Hotel und stieg am schlafenden Rezeptionisten vorbei hinauf in seine Suite. Dort angekommen wunderte er sich über die eingeschaltete Schreibtischlampe. Agnes musste sie angelassen haben. Sein Blick schweifte kurz über die Einrichtung, den gemusterten Teppich und die goldgerahmten Bilder. Er zog den Mantel aus und warf ihn aufs Bett, ebenso den verdreckten Smoking. Die Bilder in seinem Kopf schoben sich übereinander zu einem Gewirr aus Symbolen und möglichen Deutungen. Immer noch versuchte er, dem Ganzen einen Sinn abzuringen, stieß jedoch auf Widerstand, auf ein Hindernis irgendwo in seinem Inneren, in den Prozessen seines Gehirns. Er kam nicht weiter. Gleichzeitig ahnte er, dass ihm nicht mehr viel fehlte, um die Regeln des Spiels zu begreifen, dessen Figur er geworden war.

Und nun wusste er genau, was zu tun war. Er musste seine Sinne schärfen und die verkrampften Muskeln lockern. Er konnte nicht weiter auf der Stelle treten und sich mit seinen Beschränkungen abfinden. Dieser Moment musste früher oder später kommen, und eigentlich hatte er nur auf einen Vorwand gewartet.

Seine abgenutzte Reisetasche mit den rostigen Schnallen stand neben dem Kleiderschrank an der Wand. Nur einen Augenblick lang wägte er noch das Für und Wider ab. Dann öffnete er sie und seine Hand glitt zwischen die Kleidungsstücke. Eine Metallkassette blitzte im Licht auf. Ein kurzer Blick in den Wandspiegel: Er erkannte sich kaum wieder. Er zitterte, sein Gehirn explodierte beinahe in freudiger Erwartung.

Er setzte sich zurück an den Schreibtisch und krempelte einen Ärmel hoch. Der Kassette entnahm er eine Ampulle, schwenkte sie ein wenig vor der Schreibtischlampe hin und her und beobachtete, wie das Licht durch die transparente Flüssigkeit fiel. Dann zog er die Spritze auf.

Ein Herzschlag, zwei, drei. Er legte den Kopf zur Seite, hielt die Luft an und atmete tief ein. Ihm wurde schwarz vor Augen, ein wohliger Schauer durchfuhr seinen Körper. Der Schmerz war weg. Jegliche Art von Schmerz …

Er war wie in einer anderen Dimension. Es war, als sei er in der Lage, die sichtbaren und unsichtbaren Schichten seiner Umgebung zu unterscheiden. Schatten gewannen an Tiefe und bildeten eine seltsame Welt. Geräusche überlagerten sich, er aber konnte jedes einzelne erkennen und es für lange Sekunden nachklingen oder verstummen lassen, bis es an der Grenze des Hörbaren war. Ein Bild an der Wand. Das Foto zweier runder Türme mit Zinnen. Darunter ein Gebäude mit verglastem Dach. Klein kannte den Ort. Er war selbst einmal auf dem Gipfel des Glatzer Schneebergs auf den über dreißig Meter hohen Kaiser-Wilhelm- Turm gestiegen, um die Aussicht zu genießen. In der Ferne hatte er rechteckige Felder, ein Netz von Wegen und rautenförmige Wälder sehen können.

Agnes. Er glaubte, ihren Herzschlag wahrzunehmen, bevor er ihre Schritte hörte. Er drehte sich um. Völlig nackt stand sie vor ihm. So nah, dass er die Wärme ihres Körpers spüren konnte. Er beugte sich vor, drückte seine Stirn an ihren Bauch, und die Berührung vermittelte ihm das Gefühl, mit ihrer Haut zu verschmelzen. Es war, als durchdringe ihre Energie sein Gewebe, seine Muskeln und Knochen.

Sie neigte den Kopf.

»Hast du deine Seele also doch dem Teufel verkauft.«

In ihren Worten lag kein Vorwurf. Er wollte antworten, war aber außerstande. Sie wandte sich ab und verließ den Raum. Er wusste, diesmal war sie es, die ihn brauchte.

Er stand auf, taumelte zum Bett und fiel hinein. Die Welt rotierte, als würde sie jeden Moment aus der Bahn geworfen. Er aber war bereits woanders: in den Straßen von Glatz und kurz darauf direkt über ihnen. Von oben konnte er die Brücktorbrücke sehen, darauf Stadtrat Dinter, die Obermühle und das schäumende Wasser über dem Körper von Vizedirektor Beier. Er schwebte über der Leiche des Majors in der Grünen Straße. Von hier kam er zum Wilhelmsplatz und sah die Blutspur, die aus dem Postamt dorthin führte. Immer wieder hatte er den Eindruck, auf seiner Reise beobachtet zu werden. Es war nicht der Blick eines Menschen, sondern die kalte Präsenz von etwas anderem. Das stumme Wesen hatte sich auf dem besten Aussichtspunkt der Stadt niedergelassen, dem über ihr thronenden Festungshügel.

Dann erschienen andere Orte, gesichtslose, anonyme Menschen. Die Punkte verbanden sich, kreisten umeinander, drehten sich und bildeten vertraute Figuren. Der sechszackige Stern tauchte auf, um sich gleich darauf in eine Pyramide aus Dreiecken zu verwandeln. In jedem Dreieck war eine pulsierende Pupille, die misstrauisch erst nach links, dann nach rechts blickte. Dann verschwand auch die Pyramide, ging in Flammen auf und wurde zu Asche. Über die Stadt fegte ein heftiger Orkan, der die Asche auf den Hauptstraßen aufwirbelte und zu neuen Formen und Figuren aufschichtete. Aus den Dreiecken wurden Quadrate, vier Quadrate, die in einem gemeinsamen Punkt miteinander verschmolzen.

*

Roth drückte Adele mit seinem Gewicht in die Matratze. Ihre Hingabe erregte ihn, als er sich aufrichtete und ihren prallen Hintern unter sich sah, die Linie ihrer Wirbelsäule und den langen, rhythmisch pendelnden Zopf. Er nahm sie brutal. Seine Finger gruben sich in ihre Haut und hinterließen roten Stellen, die sich am nächsten Tag in blaue Flecken verwandeln würden. Er wollte ihr zugleich Schmerz und Lust bereiten, er wollte ihr Stöhnen und Seufzen hören und sich dabei vorstellen, wie er in eine andere Frau eindrang. Das Wissen, dass die sich nur wenige hundert Meter entfernt auf der gegenüberliegenden Seite des Bahndamms befand, bereitete ihm Höllenqualen.

Adele schrie auf. Er sprach zu ihr, mit jedem weiteren Stoß keuchte er Worte, während er seine Bauchmuskeln weiter anspannte und die Luft aus seinen Lungen presste.

Zum ersten Mal in seinem Leben war er kurz davor, ohnmächtig zu werden, als er gleichzeitig mit dem Erguss seine ganze Wut mit einem Schrei aus sich herausließ. Er verlor sich in der Intensität des Gefühls, dem Geruch ihres Körpers. Ein Schauer schien sein Inneres zu zerreißen. Doch Adele erstarrte. Sie rollte sich weg und winkelte die Beine an. Am Kopfende des Bettes aufgestützt, starrte sie ihn an wie einen Fremden.

Erst da wurde ihm bewusst, dass er den Namen der Frau gerufen hatte, mit der er eigentlich schlafen wollte, die von ihm Besitz ergriffen hatte und seine Gedanken beherrschte.

»Adele …«

»Hau doch ab zu dieser Schlampe!«

»Adele!«

Auf Knien kroch er über die feuchte Matratze zu ihr. Er beugte sich über sie, küsste tränennasse Wangen, und seine Zunge erzwang sich ihren Weg zwischen ihre trotzigen Lippen. Sie versuchte, ihn wegzustoßen, aber er ergriff ihr Handgelenk. Gewaltsam drückte er ihre Hand nach unten, öffnete die Faust und schob sein erregtes Glied hinein.

Er benahm sich wie ein Tier, gleichzeitig wurde ihm klar, dass sie genau diese Art Mann wollte. Sie schlug ihm ins Gesicht. Gleichzeitig rieb sie mit den Fingern der anderen Hand seinen Schwanz und machte ihn noch härter.

»Adele, mein Name ist Adele!«

Sie biss ihm in die Lippe, zog ihn wieder auf sich und spreizte die Schenkel. Sie grub ihre Nägel in seinen Hintern, er wollte ihr jetzt nur noch Schmerz zufügen.

Am Morgen verließ er sie erleichtert und befriedigt. Er ging an einer Gruppe von Arbeitern vorbei, die auf der Königshainer Straße zur Fabrik von Thiele & Maiwald unterwegs waren. Die Männer wirkten abgestumpft, sie wussten, was sie erwartete, denn ihre Arbeitstage waren einer wie der andere. Sie bauten Lasten- und Personenaufzüge, eine sehr anstrengende Arbeit unter großer Lärmbelastung. Danach gingen sie nach Hause oder ins Brauhaus, und am nächsten Tag waren sie dem Tod ein Stückchen nähergerückt. Roth sah seinen Platz im Leben nicht unter den Arbeitern, sei es in einer Fabrik, einem Laden oder auch im Sägewerk seiner Familie. Er fühlte sich zu Höherem berufen.

Neben dem Hotel Goldene Krone bog er in die Mälzstraße ein. Vor einem Haus, an dessen Fassade ein Geschäft für Fahrräder und Nähmaschinen warb, überquerte er die Straße und ging unter dem Viadukt hindurch. Am Sellgittplatz schaute er hoch zum Fenster im obersten Stockwerk. Er stellte sich vor, hinter dem Vorhang stünde die nackte Agnes, die ihre Finger, wohl wissend, dass er sie von außen nicht sehen könne, über ihre Haut und die harten Brustwarzen streichen ließ.

Wie von einem inneren Fieber getrieben, ging er weiter zur Brücke über die Neiße. Er blickte ins dahinströmende Wasser, um wieder einen klaren Kopf zu bekommen. Nach einer Weile bemerkte er Wachtmeister Puder, der mit seinem Schützling einen Morgenspaziergang machte. Roth spähte durch den Brückenbogen, um einen besseren Blick zu haben, denn das Bild war zu schön.

Flora zerrte Puder in Richtung Promenade. Dabei war offensichtlich, dass der Wachtmeister sich nicht zu weit vom Haus entfernen wollte. Fortwährend gähnte er und riss seinerseits an der Leine. Offensichtlich wollte er zurück ins Bett. Flora stemmte sich dagegen und rührte sich keinen Zentimeter von der Stelle. Der Wachtmeister brach in eine Schimpftirade aus, die bis an die Ohren des verborgenen Polizeiassistenten drang, der sich amüsiert fragte, wie die Szene wohl enden würde. Schließlich holte Puder ein Taschentuch hervor und trug unter lautstarken Flüchen die Hinterlassenschaft des Hundes zum nächsten Mülleimer. Dann erst setzte sich Flora in Bewegung und riss so heftig an der Leine, dass Puder beinahe bäuchlings in der Wiese landete. Die Hündin hatte die Ausbildung des Hundeführers übernommen und nicht umgekehrt. Fröhlich vor sich hin pfeifend setzte Roth seinen Weg fort.

Im Kiosk am Brücktorberg kaufte er sich eine Zeitung und fing noch im Gehen an zu lesen. Wer an diesem Morgen die neueste Ausgabe der »Grafschaft Glatz« las, erfuhr von Hauptmann Kleins Heldentat. Beim Versuch, die von der Presse so getauften »geometrischen Mörder« anzuhalten, habe er akrobatische Kunststücke an den Tag gelegt. Dem Artikel zufolge hatte sich der Hauptmann todesmutig an die davonrasende Droschke geklammert, worauf der Verbrecher mehrmals auf ihn feuerte. Doch der Hauptmann konnte auf wundersame Weise ausweichen. Hartnäckig an den Wagen gekrallt, unternahm er im Kampf mit dem Flüchtenden übermenschliche Anstrengungen, um ihn schließlich zu überwältigen und der Gerechtigkeit zuzuführen. Die Droschke mit den auf Leben und Tod kämpfenden Männern kam von der Straße ab und zerschellte. Der solcherart malträtierte Klein gab trotzdem nicht auf und folgte der Spur des verwundeten Flüchtigen, der daraufhin die Aussichtslosigkeit seiner Flucht erkannte und sich in den Kopf schoss. Die letzten Sätze las Roth laut: »Wir bedauern, dass die anderen Verbrecher noch nicht gefasst wurden, sind jedoch überzeugt, dass dies nur eine Frage der Zeit ist. Wir wissen nun immerhin, dass wir es nicht mit Gespenstern zu tun haben, sondern mit Menschen aus Fleisch und Blut, derer man habhaft werden kann. Dank der Entschlossenheit Hauptmann Kleins werden sie ihrer verdienten Strafe nicht entgehen!«

Roth warf die Zeitung in den Mülleimer und biss die Zähne zusammen. Er stellte sich grade vor, wie Agnes bei Klein im Bett lag und ihm den Artikel vorlas. Er war so in Gedanken versunken, dass er sogar einen Passanten anrempelte, als er das Rathaus betrat. Unverzüglich suchte er das Büro von Polizeikommissar Richter auf. Er hatte etwas Wichtiges zu berichten.

*

Klein wurde von einem Klopfen geweckt. Er hatte den Eindruck, es schon mehrmals im Schlaf gehört zu haben, hartnäckig und beständig. Er schlug die Augen auf. Agnes war bereits aufgestanden, um die Tür zu öffnen. Der rotbackige Hotelpage rollte ein gedecktes Wägelchen in den Raum.

»Guten Morgen. Die Herrschaften hatten Frühstück bestellt.«

Der Duft von Rührei, frisch gebackenen Brötchen und Kaffee verbreitete sich im Zimmer.

»Ich habe mir erlaubt, Ihnen die heutige Zeitung mitzubringen. Da wird über Sie berichtetet, Herr Hauptmann! Die ganze Stadt redet von Ihnen!«

»Danke, Hans«, sagte Agnes.

»Ich habe noch eine Nachricht für den Herrn Hauptmann.« Der Page versuchte, seine Aufregung zu überspielen. »Herr Langer hat vorhin angerufen. Er bittet um einen Besuch am Vormittag, Gartenstraße 9. Er hat eine Telefonnummer hinterlassen, falls Ihnen eine andere Zeit oder ein anderer Ort lieber sein sollten.«

Klein nickte, bereute es jedoch sofort, denn ein höllischer Schmerz durchfuhr seinen Schädel. Der junge Mann nahm die

Unpässlichkeit des Gasts nicht wahr und grinste breit. Er rollte den Wagen neben den Nachttisch, nickte und verließ den Raum, wobei er den Anschein erweckte, dies nur ungern zu tun.

Nachdem sich die Tür geschlossen hatte, griff Agnes nach dem Kaffeekännchen. Sie goss eine Tasse ein und reichte sie weiter.

»Trink das. Das lässt dich zu Kräften kommen.« Klein lächelte säuerlich.

»Das Frühstück habe ich wohl dir zu verdanken?«

»Wie vieles andere auch.«

»Aha.«

Er stützte sich im Bett auf. Immer noch trug er die Kleidung von gestern. Nur von Jackett und Mantel fehlte jede Spur. Vielleicht hatte Agnes bereits die Reinigung veranlasst.

»Diese Einladung von Langer ...«

»Ein weiteres Puzzleteil«, erwiderte er trocken. »Es geht wohl nicht darum, dass er dir seine gestrige Niederlage bei der Auktion nachträgt.«

»Daran hatte ich auch nicht gedacht.«

»Woran sonst?«

»Ich habe seinen Siegelring bei der Auktion gesehen.«

»Eine Pyramide aus Dreiecken?«

Sie nickte. »Du wusstest es?«

»Ich wusste nicht, dass Langer Freimaurer ist, aber ich weiß, wo deren Sitz ist. Gartenstraße 9.«

»Noch mehr Dreiecke ...« Agnes schien in Gedanken versunken. »Sobald Kommissar Richter davon erfährt, wird er hinter den Mitgliedern der Loge her sein.«

»Glaubst du, der Kommissar hätte die Freimaurer nicht schon längst im Visier?« Klein griff nach dem Teller mit dem Rührei. »Ich hätte die Loge ›Zu den drei Triangeln‹ leicht übersehen können, weil ich nicht mit der hiesigen Gesellschaft vertraut bin. Aber ich bezweifle, dass Richter sie nicht im Blick hatte.«

»Vielleicht, weil man Otto Langer solche Taten nicht zutraut. Er ist eine tragische Figur.« Agnes schaute betrübt. »Er hat im Krieg seine persönliche Tragödie erlebt. Seine Frau und beide Töchter starben. Er hasst den Krieg und seine Gräuel. Genau wie du.«

»Und deshalb soll er unverdächtig sein?«

»Reicht das nicht?«

Er zuckte mit den Schultern und schob sich eine Gabel Rührei in den Mund. Er schmeckte Speck und Schnittlauch.

»Vielleicht reicht es«, antwortete er. »Ich werde mir selbst ein Bild machen.«

»Und ich werde nicht tatenlos zuschauen.«

»Was hast du vor?«

»Vielleicht kann ich mich nützlich machen. Ich werde ein wenig herumlaufen, mit ein paar Leuten reden und mich umsehen.«

»Das musst du nicht.«

»Zu spät. Jetzt betrifft die Sache auch mich ...«

*

»Haben Sie das gelesen?« Richter biss die Zähne zusammen und bot Roth nicht mal einen Platz an. Die Zeitung, die er auf den Tisch gefeuert hatte, rutschte quer über die Tischplatte und landete raschelnd auf dem Boden. »Sie schreiben, Klein hätte einen der Täter erwischt! Erwischt?! Wenn wir die Ergreifung eines Mörders so verpfuscht hätten, würde man uns mit Dreck bewerfen und Inkompetenz vorwerfen ... Man würde uns verhöhnen, beschimpfen und weiß Gott, ob man uns nicht steinigen würde! Aber Klein? Nein! Der wird zum Götzen dieses verdummten Pöbels, der jetzt seinen Helden gefunden hat. Den vor aller Unbill dieser Welt bewahrenden Erlöser!«

Roth schwieg vorsichtshalber. Er staunte über das Gesicht seines Vorgesetzten. In seinem ganzen Leben hatte er noch nicht so viele Rotschattierungen gesehen wie in den letzten Minuten. Die Wangen des Kommissars gaben eine dankbare Leinwand für diese Farbpalette ab.

»Nur drei Tage nach seiner Ankunft konnte er den ersten der Mörder fassen ... diese bescheuerten Schreiberlinge!« Richter lachte hysterisch. »Kein Wort darüber, dass alles, was wir haben, eine Leiche ist! Dazu unidentifiziert. Kein Wort darüber, dass wir in den drei Tagen, seit Klein in der Stadt ist, drei ... vier neue Leichen haben! Sie haben ihren Helden, einen einsamen Rächer, der vor nichts zurückschreckt. Roth, die verstehen nicht, dass Klein eine Gefahr für uns darstellt! Diese jüdische Spur sollte uns nur ablenken! Ich sage dir, er ist fasziniert von diesen Morden, und ich frage mich sogar, ob er nicht dahintersteckt! Immer ist er uns einen Schritt voraus. Entweder kann er hellsehen oder …«

»Herr Kommissar!« Roth wusste, sein Vorgesetzter würde möglicherweise erst recht in die Luft gehen, wenn er ihn unterbrach. Doch dieses Risiko ging er ein. »Ich habe etwas, das Sie interessieren wird.«

»Sollte es die nächste Verschwörungstheorie dieses brillanten Hauptmann Kleins sein, will ich nichts davon hören!«

»Es ist etwas über seine Vergangenheit.«

Richter blinzelte. Der Polizeiassistent hatte seine ganze Aufmerksamkeit.

»Erzähl!«, knurrte er.

Roth räusperte sich und spuckte die nächsten Sätze aus, als würden sie ihn am Schlucken hindern.

»Im Mai 1917 wurde Klein zusammen mit vier ihm unterstellten Männern zu einem Sondereinsatz hinter die feindlichen Linien geschickt. Dort haben sie Sabotageaktionen durchgeführt. Mein Informant hatte jedoch keine Antworten auf die Frage, was oder wer das Ziel von Kleins Gruppe war.«

»Weiter!«, drängte Richter, der bemerkte, dass Roth ins Stocken geriet.

»Alle wurden aufgegriffen, inhaftiert und auch … gefoltert. Klein konnte fliehen, ist jedoch unbestätigten Berichten zufolge zu seinen Kameraden zurückgekehrt.«

»Und?«

»Er konnte sie nicht retten. Aber er hat sie gerächt.«

»Hat das etwas mit unserem Fall zu tun? Das könnte auch blödes Geschwätz sein. In Soldatenkreisen gibt es immer wieder solche erfundenen Geschichten.«

»Während der Folter wurden Klein drei Finger der linken Hand abgeschnitten, wie bei …«

»Beier?« Richters Mund stand offen. Er hatte seine Mimik nicht mehr unter Kontrolle.

»Klein zieht in der Öffentlichkeit nie seine Handschuhe aus.«

»Das beweist noch nichts!« Richter schüttelte den Kopf.

Roth wollte etwas erwidern, ließ es aber bleiben. Er hatte eine andere Reaktion des Kommissars erwartet. Welche genau, hätte er nicht sagen können, aber ganz sicher eine andere.

»Was haben die anderen Opfer damit zu tun? Schließlich waren Beier und Dinter nicht in der Armee, und mit den Franzosen hatten sie so viel gemein wie ich Froschschenkel habe.«

»Und die Mörder?«, wagte Roth einen Einwand. »Vielleicht kommunizieren sie so mit Klein. Sie haben drei Finger ins Rathaus geschickt ... das kann doch kein Zufall sein.«

Richter schwieg und starrte Roth so lange in die Augen, bis dem Polizeiassistenten schier das Blut in den Adern gefror.

»Das wäre für den Moment alles«, quittierte der Kommissar scharf, als hätte er einen Schalter umgelegt. »Informieren Sie Hauptmann Klein über die Mittagsbesprechung und sorgen Sie dafür, dass er daran teilnimmt. Sie können gehen, Roth.«

Roth nickte stumm und verließ den Raum. Auf die Reaktion des Kommissars konnte er sich keinen Reim machen. Er war überzeugt davon, richtig zu liegen. Klein hatte mehr mit dem Fall und den Mördern zu tun, als es zunächst den Anschein hatte. Auch wenn Richter das nicht sehen wollte.

Nachdem der Assistent gegangen war, saß Richter minutenlang reglos da. Dann griff er zum Hörer und wählte die Nummer von Major Schneider. Am Telefon teilte man ihm jedoch mit, der Major sei nicht im Haus. Er sei noch in der Nacht in dringender Angelegenheit nach Breslau gefahren.

*

Die Eingangstür des neubarocken Gebäudes stand offen. Klein, der in der Droschke eben noch die Fotos studiert hatte, die der Fotograf Marx an der Hotelrezeption abgegeben hatte und die den Selbstmörder zeigten, steckte den Umschlag in seine Tasche und trat ein. Auf dem Weg ins Hochparterre begegnete er zwei Jugendlichen, im Flur traf er auf einen hochgewachsenen Mann.

»Guten Tag, Herr Klein. Herr Langer erwartet Sie oben.«

Der Hauptmann erwiderte nichts und folgte dem Fremden über die Treppe ins Obergeschoss. Interessiert blickte er sich um. Durch eine Glastür war ein prächtiger Ballsaal zu sehen, in dem einige junge Leute zu Klaviermusik tanzten.

»Das Logenhaus steht allen offen.« Der Mann, der ihn durchs Haus führte, hatte Kleins Interesse registriert und fühlte sich zu einer Erklärung genötigt. »Wir engagieren uns wohltätig und bezahlen auch Tanz- und Gesangslehrer, die die Glatzer Jugend kostenlos unterrichten. Darüber hinaus stellen wir Interessierten die Bestände unserer Bibliothek im Dachgeschoss zur Verfügung. Wie Sie vielleicht bemerkt haben, geht es bei uns anders zu als in anderen Logen.«

Klein ging nicht darauf ein. Sie hatten den ersten Stock erreicht. Der Hauptmann konnte einen Blick in einen Festsaal werfen, in dem offenbar die Feierlichkeiten der Loge stattfanden. Sie wandten sich nach links und kurz darauf betrat Klein das Zimmer des Logenmeisters.

»Guten Tag, Herr Klein!« Langer kam zur Begrüßung des Gasts hinter seinem Schreibtisch hervor. Er reichte dem Hauptmann die Hand, während er gleichzeitig mit der anderen dessen Ellbogen berührte. Die Art und Weise der Begrüßung ließ keinen Zweifel daran, auf wessen Hoheitsgebiet das Treffen stattfand. »Ich freue mich, dass Sie meiner Einladung gefolgt sind. Bitte nehmen Sie doch Platz.«

Klein setzte sich. Neben ihm standen auf einem Glastischchen eine Wasserkaraffe und Kristallgläser mit aufwendigem Schliff.

»Wasser, Herr Hauptmann?«

Kleins kurzes Schweigen brachte Langer aus dem Konzept.

»Nein danke.« Dem Hauptmann kam der Gedanke, dass man die sogenannte Dunkle Kammer des Logenmeisters nicht weniger zutreffend hätte benennen können. Es war einer der hellsten Räume im Haus. »Sie wollten mich sprechen. In welcher Angelegenheit?«

Langer nahm an der gegenüberliegenden Seite des Tisches Platz. Diesmal war er es, der einen Moment zu lange schwieg.

»Wir kennen beide den Grund …« Er streifte ein unsichtbares Staubkorn vom Hosenbein und sah seinen Gast ernst an. »Die

Morde. Ganz Glatz interessiert sich dafür und den überregionalen Meldungen zufolge ganz Deutschland.«

»Wollen Sie mir etwas sagen, was mit den Fällen zu tun hat?«

»Ich möchte über die, wie die Presse sie bezeichnet, geometrischen Mörder sprechen. Die sind ja offensichtlich erpicht darauf, die Stadt in Angst und Schrecken zu versetzen. Genauer gesagt, möchte ich über die Tatorte reden: über Vermutungen, falsche Anschuldigungen und Fehlinterpretationen.«

»Ich höre.«

Langer lächelte und schüttelte den Kopf.

»Es ist nicht einfach, eine Unterhaltung mit Ihnen zu führen. Gewiss sind Sie kein Mann, der viele Worte macht, prinzipientreu und sachlich. Ich werde versuchen Schritt zu halten und gleich zur Sache kommen. Es geht mir um das gleichseitige Dreieck, das sich auf der Landkarte abzeichnet, wenn man die Tatorte verbindet. Der Grund, warum die jüdische Gemeinde dieser Morde verdächtigt wird. Da wurden beiläufig ein paar weitere Linien gezogen, zwei und zwei zusammengezählt und dann Schuldige ausgemacht. Dabei wurde übersehen, dass das Ergebnis dieser Rechnung mehr als vier ist. Denn das gestrige Verbrechen bedeutet einen weiteren Punkt auf der Karte. Damit ist die Konstruktion des Davidsterns vom Tisch. Dieser neue Punkt kann auf zweierlei Art interpretiert werden …«

»Auf zweierlei Art?«

Langer zuckte mit den Schultern.

»Einerseits als Argument dafür, dass die bisherigen Anschuldigungen gegenstandslos waren, andererseits als Hinweis für eine neue Suche nach den wahren Schuldigen. Sie wissen, wovon ich spreche. Nach dem fürchterlichen Mord gestern habe ich die Karte von Glatz etwas genauer studiert. Ich habe den neuen Punkt eingezeichnet und ihn dann mit den vorherigen verbunden.«

»Und Sie kamen zu welchem Ergebnis?«

»Das wissen Sie, Herr Hauptmann. Noch deutlicher wird es, wenn man zwei weitere Punkte hinzufügt: den Donjon der Glatzer Festung und das Ostufer der Neiße gegenüber der Stadtpromenade.«

»Nun sind Sie es, der Punkte einzeichnet und versucht, eins und eins zusammenzählen.«

»Ich versuche vorausschauend zu handeln, den guten Ruf unserer Loge zu bewahren und haltlose Anschuldigungen zurückzuweisen.«

Klein nickte. Er griff nach der Karaffe und goss Wasser in sein Glas. Dann hielt er es gegen das Licht und betrachtete den Schliff.

»Weitere haltlose Anschuldigungen ... Was, verehrter Herr Langer, soll Ihrer Meinung nach damit bezweckt werden? Warum sollten sich diese, wie Sie sie nennen, geometrischen Mörder so viel Mühe machen?«

»Ich weiß nicht ...« Der Gastgeber zögerte. »Vielleicht ist es ein Spiel mit Ressentiments und Ängsten. Oder der Versuch, unsere Aufmerksamkeit von etwas Wichtigerem abzulenken. Ich habe den Eindruck, es ist ein Katz-und-Maus-Spiel. Jemand legt einen Köder aus, um dann mit einer makabren Wendung zu überraschen.«

»Sie meinen, die Aufmerksamkeit soll von etwas Wichtigerem abgelenkt werden?«

Langer seufzte, als sei er nicht restlos überzeugt, ob er seine Überlegungen wirklich teilen sollte. Klein wartete. Unvermittelt stand der Mann auf, ging zum Schreibtisch und kam mit einigen Zeitungen zurück, die er vor Klein ausbreitete.

»Es geht mir um die weiterreichenden Konsequenzen dieser Ergebnisse. Schauen Sie sich nur die Schlagzeilen an. Im ganzen Land berichtet man über uns. Die Saat der Täter fiel auf fruchtbaren Boden. Auch wenn Glatz nur ein Provinzstädtchen ist, finden Sie hier alles, was das Reich plagt. Wirtschaftskrise, Armut, wachsende Unzufriedenheit in der Bevölkerung, tiefsitzende Kränkungen. Die Zentrumspartei hat zuletzt die Wahlen mit überwältigender Mehrheit gewonnen und doch genießt sie nur einen begrenzten Vertrauensvorschuss. Es wird immer Populisten geben, die die Unzufriedenheit der Leute ausnutzen und für ihr Elend irgendwelche Schuldigen ausmachen ...«

»Und wer soll das Ihrer Meinung nach sein?«

»Juden, Freimaurer, die regierende Partei, der Staat, der sich dem Versailler Vertrag gebeugt und ihn unterzeichnet hat. War das eine Ohrfeige für Deutschland? Nein, eher ein Schlag in die Magengrube! Reparationen, Entmilitarisierung, die Besetzung von Teilen unseres Staatsgebiets, der Verlust des Elsass, Lothringens und vor Kurzem auch eines Teils von Schlesien. Wir Deutsche sind ein stolzes Volk. Nicht alle vertreten die Meinung, wir hätten den Krieg verloren. Manche sind überzeugt, er dauere noch an. Dieser Nährboden könnte bald zu einer Explosion führen.«

»Sie politisieren diese gewöhnlichen Morde und sprechen von ihnen, als hätten sie einen internationalen Bezug. Warum?«

Langer griff nach der Karaffe, schenkte seinem Gast nach und füllte sein eigenes Glas. Erst nach kurzem Schweigen antwortete er.

»Herr Klein, glauben Sie wirklich, dass es sich hier um gewöhnliche Mordfälle handelt? Vor dem Hintergrund dieser Taten offenbart sich doch unsere Provinzhölle in all ihrer Pracht. Mindestens zwei der Opfer waren für ihre, ich würde sagen, radikalen Ansichten bekannt. Der stellvertretende Bankdirektor und der Stadtrat kritisierten offen den Versailler Vertrag und waren ausgesprochene Antisemiten ...«

»Und der Richter und der Major?«

»Nun ... Ich kannte Peschke noch nicht gut genug, um seine Ansichten einordnen zu können. Richter Wiese sprach über die seinen in Gesellschaft nicht, stand aber in engem Kontakt mit Beier. Beide könnten Verbindungen zur Deutschnationalen Volkspartei gehabt haben. Jedenfalls haben die Morde ausgereicht, um eine Hetzjagd auf die Juden auszulösen. Und bestimmt bald auch auf die Freimaurer und Gott weiß wen noch. Diese Suche nach Feinden ist erst die Ouvertüre zu etwas Schlimmerem. Es spiegelt die in diesem Land aufkeimende Stimmung wider, Herr Klein. Wird diese nicht bald unterdrückt, wird sie sich wie eine Seuche im ganzen Reich ausbreiten. Mit Psychologie kenne ich mich nicht aus, ich kann die Gedanken der Täter nicht lesen. Aber mir scheint, als hätten sie ein krankhaftes Bedürfnis danach, dass über ihre Verbrechen berichtet wird, damit sie sich in ihrem zweifelhaften Ruhm sonnen können. Sollten die Täter dieses Ziel verfolgen, dann hätten sie es erreicht. Sie haben nicht nur demonstriert, zu welchen Grausamkeiten sie fähig sind, sondern auch, was für ein gigantisches Pulverfass das Reich gegenwärtig ist.«

»Es wimmelt nur so von Vaterlandsverrätern, die dieses Pulverfass zur Explosion bringen könnten, nicht wahr, Herr Langer?«

Der Logenmeister zögerte.

»Es steht mir nicht zu, zu bewerten, wer ein Verräter ist, Herr Hauptmann. Vielleicht haben Sie recht.«

»Vielen Dank, Herr Langer.« Klein stand zur Überraschung seines Gastgebers auf. »In Ihren Aussagen liegt manch Wahres. Befürchtungen bezüglich einer Hetzjagd auf die Mitglieder der Loge sind jedoch unbegründet. Mit dem gestrigen Mord wollte man nicht auf die Freimaurer hinweisen.«

»Nein?« Langer erhob sich ebenfalls. »Aber Richter Wieses Leiche auf dem Wilhelmsplatz deutet doch darauf hin ...« Er unterbrach sich, da Klein ihm die Hand entgegenstreckte. Sein Händedruck war unsicher. »Sie werden mir vermutlich nichts verraten, richtig?«

Klein zuckte bedauernd mit den Schultern, während Langer den Kopf schüttelte.

»Ich bin froh, dass Sie denen die Stirn bieten«, sagte er hölzern. »In Ihnen haben die einen ebenbürtigen Gegner gefunden, Herr Klein.«

»Der größte Gegner der Täter sind sie selbst, Herr Langer.«

»Da könnten Sie recht haben ... Wenn Sie etwas brauchen, melden Sie sich bitte.«

»Wenn ich ehrlich bin, hätte ich noch eine Frage«, sagte Klein nach kurzem Zögern.

»Bitte. Fragen Sie.«

»Kannten Sie Major Peschke?«

»Ich kannte ihn.« Langer nickte. »Allerdings nicht gut ...«

»Sein Notizbuch enthielt nur wenige Namen«, unterbrach ihn Klein. »Neben den Adressen seiner direkten Vorgesetzten, was nicht verwundert, stand auch Ihr Name darin. Ich habe das als Zeichen besonderer Vertrautheit gedeutet. Major Peschke hat in den sechs Monaten, die er hier war, nicht viele Kontakte geknüpft.«

Der Hausherr winkte ab.

»Wir haben ein paarmal über geschäftliche Angelegenheiten

gesprochen. Eine Zeit lang war der Major für die Versorgung zuständig. Gemeinsam mit einigen meiner Freunde beliefere ich seit Jahren die Armee.«

»Und das hat der Major direkt mit Ihnen besprochen?«

»Er war ein überaus intelligenter und interessanter Mann. Ich stimme Ihnen zu, wenn Sie sagen, dass er verschlossen wirkte. Aber er öffnete sich, sobald man ihn näher kennenlernte. Ich mag Menschen, Herr Klein. Ich mag gute Gespräche und kümmere mich gerne persönlich um meine Angelegenheiten.«

»Eine ehrenwerte Eigenschaft.« Klein strich mit seinen Fingern über die Krempe seines Huts. »Im Moment habe ich keine weiteren Fragen. Auf Wiedersehen.«

Er verließ den Raum. Einen Stock tiefer hielt er kurz inne und lauschte den Klängen aus dem Ballsaal. Er erkannte die Musik aus Mozarts Zauberflöte und sah durch die Glastür, wie einige Kinder um Lehrer und Klavier herumtanzten. Dann stieg er weiter die Treppe hinab. Auf dem Bürgersteig blieb er stehen und blickte noch einmal auf das Gebäude zurück. Die Glatzer Freimaurer erinnerten tatsächlich in nichts an die, die er bisher gekannt hatte. Ihr Sitz war kein geheimnisvoller Ort, an dem finstere Männer geheime Rituale vollzogen. Er erinnerte vielmehr an einen Kindergarten. Das Hupen eines Automobils und das Quietschen von Bremsen rissen Klein aus seinen Gedanken.

»Hauptmann Klein! Kommissar Richter hat für heute Mittag eine Besprechung im Rathaus angesetzt. Der Bürgermeister wird anwesend sein. Ich soll Sie holen.«

Klein öffnete die Autotür und nahm neben Roth auf dem Beifahrersitz Platz.

»Bevor du mich hinfährst«, er musste fast schreien, um das Brummen des Motors zu übertönen, »müssen wir noch woandershin. Es sind nur ein paar hundert Meter. Fahr geradeaus. Ich sage dir, wo du anhalten sollst.«

»Jawohl!« Roth beschleunigte und folgte der Gartenstraße stadtauswärts.

*

Major Kurt Schneider betrat unangekündigt das Büro des Kommissars. Als Richter den Gesichtsausdruck seines alten Freunds sah, nahm er von einem Tadel Abstand. Stattdessen deutete er auf den Platz gegenüber und hob fragend die Augenbrauen.

»Ich komme gerade aus Breslau zurück.«

»Darüber wurde ich bereits in der Kommandantur informiert. Mich interessiert aber der Grund deines Besuchs dieser schönen Stadt. Du hattest genug von den Mädchen in den Glatzer Freudenhäusern und brauchtest Abwechslung, stimmt's?«

»Ein unangebrachter Scherz, mein Lieber. Jedoch bin ich geneigt, dir zu verzeihen.«

Richter bemerkte, dass Schneider guter Laune war. Immer wieder strich seine Hand über die Aktenmappe auf seinen Knien.

»Ich weiß nicht, ob dir die Informationen, an die ich durch meine Kontakte gekommen bin, gefallen werden ...«

»Kontakte in Berlin oder in Breslau? Ich dachte, du hättest dort keine mehr. Du hast doch über zwei Jahrzehnte lang deine Nase nicht aus Glatz rausgestreckt.«

»Mach dich nicht lustig.« Schneider warf die Aktenmappe auf den Tisch und kegelte dabei einige in Reih und Glied ausgerichtete Stempel um. »Damit werden wir diesen Klein drankriegen!«

Zögernd griff der Kommissar nach der Mappe und öffnete sie. Er sah nicht aus, als würde er den Enthusiasmus des Majors teilen.

»Was ist das?«, fragte er.

»Mein Informant hat Zugang zu Geheimakten der Regierung bekommen. Ich habe Überraschendes über Wilhelm Klein.«

»Bestimmt über seine Arbeit für den Nachrichtendienst, Einsätze im Feindesland, Sabotageakte und seine letzte Aktion, während der er, abgesehen von drei Fingern der linken Hand, auch seine Männer verloren hat.«

»Woher weißt du das?« Der Major wischte sich mit der Hand den Schweiß von der Stirn.

Richter begriff, dass der alte Haudegen tatsächlich direkt vom Bahnhof hierhergeeilt sein musste.

»Ich habe auch meine Kontakte«, sagte er lässig. »Was genau hast du in Erfahrung bringen können?«

»Klein und vier seiner Leute wurden während Kampfhandlungen in Frankreich gefasst. Sie befanden sich hinter den feindlichen Reihen und trugen französische Uniformen. Im Verlauf einiger Monate verübten sie etliche Sabotageakte und machten den Froschfressern das Leben schwer. Ihre abschließende Aktion sollte die Sprengung eines Pulver- und Waffenlagers sein. Dabei sollten mehrere hochrangige Offiziere getötet werden ...«

»Sprich weiter.«

Schneider lächelte. Er spürte, dass dies dem Kommissar neu war. Eine ironische Bemerkung über Richters uninformierte Kontakte verkniff er sich jedoch.

»Klein und seine Leute wurden aufgegriffen und in Reims inhaftiert, dem Sitz des französischen Nachrichtendiensts. Sie dürften die Franzosen ziemlich verärgert haben, denn die folterten sie. Klein konnte fliehen.«

»Er hat seine Leute zurückgelassen?«

»Nein. Zuerst schloss er die Sabotageaktion ab, die sie vorher nicht hatten umsetzen können. Er hat das ganze Arsenal in die Luft gesprengt und ist dann zu seinen gefangenen Kameraden zurückgekehrt. Aber es war zu spät: Man hatte sie in einer Vergeltungsaktion bereits hingerichtet. Tagelang wurde nach Klein gesucht. Alle dachten, er wäre geflohen und vermuteten ihn bereits hinter der Front. Er hatte jedoch andere Pläne. Als ich davon gelesen hab, konnte ich es selbst kaum glauben ... Er ist zurückgekehrt, um der Reihe nach alle aufzuspüren, die seine Männer gefoltert hatten. Mehr noch! Er hat sie der gleichen Folter unterzogen! Die französische Führung fahndete nach ihm. In ihren Berichten hat man ihn mit einem Tier, einem menschgewordenen Teufel verglichen. Erst als seine Rache vollendet war, hat er sich zu den eigenen Truppen durchgeschlagen. Schließlich fand man ihn vollkommen erschöpft. Seine zahlreichen Verletzungen stuften die Ärzte als kritisch ein und ihm wurden keine großen Überlebenschancen eingeräumt. Mehr als ein Jahr verbrachte er im Spital ...«

»Was hat das mit unseren Morden zu tun?« Richter schüttelte den Kopf und blickte den Major kalt an. »Aus deiner Erzählung könnte man folgern, Klein sei ein Nationalheld und wir unwürdig, ihm auch nur die Schuhe zu putzen!«

»Zusammen mit Klein waren fünf Männer hinter der feindlichen Linie tätig. Drei wurden von den Franzosen getötet, einzig Klein überlebte ...«

»Entweder kannst du nicht zählen, oder du unterstellst etwas anderes?«

»Tja ...«, Schneider zeigte seine gelben Zähne. »Lothar Böhm. Er war nicht unter den Getöteten. Interessanterweise verfügt der Nachrichtendienst über Aufzeichnungen, die besagen, die Franzosen hätten Kleins Gruppe nur dank eines Informanten ergreifen können.«

»Wer ist dieser Böhm?«

»Er hat noch während des Kriegs seinen Namen geändert und seine Karriere im Dienst des Kaisers fortgesetzt. Später ist er dann in Ungnade gefallen und wurde nach Glatz geschickt.«

»Verdammt!« Der Kommissar schluckte.

»Genau. Wir kennen ihn als Major Friedrich Peschke und erstes Opfer der geometrischen Mörder.«

Richter wurde bleich. Ungläubig schaute er zuerst Schneider an, dann die Aktenmappe. Mit einem Schlag wurde ihm die ganze Tragweite dieser Entdeckung bewusst.

»War Böhm der Verräter?«

»Das weiß keiner. Wäre der Nachrichtendienst sich sicher gewesen, hätte man ihn längst gehängt. Vielleicht wurde auch einer der Toten verdächtigt. Allerdings hatte Böhm jemanden, der ihm den Rücken freihielt. Sein Vater war eine große Nummer im Nachrichtendienst. Gut möglich, dass er seinen Sohnemann retten konnte. Der Gedanke, dass jemand wie dieser Klein auf die Idee kommen könnte, auf eigene Faust für Gerechtigkeit zu sorgen ...«

Richter hatte das Gefühl, als ginge in seinem Gehirn eine Bombe hoch. Nur mit Mühe konnte er all diese Neuigkeiten erfassen. Vielleicht hatte der Major recht. Die Informationen sprachen gegen Klein. Richter witterte schon seine Chance auf Beförderung und die erträumte Versetzung nach Breslau, vielleicht sogar nach Berlin, wenn er die Karten richtig ausspielte …

»Warte.« Er verdrängte vorläufig die Vision einer blendenden Zukunft. »Das ist doch an den Haaren herbeigezogen, Schneider. Klein war doch noch gar nicht in Glatz, als Peschke, oder besser gesagt Böhm, getötet wurde. Abgesehen davon, warum sollte Berlin Klein mit Ermittlungen betrauen, wenn sie wissen, was zwischen den beiden vorgefallen ist?«

»Klein ist ein Tier, ein Wahnsinniger!« Schneider ließ sich nicht abbringen. Es war offensichtlich, dass er sich bereits seine eigene Version zurechtgelegt hatte und Richters Fragen ihn nervten. »Klein hatte einen Grund, diesen Böhm alias Peschke zu stellen. Verrat duldet er nicht. Ich weiß nicht, wie er es angestellt hat, aber er hat den Major exekutiert. Danach mordete er aus irgendwelchen Gründen weiter!«

Richter unterbrach seinen Freund.

»Deine Schlussfolgerung hat mehr Löcher als ein Schweizer Käse. Du sagst, Klein sei ein Wahnsinniger. Er handelt aber nicht wie einer.«

»Bist du sicher?« Schneider wirkte beleidigt.

»Denk doch mal nach, Kurt«, sagte Richter gutmütig, »selbst wenn Böhm der Verräter war und Klein ihn erschossen hat, würde der doch nicht weitermorden, nur um sein Motiv zu vertuschen.«

»Es gibt eine weitere Möglichkeit«, merkte Schneider an. »Vielleicht war ja gar nicht Böhm der Verräter, sondern Klein selbst? Vielleicht wurde Böhm ermordet, um die Spuren von Kleins Verrat zu verwischen?«

Richter rieb sich die Schläfen. Sein Kopf war dem Platzen nah.

»Er ist gefährlich, das weißt du«, fuhr Schneider fort. »Wir müssen ihn loswerden.«

*

Der Gerichtsportier Matthias Weigl blätterte auf die nächste Seite des Romans, der ihn schon seit einigen Stunden fesselte. Er hatte das Buch zufällig im Wartebereich vor dem Verhandlungssaal gefunden. Obwohl er eigentlich dachte, Lesen wäre Zeitverschwendung, fördere Migräne und schwäche die Sehkraft, hatte ihn das Buch schon nach wenigen Seiten voll und ganz in seinen Bann gezogen. Der Roman handelte von einem verrückten Doktor, dessen Name wie der Ort klang, in dem Weigl geboren wurde. Er bekam beim Lesen Gänsehaut, vor allem an der Stelle, als das Monster auftauchte, das der verrückte Wissenschaftler erschaffen hatte. Kein Wunder, dass der Portier einen unterdrückten Schrei ausstieß, als er den Blick vom Buch hob und auf die Person richtete, die vor ihm stand. In seinem Kopf drehte sich alles, und für einen Moment war er sicher, das Monster aus dem Roman habe ihn heimgesucht, um sich für seine unverantwortliche Wiederbelebung zu rächen.

»Ich möchte den Häftling Hugo Schuhmann sehen.«

Weigl seufzte erleichtert. Langsam begriff er, dass er nicht das Ergebnis von Doktor Frankensteins Experiment vor sich hatte, sondern einen Menschen aus Fleisch und Blut. Aber diese Narben und Verbrennungen ...

»Wer ...«, er räusperte sich, denn er hatte seine Stimme verloren. »Wer will mit ihm sprechen?«

»Hauptmann Wilhelm Klein. Ich ermittle in den Mordfällen.«

»Ach ja!« Endlich kam der Portier wieder voll zu sich. Er hatte von Klein gehört, auch von dessen Narben im Gesicht. Er ließ das Buch fallen, als wäre es glühend heiß. Jetzt hatte er den unwiderlegbaren Beweis, dass all die erfundenen Geschichten in den Büchern gänzlich ohne Sinn waren und die Menschheit dadurch nur verdummen würde. »Ja, der Hehler ist bei uns. Man hat ihn hierhergebracht, weil die Polizei im Rathaus keinen Platz mehr für die Verhafteten hat. Er ist unten im Keller.«

»Wie komme ich dorthin?«

»Links und dann die Treppe hinunter. Dort ist das Zimmer des Wachkommandanten.«

»Eine Frage noch. Waren Sie gestern Abend auch hier? Haben Sie gesehen, wie Richter Wiese das Gerichtsgebäude verlassen hat?«

Die Frage überrumpelte ihn. Weigl fiel es schwer, sich zu konzentrieren, in Gedanken war er immer noch beim Roman dieser seltsamen britischen Autorin.

»Ich habe ihn rausgehen sehen, er sagte, er hätte es eilig. Wenn er es nicht zum Ball schaffe, würde er Ärger mit seiner Ehefrau bekommen …«

»Konnten Sie sehen, wer ihn abgeholt hat?«

»Nein …« Der Portier blickte auf das Buch am Boden. Gestern war er so sehr darin vertieft gewesen, dass er nichts weiter bemerkt hatte.

Klein wollte ihn nicht weiter behelligen. Er bedankte sich und ging in Richtung Keller. Problemlos fand er den provisorischen Arrestbereich und hatte bald den leitenden Beamten davon überzeugt, dass er den Häftling sehen dürfe. Wenige Minuten später stand er Hugo Schuhmann, dem Hehler, in einer kleinen, jedoch sauberen Zelle gegenüber.

»Zum Henker, jetzt erst erinnert ihr euch wieder an mich?« Der Mann spuckte auf den Boden. »Ihr lauert mir in meinem Haus auf, verprügelt mich, und keiner denkt mal daran, mir den Grund dafür zu nennen?«

Klein sah Schuhmann an. Sein dreieckiges Kinn verlieh ihm ein fuchsähnliches Aussehen. Die dunklen Augen blinzelten, als würden sie vom Licht gereizt. Zweifellos war er gefährlich. Flecken auf dem Unterhemd und Schweißperlen auf dem kahlen Schädel zeugten davon, dass er die Zeit in der Zelle nicht untätig verbracht hatte. Seine Muskeln verrieten, dass er regelmäßig trainierte. Er war schlank und sein Körper zeigte kein Gramm Fett. Klein sprangen besonders die zahlreichen Tätowierungen des Häftlings ins Auge. Zeugnisse einer bewegten Gefängnisvergangenheit.

»Niemand bekommt einfach so was auf die Rübe, Schuhmann. Du weißt, dass es immer einen Grund gibt …«

Der Hehler verzog das Gesicht zu einem Grinsen und entblößte dabei zwei Goldzähne. Der Rest des Gebisses war in tragischem Zustand. Es war rätselhaft, wie sich die beiden Stiftzähne zwischen den verfaulten Stümpfen halten konnten. Schon von Weitem roch Klein den fauligen Atem.

»Verdammt, du siehst aus, als wüsstest du Bescheid. Wollt ihr mir diese Morde anhängen? Ich werd bestimmt nichts zugeben, verdammt. Ich hab nichts zu gestehen.«

»Natürlich nicht, aber wen schert's?« Klein verstand, dass man Schuhmann nicht mit langen Sätzen kommen durfte. »Ich dachte, du hättest was auf dem Kasten, aber aus dir kommt nur Scheiße ...«

Der Häftling fuhr sich mit der Zunge über die Zahnstümpfe und sah Klein gelangweilt an. Er ließ sich nicht leicht provozieren, eine Erfahrung aus vielen Jahren Haft. Mit Drohungen würde Klein nicht viel erreichen. Für ein ordentliches Verhör hatte er ohnehin keine Zeit. Er musste geschickt auf Schuhmann zugehen, um ihn zur Kooperation zu bewegen. Der Hehler sollte begreifen, dass sein unerwarteter Gast etwas anzubieten hatte, das seine Lage entscheidend verbessern würde, sodass eine Kooperation auch in seinem Sinne wäre.

»Ich sag dir jetzt mal, wie das laufen wird. Man wird dich der Meute zum Fraß vorwerfen. Sogar Zeugen werden sich finden, die unter Eid aussagen, in welche Bestie du dich verwandelst, wenn du koscheren Wodka gesoffen hast. Die Mädels in der Stadt verachtest du doch auch nicht, Schuhmann? Du wirst überrascht sein, wie viele von ihnen schwören würden, du seist nach ein paar Gläsern handgreiflich geworden und hättest sie zu Dingen gezwungen, die sich gottesfürchtige Frauen nicht mal vorstellen können.«

Der Hehler klopfte sich lachend auf die Schenkel.

»Du passt perfekt auf die Beschreibung eines bestialisch mordenden Perversen«, fuhr der Hauptmann fort. »Bevor jemand deine Unschuld beweist, bist du längst im Gefängnis verrottet. Wenn dir nicht vorher jemand einen Gürtel in die Zelle wirft und dir hilft, ihn an den Gitterstäben zu befestigen.«

»Schwachsinn! Ich hab die Wärter gehört! Letzte Nacht hat man den Richter kalt gemacht. Ich war hier unten, also kann ich's nicht gewesen sein.«

Schuhmann verschränkte die Arme vor der Brust und spannte seinen Bizeps an. Das Muskelspiel hauchten den blassblauen Tätowierungen Leben ein.

»Hörst du nicht selbst, wie lächerlich das klingt? Zum Teufel mit deinem Alibi, Hehler.«

Schuhmann grinste und lehnte sich zurück, als säße er nicht auf einer Pritsche, sondern auf einem Thron.

»Ja, so ist das Leben, verdammt. Deinem Schicksal entkommst du nicht.«

Selbstbewusst sah er Klein an, als wäre der eine Wanze, die aufs Bett geklettert war, um sich einzunisten.

»Schuhmann, du bist durch und durch ein Dreckskerl. Und ehrlich gesagt, wäre es mir scheißegal, wie und wann du hier drin verreckst, wenn da nicht diese Sache wäre.«

Der Hehler hörte Klein mit ausdrucksloser Miene zu. Selbst seine Augen waren matt, wie mit Rauchglasscheiben bedeckt, und verrieten nichts.

»Deine Argumente interessieren mich einen feuchten Dreck«, knurrte er. »Sonst noch was? Wenn nicht, solltest du lieber schnell verschwinden. Wär doch schade, wenn du stolperst und dir was brichst.«

Erneut starrten die Männer sich an, doch plötzlich war da etwas in Kleins Augen, das den Hehler zwang, seinen Blick abzuwenden, obwohl er innerlich kochte.

»Ich werde dir jetzt ein paar Fragen stellen«, sagte der Hauptmann ruhig. »Dann verlasse ich diese Zelle in der Überzeugung, dass du außer Scheiße auch ein bisschen Grips im Kopf hast. Hörst du mir zu?«

Schuhmann schwieg. Klein hatte für ihn nichts mehr von einer Wanze. Er wusste nun überhaupt nicht mehr, mit wem er es hier zu tun hatte. Sein Selbstvertrauen war weg und damit auch seine Überlegenheit.

»Kommissar Richter wird dich aus mehreren Gründen nicht freilassen. Erstens gibt er ungern einen Fehler zu, und zweitens würdest du zum Symbol seiner Niederlage. Ich aber werde, während du dir hier einen faulen Lenz machst, die Bastarde finden. Nicht deinetwegen, sondern weil ich es will. Ich werde sie dem Kommissar frei Haus liefern …«

Klein hielt kurz inne. Der Hehler schwieg.

»Gestern wurde Richter Wiese ermordet. Es kam zu einer Verfolgungsjagd mit einem der Täter. Er hat sich in den Kopf geschossen, um der Verhaftung zu entgehen. Noch so eine Sache, die für dich spricht. Der in die Enge Getriebene hat sich lieber eine Kugel in den Kopf gejagt, als seine Komplizen zu gefährden ... Du hingegen hast dich wie ein Kind überrumpeln lassen!« Klein sprach lauter, denn er sah, dass Schuhmann etwas erwidern wollte. »Mir ist da eine Tätowierung an der Hand dieses Bastards aufgefallen. Dabei habe ich komischerweise an dich gedacht. An einen abgebrühten Hurensohn, der den Großteil seines Lebens in den Gefängnissen zwischen Glatz und Breslau verbracht hat.«

Der Häftling zog die Augenbrauen hoch und begann zu lachen.

»Eine Tätowierung? Und das soll mich mit irgendeiner Witzfigur in Verbindung bringen, die sich die Rübe weggeblasen hat? Haben wir uns etwa gegenseitig unseren Namen als Zeichen ewiger Liebe in die Haut geritzt? Hör mir doch auf. Ich bin keine Schwuchtel. Wegen einer Tätowierung hängt mir keiner was an!«

»In den Gefängnissen verrotten tausende von Unschuldigen.« Klein deutete auf eine Tätowierung zwischen Daumen und Zeigefinger des Hehlers.

»Ein Muster aus mehreren Dreiecken.«

Der Hehler betrachtete es, als sehe er es zum ersten Mal. Dann sah er Klein an.

»Ich bin nicht der Einzige, der sowas hat, verdammt ...«

»Das ist mir klar. Trotzdem will ich es von dir hören.« Schuhmann spuckte aus. Er hatte sich entschieden.

»Bei meiner ersten Haft haben sie mir das mit einem Nagel gestochen. Ich war mächtig stolz darauf ... die Enveloppe.«

»Also der Umriss der äußeren Mauern, ein Symbol für das Gefängnis, in das sie dich gesteckt haben. Ein Wappen. Welches?«

»Soll das ein Witz sein? Der ehrenwerte Herr erkennt es nicht? Verdammt, ist doch offensichtlich, oder? Die Festung!«

Klein griff in seine Manteltasche und zog ein Foto aus einem Umschlag. Er reichte es Schuhmann, der es nach kurzem Zögern entgegennahm.

»Das ist nicht die Enveloppe.« Der Hehler schüttelte den Kopf. »Diese Tätowierung ist ein Todesurteil.«

»Was heißt das genau?«

»Verdammt! Ist doch sonnenklar, dass es die Hohe Krone ist, das Gefängniswappen von Fort Schäferberg ... Dort kamen nur die zum Tode Verurteilten hin.«

Klein reichte ihm ein weiteres Foto. Der Hehler zuckte nur mit den Schultern.

»Hab ich doch gesagt. Der Kerl ist hin.«

»Sehr gut beobachtet. Er hat sich gestern umgebracht.«

»Nein, nein.« Der Hehler schüttelte den Kopf. »Ich hab ihn gekannt. Er hat eine Zeit lang in Landeck gelebt und ist dann einberufen worden. Karriere hat er da aber nicht gerade gemacht. Gerüchten zufolge saß er wegen Fahnenflucht.«

Für einen Moment schwieg Klein. Dann hakte er nach.

»Wer war mit ihm in Haft?«

»Keine Ahnung. Zu der Zeit hab ich mir in Frankreich in den Schützengräben in die Hosen geschissen. Als Wiederholungstäter hat man mir Kriegsdienst aufgebrummt.« Schuhmann ließ seine Goldzähne blitzen. »Warum sollte ich lügen? Dieser Richter Wiese hätte bestimmt mehr darüber erzählen können. Aber da er ja nun bedauerlicherweise tot ist, frag doch in der Festung nach. Über die Hinrichtungen wurde nicht viel gesprochen. Man hat die Männer auf den Schäferberg gebracht, um sie abseits der Stadt aufzuknüpfen ...«

*

Kommissar Richter konnte nicht mehr stillsitzen. Er schritt in seinem Büro zügig auf und ab und wurde nur langsamer, wenn er außer Atem geriet. Sein Blick streifte die holzgerahmten Fotografien an den Wänden. Erinnerungen an lange Dienstjahre. Wo war der junge Mann geblieben, dem die ganze Welt zu Füßen lag? Wo war der ehrgeizige Polizist, der immer wieder befördert wurde und stets die richtigen Entscheidungen traf? Zumindest bis zu dem Moment, als die rasende Lokomotive seiner Karriere aufs Abstellgleis mit dem Ortsschild Glatz fuhr? Woran fehlte es ihm? Entschlossenheit? Ehrgeiz? Raffinesse?

Er war ein reifer Mann über vierzig. Höchste Zeit für einen großen Erfolg, um auf das richtige Gleis zurückzukommen. Was konnte er tun? In dieser Stadt hatte er die höchste Stufe der Karriereleiter erreicht. Noch höher hinaus konnte und wollte er nicht. Formal standen zwar der Bürgermeister und dessen Stellvertreter an der Spitze der Glatzer Polizei, jedoch war Richter ihr eigentlicher Vertreter. Die anderen waren nur gewöhnliche Beamte, die weder den Gestank der Gosse noch die dunkle Seite der menschlichen Natur kennengelernt hatten. So mancher hätte alles gegeben, um an seiner Stelle zu sein, während er in Glatz erstickte. Der ruhige Posten genügte ihm nicht. Er war ein Mann der Tat, hatte jedoch etwas Patina angesetzt.

Der Kommissar betrachtete das Foto, das seine Frau und seine Kinder zeigte. Hannah hatte Besseres verdient. Die Töchter ebenso. Die breiten Straßen von Breslau, die Oper, das Theater, die besten Schulen ... er hatte nie zu denen gehört, die sich an kleinen Erfolgen berauschten. Sein rastloser Geist zwang ihn, in die Zukunft zu blicken, nach Herausforderungen zu suchen und sich diesen zu stellen. War er etwa schlechter als irgendwelche versoffenen Breslauer Kriminalräte, die frühmorgens in einschlägigen Spelunken aufwachten und ihre Alkoholfahne mit billigem Kölnischwasser überdeckten? Nein, nein und nochmals nein!

Richter beruhigte sich ein wenig, als er auf die Straße blickte und den von Jürgen Roth gesteuerten Wagen erspähte. Auf der Rückbank saß Hauptmann Klein. Im Glauben, dieser könne ihn im Fenster erkennen, trat der Kommissar einen Schritt zurück. In Gedanken tadelte er sich sogleich für diesen Reflex. Schließlich wich er vor niemandem zurück, schon gar nicht vor diesem Mann.

Ein Blick auf die Taschenuhr. Bis zur Besprechung blieben wenige Minuten. Er legte sich einen Plan zurecht, dessen zentrale Figur niemand anderer war als Wilhelm Klein.

Als Richter den Besprechungsraum betrat, wartete dort bereits die ganze Truppe. Schweigend, was ziemlich untypisch war. Vor allem Seipelt hatte in Besprechungen immer die Klappe offen. Richter fragte sich, ob dieses Verhalten dem Ernst der Situation geschuldet war oder der Anwesenheit Kleins, der in der letzten Reihe saß. Er vermutete Letzteres. Vom Hauptmann erwartete der Kommissar ostentative Verachtung. Der aber starrte direkt auf den Stadtplan an der gegenüberliegenden Wand und wirkte konzentriert und aufmerksam. Am Vortag hatte Richter den Bürgermeister gefragt, ob er ein paar Worte an seine Leute richten wolle. Glücklicherweise hatte Ludwig aber die Versammlungsleitung dem Kommissar überlassen.

»Meine Herren!«, ertönte Richters düstere Stimme.

Er schaute den Beamten in die Augen. Seipelt und Schulz hielten dem Blick stand und warteten gespannt. Puder wischte sich mit einem Taschentuch über die gerötete Nase und konnte nur mit Mühe ein Niesen unterdrücken. Er sah nicht gut aus und der Kommissar notierte sich in Gedanken, ihn schnellstmöglich nach Hause zu schicken. Er wollte nicht, dass Puder die restliche Gruppe ansteckte. Koschellas Blick hingegen war gesenkt, sein Gesicht spiegelte Verbissenheit wider. Richter wusste, dass er ein guter Polizist war. Und er bedauerte insgeheim, dass er ihm nicht schon früher mehr Aufmerksamkeit geschenkt und ihn mehr einbezogen hatte. Koschellas Aufsässigkeit hatte ihm nicht gefallen, und in der Gruppe musste es immer jemanden geben, der zur Abschreckung bestraft wurde, sei es durch die Streichung einer Beförderung oder durch den Entzug einer Prämie. Diese Rolle war dem Wachtmeister zugefallen. Anscheinend nahm er ihm das übel.

»Meine Herren, ich habe Sie aus einem einzigen Grund im kleinen Kreis zusammengerufen. Wir haben es mit einem beispiellosen Fall zu tun. Vier Morde, drei davon im Tagesrhythmus. Sollte sich dieser Trend fortsetzen, ist zu befürchten, dass wir es heute mit einem weiteren zu tun bekommen …«

Einige Beamte nickten. Die Atmosphäre war angespannt, der Geruch von Schweiß und Testosteron lag in der Luft. Richter hätte seinem Sekretär Fengler am liebsten befohlen, die Fenster zu öffnen, aber er fand, das würde den mit wenigen Sätzen erzielten Effekt zunichtemachen.

»Ich habe Hauptmann Klein und die ihn unterstützenden Beamten auch zu dieser Besprechung eingeladen.« Richter blickte in die letzte Reihe. Klein reagierte nicht, Roth setzte sich etwas aufrechter hin und errötete sogar ein wenig. Koschella biss die Zähne noch fester zusammen. »Ich bin zu der Überzeugung gekommen, dass für getrennte Ermittlungen keine Zeit bleibt. Wir müssen die Erfahrung der Glatzer Polizei und Hauptmann Kleins Intuition bündeln. Meine Herren, ich brauche Sie nicht an die Ereignisse der letzten Nacht zu erinnern. Das vierte Opfer war Richter Konrad Wiese, dessen massakrierte Leiche wir alle auf dem Wilhelmsplatz sehen konnten. Die Jagd nach den Tätern endete mit einem Teilerfolg. Hauptmann Klein hätte beinahe einen der Täter gefasst. Der aber hat sich selbst gerichtet ... Nicht umsonst nenne ich das einen Teilerfolg. Hoffen wir, dass der Ausfall eines Komplizen den Tätern das neuerliche Morden erschwert.«

Richter gab dem Sekretär ein Zeichen, worauf dieser die Mappe in seinen Händen öffnete und Fotos des Toten an die Anwesenden verteilte.

»Einige von Ihnen haben sein Gesicht gesehen. Wachtmeister Seipelts Gruppe gleicht die Fingerabdrücke mit unserem Archiv ab. Ich rechne nicht mit einem Erfolg, da unsere Kartei noch nicht sehr umfangreich ist. Wir haben das Material aber auch nach Breslau und Berlin geschickt. Die Identifizierung des Toten und die Rekonstruktion seines Beziehungsnetzes stehen für uns im Vordergrund. Herr Wachtmeister, gibt es etwas Neues in dieser Angelegenheit?«

»Wir arbeiten daran! Ich habe fast das ganze Personal darauf angesetzt. Es wurde auch jemand in die Kommandantur geschickt. Herr Klein hatte angedeutet, dass es sich bei den Tätern um Soldaten handeln könnte, also dachte ich, die könnten ihn in ihren Akten haben.«

Richter nickte, wenngleich ohne Begeisterung. Er hatte gehört, wie respektvoll sein Untergebener den Namen des Hauptmanns ausgesprochen hatte.

»Wir werden ihn bald identifizieren. Weitere Aufgaben liegen vor uns: Wir müssen versuchen, den Ort des nächsten Mordes vorherzusagen. Beim Mord am stellvertretenden Bankdirektor haben wir es mithilfe des Stadtplans und einiger Deduktion geschafft ...«

Richter verschwieg den Urheber dieses Erfolgs. Erneut winkte er dem Sekretär zu, der von ihm über den geplanten Ablauf der Besprechung genau informiert worden war. Otto Fengler trat zum Stadtplan und markierte mit drei großen roten Stecknadeln die Tatorte.

»Wir können hier ein gleichseitiges Dreieck erkennen. Zweifellos wollen die Mörder uns damit etwas mitteilen. Die Symbolik ist von enormer Bedeutung. Unsere Interpretation basiert auf wenigen Daten und Rückschlüssen. Zunächst dachten wir an das Symbol des Judentums, den Davidstern ...«

Otto platzierte weitere Stecknadeln auf der Karte, wodurch eine Figur aus sechs gleichmäßig verteilten Punkten entstand.

»Zu dieser Interpretation verleitete uns die Anordnung der Tatorte, aber auch eine Reihe von Fakten, die diese zu bestätigen scheinen. Die politische Gesinnung von zwei Opfern war kein Geheimnis. Stadtrat Dinter und Vizedirektor Beier waren für ihre antisemitischen Ansichten bekannt. Wir können jedoch davon ausgehen, dass die Mörder uns auf diesen Zusammenhang nur aufmerksam werden ließen, um uns in die Irre zu führen ...«

Richter verstummte. In den Gesichtern seiner Männer las er Verwirrung. Lediglich Klein blieb unbeeindruckt. Noch, dachte der Kommissar.

»Die Täter wissen, dass wir ihnen auf den Fersen sind. Sie führen uns an der Nase herum ...«

Er ging zur Karte und zog drei Stecknadeln wieder heraus. Eine davon steckte er an die Stelle zurück, an der sich der Wilhelmsplatz befand.

»Hier wurde Richter Wiese ermordet. Das passt doch nicht zum Davidstern, oder?« Niemand antwortete und so fuhr Richter fort: »Nun haben wir eine Raute, meine Herren, zwei gleichseitige Dreiecke, deren gemeinsame Eckpunkte die Obermühle und die Kreuzung Kirchgasse/Grüne Straße bilden. Wenn wir das Spiel der geometrischen Mörder, wie sie die Presse getauft hat, aufnehmen, drängen sich zwei weitere Tatorte auf.«

Richter steckte eine Nadel in die südöstliche Ecke der Festung und eine weitere in das Ostufer der Neiße, in der Nähe des ehemaligen Armenhauses.

»Welches Symbol entsteht nun?«

»Das der Freimaurer«, meldete Seipelt sich zu Wort. »Die Glatzer Loge ›Zu den drei Triangeln‹ …«

Richter nickte anerkennend. Er spürte, dass er damit mehr Wirkung erzielte als mit Worten.

»Halten Sie dies für eine falsche oder für eine richtige Fährte?«,

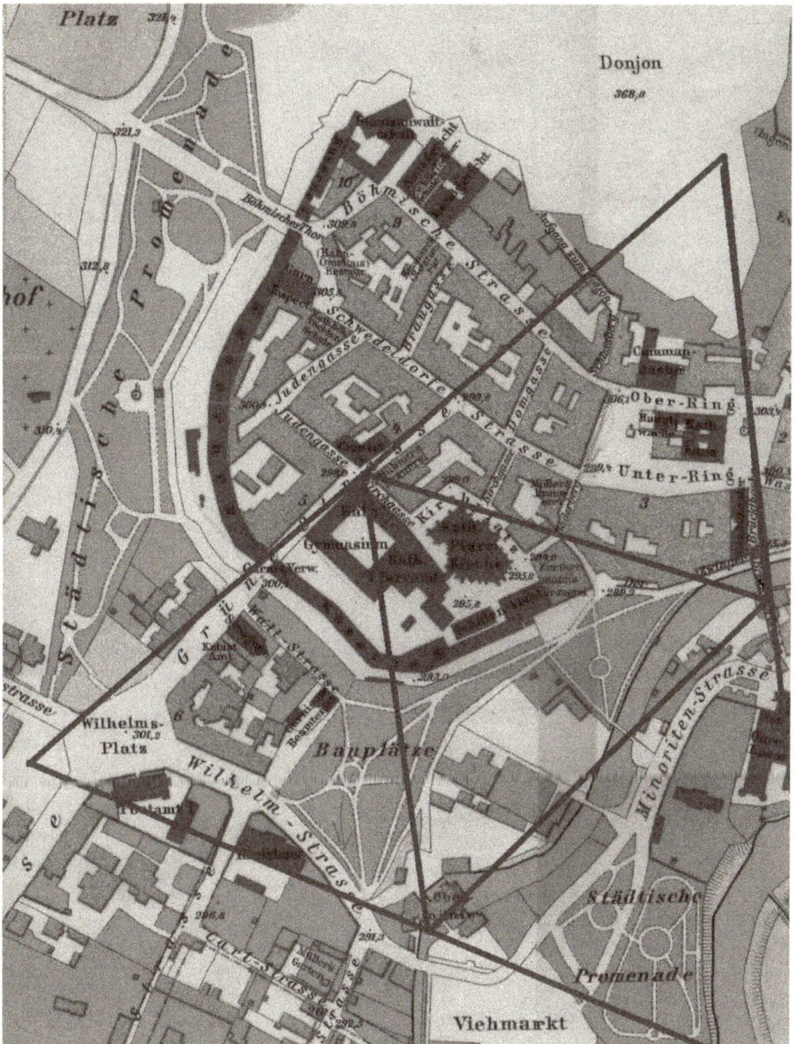

fragte der sonst so schweigsame Schulz, dem man seine Verwirrung anmerkte.

Der Kommissar schwieg und hoffte, dies würde als Missbilligung der Frage seines Untergebenen verstanden werden. Doch Seipelt und der immer noch schniefende Puder sahen Richter an, als warteten auch sie auf eine Antwort.

»Der nächste Mord könnte an einem ganz anderen Ort passieren!«, sagte Richter. »Dort, wo wir es am wenigsten erwarten. Dann werden andere Figuren in unseren Köpfen auftauchen. Symbole, an die wir bislang nicht gedacht haben, die möglicherweise auf den Glauben der Ureinwohner Nordamerikas verweisen. Die spielen mit uns, meine Herren! Die führen uns an der Nase herum und machen die Polizei lächerlich! Wir haben uns heute versammelt, um ihre nächsten Schritte vorauszusehen. Sollte also jemand von euch eine Idee haben oder in der Schule Primus in Geometrie gewesen sein, dann verbergt eure Fähigkeiten nicht länger und sagt mir, was sich diese Hurensöhne außer der Freimaurerpyramide noch ausgedacht haben könnten!«

Richter war ganz außer Atem. Die Anwesenden starrten ihn schweigend an. Auch Klein, der endlich seinen Blick von der Karte gelöst hatte. Das Schweigen zog sich in die Länge. Der Kommissar spürte, wie ihm das Blut in den Kopf stieg, und es juckte ihn, etwas an die Wand zu werfen. Nur so konnte er seine Anspannung wirksam abbauen.

»Vielleicht ...« Seipelt war schon eine Weile in die Fotos vertieft. »Sehen Sie die Tätowierung auf der Hand des Selbstmörders?«

Der Kommissar hatte keine Ahnung, wovon sein Untergebener sprach. Umgehend legte ihm der Sekretär das Foto der Leiche vor.

»Weiter, Seipelt«, drängte er den Wachtmeister. »Auch wenn es Ihnen unsinnig vorkommen mag.«

»Dieses Zeichen zwischen Zeigefinger und Daumen. Erinnert das nicht an etwas? Das sind doch verbundene Dreiecke. Was passiert, wenn man die in die Karte einträgt?«

Richter drehte das Foto einige Male in seinen Händen und hielt es dann vor den Stadtplan.

»Da könnte was dran sein, Seipelt«, sagte er vorsichtig.

»Aber was ist das für ein Zeichen? Herr Hauptmann? Sie haben die ganze Zeit über geschwiegen. Vielleicht haben Sie eine andere Idee?«

Richter hatte sich den Inhalt seiner Frage sorgfältig überlegt.

»Wachtmeister Seipelts Beobachtung ist schlüssig.«

In Kleins Stimme waren Emotionen schwer auszumachen. Er sprach leise, aber keiner der Anwesenden gab auch nur den geringsten Laut von sich. Sogar Puder hatte aufgehört zu schniefen. »Das ist das Wappen von Fort Schäferberg und zeigt dessen Befestigungsanlage, die sogenannte Hohe Krone. Wer diese Tätowierung trug, endete vor dem Erschießungskommando oder am Strang. Doch nicht alle, wie sich herausstellte. Beim Selbstmörder von gestern handelt es sich höchstwahrscheinlich um Theodor Wildstein, einen der Fahnenflucht beschuldigten Unteroffizier der preußischen Armee, der in der Glatzer Festung gehängt wurde.«

Richter sah Klein perplex an, unfähig, auch nur ein Wort hervorzubringen.

»Der Ort, an dem Richter Konrad Wiese getötet wurde, war nicht der Wilhelmsplatz, sondern der Betriebshof der Postkutschen in der Wilhelmstraße, genauer gesagt der Bereich rund um das Tor an der Kreuzung zur Friedrichstraße.«

Richter wusste, warum seine Stimmbänder ihm den Dienst verweigerten. Er spürte einen Wutkloß im Hals, der die Ausmaße eines Fußballs annahm, als er aus den Augenwinkeln bemerkte, wie der Sekretär die Stecknadel, die er zuvor hatte anbringen lassen, herauszog und sie an der von Klein genannten Stelle platzierte.

»Im Moment würde ich nichts ausschließen. Aber ich unterstütze die These, dass der nächste Tatort eine Überraschung für uns sein soll.«

»Aber jetzt ...«, Seipelts Zeigefinger deutete auf die Karte. »Jetzt passt der Ort von Richter Wieses Ermordung nirgendwo hin. Die Pyramide aber schon. Soweit ich sehen kann, zeigt ihre Spitze genau nach Norden ...«

Klein erhob sich, ging an dem zur Salzsäule erstarrten Kommissar vorbei und trat an die Wandkarte. Er zog zwei Stecknadeln aus ihren bisherigen Positionen und nahm dem Sekretär die restlichen aus der Hand.

»Was wird das?«, lachte Schulz. »Ein Quadrat?«

Der Hauptmann steckte die letzte, neunte Stecknadel in die Mitte der Figur.

Gebannt starrten alle auf die Karte und versuchten zu verstehen, was sie da sahen.

»Verdammt!«, krächzte Koschella. »Eine Swastika, das Glückssymbol, zuletzt in gewissen Kreisen sehr beliebt. Wenn es das sein soll – was ich vermute – dann nimmt das hier eine ganz andere Scheißdynamik an!«

Richter wollte den Wachtmeister schon wegen seiner Wortwahl tadeln, aber auch ihm drängten sich Kraftausdrücke auf. Zu allem Überfluss betrat just in diesem Moment Bürgermeister Franz Ludwig den Besprechungsraum. Geistesabwesend irrte seinen Blick über die Versammelten, er wirkte erschüttert.

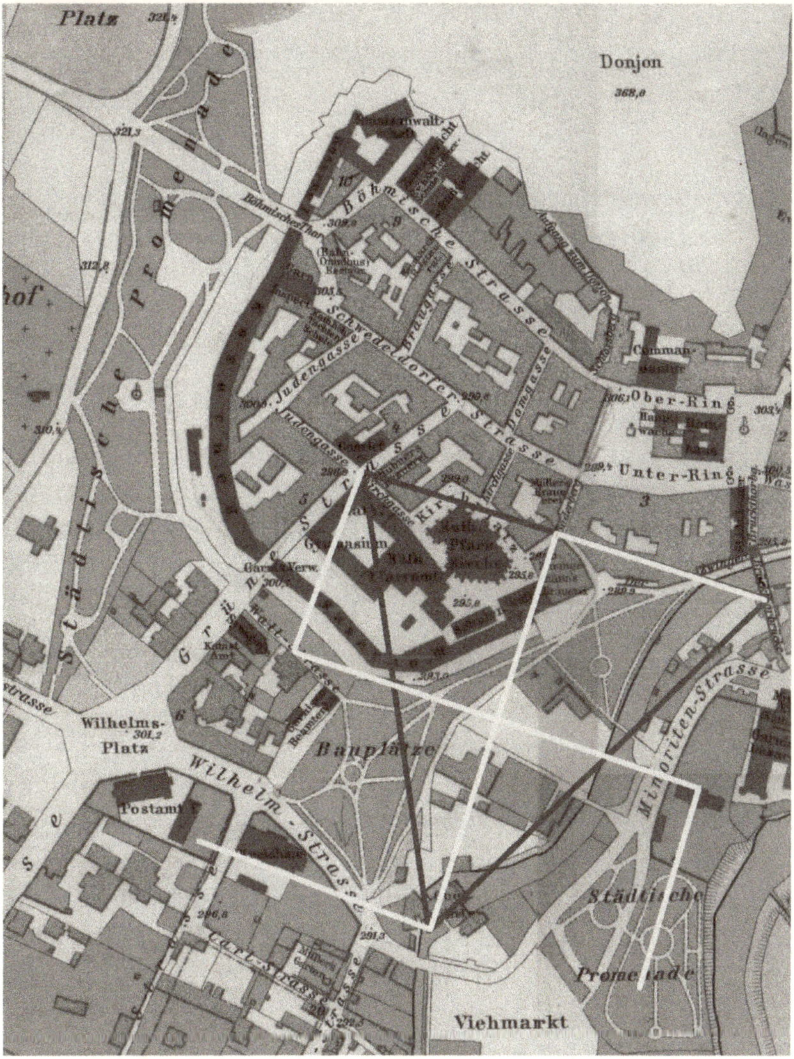

»Meine Herren, ich habe eine weitere Nachricht erhalten.« Seine Stimme zitterte. »Höchstwahrscheinlich von den Tätern.«

Nervös rückte er seine Brille zurecht, die ihm auf die Nase gerutscht war. Dann entfaltete er das Blatt in seinen Händen.

»Zimmermanns Brauerei. Zimmer fünf. Opfer fünf.«

Gebannt starrten alle auf die Stecknadel, die wie ein Stachel in dem Rechteck steckte, das die Brauerei an der Ecke Baderberg/Zwinger darstellte. Alle sprangen auf und drängten zum Ausgang.

*

Passanten, die an diesem Tag auf dem Unterring ihre Besorgungen machten, wunderten sich bestimmt über eine Schar Beamter, die in Richtung Baderberg rannten. Unter ihnen auch Kommissar Richter, der bereits seinen Kragen gelockert hatte, um Luft zu bekommen. Klein folgte der Gruppe in gebührendem Abstand. Weder er noch seine beiden Begleiter zeigten Anzeichen von Eile. Nur der jüngste der drei Männer lief ab und an, wie von einem inneren Drang getrieben, ein Stück voraus und wartete dann wieder.

»Lauf nicht so, Junge«, ermahnte ihn Koschella. »Egal, was wir gleich zu sehen bekommen, Richter ist lahm wie eine Schildkröte. Der überstürzt nichts. Wir haben Zeit.«

Und tatsächlich war Richter, als sie vor Zimmermanns Brauerei eintrafen, immer noch mit Anweisungen an seine Leute beschäftigt. Er ließ die schmale Gasse absperren und schickte mehrere Polizisten auf den Kirchplatz, der an die andere Seite des Gebäudes grenzte. Beim Anblick Kleins presste er die Kiefer aufeinander, sagte jedoch nichts. Den anderen signalisierte er, ihm zu folgen.

»Stundenzimmer«, informierte Koschella Klein. »Diskreter als ein Hotel, vor allem für Leute mit besonderen Vorlieben ...«

Sie traten ein. Obwohl es noch früh am Tag war, saßen in der Schankstube etwa ein Dutzend Männer im Zigarettenqualm. Sie unterhielten sich lautstark, verstummten jedoch, als sie die Polizisten sahen. Eine lässige Geste eines der kräftiger gebauten Beamten reichte, und sie ließen ihre halb leeren Krüge stehen und begaben sich zum Ausgang. Nach zwei Minuten war der Raum leer.

Richter wandte sich an den Mann hinter der Theke, der mit einem schmutzigen Lappen in der einen und einem Krug in der anderen Hand wie angewurzelt dastand. Der Kommissar kannte ihn sehr gut. Es war Friedrich Papke, seit gut zehn Jahren in der

Brauerei angestellt und beinahe Teil des Inventars, ebenso mitgenommen wie das angeschlagene Geschirr und die abgenutzten Tische.

»Ist jemand oben? Wie viele?«

Papke lief rot an, ein wenig zu sehr für Richters Geschmack. Mit blutunterlaufenen Augen schielte er erst nach links, dann nach rechts und wand sich unter den Blicken der Uniformierten.

»Ich denk, ein Zimmer ist belegt ...«, stammelte er. »Aber ich schau ja nicht, wer kommt und geht ...«

»Ist jemand in Zimmer fünf? Nun sag schon!«

»Vielleicht ... Na ja, fünf, ja ...«

Richter gab seinen Leuten ein Zeichen, worauf diese die Treppe hochliefen.

»Schulz, an die Tür!«, befahl der Kommissar leise. »Alles auf mein Kommando! Waffen bereithalten! Koschella, Roth, ihr sichert das obere Stockwerk. Seipelt zu mir! Günther, Hübner, ihr behaltet die anderen Türen im Auge!«

»Herr Kommissar, ich rate zur Vorsicht ...«

»Herr Hauptmann, ich danke Ihnen für Ihre Fürsorge, aber überlassen Sie das bitte der Polizei. Sie können bleiben, wenn Sie wollen, aber nur als Beobachter.«

Richter nickte Schulz zu und zog seine Pistole.

Der Wachtmeister stand an der Tür. Er deutete auf die Türklinke, an der ein Bitte-nicht-stören-Schild hing. Er lauschte kurz, wich dann einen Schritt zurück und trat mit aller Kraft gegen die Holztür, die nachgab, als wäre sie aus Pappe.

Im ersten Moment verstand Richter nicht, was er da sah. In der Mitte des Raums war ein Stuhl, darauf ein Mann in Fesseln. In seinen aufgerissenen Augen war pure Angst. Noch mehr überraschte den Kommissar die dünne Leine, die von der Tür zu dem Mann führte. Sie war am Türrahmen befestigt und führte zum Kopf des Opfers. Als die Tür aufgestoßen wurde, straffte sich die Leine und fiel mitsamt einem Stück Metall zu Boden. Richter konnte noch sehen, wie eine Hand Schulz am Kragen packte und zurückriss, bevor er selbst nach hinten geschleudert wurde. Als es kurz darauf eine Explosion gab, stürzte er die Treppe hinunter.

Das Gebäude erbebte in seinen Grundmauern, und der Kommissar glaubte, ein Abgrund hätte sich unter ihm aufgetan, in den er, verschlungen in andere Körper, hineinstürzte. In seinen Ohren dröhnte es, aus seinen Lungen war alle Luft entwichen. Er konnte vor Schmerzen nicht mal schreien. Er war überzeugt, einige Rippen wären gebrochen und sein Schädel angeknackst, als er gegen das Eisengeländer geschleudert worden war.

Das Pfeifen, das seinen Kopf zu sprengen schien, dämpfte auch die Rufe der anderen. Im dichten Rauch versuchte er etwas auszumachen, jedoch lief ihm eine warme Flüssigkeit in die Augen. Mit zittriger Hand fuhr er an seine Stirn. Blut.

»Herr Kommissar! Alles in Ordnung?«

Richter spürte, wie ihm jemand aufhelfen wollte. Er erkannte die Stimme von Seipelt, der bedeckt mit Staub und Putzresten aussah wie ein Gespenst.

»Wo ist Schulz?«, krächzte er. »Was ist mit Schulz?«

»Ich bin hier, Herr Kommissar!«

Auf wackligen Beinen stieg der Wachtmeister über einen Balken, der auf die Treppe gestürzt war. Hustend und fluchend stand er nun neben seinem Chef und half ihm auf die Beine.

»Wir hatten Glück, Herr Kommissar, wir hatten verdammt viel Glück ...«

»Was ist passiert?! Wie ...«

»Eine Granate, Herr Kommissar.« Schulz rang nach Luft. »Eine Falle, wir müssen den Bolzen gezogen haben ... Ich bin wie angewurzelt dagestanden, Klein hat mich nach hinten gerissen. Sie auch. Dann hat er Sie mit seinem Körper gedeckt ... Ich weiß nicht, wie er das gemacht hat, aber wir wären sonst beide tot. Die volle Wucht ist durch die Tür raus.«

»Wo ist er?«

»Wer?«

»Klein!«, brüllte Richter. »Lebt er?«

»Der Tod schert sich nicht um den Teufel, Herr Kommissar.« Seipelt wies ins obere Stockwerk. »Er ist mit Koschella und Roth oben, aber dort ist es gefährlich ... Alles könnte einstürzen.«

Richter blickte in den Flur und versuchte im Rauch etwas

zu erkennen. Von Schulz gestützt stieg er die Treppe hinauf. Er stöhnte, als er über einen Balken kletterte, war aber entschlossen, ihn nicht als Hindernis zu betrachten.

Ein großes Loch klaffte in der Wand zu Zimmer fünf. Als der Kommissar sich den ausgebrannten Raum näher ansah, wähnte er sich in einer anderen Realität. Neben dem zerborstenen Fenster brannte der Vorhang. Koschella versuchte gerade, den Brand auszutreten. Ein Teil des Kronleuchters baumelte noch von der rußschwarzen Decke. In den Wänden waren Löcher, eine Seite war gänzlich eingestürzt. Der Kommissar starrte auf einen Armeestiefel, in dem noch der Unterschenkel des Opfers steckte. Das Weiß eines länglichen Knochens zeichnete sich ab.

»Klein …« Richter trat auf Schrittlänge an den Hauptmann heran. »Hauptmann Klein!«

Der Mann drehte sich um und sah ihn geistesabwesend an. Seine Wangen waren dreckig, und aus einer Stirnwunde sickerte etwas Blut. Sein Mantel schien immer noch etwas zu glimmen. Richter spürte, wie sich seine Kehle zuschnürte. Seipelt hatte recht, sie hatten einen Abgesandten der Hölle vor sich.

»Klein!«

»Herr Kommissar?«

»Was … was ist hier passiert?«

»Eine Falle. Das Opfer hatte keine Chance und war geschickt fixiert. Eine minimale Kopfbewegung und die Sicherung wäre rausgegangen. Ein paar Seilzüge an der Tür. Wenige Zentimeter genügten, um …«

»Die wussten, dass wir kommen! Die wollten uns töten!«

»Vom Opfer ist nicht viel übrig.« Koschella deutete auf den Stiefel und auf dem Boden verstreute Leichenteile. »Ich weiß nicht, ob wir es identifizieren können.«

»Ich weiß, wer es ist …«, sagte Richter heiser und kniff die Augen zu. Ihm war schwindelig und er kämpfte gegen die Übelkeit. Er hatte immer noch die angsterfüllten Augen von Major Schneider vor sich. »Ich weiß, wer es war.«

»Herr Kommissar?«

Richters Blick suchte Klein, dessen Worte er kaum verstehen

konnte. Sein Gehör war immer noch nicht vollständig zurückgekehrt.

»Herr Hauptmann, Sie haben mir das Leben gerettet.« Der Mann schwieg. »Sie haben Schulz und mich gerettet, und Sie haben uns davor auch gewarnt, als hätten Sie geahnt, was passieren würde. Intuition oder ... wussten Sie davon?«

Richter registrierte, wie diese Worte bei Koschella und Roth völlig unterschiedliche Reaktionen auslösten.

»Lasst uns alleine«, brüllte er. »Alle raus hier!«

Franz zögerte. Da Klein ihm aber kein Signal gab, dass er bleiben solle, folgte er schließlich Roth, Seipelt und Schulz auf den Flur.

Als sie allein waren, atmete Richter tief durch. Das Adrenalin betäubte die Schmerzen im Kopf und in den Rippen. Er hatte den Schock überwunden und seine Gedanken waren jetzt wieder klarer.

»Sie wissen, wer das Opfer war?«, wandte er sich an Klein. Der nickte nur.

»Wissen Sie auch, dass der Major mich vor seinem Tod mit einigen Dokumenten vertraut gemacht hat? Unterlagen über eine bestimmte Person und deren Verbindungen zum ersten Opfer, Major Peschke ... oder besser gesagt, Lothar Böhm.«

Klein schwieg.

»Diese Dokumente betreffen Sie, Herr Hauptmann. Ihre Vergangenheit birgt einige Geheimnisse. Unglaublich und beeindruckend zugleich. Aber es gibt da ein Detail, eine Verbindung, die Ihre Unbefangenheit infrage stellt. Aus diesen Unterlagen geht hervor, dass eine gewisse Person aus Ihrem Umfeld während des Krieges Verrat begangen hat. Dadurch haben sowohl Sie als auch Ihre Männer viele Qualen erlitten.« Richter wies auf die Narben im Gesicht des Hauptmanns. »Hätte man mir und meinen Männern dasselbe angetan, wäre ich bestimmt auch auf Rache aus ... Aber ich weiß nicht, ob ich zu denselben Mitteln gegriffen hätte. Major Peschke könnte dieser Verräter gewesen sein, oder aber Sie selbst ... Sie hatten also ein Motiv, ihn zu töten oder zu seinem Tod beizutragen. Auf dieser Grundlage könnte ich Sie sofort als Hauptverdächtigen verhaften. Eine Sache ist da aber, die mich zweifeln lässt …« Richter holte tief Luft und verzog das Gesicht, denn er spürte einen Stich in den Rippen. »Was haben die übrigen Opfer mit Ihrer Rache an Major Peschke zu tun? Ich sehe keinen Zusammenhang. Nur ein krankes Gehirn würde völlig unbekannte Personen töten. Wenn ich mir Sie nun also ansehe … sehe ich da einen Verrückten? Haben Sie den Verstand verloren? Hat Sie der Krieg irregemacht?«

Eine Glasscherbe fiel aus dem Fensterrahmen und zersplitterte am Boden. Richter zuckte zusammen, als erwarte er eine weitere Explosion.

»Nein, Sie sind nicht verrückt«, befand er kurz darauf. Er wusste, dass von Klein keine Antwort kommen würde. »Obwohl Verrückte sich durch einen ähnlich kalten, berechnenden Verstand auszeichnen. Wer auch immer dahintersteckt ... ich habe den Eindruck, dass er sogar unser Gespräch vorausgesehen hat und weiß, dass sich in meinen Händen belastendes Material gegen Sie befindet. Hat diese Person aber auch meine Reaktion vorausgesehen? Wollte sie, dass ich Sie verhafte? Was, wenn Sie der Einzige sind, der diese Dreckskerle schnappen und dem Horror ein Ende bereiten kann, und ich durch mein Handeln den Tätern die Arbeit erleichtere? Klein! Sagen Sie was!«

»Ich warte auf Ihre Entscheidung.«

Ungläubig schüttelte Richter den Kopf. Er fasste sich an die Stirn. Das Blut war bereits geronnen. Sein Kopf pochte und immer noch sirrte ihm ein unangenehmes Pfeifen in den Ohren.

»Würde ich meine Erkenntnisse nüchtern analysieren, müsste ich Sie unverzüglich verhaften.« Richter schluckte und kämpfte gegen die Übelkeit an. »Ich werde aber gegen meinen Willen anders entscheiden, obwohl ich das noch nie gemacht habe. Einzig für den Hauch einer Illusion, dass man mein Handeln so nicht vorhergesehen hat. Ich gebe Ihnen vierundzwanzig Stunden zur Ergreifung sämtlicher Täter. Nach deren Ablauf werde ich Sie eigenhändig verhaften.«

Klein stand noch immer reglos da und schwieg.

»Bin ich der Nächste?« Richter wirkte nachdenklich. »Opfer Nummer sechs, sieben? Vielleicht acht?«

»Es besteht eine Wahrscheinlichkeit, Herr Kommissar. Ich kann es nicht mit Sicherheit sagen.«

Gequält lächelte Richter und schüttelte den Kopf, was er jedoch sofort bereute. Ihm war, als hätte er eine Bleikugel in Bewegung gesetzt, die nun das Innere seines Schädels verwüstete.

»Verschwinden Sie, Klein«, sagte er. »Tempus fugit! Vierundzwanzig Stunden und keine Minute länger!«

*

Karel Svoboda blickte aus dem Fenster seiner Suite auf den Sellgittplatz. Sein Blick blieb an der eleganten Gaslaterne in der Mitte des Kreisverkehrs hängen. Eine Droschke bog von der Rossbrücke auf den Platz ein. Apathisch zog die Stute den Wagen, auf dem trübselig ein Kutscher kauerte, eingehüllt in eine graue Decke. Diese triste Stimmung übertrug sich auf Svoboda. Zum ersten Mal seit langer Zeit wollte er weg aus Glatz, der Stadt, die er so liebte. Er kannte hier jede Straße, jedes Gebäude und war oft in den umliegenden Hügeln gewandert. Hier fühlte er sich zu Hause, und vielleicht fiel es ihm deshalb so schwer zu akzeptieren, dass sich die Grafschaft langsam und unaufhaltsam veränderte. Wie würde die Zukunft dieser Stadt aussehen?

Erst gestern hatte er während eines Abendspaziergangs all seine Lieblingsplätze aufgesucht und dort kurz haltgemacht. Wenn es ihm gelang, das Stimmengewirr um sich herum auszublenden, hatte er den Eindruck, durch eine tschechische Stadt zu flanieren. Doch war dieses Gefühl nur von kurzer Dauer. Ein paar aufgeschnappte Gesprächsfetzen der Einheimischen und der Zauber war verflogen. Die Welt veränderte sich, alles um ihn herum veränderte sich. Und zu allem Unglück ahnte er, dass dies erst der Anfang war. Er zweifelte nicht daran, dass das Deutsche Reich bald wieder erwachen würde. Der Krieg hatte die Dämonen nur vorübergehend eingeschläfert. Die Ereignisse der letzten Jahre waren nur ein Vorspiel der unweigerlich herannahenden Katastrophe. Auch die jüngsten Geschehnisse, die diese Stadt erschütterten, deuteten darauf hin. Das deutsche Glatz, das tschechische Kladsko, bald ein polnisches …?

Karel wusste, dass seine Anwesenheit bei den Einwohnern der Stadt große Beunruhigung auslöste. Vor nicht allzu langer Zeit war die gesamte Bevölkerung gegen die Tschechoslowakei mobilisiert worden. Die Prager Zeitung titelte damals: »Über die gefangenen Brüder in der Grafschaft Glatz«. Doch als nun in Prag Stimmen laut geworden waren, die Glatz dem Deutschen Reich entreißen wollten, hielt er das für keine glückliche Idee. Seiner Meinung nach war es zu früh, die verwundete, blutende Bestie zu reizen. Denn sobald die wieder zu Kräften kam, würde sie sich auf all jene stürzen, die versucht hatten, ihre Schwäche auszunutzen.

Svoboda löste seinen Blick von der Laterne. Er hatte Hunger. Einige Gerichte des Hotelrestaurants schätzte er ganz besonders und er wollte vor der Abreise noch einmal davon kosten. Kurz darauf saß er an seinem Lieblingstisch und griff zur Speisekarte, die er beinahe auswendig kannte. Um etwas Zeit für seine Wahl zu gewinnen, bestellte er ein Bier.

Er konnte sich heute nicht entscheiden. Ihm stand der Sinn nach einer Forelle, aber er hätte auch nichts gegen etwas Deftigeres gehabt, etwas, das ihm wohlig im Magen läge.

Für einen Sekundenbruchteil hob er den Blick von der Speisekarte. Er spürte die Anwesenheit der Frau, die seine Aufmerksamkeit erregt hatte. Sie unterhielt sich gerade mit dem Hotelpagen. Sie trat äußerst ungezwungen und selbstbewusst auf, worin sie sich von den meisten Frauen, die er kannte, unterschied. Bei der Wohltätigkeitsveranstaltung im Hotel Kaiserhof hatte er sie aus der Nähe beobachten können. Sie begleitete den Hauptmann, der in den aktuellen Mordfällen ermittelte. Schwer zu sagen, ob sie seine Assistentin oder Geliebte war. Svoboda lächelte, vielleicht war sie beides.

Ihre Blicke kreuzten sich. Svoboda erhob sich und machte eine einladende Geste. Die Frau zögerte und nickte ihm dann zu. Mit einem Lächeln näherte sie sich dem Tisch des Tschechen.

»Es ist wohl noch nicht die rechte Zeit fürs Mittagessen. Ich würde mich dennoch sehr über ihre Gesellschaft freuen.«

»Sehr gerne. Es ist mir ein Vergnügen.«

Der Kellner trat hinter sie, um ihr den Stuhl zurechtzurücken, doch sie kam ihm zuvor. Svoboda sah sie verzückt an.

»Darf ich etwas anbieten?«, übernahm Svoboda die Rolle des Kellners. »Kaffee, Tee? Oder lieber ein Glas Wein?«

»Ich hätte Lust auf Forelle.« Die Frau lehnte sich bequem in ihrem Stuhl zurück. In ihren Bewegungen lag Anmut, gepaart mit einer gewissen maskulinen Lässigkeit. Svoboda fand dies eine ungewöhnliche und äußerst anziehende Kombination. »Und zu Forelle passt eher ein Bier …«

Svoboda klatschte in die Hände.

»Ein Bier für die Dame!«, rief er fröhlich.

Der Oberkellner nickte und verschwand in der Küche. Von nun an verlief das Gespräch ungezwungen. Karel hatte das Gefühl, Agnes schon lange zu kennen. Die letzten Tage in Glatz hatte er wie einen Traum erlebt. Doch der seine Sinne vernebelnde Schleier lüftetet sich nun dank seiner Gesprächspartnerin, die eine außergewöhnliche Energie ausstrahlte und ebenso anregend wie aufregend war.

Verzaubert sah er sie an. Ihr Interesse schmeichelte ihm. Das Bier hatte seine Zunge gelockert und auch sie schien nicht allzu viel auf Konventionen zu geben. Sie musste gespürt haben, dass Karel keine Bedrohung für sie darstellte und sich nicht in die Schar ihrer zahlreichen Verehrer einreihen würde. Er würde sie höchstens platonisch anhimmeln und ihre unbestreitbare Intelligenz preisen. Diese Eigenschaft faszinierte ihn an Agnes und er bedauerte, dass die Männer, mit denen er bekannt war und enge Beziehungen unterhielt, sie nicht besaßen.

*

Von der Brauerei Zimmermann kehrte Klein direkt ins Hotel zurück. Er musste sich waschen und umziehen. Agnes traf er nicht in der Suite an. Sie hatte auf dem Schreibtisch eine Nachricht hinterlassen, dass sie erst am späten Abend zurückkommen würde. Das Postskriptum darunter amüsierte ihn: »Ich horche Karel Svoboda für dich aus. Deine Mata Hari.« Nachdem er ein Bad genommen hatte, setzte sich Wilhelm Klein an den Schreibtisch.

Noch einmal öffnete er Marx' Umschlag, den er am Morgen vom Rezeptionisten erhalten hatte, und sah den Inhalt durch. Da waren weitere Fotos. Der Fotograf hatte die Menschenmenge vor dem Hotel Kaiserhof abgelichtet. Zusätzlich zu den Fotos vom letzten Tatort lagen Abzüge bei, die von den Polizeitechnikern auf der Brücke nach dem Mord an Rat Dinter gemacht worden waren. Der Hauptmann studierte die Bilder genauer und kramte dann aus der Schublade die Fotos von der Obermühle hervor.

Theodor Wildstein. Er stand gleich hinter der Polizeiabsperrung. Während die anderen Schaulustigen auf die Konstruktion starrten, die die Leiche des Rats abschirmen sollte, blickte Wildstein direkt in die Kamera. Genau dorthin, wo Klein stand. Wollte er sich vergewissern, dass der Hauptmann auch wirklich nach Glatz gekommen war und zu ermitteln begonnen hatte?

Klein massierte seine Schläfen. Ein pulsierender Schmerz wanderte vom Nacken aus in Richtung Hinterkopf. Er konnte sich nicht konzentrieren und hatte das Gefühl, etwas übersehen zu haben. Sein Blick fiel auf die Reisetasche, vielmehr auf die Ausbeulung an der Seite, die von der Metallkassette herrührte. Sein Mund wurde trocken. Der ganze Körper schmerzte, jeder Muskel und jede Sehne. Er wusste, wie er den Schmerz betäuben könnte. Ganz einfach würde er die Krämpfe loswerden und Ruhe finden. Zu einfach ... Er kniff die Augen zu und kämpfte gegen den Moment der Schwäche an. Als er die Augen wieder öffnete, griff er zur Wasserflasche, entkorkte sie und leerte sie in einem Zug.

Er holte tief Luft, wählte einige der Abzüge aus und steckte sie in die Innentasche seines Jacketts. Als er das Zimmer verließ, trat er mit dem Fuß gegen die Tasche.

In seinen Ohren dröhnte neben dem Geräusch pulsierenden Bluts Kommissar Richters Stimme: »Tempus fugit!«

*

»Hauptmann Klein! Hauptmann Metz erwartet Sie bereits.«

Wilhelm Klein betrat in Begleitung eines jungen Schützen die Rote Kaserne im Fort Schäferberg. Dieser Teil der neueren Festungsanlage auf der Ostseite der Neiße war bereits im vorigen

Jahrhundert Besuchern zugänglich gemacht worden. Man hatte das Gelände gesäubert, Sitzbänke aufgestellt und kümmerte sich darum, dass das Gras gemäht wurde und auf den Wegen zwischen den Befestigungsanlagen kein Unkraut wucherte. Der Ausblick auf die Stadt und den Donjon der Hauptfestung machten zweifellos den Reiz dieses Orts aus, der von Einheimischen und Touristen nun immer häufiger besucht wurde.

Der vorauseilende Soldat öffnete die Tür und führte den Hauptmann in einen kleinen Raum. Zwischen Regalen eingezwängt stand dort ein Schreibtisch, der sich unter dem Gewicht unzähliger Bücher und Dokumente bog. Als Klein den Raum betrat, fuhr der stattliche Mann hinter dem Schreibtisch auf und fegte dabei mit dem Ellbogen ein Glas vom Tisch. Noch im Fallen fing es wieder auf. Mit einem Lächeln, das seinem Gesicht einen schelmischen Ausdruck verlieh, ging er auf seinen Gast zu und quetschte dessen Rechte mit kräftigem Griff.

»Herr Hauptmann! So nehmen Sie doch Platz! Uns haben besorgniserregende Berichte über eine Explosion in einem der Mietshäuser erreicht. Gibt es einen Zusammenhang mit Ihren Ermittlungen?«

»Leider ja.«

Klein setzte sich und musterte den Hauptmann, während dieser auf seinen Platz zurückkehrte. Hohe Stirn, langes Gesicht, intelligenter Blick. Der Mann sah sympathisch aus. Trotz einer gewissen Steifheit in seinen Bewegungen, die unter Armeeangehörigen weit verbreitet war, schien er ein offener Mensch zu sein, der Gesellschaft zu schätzen wusste.

»Dann interessiert mich der Grund Ihres Besuchs umso mehr. Am Telefon taten Sie sehr geheimnisvoll.«

»Ich habe aus dem Hotel angerufen.«

Metz nickte. Zwischen seinen Augenbrauen erschien eine Falte, die davon zeugte, dass er den Besuch von Hauptmann Klein ernst nahm, was auch immer dessen Grund sein mochte.

»Wie kann ich helfen?«

»Bevor ich Ihnen einige Fragen stelle, möchte ich Sie bitten, sich ein paar Fotos anzusehen.« Klein holte aus seiner Jackentasche die Abzüge hervor und breitete sie vor dem Hauptmann aus. »Sagen Sie bitte, was Ihnen als Erstes dazu einfällt!«

Metz schaute zuerst Klein an und wandte sich dann den Abzügen zu. Unter lautem Scharren der Stuhlbeine rückte er näher an den Tisch, nahm jedes der Bilder einzeln in die Hand und betrachtete es genau.

»Ich erkenne niemanden. Darum ging es Ihnen doch, oder?«

»Meinem Informanten zufolge ist das hier Theodor Wildstein.« Klein deutete auf eine der Personen. »Ein in der Festung inhaftierter Deserteur, höchstwahrscheinlich zwischen 1917 und 1918. Ich bin hier, um das zu überprüfen.«

»Weil Sie dem Informanten nicht trauen?«

»So etwa.« Klein grinste. »Aber es geht noch um mehr.«

»Um andere Details auf den Fotos?«

Der Hauptmann nickte.

»In Ordnung«, fuhr Metz fort. »Ich sehe Handfesseln, die zweifellos aus der Festung stammen, ich erkenne die Zeichen ... Ich nehme an, eines der Opfer war damit gefesselt?«

»Genau! Der stellvertretende Bankdirektor Beier.«

»Eine Tätowierung.« Metz hob die Augenbrauen und sah Klein an, seine Augen blitzten. »Die hier habe ich noch nie gesehen, aber es ist klar, wofür sie steht.«

»Bitte! Reden Sie weiter.«

»1779 wurde um die Krone des Niederen Forts ein Wall in Form eines siebenzackigen Sterns gebaut. Der Wall wurde dann mit Bastionen an den Ecken verstärkt. Die Tätowierung zeigt den stilisierten Umriss.«

Klein nickte. »Tätowierungen haben für Gefangene eine große Bedeutung, die sich Außenstehenden jedoch meist nicht erschließt. Sie zeigen die Hierarchie innerhalb der Gefängnisstrukturen an, offen sichtbar getragene Zeichen geben auch eine schnelle Information über ihre Träger. In diesem Fall trug Wildstein als Häftling der Glatzer Festung eine solche Tätowierung zwischen Zeigefinger und Daumen. Ich frage mich nur, warum das Zeichen auf Fort Schäferberg verweist und nicht auf die Hauptfestung. Dort waren doch gar keine Gefangenen untergebracht.«

Metz besah sich die Fotos noch einmal und antwortete nach kurzem Nachdenken:

»Sie haben recht. Fort Schäferberg steht seit einiger Zeit Besuchern offen. Soweit mir bekannt ist, wurde hier niemand gefangengehalten. Aber gegen Ende des Kriegs war das Fort kurzfristig für Zivilisten gesperrt. Ich weiß nicht, was hier damals passierte.«

»Vieles deutet darauf hin, dass Deserteure aus der Festung hierher zur Vollstreckung des Todesurteils überstellt wurden. Die Tätowierung wäre somit ein Symbol für den Richtort, ein Zeichen dafür, dass der Träger sein Leben auf Fort Schäferberg verlieren würde. Wildstein hatte so ein Zeichen ...« Klein musterte Metz jetzt ganz genau. Ihm schien, der Mann wurde nun etwas nervös. »Wildstein wurde in der Festung gefangen gehalten und kurz vor Kriegsende oder unmittelbar danach gehängt. Fast zwei Jahre später taucht er wieder in Glatz auf. Nicht als Geist, sondern als Mensch aus Fleisch und Blut, als einer der jetzigen Täter.«

»Mein Gott!« Metz stützte sich auf der Armlehne ab. »Das ist unmöglich.«

»Wildstein hat sich letzte Nacht auf der Flucht das Leben genommen. Davor nahmen jedoch er und seine Komplizen Rache ...«

»Richter Wiese.« Metz sah Klein an. »Wiese hatte den Rang eines Majors. Er urteilte in militärischen Angelegenheiten. Höchstwahrscheinlich hat er auch in Wildsteins Prozess das Urteil gefällt. Auf Fahnenflucht stand die Todesstrafe. Kam Wildstein also zurück, um sich an seinen Henkern zu rächen?«

»Vergessen Sie nicht, dass Wildstein nicht alleine hinter den Verbrechen steckt. Wären Sie in der Lage, die Namen jener herauszufinden, die mit ihm auf Fort Schäferberg gehängt wurden oder gehängt werden sollten? Eine Spur, der wir unbedingt nachgehen müssen.«

»Das ist möglich, aber ich brauche etwas Zeit. Ich muss die Archive durchforsten. Ich werde Major Schneider kontaktieren, den damaligen Kommandanten der Gendarmerie.«

»Sie werden Major Schneider nicht mehr kontaktieren können. Offenbar hat er die Täter ebenso gegen sich aufgebracht wie Richter Wiese.«

Metz wurde blass.

»Hauptmann Metz, wie Sie sehen, bleibt uns nicht viel Zeit. Ein paar Stunden müssen Ihnen genügen, um die zu finden, die wie Wildstein auf wundersame Weise von den Toten auferstanden sind. Sagen wir bis 17 Uhr …«

»In Ordnung. Um 17 Uhr erwarte ich Sie in der Hauptfestung. Hoffentlich finde ich etwas.«

*

Roth und Koschella stießen auf Hindernisse, als sie versuchten, die Villa von Richter Wiese in der Parkstraße zu betreten. Das Tor war verschlossen, das Haus schien leer. Doch Klein hatte klare Anweisungen gegeben, ihre Aufgabe war unter allen Umständen und allen Schwierigkeiten zum Trotz zu erledigen.

Die beiden hatten großes Glück gehabt. Im Zwischengeschoss hatte die Druckwelle sie nicht erreichen können und so waren sie bei der Explosion unverletzt geblieben. Dennoch hatten die Ereignisse Roth schwer mitgenommen. Er zitterte, sein Herz raste und ihm war übel. Mit einer Mischung aus Bewunderung und Neid blickte er auf Koschella, dem nichts anzumerken war. Auf dem Weg in die Parkstraße hatte er sich im Feinkostladen von Drosdatius ein Brötchen mit Leberwurst gekauft. Wie ein Pelikan hatte er es mit einem Bissen hinuntergeschlungen. Dann hatte er Limonade hinterhergeschüttet, gerülpst und sich zufrieden den Mund abgewischt.

Als sie das Tor verschlossen vorfanden, hatte Roth große Lust, nach Hause zu gehen und sich unter der Decke zu verkriechen, am liebsten mit Adele. Doch Koschella ließ sich nicht so leicht entmutigen. Vor Roths Augen erschienen zu kurze Hosenbeine, ausgeleierte Socken und abgetragene Schuhe. Einen Moment später landete der Wachtmeister auf der anderen Seite des Zauns und rülpste erneut.

»Jürgen! Beweg deinen Hintern!«

Gehorsam griff Roth nach den Metallstreben und zog sich

daran hoch. Wegen seiner zittrigen Hände und weichen Knie endete der erste Versuch in einem Fiasko. Er rutschte ab und schrammte mit der Schuhspitze an der schmiedeeisernen Verzierung entlang. Der Gesichtsausdruck des Wachtmeisters war für sein Ego wie ein Schlag ins Gesicht.

Beim zweiten Versuch stellte er sich geschickter an und landete sicher neben Koschella. Im Nu waren Unbehagen und Scham vergessen. Er war wieder er selbst.

»Klopf mal an die Tür, Jürgen. Vielleicht schlafen die alle?«

Der Polizeiassistent sprang die Steintreppe zur Veranda hoch, während Koschella das zweistöckige Gebäude genauer in Augenschein nahm. Die Fassade schien ihm ein Beispiel vollkommener Geschmacklosigkeit. Die nachgebildeten römischen Säulen mit den dazwischengezwängten Fenstern passten überhaupt nicht zu der angrenzenden Fassadenhälfte, die mit ihren dunklen Fensterläden an eine Schokoladentafel erinnerten. Dieser Mischmasch tat ihm geradezu in den Augen weh. Roths Stimme riss ihn aus seinen Gedanken.

»Es macht keiner auf. Seltsam. Nicht mal die Haushälterin scheint da zu sein.«

»Merkwürdig«, pflichtete Koschella ihm bei und verschwand hinter dem Haus.

Kurz darauf standen beide vor dem Dienstboteneingang. Die Tür war aufgebrochen.

»Das sieht nicht gut aus …«

»Halt die Klappe, Jürgen, und zieh deine Waffe.«

Koschella spähte vorsichtig durch das Loch in der Tür. Da er nichts Verdächtiges erkannte, öffnete er und schlüpfte in den schmalen Flur, dicht gefolgt von Roth. Sie hielten inne und horchten. Von oben war ein gleichmäßiges Klopfen zu hören, als würde ein Fensterladen im Wind gegen den Rahmen schlagen. Der Wachtmeister war sich sicher, gesehen zu haben, dass alle Fenster geschlossen waren.

»Gib mir Deckung«, flüsterte er.

An die Wand gepresst stieg Koschella die Treppe hoch und gab dabei darauf acht, die alten Dielen nicht über Gebühr zu belasten.

Doch das Holz erwies sich als solide und gab nicht den geringsten Laut von sich. Im Hochparterre war hinter einer Glastür ein großer getäfelter Flur zu erkennen. Wieder lauschte Koschella, und als er überzeugt war, dass sich nichts Bedrohliches dahinter verbarg, öffnete er die Tür.

Gebückt glitten sie in den Flur und suchten neben einer massiven Kommode Deckung. Blätter eines der dort zahlreich herumstehenden Farne hingen Koschella ins Gesicht. Die Hausherrin musste Pflanzen lieben, es sah aus wie in einer Orangerie. Koschella konnte beobachten, wie auch Roth mit einem Gewächs kämpfte, dessen Namen er nicht kannte. Er gab ihm ein Zeichen, worauf beide gebückt und raubtierartig in die Richtung des nächsten Raums schlichen.

In ihren Nasen kitzelte der Geruch von Bohnerwachs und Staub. Nur mit Mühe konnte der Wachtmeister ein Niesen unterdrücken. Er blinzelte mehrmals und wischte sich mit dem Ärmel über die tränenden Augen. Erst als er sicher war, den Reiz unter Kontrolle zu haben, kroch er weiter zur Schiebetür. Der Türspalt zwischen den Eichenflügeln war ziemlich breit.

Koschella spähte in den Salon. Er hätte wetten können, dass das Klopfen von hier kam. Er erkannte einen Kamin, einen Lehnsessel mit Fußbank und mehrere römische Säulen mit Farnen darauf. Dann sah er zusammengebundene Beine, die sich auf und ab bewegten und offenbar versuchten, durch ein Wetzen am Kamingitter die Fesseln zu durchtrennen. In selben Moment drang gedämpftes Schluchzen an sein Ohr.

»Wir gehen rein«, flüsterte Koschella und stand auf.

Roth postierte sich auf der anderen Seite der Schiebetür.

Gleichzeitig zogen sie die Flügel der Schiebetür auseinander. Ihr Blick fiel auf die auf dem Boden liegende Dienerschaft. Ein Mann und zwei Frauen. Verschnürt und geknebelt wie Ferkel. Koschellas Blick wanderte aufmerksam durch den Salon. Als er sich sicher war, dass keine Gefahr drohte, eilte er zu den Gefesselten. Er riss dem Mann den Knebel aus dem Mund, während Roth die Frauen befreite.

»Wie lange liegen Sie schon da? Wie viele waren es?«

»Gott, es ist so furchtbar. Schrecklich, was uns angetan wurde!«, kreischte der junge Diener mit hysterischer Stimme.

»Ich hab dich was gefragt. Antworte!«

»Ich weiß es nicht! Oh Gott, die haben mich geschlagen, ich bin hingefallen, meine Hüfte tut so weh ...«

Koschella begriff, dass aus dem aufgewühlten Mann nichts herauszuholen war, und wandte sich den Dienstmädchen zu, die zwar noch mitgenommen, aber bereits deutlich gefasster wirkten.

»Bindet mich los! Ich bekomm keine Luft, ich halt es nicht mehr aus, ich ...«

»Sitz still, du Blödmann! Jürgen, kümmer dich um diese ... Mimose.«

Koschella erhob sich und ging auf die Frauen zu. Die eine, Anfang dreißig, saß auf dem Boden und massierte ihre abgeschürften Handgelenke. Ihre Augen tränten und die Lippen bebten, aber sie sah aus, als hätte sie schon ganz anderes durchgemacht.

»Wie viele waren es?«, fragte Franz wieder. »Und wann sind sie weg?«

»Zwei! Vor einer Viertelstunde sinds davon.«

Koschella nickte. Er hatte sich nicht getäuscht. Dann nahm er der zweiten Frau den Knebel ab. Sie war etwas älter und bestimmt die Köchin, denn sie trug eine Schürze und roch nach Zwiebeln und Knoblauch.

»Ist noch jemand im Haus? Die Frau des Richters?«

»Die ist bei ihrer Schwester in der Frankensteiner Straße und hat dort geschlafen. Nach dem Vorfall mit ihrem Mann konnt die nicht im Haus bleiben ...« Die Stimme der jungen Frau brach.

»Woran erinnerst du dich? Wie sahen die beiden aus?«

»Jung woans«, warf die Köchin ein. »Strimpf habens übers Gsicht onghot. So richtig dicke Strimpf. Nua de Augn hoot ma gsegn. Oba am Tuan war kloar, des san jonge Moan, ned mehr oas zwanzg, fünfazwanzg.«

»Irgendwelche Erkennungszeichen?« Als Koschella die ratlosen Blicke sah, fragte er anders: »Gab es irgendetwas Besonderes an ihnen?«

»Saubere Schuhe, poliert«, sagte die Jüngere. »Eingespielt, haben sich ohne Worte verstanden.«

»Haben sie mit euch geredet?«

»Nua Oana.« Die Köchin nickte energisch. »Heisa, ois darat der imma scho rauchn. Oba, des woa sicha nua Obsicht.«

»Er hat in unserem Akzent geredet, war einer von hier, denk ich.« Das Dienstmädchen stand mit Koschellas Hilfe vom Boden auf und setzte sich auf einen Stuhl. »Der andere hat kein Wort gesagt. Beide waren groß, so wie der junge Polizist hier.«

Roth hatte den Diener bereits befreit, der immer noch nervös seufzte und sich an die Stirn fasste, als wolle er prüfen, ob er Fieber habe. Der Assistent stand nun neben Koschella. Er war fast einen Kopf größer.

»Ist Ihnen noch was aufgefallen, meine Damen?«, fragte er.

»Oas de uns gfesselt hobn, hob i bei oan so a Zeicha on da Hond gsegn.«

»Haben die keine Handschuhe getragen?«, wunderte sich Koschella.

»Scho.« Die Ältere grinste listig. »Oba oas mi oana von denen knebeln hoot woan, hob i eam in Finga bissn. Er hoot woan ihn aussanema und dabei is eam don da Hondschua verrutscht. Do hob i des zwischn seine Fingerle gsegn.«

»Wo war das Zeichen und wie sah es aus?« Koschella streckte der Köchin die Hand entgegen.

Sie zeichnete mit ihrem Finger auf der Hand das Zeichen nach. Roth und Koschella sahen sich an.

»In welchen Räumen waren sie?«, fragte der Wachtmeister.

»Nua im Kabinett vom Richta.« Das Kinn der Frau bebte noch ein wenig, sie wirkte aber schon weniger aufgebracht.

»Da können Sie nicht rein!« Mit einem Mal sprang der Diener auf. Den Schmerz in seiner Seite schien vergessen zu haben. Breitbeinig und mit weit ausgestreckten Armen verstellte er die Tür, als wolle er den Zugang persönlich schützen.

»Wenn der kleine Scheißer nicht bald die Klappe hält, ziehst du ihm eins über die Rübe«, zischte Koschella. »Ich kann mir das

Gejammer nicht länger anhören.« Er wandte sich an die jüngere der beiden Frauen. »Bringst du mich hin?«

Sie nickte. Wieder wollte der Diener intervenieren, der eisige Blick des Wachtmeisters und Roths erhobene Faust hielten ihn jedoch zurück.

Sie gingen die Treppe hoch und betraten einen Flur mit mehreren Türen. Die Frau steuerte auf die Tür am Ende zu, die als einzige offenstand.

»Die haben gewusst, wo sie hinmüssen«, sagte sie.

»Und die wussten genau, was sie suchen.«, ergänzte Koschella, als er auf der Schwelle stand. Er hatte ein Bild der Verwüstung erwartet, sah aber nur einen zur Seite geschobenen Schrank. Dahinter war ein Tresor verborgen gewesen, dessen Tür nun offenstand. Auf dem Boden lagen Dokumente und Geldscheine.

»Sie wussten, wo der Tresor ist, und kannten die Kombination.« Die junge Frau schluckte. »Die haben sich hier nicht lange aufgehalten.«

»Sie hätten es gestern aus dem Richter herauspressen können.« Koschella sah sich im Zimmer um und entdeckte den Schlüssel in der Tür. »Schloss der Richter das Büro denn ab?«

»Ja, immer!« Die Frau nickte. »Er hat uns verboten, es zu betreten. Den Schlüssel hatte er immer bei sich.«

»Und wer hat hier drinnen für Ordnung gesorgt? Ihr durftet ja nicht rein.«

»Friedrich.« Das Dienstmädchen wies mit dem Finger hinter sich. »Er war der Einzige, der das Arbeitszimmer des Richters betreten durfte.«

»Auch seine Frau nicht?«

Sie schüttelte nur den Kopf.

»Ich werd mich mal ein wenig umsehen«, befand Koschella. Er ging zum Schreibtisch, setzte sich und überflog die Gegenstände auf dem Tisch.

Ein Schreibset auf hölzernem Tablett mit goldenen Beschlägen. Eine Feder, ein Tintenfass und ein gerahmtes Foto des Richters in Militäruniform, im Hintergrund die Festung. Das Foto musste im

Atelier eines der hiesigen Fotografen aufgenommen worden sein. Koschella prüfte die Schubladen. Alle unverschlossen.

»Komm mal her.« Er winkte die Frau heran, die auf der Schwelle stand, als hätte das Betretungsverbot noch immer Bestand. »Dieser Friedrich ... der Richter hat ihm wohl besonders vertraut?«

»Ich denk schon ...«

Koschella entging nicht, dass das Dienstmädchen errötete.

»Was denkst du?«

»Nun ..., wenn der Richter weggefahren ist, hat er ihn immer mitgenommen. Friedrich fühlte sich dadurch wichtig und ...«

»Und behandelte euch nicht wie die Bediensteten des Richters, sondern wie seine eigenen?«

»Er hat sich ständig aufgeplustert. Ein seltsamer Vogel. Als er vor einem halben Jahr herkam, war er ängstlich wie ein Mäuschen. Dann hat er Selbstvertrauen gewonnen und angefangen sich herrisch aufzuführen.«

Koschella nickte. Er spürte die Abneigung des Mädchens dem Diener gegenüber und wollte dies ausnutzen.

»Was hat die Hausherrin eigentlich dazu gesagt? Hat sie Friedrich auch so vertraut?«

»Aa, geh!« Das Dienstmädchen winkte ab.

»Die ist ihm aus dem Weg gegangen, und er ihr, weil ...«

»Weil?«

Die Frau zögerte. Ein Signal für Koschella, dass sie der Sache näherkamen.

»Spuck's aus! Dem Richter schadet's nicht mehr und uns hilft's vielleicht«, ermutigte er sie.

»Weil ihr Mann mehr Zeit mit Friedrich verbracht hat als mit ihr.«

Koschella nickte. Er hatte diese Antwort erwartet.

»Waren sie oft zusammen weg? Der Richter und der Diener?«

»In letzter Zeit sehr oft. Früher ist Herr Wiese abends allein mit einem kleinen Koffer weg und erst am Morgen zurückgekommen. Später hat er damit aufgehört und dann haben die Reisen mit Friedrich angefangen.«

»Wie lief das ab?«

»Was gibt's da groß zu erzählen? Kurz vor der Abfahrt hat sich der Richter mit Friedrich im Arbeitszimmer eingesperrt. Dann ließ er eine Droschke rufen. Er hat diesen Koffer genommen und dann sind sie zusammen mit der Droschke zum Bahnhof. Ein, zwei Tage später sind sie wieder zurückgekommen und der Richter hatte Blumen und Pralinen für seine Frau dabei.«

»Warum erwähnst du ständig den Koffer?« Koschella war sich sicher, dass sie es mit Absicht getan hatte.

»Niemand hat ihn anfassen dürfen. Er ist immer im Arbeitszimmer gestanden. Martha und ich haben uns gefragt, was da drin ist.«

»Würde der Koffer da reinpassen?« Koschella zeigte auf den Tresor.

»Nein«. Die junge Frau schüttelte den Kopf. »Der muss hier sein. Die sind ohne den Koffer weg, soweit ich das durch den Türspalt erkennen konnte.«

Koschella musste schmunzeln. Er ließ seinen Blick durch den Raum schweifen. Dann stand er auf, ging zum Schrank und öffnete ihn. Nachdem er alles inspizierte hatte, drückte er mit dem Finger auf die Rückwand. Sie gab nach. Er zog einen kleinen Lederkoffer heraus und öffnete ihn vorsichtig auf dem Schreibtisch.

»Was ist da drin?« Die Wangen der jungen Frau glühten. Der Koffer musste den Bediensteten des Richters schon länger den Schlaf geraubt haben.

»Schau selbst.« Koschella trat zur Seite. »Hast du so was schon mal gesehen?«

Sie schüttelte den Kopf und seufzte tief.

»So mancher Berliner Puff würde den Richter um diese Spielzeuge beneiden. Wiese hat wohl Spielchen geliebt ..., und anscheinend nicht nur er.«

Das Dienstmädchen hielt sich erschrocken die Hand vor den Mund, als der Wachtmeister mit einem Füllhalter vorsichtig Strümpfe und Strumpfbänder aus dem Koffer hob.

»Bringt mir diesen Friedrich her«, befahl er, »ich schätze, das ist seine Größe.«

*

Wilhelm Klein ließ sich von einer Droschke zum Ring fahren. Schon auf der Fischerstraße hatte er bemerkt, dass er verfolgt wurde. Er wies den Kutscher an, einen Umweg über die Mälzstraße zu nehmen und gleich danach rechts in die Wagnerstraße abzubiegen. Die nachfolgende Droschke hatte bereits kurz vor dem Viadukt bei der Königshainer Brücke zu ihnen aufgeschlossen und blieb dicht hinter ihnen, bis Klein anhielten ließ. Er zahlte und betrat einen kleinen Lebensmittelladen. Dort blieb er in Nähe des Schaufensters stehen, um Bürgersteig und Ring besser überblicken zu können. Wenig später fiel ihm ein Mann ins Auge, der sich nervös umblickte und nicht aussah, als wäre er aus der Gegend. Vor seiner Brust baumelte ein Futteral von beträchtlicher Größe, das er mit der rechten Hand festhielt. Klein konnte deutlich seine schmutzigen Finger sehen. Ein dichter, grau melierter Bart umrahmte das Gesicht, und unter buschigen Augenbrauen lugten unruhige, intelligente Augen hervor. Die Bewegung seiner Lippen verriet, dass dem Fremden vulgäre Worte nicht unbekannt waren, und die Tatsache, dass er beim Sprechen energisch aufstampfte, zeugte von Verärgerung.

Klein verließ den Laden, blieb neben dem Mann stehen und räusperte sich. Der Fremde zuckte zusammen und drehte sich um. Er hob die Brauen. Der Anflug eines Lächelns huschte über sein Gesicht.

»Wussten Sie …?«

»Mein Herr, wir sind nicht in Berlin. Hier kann man nicht unbemerkt jemanden im Straßengewühl verfolgen. Was wollen Sie?«

»Reden, Herr Hauptmann.« Der Mann lüftete die Melone und strich sich über den Bart. »Lothar Giersch. Ich möchte mit Ihnen reden, bevor es meine Kollegen tun. Auf der Zugfahrt hierher habe ich einige gesehen. Nicht nur welche aus Berlin. Natürlich sind das Vertreter weniger seriöser und redlicher Zeitungen, die lediglich auf Sensationen aus sind und nicht der Wahrheit auf der Spur.«

»Und Sie suchen die Wahrheit.«

»Natürlich. Der Fall ist ja bereits landesweit bekannt! Unsere

Leser interessieren sich sehr dafür. Glatz und die geometrischen Mörder sind in aller Munde. Man spricht darüber bei Banketten, bei der Arbeit, zu Hause … Der oder die Mörder wecken Ängste und krankhafte Neugier gleichermaßen. Immer mehr Mythen und Gerüchte entstehen. Mit Bedauern muss ich gestehen, dass meine Kollegen ihren Teil dazu beitragen.«

»Die der weniger seriösen und redlichen Zeitungen.«

»Ganz genau.« Der Journalist lächelte gewinnend. »Aber es gibt auch immer mehr politisch Vereinnahmte unter uns, die mit Parteien von links bis rechts verbunden sind. Daher auch die Anschuldigungen gegen die jüdische Gemeinde, die Freimaurer, die Militärs, die Sozialdemokraten, die Konservativen … Man könnte lange weiter aufzählen.«

»Und Sie sind also an der reinen Wahrheit interessiert?«

»Gewiss.« Der Mann nickte. »Einer Wahrheit, die sämtlichen Spekulationen den Boden entzieht. Wenn Sie so freundlich wären …« Giersch deutete auf das Hotel Neu-Breslau, das an Albin Schmidts Laden für Damenkonfektion grenzte.

»Ich habe nicht viel Zeit für Sie und, wie ich fürchte, auch keine neuen Informationen.«

»Suchen wir uns doch bitte ein ruhigeres Plätzchen«, bettelte Giersch beinahe. »Meine Kollegen, allesamt Barbaren und Hyänen, könnten uns hier aufspüren. Dann haben Sie nicht nur einen Schreiberling am Hals, sondern eine ganze Meute.«

Klein gab nach.

Im Restaurant setzten sie sich an einen der Tische im hinteren Teil und orderten Mineralwasser. Giersch trank sein Glas in einem Zug leer und bestellte sofort ein weiteres. Als sein ärgster Durst gestillt war, zog er Notizblock und Stift aus der Manteltasche.

»Die Spuren, Herr Hauptmann. Die Hinweise der Täter. Sind sie alle irreführend?«

»Woher wissen Sie davon?«

»Wir haben unsere Informanten. Sogar hier in Glatz.« Der Journalist tat, als sei dies das Selbstverständlichste auf der Welt. »In unserer Redaktion hängt ein Stadtplan. Und wir haben darauf die Tatorte markiert, wie Sie bestimmt auch. Ich muss jedoch gestehen, dass wir außerstande sind, die Absicht der Mörder daraus abzuleiten. Stünde ein Plan dahinter, könnte er als der eines Wahnsinnigen bezeichnet werden. Die Präzision, mit der die Taten vorbereitet und ausgeführt wurden, kann kein Zufall sein. Glauben Sie mir, der Verdacht, Juden könnten hinter all dem stecken, fiel auf fruchtbaren Boden. Erstaunlich, wie rasant sich unsere Haltung gegenüber dieser unter uns lebenden Glaubensgemeinschaft verändert hat. Wissen Sie, dass es in mehreren Städten bereits zu Ausschreitungen gekommen ist? Schaufenster jüdischer Händler wurden eingeschlagen oder mit Davidsternen beschmiert.«

Klein wurde hellhörig.

»Glücklicherweise konnten die neueren Erkenntnisse die Unruhen eindämmen, wenngleich nicht ganz beenden«, fuhr Giersch fort. »Es folgten die Freimaurer. Heute Morgen die Berichte, die geometrischen Mörder würden sich wohl eher auf das Symbol der hiesigen Freimaurerloge beziehen und nicht auf die Juden ...«

»Sie sind wirklich bestens informiert.«

»Wir zahlen gut, Herr Klein.« Giersch lächelte entschuldigend. »Schließlich leben wir davon. Die Leute gieren nach Sensationen und unsere Aufgabe ist es, diese zu liefern. Der heutige Mord ... die Explosion einer Sprengladung, an die das Opfer gefesselt war. Die Polizei will uns immer noch nicht die Identität verraten ...«

»... und auch ich werde es nicht tun.«

Giersch nickte einsichtig.

»Alleine die Tatsache, dass erneut ein spektakulärer Mord verübt wurde. Beispiellos! Bald wird nicht nur Deutschland, sondern ganz Europa über diese Verbrechen reden. Es fehlt wirklich nicht viel ...«

»Was sagen Sie da?«

Giersch wirkte überrascht. Für einen Moment verlor er den Faden.

»Ich sagte, dass bald ganz Europa, vielleicht sogar die Welt über diese Morde sprechen wird. Es fehlt ...«

»Es fehlt nicht viel.« Klein stand abrupt auf und starrte den Journalisten an, der sich nun ebenfalls erhob. »Herr Giersch, ich muss unser Gespräch beenden. Zum jetzigen Zeitpunkt kann ich Ihre Fragen nicht beantworten. Ich versichere Ihnen jedoch, dass die Lösung des Falls kurz bevorsteht.«

»Aber ich würde wirklich gerne …«

»Ich bin überzeugt, Ihre bisherigen Informanten zeigen sich auch weiterhin kooperativ. Wenn Sie mich bitte entschuldigen.«

Enttäuscht sah der Mann Klein nach, der schnurstracks das Rathaus ansteuerte. Er setzte sich wieder und trank den Rest Wasser direkt aus der Flasche.

Klein hatte Kommissar Richter im Rathaus schnell gefunden. Nach ihrem Gespräch eilten mehrere Beamte in Richtung Hotel Stadtbahnhof. Klein hingegen machte Bürgermeister Ludwig seine Aufwartung.

*

Nach dem Essen ging Svoboda wie immer spazieren. Er liebte diese Momente für sich alleine. Akribisch hielt er an diesem täglichen Ritual fest, egal ob er in Prag, in Berlin oder irgendwo anders war wie jetzt. Er bog in den Zwinger ein, um von dem erhöhten Laubengang auf den Mühlgraben und den kleinen benachbarten Platz hinabblicken zu können. Kurz darauf schlenderte er weiter auf den Kirchplatz. Vor dem spätbarocken Schwarzen Tor blieb er stehen. Sein Blick blieb an der Fassade der Mariä-Himmelfahrts-Kirche hängen. Langsam kehrte die Konzentration zurück, die er so dringend brauchte. Er ging auf das Kirchenportal zu und verschwand im kühlen Innenraum.

Im nördlichen Seitenschiff, vor dem beschädigten Grabmal des Erzbischof Arnestus von Pardubitz, hielt er inne. Mit seiner Rechten strich er über den rissigen weißen Marmor und inspizierte danach seine Fingerspitzen, als prüfe er, ob sich darauf Spuren der wundersamen Flüssigkeit befänden. Mehrmals war eine solche aus den Ritzen des Grabsteins ausgetreten, so besagte es zumindest eine der Glatzer Legenden. Ein wenig enttäuscht richtete er seinen Blick auf die Figur der Jungfrau Maria. Ein beklemmendes Gefühl überkam ihn. Maria schien sich ihm zugewandt zu haben, ihn vorwurfsvoll anzuschauen, seinen Hochmut zu tadeln und seine Sünden zu verurteilen. Schließlich setzte er sich in eine der Kirchenbänke und vergrub das Gesicht in den Händen. Er verlor sich in Erinnerungen und versuchte gleichzeitig zu verdrängen, was ihn in gerade den Momenten heimsuchte, in denen er es am wenigsten erwartete. Wieder war er der kleine Karel, der durch die Straßen der Stadt lief, in Angst vor den Gleichaltrigen, die ihn als Opfer auserkoren hatten. Er floh, sie verfolgten ihn. Wieder war er ihnen in die Hände gefallen, wieder spürte er ihre Schläge und Tritte. Die Erinnerung daran ließ ihn schaudern. Unsicher, ob dies ein angenehmes Gefühl war oder nicht, veranlasste es ihn immerhin dazu, dass er begann inbrünstig zu beten.

*

Koschella und Roth verließen Richter Wieses Villa und machten sich auf Richtung Ring. Um zwei Uhr waren sie mit Klein verabredet, der sie im Büro des Bürgermeisters erwartete. Sie wurden sofort vorgelassen.

Franz Ludwig sah mitgenommen aus. Er hatte offensichtlich die letzte Nacht nicht geschlafen. Die jüngsten Ereignisse setzten ihm gehörig zu. Seine strapazierten Nerven versuchte er mit weiteren Kola-Dultz-Tabletten zu beruhigen, die sich laut zischend im Wasserglas auflösten. Dennoch hörte man die Entschlossenheit in seiner Stimme.

»Wilhelm, sag mir bitte, dass du etwas hast, was uns der Ergreifung der übrigen Täter näherbringt …«

Klein, der erst kurz vor Koschella und Roth ins Büro des Bürgermeisters gekommen sein musste, schwieg. Er deutete seinen Mitarbeiter an, Platz zu nehmen.

»Ich würde zuerst gerne euren Bericht hören. Habt ihr bei Richter Wiese etwas gefunden?«

Koschella räusperte sich. »Letzte Nacht ist jemand in die Villa des Richters eingedrungen. Frau Wiese war nicht zu Hause, sie hat bei ihrer Schwester in der Frankensteiner Straße übernachtet. Die Einbrecher überwältigten und fesselten drei Bedienstete. Zwei Frauen und einen Mann …«

»Verdammt!«

Erstaunt blickten sie Ludwig an. Noch nie hatten sie den Bürgermeister wütend erlebt, geschweige denn fluchen hören. Koschella sprach weiter.

»Die Täter drangen ins Arbeitszimmer des Richters ein und räumten den Tresor aus. Sie kannten sowohl das Versteck als auch die Zahlenkombination. Wir vermuten, dass sie diese Information aus dem Richter kurz vor dessen Tod herausgepresst haben.«

»Ist das alles?« Der Bürgermeister griff nach dem Glas mit den aufgelösten Tabletten. »Wie kommt es, dass man vorher niemand hingeschickt hat? Kommissar Richter hätte das gleich am Morgen veranlassen müssen!«

»Es gab ein weiteres Opfer bei einer Explosion in Zimmermanns Brauerei«, erinnerte Klein. »Das hat alle Polizeikräfte gebunden.«

Der Bürgermeister schüttelte den Kopf. Er konnte die Ereignisse immer noch nicht fassen.

»Weiter, Franz«, wandte sich der Hauptmann an Koschella, »das war doch noch nicht alles, oder?«

Der Wachtmeister zog eine Grimasse.

»Ja, da ist noch was«, sagte er. »Wir haben einen Koffer gefunden. Der Richter war oft damit auf Reisen. Darin haben wir Dinge gefunden, die darauf hindeuten, dass er ein ... Dinge, die seine persönlichen Vorlieben offenbaren. Wir haben auch rausbekommen, dass er viel Zeit mit seinem Diener Friedrich Wurtz verbracht hat. Mit ihm verbanden ihn ... tja, innige Kontakte. In den sechs Monaten seit seiner Anstellung hat dieser ihn unter anderem nach Breslau und Berlin begleitet. Dort besuchten sie exklusive Bordelle, die besondere Dienstleistungen anbieten ...«

»Welche Dienstleistungen?« Der Bürgermeister machte große Augen. »Was wollen Sie damit andeuten, Wachtmeister?«

»Junge Burschen in Frauenkleidern, Peitschen, Fesseln ...«

»Das reicht!« Franz Ludwig stellte das Glas derart heftig ab, dass etwas von dem trüben Inhalt auf den Tisch schwappte. »Dieser Diener muss verhört werden!«

»Das haben wir schon getan«, erklärte Roth eilig und warf

Koschella einen vielsagenden Blick zu. »Ich glaube nicht, dass er noch mehr aussagen kann.«

Franz Ludwig blieb der Mund offenstehen. Er wusste nicht, was er sagen sollte.

»Der Mann wurde vor sechs Monaten angestellt, richtig?«, fragte der Hauptmann nach.

»Ja.« Koschella hatte Kleins Frage geahnt. »Aber auch schon vorher hat Wiese mit diesem Koffer das Haus verlassen, ohne jedoch damit zu verreisen.«

»Hast du eine Ahnung, wo er seine Bedürfnisse damals befriedigt haben könnte?«

»Es gibt so ein Etablissement ... Dort wird meines Wissens aber keine ganz so breite Palette von Dienstleistungen angeboten.«

»Was soll das denn bedeuten?«, krächzte Ludwig heiser. »Um Himmels willen, was soll das alles, Wilhelm?«

»Eines der Opfer, Stadtrat Dinter, wurde auf ganz besondere Weise verstümmelt. Ihm wurde sein Glied abgeschnitten, was auf Rache mit sexuellem Hintergrund hindeutet. Vizedirektor Beier hingegen war mit Handeisen gefesselt und hatte statt eines Knebels einen Ball im Mund, dessen Riemen seinen Kopf umschlossen. Auch diese Utensilien werden für sexuelle Spiele verwendet, wie Wachtmeister Koschella sie angesprochen hat.«

»Und die anderen Opfer? Der Richter, Major Peschke und Major Schneider? Willst du damit sagen, dass auch sie ...«

Koschella räusperte sich und blickte zu Klein. Da dieser ihn nicht unterbrach, fuhr er fort:

»Fast alle Opfer haben Verbindungen zum stellvertretenden Bankdirektor. Ich spreche von hohen Darlehen, die Beier jedem von ihnen gewährt hatte. Sie überstiegen ihre Tilgungsfähigkeiten, selbst die von Wiese. Zinsstundungen und Rückzahlungsaufschiebungen, Aufstockung der Kredite sogar gegen die Empfehlung der Bankdetektive ...«

»Vielleicht gehörte das zur allgemeinen Politik der Bank?«, merkte Ludwig unsicher an.

»Nein.« Koschella schüttelte den Kopf. »Soweit ich weiß, hat Beier andererseits Anträge für Darlehen und Kredite in Fällen abgelehnt, in denen er eigentlich keinen Grund dazu hatte ... sogar Ihren ...«

Franz Ludwig schnappte nach Luft.

»Es gibt noch eine andere Verbindung.« Klein war bemüht, die unangenehme Situation zu entschärfen. »Der Selbstmörder Wildstein trug ein besonderes Zeichen auf der Hand, einen siebenzackigen Stern. Eine Tätowierung, mit der zum Tode verurteilte Gefangene der Glatzer Festung gekennzeichnet waren. Die Exekutionen fanden auf Fort Schäferberg statt. Von dort stammen auch die Handfesseln, mit denen der Vizedirektor ans Gitter im Mühlgrabenkanal gekettet war. Richter Wiese saß 1918 einem Verfahren gegen Deserteure vor und hat damals vermutlich Wildstein verurteilt. Major Schneider wiederum war als Kommandant der Gendarmerie an der Ergreifung und Überstellung ans Gericht beteiligt. Nach dem Urteilsspruch war er für die Hinrichtung verantwortlich.«

»Also sind unter diesen Verurteilten die übrigen Täter zu suchen? Solche, die wie Wildstein am Strick enden sollten, aber durch schicksalhafte Fügung von den Toten auferstanden sind?«, fragte der Bürgermeister. »Ist es also Rache für erlittenes Unrecht?«

»Richter Wieses Köchin sagte aus, bei einem der Einbrecher eine ebensolche Tätowierung gesehen zu haben«, warf Koschella ein. Roth nickte bestätigend.

»Das heißt ...«, Ludwig richtete sich auf, sank dann aber sofort wieder in seinen Stuhl. »Das heißt, wir wissen, wer die Täter sind. Wir müssen die Akten dieser Deserteure finden!«

»Das wird nicht einfach sein«, sagte Klein. »Richter Wiese muss sich während der letzten Tage bedroht gefühlt haben. Ich vermute, er hat die Gerichtsakten irgendwo versteckt. Vielleicht befanden sie sich in seinem Tresor, dem Ziel der Einbrecher. Die Hoffnung ruht auf Hauptmann Metz. Der sucht gerade in den Archiven von Gendarmerie und Festung nach den Personalien der Gefangenen.«

»Also haben wir diese Verbrecher fast am Haken, treten aber dennoch auf der Stelle?«

»Nicht unbedingt«, sagte Klein vorsichtig. »Wir sollten den sexuellen Aspekt mit dem Rachemotiv verbinden. Häftlinge, die vor gut zwei Jahren zum Tode verurteilt wurden, nehmen nun Rache. Rache für die Todesstrafe erscheint vordergründig als Motiv ihrer Taten ausreichend, aber der sexuelle Hintergrund bleibt dabei bislang unklar. Wir verstehen ihr Motiv also nicht genau. Wie wissen auch nicht, wie es ihnen überhaupt gelungen ist, der Exekution zu entgehen. Oder warum sie uns Botschaften übermitteln und genau diese und keine anderen Orte für ihre Taten ausgewählt haben. Bleiben also noch viele Unbekannte. Und selbst wenn wir ihre Identität kennen, braucht es Zeit, um sie zu finden.«

»Mögliche weitere Tatorte lässt Kommissar Richter observieren.« Ludwig massierte seine Schläfen, ihm brummte der Schädel. »Ist das eine gute Idee?«

»Vermutlich besteht eine größere Chance darin, herauszufinden, wer die nächsten Opfer sein könnten.«

Alle Augen richteten sich auf Klein.

»An wen denkst du?«, krächzte Ludwig. Klein zuckte mit den Schultern.

»Mich überraschen mehrere Dinge. Die Täter verüben einen Mord nach dem anderen, jeden Tag einen. Anfangs dachte ich, sie nähmen lediglich Rache und wären nicht auf Ruhm aus. Aber die Nachricht über diese geometrischen Mörder verbreitete sich in ganz Deutschland, was nicht unbedeutend ist. Diese Tatsache könnte sogar sehr wichtig sein. Die hohe gesellschaftliche Stellung der letzten Opfer hat das öffentliche Interesse enorm ansteigen lassen.«

»Ist der Bürgermeister der Nächste? Oder der Kommissar?«, überlegte Koschella, ohne auf den kreidebleichen Franz Ludwig zu achten. »Oder Sie, Herr Hauptmann?«

Klein lächelte.

»Wir können nichts ausschließen. Die Täter sind womöglich an einem noch größeren Publikum für ihre Inszenierung interessiert und könnten dieses Ziel sehr einfach erreichen.« Klein spürte, dass die Spannung für seine Zuhörer unerträglich wurde, und kam direkt zum Punkt. »Zurzeit hält sich der tschechoslowakische Abgeordnete Karel Svoboda in der Stadt auf. Sein Tod würde dem Ganzen einen internationalen Anstrich verleihen.«

»Oh Gott ...« Unruhig rutschte Franz Ludwig auf seinem Stuhl herum. »Warum sagst du das erst jetzt? Wilhelm, wir müssen ihn so schnell wie möglich finden!«

»Bevor ich zu dir gekommen bin, habe ich Kommissar Richter informiert. Er hat seine Leute bereits ins Hotel Stadtbahnhof geschickt, wo der Abgeordnete abgestiegen ist. Auch du gehörst zum Kreis der gefährdeten Personen, daher wirst du heute im Rathaus bleiben und bekommst Polizeischutz.«

»Wer noch?«, stieß Ludwig heiser hervor. »Wer steht deiner Meinung nach noch auf ihrer Liste?«

»Ich weiß es leider nicht.«

Die Tür ging auf und Kommissar Richter erschien.

»Herr Bürgermeister, Herr Hauptmann, unsere Leute haben Svoboda im Hotel nicht angetroffen. Das Personal sagt, er mache morgens immer einen Spaziergang und kaufe dabei Zeitungen. Heute hat ihn jedoch keiner der Verkäufer gesehen. Und ins Hotel ist der Abgeordnete auch nicht zurückgekehrt.«

Franz Ludwig ließ sich schwer in den Stuhl fallen, griff nach seinem Glas und leerte es in einem Zug.

»Das ist noch nicht alles.« Richter sah den Hauptmann an und machte eine Pause, um leise fortzufahren. »Otto Langer wurde vor wenigen Minuten als vermisst gemeldet. Uns bleibt immer weniger Zeit. Hauptmann Klein, ich bitte um Ihre Hilfe. Übernehmen Sie das Logenhaus und finden Sie heraus, was dort passiert ist. Ich werde in der Zwischenzeit die Zeugen im Hotel befragen. Seipelt und Schulz durchsuchen in meinem Auftrag das Zimmer des Abgeordneten. Wenn Sie in der Gartenstraße fertig sind, kommen Sie bitte zu mir ...«

Der Hauptmann nickte und erhob sich, ebenso seine Männer. Sie ließen den verwirrrten Bürgermeister zurück und folgten Richter.

»Jürgen, du suchst Hauptmann Metz auf.« Klein hielt seinen Assistenten am Ellbogen zurück. »Er wartet in der Festung, vielleicht kennt er bereits die Personalien der Verurteilten. Wenn er was rausgefunden hat, komm sofort zurück ins Rathaus.«

»Zu Befehl!«

»Und du, Franz,« wandte sich Klein an Koschella, »hol Wachtmeister Puder. Sag ihm, er soll den Hund ins Logenhaus mitbringen.«

Grußlos stürmte Koschella an Kommissar Richter vorbei und polterte die Treppe hinunter.

*

Wetterkapriolen im April waren im Glatzer Talkessel nichts Ungewöhnliches, und doch war Klein überrascht, dass Schneeflocken über der grauen Straße tanzten. Der Kutscher trieb sein Pferd an. Der beißende Wind schmerzte im Gesicht und schon nach wenigen Minuten hatte Klein klamme Finger. Er achtete jedoch nicht sonderlich darauf. In der Gartenstraße verließ er die Droschke und eilte auf das Logenhaus zu, dessen massive Eingangstür weit offenstand. Bereits von Weitem sah er, wie sich zwei Männer aufgeregt unterhielten. Einer saß auf einer Bank und wirkte ziemlich aufgelöst, während der andere ihn zu beruhigen versuchte. Als Klein an den Türrahmen klopfte, sah der Ältere von beiden erschrocken auf. Jetzt bemerkte der Hauptmann, dass er einen blutigen Kopfverband trug.

»Herr Klein!« Der Jüngere drehte sich abrupt um. »Gut, dass Sie hier sind! Suchen Sie ihn! Wir dürfen keine Zeit verlieren!«

»Eins nach dem anderen«, entgegnete Klein schroff. »Was genau ist passiert? Woher stammt die Kopfwunde?«

Der Mann wollte aufstehen, sank aber gleich wieder auf die Bank zurück. Er war immer noch benommen und begann mit zittriger Stimme zu berichten.

»Ich war mit Herrn Langer um 15 Uhr in der Loge verabredet und kam gerade vom Postamt. Ich habe Herrn Langer in Begleitung eines Mannes weggehen sehen. Da ich dachte, er hätte unser Treffen vergessen, habe ich ihm gewinkt. Er blieb stehen und …« Der Mann schüttelte den Kopf, seine Stimme versagte.

»Was ist dann passiert?«

»Er hat etwas gerufen, aber sein Begleiter hat ihm in den Magen geboxt ...! Ich sah, wie Langer zusammenklappte. Der Kutscher sprang vom Bock und gemeinsam haben sie ihn in die Droschke gestoßen! Ich bin ihnen nachgelaufen ...«

»Herr Galwer hat außerordentlichen Mut bewiesen«, sagte der Jüngere und senkte den Blick.

»Es war ein Reflex. Ich habe nicht an die Folgen gedacht.« Der Verletzte sah aus, als erwarte er Beistand. »Ich bin ihnen nach, aber dann ist einer der Schurken abgesprungen und hat mich niedergeschlagen.«

»Erinnern Sie sich, was danach passierte?«

»Ich muss das Bewusstsein verloren haben. Alles war wie im Nebel. Herr Wenzel ist gekommen und hat mich hierher gebracht ... er hat die Polizei angerufen ... Sie waren schnell!«

»Konnten Sie die Entführer erkennen?«

Der Mann seufzte.

»Nein ... Sie trugen Tücher vorm Gesicht ..., nein, eher Schals. Und Mäntel und ... Kappen mit Schild und Ohrenklappen.«

»Befand sich zu der Zeit jemand im Gebäude?«

»Nein.« Wenzel sah seinen Begleiter mitfühlend an. »Meistens komme ich als Erster und schließe die Loge auf. Um 16 Uhr beginnt mein Unterricht.«

Klein nickte, er erinnerte sich an den Mann. Bei seinem letzten Besuch im Haus in der Gartenstraße hatte er Klavier gespielt.

»Was meinen Sie mit meistens?«

»So wie heute ist Herr Langer manchmal bereits vorher in der Loge. Dann öffnet er mir ..., es sei denn, er ist in der Bibliothek oder hat Gäste.«

»Gibt es keinen Hausbesorger? Hat der Logenmeister keinen Sekretär?«

»Der Portier ist vor einer Woche an einer Lungenentzündung gestorben. Die Stelle wurde noch nicht neu besetzt. Außerdem ist der Meister sehr oft in der Loge.«

Der Alte nickte, bereute die Bewegung aber offensichtlich im selben Moment, wie sein schmerzverzerrter Gesichtsausdruck verriet.

»Herr Wenzel, gab es noch andere Zeugen? Es ist eine ziemlich belebte Straße.«

»Zwei Schüler haben versucht, Herrn Galwer zu Bewusstsein zu bringen. Ich habe schon von Weitem jemanden auf dem Bürgersteig liegen sehen und bin losgelaufen.«

»Ein paar Burschen haben sich um mich gekümmert?« Der alte Mann rieb sich an der Schläfe. »Daran kann ich mich auch nicht erinnern!«

Wenzel tätschelte ihm beruhigend die Schulter.

»Die beiden haben aber nichts gesehen. Die waren auf dem Heimweg von der Schule und derart ins Gespräch vertieft, dass die nicht mal bemerkt hätten, wenn eine Dampflok an ihnen vorbeigefahren wäre.«

»Konnten Sie die Droschke sehen?«, fragte Klein.

»Ich wohne in der Feldstraße, gleich ums Eck, hab aber nichts gesehen. Als ich Herrn Galwer fand, dachte ich, er wäre gestürzt und hätte sich den Kopf angeschlagen …« Diskret deutete Wenzel mit einer Geste an, dass er glaubte, Galwer wäre alkoholisiert gewesen.

»Erst an der Tür habe ich die Situation begriffen und sofort die Polizei gerufen.«

»Herr Galwer, warum wollten Sie Herrn Langer treffen?«

»Das Treffen … Wir waren um Punkt 15 Uhr verabredet, und ich komme nie zu spät …«

»Aber in welcher Angelegenheit wollten Sie mit Langer sprechen?«

»Geschäftliches … Malerarbeiten, Putzarbeiten … Wir wollten die Renovierung des Saals im ersten Stock besprechen. Ich kenne Herrn Langer seit Ewigkeiten und dieser ehrenwerte Mann weiß, dass …«, der Mann holte tief Luft, wobei etwas in seiner Lunge rasselte, »… er weiß, dass wir eine zuverlässige Firma sind. Wir erledigen sämtliche Aufträge und er empfiehlt uns, wo immer er kann. Also ist er mit uns zufrieden.«

»Eine Frage noch, Herr Galwer. Die Droschke, wie sah die aus?«

»Die Droschke?« Der Mann fuhr sich mit der Zunge über die Lippen und schien in Gedanken zu versinken.

»Ist Ihnen etwas aufgefallen?«, bohrte Klein weiter. »Sah sie irgendwie anders aus?«

Der Verletzte hob hilflos die Hände. »Auf mich wirkte sie normal, ein Einspänner ... eine Droschke eben.«

Klein erkannte, dass die Aussage des Mannes nichts Brauchbares liefern würde. Von der Straße drangen die Laute eines aufheulenden Motors und kreischender Bremsen. Klein sah, wie Koschella aus dem Automobil sprang, der Hund ihm nach. Der Wachtmeister wollte mit der Schäferhündin zur Pforte, aber die blieb wie angewurzelt auf dem Bürgersteig stehen. Klein schaute noch einmal zu Galwer. Der Verletzte atmete schwer, sein Gesicht war rot. Er schien Kreislaufprobleme zu haben.

»Bitte beruhigen Sie sich. Herr Wenzel wird Sie gleich zum Arzt bringen.«

»Ja, zum Arzt.« Galwer vergrub das Gesicht in den Händen und drohte erneut abzudriften.

Der Hauptmann trat an Koschella heran.

»Das verdammte Vieh will nicht weiter!« Koschella zerrte an der Leine.

»Wo ist Wachtmeister Puder?«

»Der hat vierzig Grad Fieber. Den hat's ordentlich erwischt. Er konnte nicht mal die Treppe runter. Also hab ich diesen Flohteppich mitgenommen. Was für ein störrischer Esel!«

»Beruhige dich, Franz. Sie wittert was.«

Klein legte die Hand auf Floras Kopf. Die Hündin blickte ihn schief an.

»Wir gehen ins Haus. Geh vor.«

Die Nase tief am Boden lief Flora auf die Eingangstür zu. Koschella stolperte ihr nach und stieß beinahe gegen die Tür. Im Flur kamen sie an dem überraschten Herrn Wenzel und dem teilnahmslosen Herrn Galwer vorbei. Flora zog es derart zur Treppe, dass Koschella befürchtete, er würde sich beim Versuch, ihr zu folgen, das Genick brechen. Wenig später hielt die Hündin vor einer Tür inne und begann zu fiepen. Klein tippte Koschella auf die Schulter und bedeutete dem Wachtmeister, er solle seine Waffe ziehen. Dann nahm er dem Tier die Leine ab und öffnete die Tür.

Vorsichtig traten sie ein. Langers Schreibtisch war verschoben worden, die Stühle lagen am Boden. Was aber sofort ins Auge fiel, war ein großes, mit schwarzer Farbe an die Wand gemaltes Zeichen.

»Sieht aus, als wäre die Zeit der Spielchen vorbei, Herr Hauptmann«, brummte Koschella beim Anblick der farbtriefenden Schmiererei. »Sie lagen also richtig!«

Schweigend betrachtete Klein das Hakenkreuz an der Wand.

»Ich denke, du irrst dich. Das Spiel hat noch nicht mal richtig begonnen.«

Koschella verzog das Gesicht und blickte auf den Hund, dessen Schnauze in einem am Boden liegenden Bowlerhut steckte.

»Langers Hut? Oder gehört er einem der Entführer?«

»Galwer meinte, die hätten Kappen getragen, also muss es der von Langer sein. Nehmen wir ihn mit.«

»In Ordnung.« Der Wachtmeister hob den Hut auf. »Ach, das hätte ich fast vergessen. Ich habe etwas für Sie. Könnte nützlich sein.«

Klein blickte auf die Pistole, die ihm Koschella reichte, als handle es sich um eine Giftschlange. Er wog sie in der Hand und steckte sie in seine Tasche.

»Was nun?«

»Wir suchen draußen weiter, Franz. Wenn das nichts bringt, fahren wir ins Hotel zu Kommissar Richter.«

*

Hauptmann Metz stand vor der Kommandantur und schaute hoch zu den Fenstern im zweiten Stock. Dort hatte er die letzte Stunde in einem staubigen Raum verbracht, in dem sich der gesammelte Aktenbestand der Gendarmerie befand. Das Archiv war von der Hauptwache, die bis vor Kurzem noch im Rathaus untergebracht war, dorthin verlegt worden. Während der ersten Viertelstunde hatte Metz das Durcheinander in den Akten noch auf den Umzug und das damit verbundene Chaos zurückgeführt. Aber nur wenig später war er sich sicher gewesen, die gesuchten Dokumente hier nicht finden zu können. Es bestand kein Zweifel, dass die Unterlagen zu den in der Glatzer Festung inhaftierten fahnenflüchtigen Soldaten fehlten. Was damit geschehen war, konnte auch der für das Archiv zuständige Gefreite Kirst nicht beantworten. Metz konnte es sich vorstellen. Und seine Vermutungen bereiteten ihm großes Unbehagen.

Es gab keine Aufzeichnungen darüber, wer wann welche Akten eingesehen oder ausgeliehen hatte. Der Gefreite Kirst hatte bestätigt, dass das Archiv seit Langem nicht mehr ordnungsgemäß geführt wurde, auch weil es schwierig war, die Gewohnheiten der Offiziere zu ändern. Am häufigsten hatte aber Major Schneider die Bestände genutzt. Kirst hatte vorgeschlagen, in dessen Arbeitszimmer nachzusehen, weil er einen Teil der fehlenden Unterlagen in den Schränken des Majors vermutete. Der Hauptmann wusste, dass es nicht einfach sein würde, Zugang zu dem Raum zu erhalten, den bis vor Kurzem das Mordopfer genutzt hatte. Und wirklich hatte er sämtliche Überredungskünste aufbieten müssen, um nach langem Zureden schließlich hineingelassen zu werden. Aber auch dort war nichts zu finden. Von den Dokumenten fehlte jede Spur.

Als Metz nun vor dem Gebäude der Kommandantur stand, war er in Grübeleien versunken. Erst das laute Lachen, das aus dem Erdgeschoss des Nachbargebäudes schallte, wo sich Franz Exners Laden für Porzellan und Küchenausstattung befand, riss ihn schließlich aus seinen Gedanken und trieb ihn zum Weitermachen an. Abgesehen von seiner Besorgnis verspürte er Erregung, wie immer, wenn er vor einem herausfordernden Problem stand. Seit einiger Zeit beschäftigte er sich mit der Geschichte der Festung und ihren Besonderheiten. Viele Menschen hatten ihn für verrückt erklärt, als er Oberst Hay, den Kommandanten, überreden konnte, die Hauptfestung, die ihre militärische Funktion eingebüßt hatte, für Besucher öffentlich zugänglich zu machen. Doch er wollte, dass auch andere die Schönheit der beeindruckenden Anlagen entdecken konnten.

Nun ging er Richtung Schlossberg, wo der Eingang zum Donjon lag. Schon bald zeichnete sich über den Häusern der felsige Festungshügel ab. Es war ein Ort mit beinahe tausendjähriger

Geschichte: von einer Schutzburg über ein Schloss bis hin zu der prächtigen Verteidigungsanlage, die einst zu den bedeutendsten in Preußen gehört hatte. Über Jahrhunderte hatte die Festung auch als Gefängnis gedient, und unter den Insassen waren berühmte Persönlichkeiten gewesen. Metz porträtierte in der lokalen Presse prominente Inhaftierte. Da gab es Generäle und Magnaten, sogar der Bürgermeister von Brüssel zählte dazu. Er recherchierte spektakuläre Ausbruchsgeschichten, wie die des Charles Lux, Hauptmann des französischen Nachrichtendiensts, im Jahre 1911. Metz war überzeugt, dass die Festung noch viele Geheimnisse barg. Er hatte jedoch nicht damit gerechnet, bei seinen Nachforschungen auf ein derart aktuelles Geheimnis zu stoßen.

An der Wache vorbei tauchte er in die kühlen Kasematten des Donjons ein. Eine letzte Idee hatte der Hauptmann noch: Oberleutnant August Knauer. Der versah hier seit Jahren seinen Dienst. Wenn jemand Antworten wusste, dann er.

»Herein!«

Als Metz in Knauers Zimmer trat, glaubte er, in einer Gruft gelandet zu sein, so karg war der Raum eingerichtet. Außer ein paar Kerzenleuchtern gab es nur das Allernötigste: einen Schreibtisch, zwei Stühle und einen absperrbaren Schrank. Zum Inventar hätte man auch den Oberleutnant zählen können. Ein Mann mit vergilbtem, knittrigen Gesicht, dessen Hautfarbe sich der Umgebung angepasst hatte. Vor dem Hintergrund der schlampig getünchten Wände hob er sich nur durch seine Uniform ab.

»Herr Oberleutnant!«

Knauer kam hinter seinem Schreibtisch hervor und reichte Metz die Hand.

»Was führt Sie zu mir, Herr Hauptmann?« Der Mann fuhr sich mit der Hand über den rasierten Schädel und kehrte an seinen Platz zurück, nachdem er dem Gast einen Stuhl angeboten hatte.

»Es hat mit den jüngsten Ereignissen zu tun.« Knauer nickte.

»Ich kann es immer noch nicht fassen. Ein Mann gewöhnt sich im Laufe seiner Dienstjahre an vieles. Auf dem Schlachtfeld kommt man dem Tod näher, freundet sich beinahe mit ihm an, aber diese bestialischen Morde, die Erschießung von Major

Peschke und jetzt das Attentat auf Major Schneider ... Haben Sie schon gehört, dass der Kommandant Militärpatrouillen zur Unterstützung schicken will?«

»Ich weiß nicht, ob das eine gute Idee ist ...«

»Hat jemand eine bessere? Kommissar Richter erwartet jeden Moment einen Sturmangriff. Nur stellt sich heraus, dass der in leere Schützengräben einfällt. Da kommt dieser berühmt-berüchtigte Klein, auf den alle so zählen, aber was hat er bislang erreicht? Keiner hat bisher entschlossen durchgegriffen. Alle warten. Worauf? Auf weitere Leichen?«

»Was Klein betrifft, bin ich anderer Meinung, Herr Oberleutnant. Erst heute hatte ich ein Gespräch mit ihm. Und das wirft ein völlig neues Licht auf den Fall.«

»Ein neues Licht?« Knauer lachte ironisch. »Was soll das heißen?«

»Es ist der eigentliche Grund meines Besuchs.« Metz atmete tief durch. Er wollte gleich zur Sache kommen, denn der Oberleutnant war dafür bekannt, dass er das schätzte.

»Auf Anweisung von Klein suche ich nach Unterlagen zu Häftlingen, die wegen Fahnenflucht in der Festung festgehalten wurden.«

»Ja?«

Metz war nicht entgangen, dass Knauers Interesse geweckt war.

»Einer der aktuell Tatverdächtigen beging kurz vor seiner Ergreifung Selbstmord. Sein Name war Theodor Wildstein. Nach Angaben von Kleins Informanten saß der Mann wegen Fahnenflucht und war zum Tod durch den Strang verurteilt, hingerichtet wurde er aber offensichtlich nicht. Denn vor Kurzem tauchte er eben als einer von denen auf, die hinter den abscheulichen Verbrechen stehen.«

»Was ist das für ein Informant? Woher kommt das jetzt? Das ist doch lächerlich!« Knauer legte die Hände auf den Tisch und zog sie kurz darauf wieder zurück. Feuchte Abdrücke waren auf der Tischplatte zurückgeblieben.

»Herr Oberleutnant, wollen Sie etwa abstreiten, dass während des Kriegs in der Festung Deserteure inhaftiert waren?«

Knauer schwieg. Metz war auf der richtigen Spur, freute sich jedoch keineswegs darüber. Wieder war da dieses unbehagliche Gefühl.

»Oberleutnant Knauer, beantworten Sie meine Frage. Ich weiß, dass Deserteure hier inhaftiert waren. Den Prozessen, in denen sie verurteilt wurden, saß Richter Wiese vor. Derselbe Wiese, der, wie wir beide wissen, nun tot ist. Ebenso erging es Major Schneider, dem damaligen Kommandanten der Gendarmerie. Er war für die Inhaftierung und die Vollstreckung der Urteile verantwortlich. Sämtliche Unterlagen zu den Gefangenen sind verschwunden. Sie wissen über diese Festung beinahe alles, und Sie verfügen auch über ein außergewöhnliches Gedächtnis, was Sie mir während zahlreicher Gespräche bei einem Glas Cognac bewiesen haben. Bestimmt erinnern Sie sich, wer mit Wildstein verurteilt wurde und mit ihm die Zelle teilte.«

Es klopfte an der Tür.

»Herein!«, rief Knauer und wirkte dabei wie jemand, den ein zugeworfener Rettungsring kurz vor dem Ertrinken rettet.

Der junge Wachtposten von zuvor erschien in der Tür. Er salutierte und meldete mit der Geschwindigkeit eines Maschinengewehrs:

»Polizeiassistent Roth für Hauptmann Metz mit der Bitte um Einlass. Ich soll ausrichten, er sei von Hauptmann Klein in einer Ihnen bekannten Angelegenheit geschickt worden.«

»Vielen Dank!« Metz sah zu Knauer, dankte dem Schicksal für das Erscheinen des Mannes und erlaubte sich sogar ein Lächeln. Was dem Oberleutnant eben noch als Rettungsring erschienen sein mochte, könnte nun zu seinem Sargnagel werden. »Richten Sie aus, die Polizei wird erst auf mein Signal eingelassen. Nicht vorher!«

Der Schütze salutierte. Man sah ihm keinerlei Reaktionen an. Sofort war er wieder weg.

»Wie können Sie es wagen?« Angespannt saß Knauer da. Sein Gesicht hatte eine gesündere Farbe angenommen, zweifellos ein Zeichen seiner Erregung. »Wollen Sie mich mit der Polizei einschüchtern?«

»Ich versuche nur, Sie zu schützen.«

Metz musste rasch handeln. Er wusste nicht, wie der Polizeiassistent auf die Meldung des Wachmanns reagieren würde. »Sowohl für die Polizei als auch für mich liegt auf der Hand, dass Sie mehr wissen, als Sie zugeben. Wer weiß, vielleicht sind Sie der Nächste? Sind Sie sich dessen bewusst?«

»Mit all dem hab ich nichts zu tun!«

»Womit haben Sie nichts zu tun?«

Der Mann holte tief Luft und blies die Backen auf.

»Oberleutnant, reden Sie, bevor es zu spät ist«, warnte Metz.

»Ich erinnere mich an die drei Deserteure. Sie bekamen die Höchststrafe. Sie sollten gehängt werden.«

»Auf Fort Schäferberg?«

Knauer atmete schwer und nickte.

»Damals kam uns das nicht seltsam vor. Die Zeiten waren turbulent. Die Verurteilten wurden abgeholt, der Ort ihrer Hinrichtung sollte geheim bleiben. Der Zugang zum Fort war damals Zivilisten untersagt, es gab nur eine kleine Wachmannschaft. Ein idealer Ort für Exekutionen ...«

»Die Namen der Verurteilten?«

»Der erwähnte Wildstein könnte darunter gewesen sein. Aber sicher bin ich mir nur bei einem Namen. Betz. Willi Betz.«

»Warum haben Sie sich ausgerechnet diesen Namen gemerkt?«

»Wegen seiner Freundin. Sie war aus Hirschberg gekommen, von wo der Junge stammte. Tagtäglich war sie zur Festung gekommen, hatte gebettelt und gefleht. Vergeblich. Die drei wurden nicht nur der Fahnenflucht beschuldigt, sondern eines weitaus schlimmeren Verbrechens.«

»Nämlich?«

»Sie hatten einen Offizier getötet. Wenig verwunderlich, dass man sie nicht begnadigt hat. Diese junge Frau muss Betz sehr geliebt haben. Sie nahm ein tragisches Ende.«

»Was ist passiert?«

»Sie hat sich vor einen Zug geworfen. Hier in Glatz, unmittelbar nachdem sie von der Vollstreckung des Urteils erfahren hatte. Die drei waren in der Nacht davor geholt worden. Ich weiß das von den anderen, die damals hier Dienst hatten … Man hat sie am Schäferberg gehängt.«

»Wie es aussieht dann doch nicht.« Knauer nickte.

»Keiner hat damals so genau nachgefragt, aber es wusste niemand, wohin die Leichen gebracht worden sind. Wenn es also gar keine Hinrichtung gegeben hat, dann verstehe ich nicht, was passiert ist. Könnte es sein, dass die Gefangenen fliehen konnten und Schneider die Angelegenheit vertuscht hat? Und warum sind sie jetzt plötzlich zurück? Um Rache zu nehmen?«

»Ist außer Ihnen noch jemand von der alten Besatzung der Festung hier, Oberleutnant? Wer könnte mehr wissen?«

»Die sind übers ganze Land verstreut. Gleich nach dem Krieg kehrten die meisten ins Zivilleben zurück oder wurden versetzt. Die Mannschaft wurde verkleinert. Die Neuen sind noch Kinder, so wie der vorhin … Von der Gendarmerie ist auch niemand mehr da. Der Krieg war vorbei, die Krise nicht. Die Leute hungerten, man war damit beschäftigt, eine Petition an diesen Präsidenten Wilson zu richten, damit die Grafschaft Glatz im Reich verbleibt. Und jetzt, wo sich alles wieder normalisiert, diese Morde … Noch dazu an einem Bankier und einem Stadtrat … Vollkommen willkürliche Opfer.«

Metz sah den Oberleutnant eindringlich an.

»Warum erwähnten Sie nicht Major Peschke, den ersten Toten?«, fragte er scharf. »Ist er vielleicht kein willkürliches Opfer?« Knauer wurde nervös. »Was verbindet Ihrer Meinung nach den Major mit diesen Morden?«, fragte Metz. »Was hat er mit der Angelegenheit zu tun? Reden Sie!«

»Wenige Tage vor seinem Tod hatte ich Besuch … von Major Peschke. Er hat nach den Deserteuren gefragt und wollte wissen, woran ich mich erinnere. Ich musste ihm versichern, dass das Gespräch unter uns bleiben würde … und zunächst habe ich seinen Tod auch nicht mit dieser Sache in Verbindung gebracht! Herr Hauptmann, Sie müssen mir glauben. Die anderen Morde folgten so schnell … erst heute … der Tod von Major Schneider …« Knauer knöpfte den obersten Knopf seiner Uniform auf. »Ich war wie gelähmt von der plötzlichen Erkenntnis und …«

Metz wurde blass.

»Sie haben niemandem davon erzählt? Sie haben nicht mal versucht, die Polizei zu verständigen?«

Der Mann sackte in seinen Stuhl.

»Mir war nicht bewusst, dass ...«, flüsterte er. Metz stand angewidert auf.

»Sie werden das alles vor dem Polizisten da draußen wiederholen. Er wird es merken, wenn Sie etwas verheimlichen.«

Knauer starrte auf den Tisch und nickte. Eine Schweißperle bahnte sich ihren Weg über seinen kahlen Schädel. Der Hauptmann trat grußlos auf den Korridor, wo er beinahe in den jungen Polizeiassistenten rannte.

»Willi Betz«, sagte er. »Der zweite von drei Deserteuren. Die Identität des Dritten ist noch unbekannt. Ich werde mich mit meinen Vorgesetzten in Berlin in Verbindung setzen. Dass es in Glatz keine Unterlagen dazu gibt, bedeutet nicht, dass wir nicht anderswo Informationen finden. Es wird etwas dauern und uns bleibt wenig Zeit. Knauer weiß nicht viel, wird Ihnen aber alles sagen.«

Roth nickte zögerlich, erwiderte aber nichts. Metz wandte sich ab. Er brauchte dringend frische Luft.

*

Klein und Koschella benötigten knapp fünfzehn Minuten, bis sie das Hotel am Sellgittplatz erreichten. Im Eingangsbereich wimmelte es von Polizeibeamten, die die Restaurantbesucher nach Hause schickten. Die Hotelgäste sollten auf ihren Zimmern bleiben. Koschella fluchte. Seine Nervosität übertrug sich auf Flora, die unruhig wurde, als sie die Empfangshalle betraten.

»Die werden alle Spuren niedertrampeln.«

Der Wachtmeister schüttelte den Kopf und warf den anwesenden Beamten wütende Blicke zu. Die meisten wandten sich ab und gingen dem Polizisten mit der knurrenden Schäferhündin an der Leine aus dem Weg.

Klein fiel auf, dass Empfangschef Krupski alles genau beobachtete. Bestimmt reimte er sich die nächsten Geschichten zusammen, die er neugierigen Gästen erzählen würde. Vor dem Empfangstresen standen mehrere Männer mit Fotoapparaten. Sobald sie Klein entdeckten, umringten sie ihn. Es blitzte grell und in der Luft verbreitete sich beißender Geruch.

»Fass!«, kommandierte Koschella.

Flora knurrte, worauf die Fotografen ein paar Schritte zurückwichen. Der Wachtmeister tätschelte der Hündin den Kopf und grinste.

Einer der Reporter nickte Klein zu. Der Hauptmann hatte ihn erkannt, erwiderte jedoch den Gruß nicht. Er klopfte Koschella auf die Schulter, als Zeichen weiterzugehen. Im ersten Stock blieben sie vor der Tür zu Zimmer zehn stehen. Kleins Blick begegnete dem von Kommissar Richter. Zwischen seinen Augenbrauen war eine tiefe Falte zu erkennen. Der Kommissar musterte finster den unruhigen Hund und Koschella, der diesen in Zaum zu halten versuchte. Erst nach kurzem Zögern bat er sie wortlos mit einer Bewegung seines Kopfes in die Suite.

Aufmerksam sah Klein sich um und stellte fest, dass Karel Svoboda kein Pfennigfuchser war. Am Zimmer mit gehobenem Standard hatte er nicht gespart. Spiegel in verschnörkelten Rahmen, Mahagonimöbel, ein Sekretär mit goldenen Beschlägen aus dem achtzehnten Jahrhundert, ein Schreibtisch und eine kleine Bar mit diversen Spirituosen. Zweifellos war dies die beste Suite des Hotels. Sogar einen Balkon gab es, auf den hohe Glastüren hinausführten. Alles war harmonisch aufeinander abgestimmt. Alles, bis auf ein großes, schwarzes Zeichen an einer der Wände.

»Sie hatten recht, Herr Hauptmann. Ein Hakenkreuz. Wie Sie sagten, zeigen die Täter nun ihr wahres Gesicht.«

»Das habe ich nicht behauptet.«

»Könnten Sie uns dann endlich verraten, was Sie davon halten?« Richter lief rot an. »Ich habe den Eindruck, wir vermögen Ihrem einzigartigen Verstand nicht zu folgen! Denken Sie, es handelt sich bei den Symbolen nur um einen Scherz, einen Streich? Ich bin ganz Ohr!«

Seipelt und Schulz traten zu den beiden Männern und blickten den Hauptmann neugierig an.

»Die Zeichen sollen bestimmt auf die Schuldigen hinweisen,

was jedoch nicht bedeutet, dass die Täter Verbindungen zu den Nationalsozialisten haben.«

»Für mich ist das alles stimmig«, wandte Seipelt ein. »Wie lange ist es her? Seit zwei Monaten nennen sie sich nun Nationalsozialistische Deutsche Arbeiterpartei. Es ist kein Geheimnis, dass sie weder Juden noch Freimaurer mögen. Dazu kommt, dass die meisten Parteimitglieder Kriegsveteranen sind. Und eine militärische Ausbildung ist auch in der Handschrift unserer Mörder erkennbar. Eine neue Partei, ein neues Programm – wie sie es nun aller Welt mit einem Paukenschlag verkünden wollen.«

»Das glaube ich nicht«, antwortete der Hauptmann. »Das würde ihnen mehr schaden als nützen. Es ist eine falsche Spur, so wie die vorherigen.«

»Sie hätten ja weiter auf die Juden und die Freimaurer verweisen können«, pflichtete Koschella seinem Chef bei. »Weitere Opfer an den Spitzen von Davidstern oder Freimaurerpyramide und niemand würde zweifeln, wer dahintersteckt. Sie würden uns weiter verwirren. Nun aber sollen wir nach Tätern mit nationalistischen Ansichten suchen. Warum tun sie das?«

»Der Bankier und der Rat«, warf Richter ein, »die waren doch Nationalisten. Sollte die NSDAP hinter den Morden stecken, hätten sie ja ihre eigenen Leute getötet!«

»Beide waren Schwuchteln.« Seipelt, der sich seiner Sache sicher war, zuckte mit den Schultern. »Sie haben die Reihen gesäubert.«

Der Kommissar war außer sich.

»Herr Hauptmann? Soll ich alle verhaften, die durch ihre Sympathie für die Nazis aufgefallen sind?«

»Nein. Wir müssen die Täter woanders suchen.«

Richter atmete hörbar aus.

»Was ist mit Otto Langer?«

»Das Gleiche wie mit Svoboda«, warf Koschella ein.

»Großartig. Einfach nur großartig!«, ächzte Richter sarkastisch. »Zwei Vermisste! Ein Freimaurer und ein tschechoslowakischer Diplomat … ein internationaler Skandal. Ich muss euch nicht daran erinnern, dass wir, sollten die beiden ermordet werden, nicht nur hier, sondern im ganzen Reich erledigt sind!«

Koschella und Seipelt sahen zu Boden. Schulz inspizierte seine Fingernägel.

»Ich werde das nicht zurücknehmen«, wandte sich der Kommissar an Klein. »Ihre Zeit läuft.«

*

»Die Zeit läuft? Als ob wir das nicht selbst wüssten.«

Koschella sah hinüber zu seinem Chef auf dem Beifahrersitz. Der starrte durch die Windschutzscheibe, auf die nun dicke Regentropfen prasselten. Den Blick auf die schwarzen Gewitterwolken am Himmel gerichtet, fragte Koschella: »Was nun, Herr Hauptmann?«

»Fahr uns zum Ring.«

Kleins Stimme war schwach, er war in sich zusammengesackt und wirkte kraftlos. Koschella vermutete, dass er seine Energie jetzt für komplizierte Prozesse in seinem Gehirn brauchte, durch die er klarer und schneller denken konnte als andere.

»Dann wollen wir mal.« Koschella startete und fuhr los. Immer noch war er unsicher am Steuer. Warum hatte er auch das Fahrzeug von Roth übernehmen müssen. Er würde immer die eigenen Füße diesen quietschenden Gummirädern vorziehen. Flora hingegen bellte begeistert. Offensichtlich teilte die Hündin seine Vorbehalte gegenüber Autos nicht.

»Franz«, wandte Klein sich an seinen Begleiter, als sie vorm Rathaus anhielten. »Was müsste passieren, was müsste dir angetan werden, damit du dich auf ähnliche Weise rächen würdest?«

»Ist doch klar …« Koschella zuckte die Schultern. »Die rächen sich an denen, die sie am Strang sehen wollten.«

»Es waren Deserteure, Franz. Und sie hatten einen Offizier getötet.« Klein fixierte ein Mietshaus an der Ostseite des Platzes. »Sie hatten den Strick verdient. Wenn sie dem Tod entkommen sind, warum sollten sie sich dann rächen?«

Koschella kratzte sich am Kopf.

»Keine Ahnung«, sagte er vorsichtig. »Sie haben recht, Herr Hauptmann. Wenn meine Rache so aussähe, hätten sie mich …«

Jetzt erst folgte der Wachtmeister dem Blick seines Vorgesetzten und sofort wurde ihm heiß. Klein starrte auf das Haus, das an das Hotel Neu-Breslau stieß. Neben dem Café im Erdgeschoss führte ein Tor zu einem der Glatzer Freudenhäuser.

»Finden wir dort Antworten, Herr Hauptmann?«

Kleins Miene war schwer zu interpretieren.

»Warte mit Flora in gebührendem Abstand vorm Tor. Stell dich in den Wind. Springt sie auf jemanden an, der aus dem Puff kommt ... dann schnappst du ihn dir.«

»Ich oder sie?« Der Wachtmeister lachte.

»Ihr beide.«

Koschellas Lachen gefror. Er wusste nicht, was er davon halten sollte. Sie stiegen aus und blieben vor dem Springbrunnen stehen.

»Hast du dir die Kontoauszüge angesehen?«

»Jawohl!«

»Was über die Puffmutter rausgefunden?«

»Große Kreditsummen«, Koschella runzelte die Stirn. Die auf ihm lastenden Blicke von Klein und der Schäferhündin brachten ihn aus dem Konzept.

»Wie groß?«

»Naja ...« Koschella biss sich auf die Lippe. »Sehr groß. Fast zwanzigtausend.«

»Auf den Puff?«

»Auf eine Firma ... Ich erinnere mich bestimmt wieder an den Namen, sobald der Köter ... der Hund aufhört, mich so anzustarren!« Koschella wurde nervös. »Alles ging für die Renovierung des Hauses drauf ...«

Sie schauten beide gleichzeitig auf den bröckelnden Putz.

»Vielleicht wurde drinnen was gemacht?« Unsicher blickte Koschella zu Klein.

»Und, wurde etwas gemacht? Wann warst du zuletzt da drin?«

»Na, erst kürzlich. Von größeren Renovierungsarbeiten war da nichts zu sehen. Teure Möbel hat sie bekommen, so viel kann ich sagen.« Koschella war rot angelaufen. Nicht nur, weil er den Bordellbesuch zugegeben hatte, denn dafür konnte er dienstliche Verpflichtungen vorschieben, sondern auch, weil ihm nicht aufgefallen war, dass es für die Darlehen in astronomischen Höhen keine plausiblen Gründe gab. »Wissen Sie, Herr Hauptmann, das ist kein ordinärer Puff ... Madame Herta hat große Ambitionen. Es ist mehr ein erotisches Theater. Sie werden es verstehen, wenn Sie reingehen.«

»Du wartest hier«, wiederholte Klein. »Und schau dir genau an, wer rauskommt.«

Koschella spähte zu den von dunklen Vorhängen verdeckten Fenstern und spürte eine Unruhe aufkommen, die er sich nicht erklären konnte.

*

Klein trat an die Tür und betätigte dreimal den Türklopfer. Minutenlang antwortete niemand, er hatte aber das Gefühl, beobachtet zu werden. Dann hörte er Schritte, auf die das metallische Klirren eines Schlüssels im Schloss folgte. Als durch einen schmalen Türspalt grelles Licht fiel, kniff er die Augen zusammen. Einen Moment später verdeckte ein massiger Körper in einem eleganten Anzug die Lichtquelle. Der Mann schob seinen kantigen Kiefer vor, doch aus dem schmalen Mund kam kein Laut.

»Ich möchte zu Madame Herta«, sagte Klein.

Der Türsteher musterte ihn einen Moment lang. Er schien enttäuscht zu sein, den Ankömmling nicht so beeindrucken zu können wie erhofft. Schließlich wich er einen Schritt zurück und machte die Tür frei. Der Hauptmann trat ein und ließ seinen Blick über verzierte Wände und teures Mobiliar wandern. Madame Herta musste tatsächlich in letzter Zeit zu beträchtlichem Vermögen gekommen sein. Und Koschella hatte recht: Hätte Klein nicht gewusst, was dies für ein Etablissement war, wäre er überzeugt gewesen, ein Kammertheater zu betreten.

»Ich werde Madame Herta von Ihrer Ankunft informieren.«

Klein sah den Kraftprotz genauer an. Seine Zähne waren kohlrabenschwarz.

»Geben Sie Ihren Mantel an der Garderobe ab und warten Sie doch bitte so lange in unserer Bar im ersten Salon.«

Die sehnige Hand des Mannes wies auf eine Nische. Hinter einem dunklen Holztresen erkannte Klein eine Garderobenfrau.

Er trat an den Tresen, zog den Mantel aus und reichte ihn der jungen Frau. Im Gegenzug erhielt er eine Marke und ein strahlendes Lächeln. Er betrachtete die Frau genauer. Die Art, wie sie gekleidet war, sollte vermutlich Lust machen auf das, was den Besucher in Madame Hertas Tempel erwartete. Sie trug ein Korsett, das ihren großen Busen zur Geltung brachte, und ein luftiges Spitzennachthemd. Ihre langen Beine steckten in Netzstrümpfen, und mit Sicherheit stieg bei so manchem Gast die Erregung bereits auf der Schwelle zum Salon.

»Suchen Sie sich bitte eine Maske aus.« Die Frau deutete auf ein Holzregal. »Unsere Gäste tragen sie während des Besuchs.«

Klein blickte auf eine Reihe bunter Masken. Sie waren aus Leder, Pappmaschee, luxuriösen Stoffen und manche sogar aus Holz, jede einzelne ein Kunstwerk.

»Ist das obligatorisch?«, fragte er.

»Wir sind sehr um Diskretion bemüht, Herr Hauptmann.«

Klein lächelte. Diskretion? Sogar die Garderobenfrau wusste, wer er war. Er deutete mit dem Finger auf eine einfache weiße venezianische Maske aus Pappmaschee.

»Eine exzellente Wahl!«

Sie griff ins Regal und streckte sich dabei unnatürlich langsam, damit er Zeit hatte, ihre unter dem aufreizenden Negligé hervorblitzenden unbestreitbaren Vorzüge zu betrachten. Dann kam sie hinter dem Tresen hervor und stellte sich hinter ihn. Klein hielt sich die Maske vors Gesicht, während die junge Frau nach den Samtbändern griff und einen Knoten machte. Ihre Finger streiften sanft über den Hals des Hauptmanns. Er hätte einen angenehmen Schauer verspüren sollen, aber er zeigte sich unempfindlich für derart Zärtlichkeiten.

»Sie sind bereit. Ich wünsche Ihnen einen angenehmen Abend … und sollten Sie mich brauchen, fragen Sie bitte nach Ines.«

Er blickte ihr in die Augen. Bestimmt entwickelten Kunden häufig erotische Wunschvorstellungen mit ihr. Er verbeugte sich und ging auf eine hohe Flügeltür zu, vor der der Hüne von vorhin stand. Wieder musterte ihn der Mann mit dem kantigen Kiefer.

Der Hauptmann hielt dem Blick stand und durfte zur Belohnung einen überaus geräumigen Raum betreten.

An den Tischen in Barnähe saßen drei Männer, bei denen es sich um Stammgäste handeln musste. Sie genossen sichtlich die Gesellschaft mehrerer Frauen, die nichts trugen außer einem teuren Parfüm. Als der Barmann Klein bemerkte, lächelte er ihm zu und lud ihn mit weitausgebreiteten Armen in sein Reich teurer Spirituosen. Der Hauptmann nahm die Bar näher in Augenschein. Ihre Messingeinfassung schimmerte matt, die Regale bogen sich förmlich unter dem Gewicht der bunten Flaschen. Er hätte darauf wetten können, dass Madame Herta sich auch in dieser Hinsicht um die edelsten Vorlieben ihrer Kunden kümmerte. Er ließ den Barmann links liegen und kam zu einer breiten Treppe mit rotem Teppich. Im Zwischengeschoss stand eine junge Frau, die etwas mehr anhatte als die, denen Klein bisher begegnet war. Ein burgunderrotes Seidenkleid umspielte ihren Körper, und aus dem Pailletten-Stirnband um ihre Bubikopf-Frisur ragte eine violette Feder. Sie lehnte lasziv an der Wand. Mit langen Beinen, einer schlanken Taille und kleinen Brüste unterschied sie sich von den Frauen in der Bar.

Klein merkte, wie sie ihn fixierte. Langsam stieg er die Treppe hoch und sah sie ebenso aufmerksam an. Die Frau nahm die lange gläserne Zigarettenspitze aus dem Mund und hauchte ihm eine Rauchwolke entgegen. Vanilleduft drang an seine Nase. Er sog den angenehmen Duft ein. Sie lächelte, während er schweigend an ihr vorüberging.

Er öffnete eine doppelflügelige Tür und betrat einen langen, von Kerzen erleuchteten Flur. Im roten Glas der Kerzenschirme tanzten Lichtreflexe, rot wie Blut. Ihm war, als sei er in einem engen Tunnel. Der weiche Stoff an den Wänden erinnerte ihn an lebendiges Gewebe. Er gelangte in einen Raum, in dessen Mitte sich ein kleines Podest befand. Es war umringt von Männern und Frauen, einem stummen, reglosen Publikum, das wie ein Teil eines sonderbaren Bühnenbilds wirkte. Klein stand weiter hinten, hatte jedoch aufgrund seiner Größe einen guten Blick.

Da war ein Mann mit Harlekin-Maske, ansonsten völlig nackt.

Obwohl es auf den ersten Blick so schien, als stecke sein Körper in einem Fellmantel. Erst bei näherem Hinsehen war zu erkennen, dass der Mann überaus behaart war. Aus seiner ungesund fahlen Haut sprossen überall an Armen, Händen, Rücken und Brust dichte Haarbüschel. Auch Beine, Hintern und vor allem die Genitalien waren von dichtem Pelz bewachsen, dafür waren sowohl die Wangen unterhalb der Maske als auch der Schädel völlig glattrasiert. Dem Mann gegenüber stand eine Frau, reglos wie eine Statue. Ihre Haut schimmerte ölig und erinnerte an Ebenholz. Sie war reglos, mystisch und unnahbar. Ihre kräftigen Beine glichen steinernen Säulen, ihr Gesäß wies atemberaubende Formen auf und der Rücken schien von einem genialen Bildhauer geschaffen. Im Körper der Frau steckte eine animalische Kraft, die ihn erregte. Auch ihre üppigen Brüste mit großen, dunklen Brustwarzen waren äußerst erotisch. Der Mann stolzierte mit weit gespreizten Beinen um seine Partnerin herum, in einem seltsamen Tanz, der sein großes Glied hin und her pendeln ließ. Alles geschah in völliger Stille, obwohl Klein hätte schwören können, dass er das Dröhnen afrikanischer Trommeln hörte. Dieses Geräusch drang aber nicht von außen an sein Ohr, nein, es kam aus ihm selbst, aus den pulsierenden Arterien und dem rhythmischen Pochen seines Herzens.

Der Hauptmann näherte sich der nächsten Tür. In seinem Kopf war ein Sausen und seinen Körper durchströmte ein Gefühl, das dem Drogenrausch ähnlich war. Ein weiteres Zimmer. Ein Meer von Satinpolstern auf dem mit Teppichen ausgelegten Boden, darauf halbnackte Männer und Frauen. Es roch nach Zigarettenqualm, Sex und Schweiß. Auf den Tischen Reste weißen Pulvers, im Hintergrund die trägen Bewegungen sich reibender Körper.

Klein war, als dehne sich die Zeit bis an ihre Grenzen, nur um dann plötzlich zu beschleunigen. Er löste sich von seinem Körper und begleitete kurz den Mann mit der weißen Maske, der er selbst war, um wenig später wieder in seinen Körper zurückzukehren.

Im nächsten Stockwerk umgab ihn in einem abgedunkelten Raum gedämpftes Kichern, das als hohles Echo von unsichtbaren

Wänden widerhallte. Er spürte Hände, die ihn berührten, und sah ein bleiches Gesicht mit weißen Augen vor sich, die Pupillen nach innen gekehrt. Im Dunkel machte er ein Rechteck aus, aus dem gedämpftes Licht zu strömen schien. Es war ein riesiger Tisch, auf dem sich zwischen chaotisch verschobenen Speisentellern Körper wanden, die nach anderer Nahrung verlangten.

Klein blieb unbeeindruckt, obwohl die meisten der Frauen, die hier arbeiteten, von außerordentlicher Schönheit waren – sie hätten ohne Weiteres in den elegantesten Etablissements Berlins, Paris oder Wiens Anstellung finden können. Vermutlich waren sie sorgfältig ausgewählt und von Madame Herta aus den entferntesten Ecken des Reichs geholt worden. Das Darlehen für die Fassade war nicht zum Fenster hinausgeworfen worden.

Die Kundschaft war offenbar auch nicht von hier. Die Nachbarn des Hotels Neu-Breslau würden bezeugen können, dass die nach Glatz strömenden Touristen Erholung nicht nur im Schoße der Natur suchten oder die umliegenden Bergen besteigen wollten. Der Eroberung von Gipfeln musste nicht unbedingt ein mühsamer Aufstieg wie auf den Glatzer Schneeberg vorausgehen. Die Hügel und Täler des weiblichen Körpers zu erkunden, war für manch sittenlosen älteren Herren weitaus attraktiver.

Der nächste Raum war ein Spiegelsaal, dessen Spiegel so angeordnet waren, dass jede Ecke ausgeleuchtet war. In der Mitte stand auf einer niedrigen Säule eine Frau in verklärter Pose. Ihr Blick schien die versilberte Decke zu durchdringen. Die sie schweigend umringenden Männer verzehrten sich nach ihr mit feurigen Blicken.

Klein sah sein eigenes Spiegelbild, ein surrealer Schemen. Sein weißes Maskengesicht leuchtete gespensterhaft. Die Männer schienen wie in Trance, viele wiegten sich in einer Art übersinnlichem Rhythmus. Jetzt nahm Klein auch wieder das Trommeln von vorher wahr. Die Schwingungen brachten die Spiegel kaum merklich zum Erzittern. Hinzu kam ein Geräusch, das irgendwo am Rande des Hörbaren lag, vibrierend und überaus hoch. Wurde man sich seiner Existenz gewahr, war es irritierend, beinahe unerträglich.

Zwei Männer in der Mitte standen auf. Hand in Hand verließen sie den Kreis und waren einen Moment später verschwunden, als wären sie von den kalten Spiegeln verschluckt worden. Klein ging ihnen nach. Es kam ihm so vor, als hatte man erst jetzt seine Anwesenheit bemerkt. Mehrere Köpfe wandten sich in seine Richtung, Schnabelmasken verliehen ihnen ein geisterhaftes Aussehen. Vor einem der Spiegel sah er sich suchend nach dem Ausgang um, konnte jedoch keinen entdecken. Er blickte ratlos auf die glatte Spiegelfläche. Die Frau auf der Säule wandte sich ihm zu, und wie sie starrten auch ihre Verehrer nun auf seinen Rücken, als warteten sie auf etwas.

Klein streckte die Hand aus, er berührte die kalte Oberfläche und plötzlich öffnete sich der Raum. Das Bild vor seinen Augen verschwamm und für einen Moment war er wie blind. Er trat ins Dunkle. Hinter ihm schloss sich der Durchgang und verbarg ihn vor den Blicken des Publikums. Er blinzelte und versuchte, sich an die Dunkelheit des Treppenhauses zu gewöhnen, in dem er sich nun anscheinend befand. Das Trommeln wurde deutlicher. Es drang aus den Tiefen des Hauses, aus der Finsternis, in der die Treppe verschwand. Klein hielt sich am Geländer fest und stieg hinunter. Als er vor einer einfachen weißen Tür stand, wusste er, dass er im Keller war. Hinter der Tür hörte er Laute, die sowohl von Schmerz als auch von Lust herrühren konnten.

Er betrat einen ovalen Raum, in dem weinrote Vorhänge von der Decke herabhingen. Das Trommeln klang intensiver, obwohl Klein wieder nicht mehr ausschließen konnte, dass die Geräusche nicht doch nur seiner Einbildung entstammten.

Modriger Kellergeruch lag in der Luft. Ein weiteres Stöhnen. Es war die Stimme eines Mannes. Klein trat zum Vorhang und wollte ihn zur Seite schieben, als er eine Bewegung hinter sich wahrnahm. Im Umdrehen konnte er gerade noch den kantigen Kiefer erkennen, bevor ihn ein dumpfer Schlag auf den Kopf traf. In grellem Licht sah Klein noch die Silhouette des Mannes, dann tauchte er in tiefe Dunkelheit.

*

Koschella schlug den Kragen seines Mantels hoch. Er fluchte. Flora spitzte die Ohren.

»So sensibel, Flohteppich?«

Er spuckte auf den Bürgersteig. Es hatte wieder zu regnen begonnen, dazu wehte ein kalter Wind. Im Schein der Straßenlaternen wirkten die Regentropfen wie spitze Nadeln. Für Koschellas Geschmack dauerte das alles viel zu lange. Klein war bestimmt schon eine Dreiviertelstunde weg. Was suchte dieser Teufel eigentlich in dem Puff?

»So eine Scheiße!«

Der Hund hob die Schnauze und sah Koschella an, als wäre er verrückt.

»Glotz nicht so! Du bist selbst so ein Teufel.«

Die Schäferhündin schnüffelte und knurrte, als hätte sie einen vertrauten Geruch wahrgenommen.

»Willst du, dass ich reingeh?«

Ein weiteres Knurren. Koschella tätschelte Floras Schnauze und blickte zu den Fenstern des Gebäudes. Er hatte den Eindruck, die Schatten hinter den Vorhängen würden seltsam hüpfen, als fände dort eine akrobatische Darbietung statt.

»Na gut, geben wir ihm noch eine Viertelstunde. Das sollte für ein wenig Bettgymnastik reichen. Dann gehen wir rein und machen Radau …«

Die Hündin warf den Kopf auf und ab, als würde sie ihm zustimmen. Koschella grinste und zog die Leine straffer, sodass Flora Sitz machte. Gemeinsam warteten sie weiter.

*

Er war wieder dort. Einerseits überrascht, andererseits erleichtert hob er den Kopf und versuchte am Himmel Sterne auszumachen. Vergeblich. Überall Rauch. Dichter Nebel umhüllte ihn wie eine warme Decke. Er war allein, abgesehen von den verkohlten Leichen in den Granattrichtern, die sich in den schlammigen Boden gegraben hatten. Sein Blick streifte über die entstellten Gesichter der Toten, die auf dem Rücken lagen, als suchten auch sie etwas am Nachthimmel. Einige kannte er, andere waren ihm fremd. Das dumpfe Donnern entfernte sich. Die Geschütze mussten inzwischen anders ausgerichtet worden sein. Hier konnten sie keinen mehr zerfetzen oder verstümmeln, er selbst zählte schon nicht mehr.

Schmerzen. In den Rippen, in der Brust, im Schädel. Klein verschluckte sich am eigenen Blut. Er hielt sich die Hand vor den Mund, das satte Rot, das seine Hand färbte, überraschte ihn. Der Rauch um ihn herum war noch dichter geworden, doch dann vertrieb ein Windstoß den erstickenden Nebel. Erst jetzt erkannte er, dass er weit weg war von den Schützengräben. Kurz hatte den Eindruck, in der Luft zu schweben. Er hörte das Scharren schwerer Stiefel und roch stinkenden Schlamm, etwas Licht durchbrach die Dunkelheit. Anstatt des Himmels erkannte er jetzt gemauerte Gewölbebögen. Dann versank er wieder in der Finsternis.

Er war an jenen Ort zurückgekehrt, er war gefangen in seiner Erinnerung, genau wie die Gesichter, die sich über ihn beugten. Er hatte sie nicht vergessen, sie waren in sein Gehirn eingebrannt. Er hörte ihre Fragen, wieder und wieder, auf Französisch, Englisch, Deutsch. Keine Antwort. Wasser wurde in seinen Mund gepresst, drang bis in die Speiseröhre, füllte seinen Magen. Jeder Atemzug schmerzte und der Druck schien ihm die Lungen zu zerreißen. Immer wieder flößte man ihm Wasser in den aufgezwungenen Mund, seine Finger wurden gequetscht, verheilende Wunden wieder aufgerissen. Erneut glaubte er zu ertrinken, dann Schießpulver auf der Haut, der Geruch von verbranntem Fleisch, eine ätzende Substanz, die ins Gewebe eindrang … Danach nahm er die folgenden von seinen Peinigern simulierten Ertränkungen mit Erleichterung hin.

Er wusste nicht mehr, ob er etwas gesagt hatte. Vielleicht hatte er es aus seinem Gedächtnis gestrichen. Hatte er die vier, die mit ihm durchgekommen waren, verraten? Hatte er Einzelheiten über Befehle und Aufgaben ausgeplappert? Er hatte geredet, ja … aber er dachte, es sei nur in seinen Gedanken gewesen. Er hatte mit sich selbst gesprochen, um nicht verrückt zu werden. Um aus der Realität zu entfliehen, um den Schmerz zu ertragen. Aber eigentlich sehnte er sich so sehr danach, dass endlich alles vorbei war.

Hatten sie ihn gebrochen? Auf diese Frage fand er keine Antwort. Aber er erinnerte sich an ihre Gesichter, die Gesichter seiner Peiniger. Später war er zurückgekommen und hatte sie sich geholt. Er hatte sich an der Angst in ihren Augen gelabt, als er ihnen die Kehle durchschnitt, sie ausweidete und ihnen die Knochen brach. Warum hatte er das getan? Um jene zu retten, die er verraten hatte? Oder um sein eigenes Gewissen zu besänftigen?

Erneut war der Schmerz da, ein stechender Schmerz unter den Rippen. Die Bilder verblassten. Er war zurück in der Wirklichkeit.

»Fühl seinen Puls ...«

Er rührte sich nicht, als er die heisere Stimme hörte und einen kurzen Druck auf den Hals wahrnahm.

»Ich fühl nichts ... Er ist tot.«

Fast hätte er die Augen aufgeschlagen, um zu zeigen, wie sehr sie sich irrten. Gleichzeitig bedauerte er, dass die Aussage des Mannes so fern von der Wahrheit war. Durch die großflächigen Verbrennungen am Hals war seine Haut dort verhärtet. Dadurch konnte er seinen Kopf nicht mehr frei bewegen, aber unter dieser harten Schicht war es auch beinahe unmöglich, den Puls zu ertasten.

»Lass ihn liegen. Wir räumen später auf. Gehen wir.«

Wieder das Geräusch von plätscherndem Wasser. Schritte, die sich entfernten. Ein Dröhnen im Schädel.

Er hob die Lider und blinzelte. Ihm war, als sei er blind geworden – Blitze flackerten auf seiner Netzhaut. Er griff an seine Seite und ertastete die große Wunde einer Klinge. Etwas Blut, aber keine lebensbedrohliche Verletzung. Während er auf die Wunde drückte, wurde ihm bewusst, dass er es mit Stümpern zu tun hatte. Er versuchte sich aufzurichten, resignierte dann aber und beschloss, kurz seine Kräfte zu sammeln. Er lauschte. Ein Donnern. Ein rhythmisches Dröhnen näherte sich. Wieder hatten ihn die Geschütze als Ziel erkoren. Endlich drehte er sich zur Seite und zog die Knie an. Mühsam erhob er sich von dem feuchten, rauen Boden.

Er streckte die Hand aus, atmete tief durch und wagte einen Schritt in die Dunkelheit. Dann noch einen. Der Boden war abschüssig, seine Stiefel tauchten in Wasser. Mit den Fingerspitzen tastete er die Wand ab und drückte dagegen, um einen Anhaltspunkt dafür zu finden, wo er war. Wieder lauschte er. Ihm war, als höre er neben dem Getrommel auch den Wind rauschen, spürte aber keinen Hauch in seinem Gesicht. Im Gegenteil, es roch modrig, in der Luft lag der Gestank von stehendem Wasser und faulenden Kartoffeln. Er hatte von dem Labyrinth aus Gängen und Kellern gehört, das unter dem Glatzer Hauptplatz in den Felsen gehauen war, und vermutete, dass er sich genau dort befand.

Er versuchte sich zu erinnern, aus welcher Richtung die Stimmen der Männer gekommen waren. Sie mussten sich in den Kellern auskennen, hatten sich doch gesagt, dass sie zurückkommen wollten. Langsam ging er in die Richtung, in die, wie er glaubte, seine Peiniger gegangen waren. Als der Gang eine Biegung machte, musste er sich entscheiden, ob er an der Wand entlang weitergehen oder seiner Intuition folgen sollte.

Er löste sich von der rauen Oberfläche und trat vorsichtig vor, als müsse er gleich in die Tiefe springen, in einen bodenlosen Abgrund. Das Geräusch tropfenden Wassers drang an sein Ohr. Er glaubte, in einem riesigen Raum zu sein, dann war ihm wieder, als ginge er durch einen engen, stickigen Gang. Er wischte sich den Schweiß von der Stirn. Da er vergessen hatte, dass seine Hand blutverschmiert war, musste er sich das Gesicht mit dem Ärmel abwischen. In seinem Mund war ein metallischer Geschmack.

Er hielt inne und horchte. Das Trommeln wurde schneller. Irgendwo hoch über ihm vernahm er ein Geräusch, das wie das Geklapper von Pferdehufen auf Kopfsteinpflaster klang, dann ein Dröhnen, das an das Motorengeräusch eines Autos erinnerte. Es waren erst wenige Minuten vergangen, doch er hatte das Gefühl, schon mehrere Stunden in der Dunkelheit gewandert zu sein. Er stolperte gegen eine leere Kiste und wäre beinahe gestürzt, hätte er sich nicht an der gegenüberliegenden Wand abstützen können. Langsam setzte er einen Fuß vor den anderen. Als er sich erneut an der Holzkiste stieß, wusste er, dass er im Kreis gelaufen war.

Er beschloss, sich wieder an der Wand zu orientieren. Als er auf eine Metalloberfläche stieß, tastete er nach einer Klinke. Aber selbst als er eine fand und nach unten drückte, bewegte sich die schwere Tür nicht. Er schob sich weiter, immer dicht an der Wand entlang. Plötzlich gab der Boden unter ihm etwas nach. Er ging in die Hocke und befühlte die Oberfläche mit seinen Fingerkuppen. In dem Moment, in dem er begriff, dass er auf morschen Brettern stand, verlor er schon den Boden unter den Füßen. Schreiend stürzte er in einen stinkenden Abgrund.

*

Franz Koschella beobachtete das Gebäude mit wachsender Nervosität. Was sollte der ganze Mist? Er hatte das dringende Bedürfnis, etwas zu trinken. Ein paar Bier, eine Flasche Schnaps, irgendetwas Hochprozentiges, das ihm ehrliche, alkoholbedingte Kopfschmerzen einbringen würde. Was hatte er sich bloß dabei gedacht? Was wollte er erreichen, als er sich auf die Zusammenarbeit mit Klein einließ? Hatte er geglaubt, sich dadurch besser oder wichtiger zu fühlen? Er hielt sich wohl für besonders schlau, dabei war er nur ein ordinärer Handlanger, nicht mehr als ein Laufbursche. Er zerbrach sich den Kopf über etwas, das er mit seinem Verstand gar nicht begreifen konnte. Warum machte er sich da etwas vor? Er hätte wie der sprichwörtliche Schuster bei seinem Leisten bleiben sollen, aber er musste ja die Welt erobern!

Diese Gedanken gefielen ihm ganz und gar nicht. Langsam dämmerte ihm, dass er die größte Dummheit seines Lebens begangen hatte, als er sich zur Kooperation mit Klein hatte zwingen lassen. In einem vergleichbaren Dilemma hatte er sich noch nicht oft befunden. Er handelte grundsätzlich instinktiv und das hatte sich in der Regel als das Beste erwiesen. Aber diesmal hatte er das Gefühl, etwas würde in ihm stecken, wie ein Splitter im Fleisch, der sich nicht entfernen ließ. Solche Art von Wunden desinfizierte für gewöhnlich der Alkohol. Ohne ihn hatte er nun das Gefühl, als würde sich der Wundbrand in seinem Körper ausbreiten.

»Erbarm dich, Franz«, murmelte er vor sich hin. »Geh und kipp einen. Dann wird dein Kopf klarer.«

Er presste die Kiefer so fest aufeinander, dass ein Stück Zahn absplitterte, und spuckte in die Dunkelheit aus. Seine innere Zerrissenheit interessierte offenbar kein Aas. Alle kümmerten sich um ihren Kram und lachten bestenfalls über den dummen Wachtmeister Koschella, der plötzlich hörig geworden war. Warum hatte er sich aus freien Stücken so unterworfen? Wie die anderen auch hätte er einfach seine Arbeit erledigen und sich ruhig verhalten können. Er hatte mit Frau und Sohn zwei Mäuler zu stopfen. Was hat er sich dabei nur gedacht? Trieb ihn krankhafter Ehrgeiz? Oder Hochmut? Weder vom Ersten noch vom Zweiten wurde man satt.

»Heilige Scheiße!«

Er zitterte vor Kälte, ihm fehlten Schnaps und Nerven. Unter dem nächtlichen Aprilhimmel dämmerte ihm, dass Klein ihn benutzt hatte. Er musste Gift in seinen Verstand injiziert und gewusst haben, an welchen empfindlichen Stellen er drücken musste, um ihn zu manipulieren. Wie ein hilfloses Kind hatte er sich einwickeln lassen.

Und jetzt war alles zusammengebrochen. Klein war womöglich von der Lösung des Falles weiter entfernt als am Tag seiner Ankunft.

War es mit knapp vierzig Jahren dieses Risiko wert gewesen?

Kommissar Richter würde sich Klein bald zur Brust nehmen, da halfen dem Hauptmann dann weder seine Verbindungen noch seine Verwandtschaft mit dem Bürgermeister. Und wer würde als Nächster zum Abschuss freigegeben? Koschella reihte sich gehorsam in der Liste ein, wie ein Kalb auf dem Weg zur Schlachtbank. Man würde ihm seinen Platz zeigen, ihn vernichten, ihn hochkant rausschmeißen. Und dann? Würde er in seinem Alter noch etwas anderes anfangen können?

Aber diese Morde … Etwas anderes quälte Koschella noch mehr. Die Tatsache, dass Mörder seine Stadt heimsuchten, unverfroren und ungestraft. Vor allem ihre Dreistigkeit brachte sein Blut in Wallung. Sollte er von dem Fall abgezogen werden, würde er diese Dreckskerle nie kriegen. Und ja, jetzt erinnerte sich Koschella wieder, warum er für Klein arbeitete. Dank ihm, mit ihm würde er dieses Gesindel schnappen …

Als sie vorhin die Suite des tschechoslowakischen Abgeordneten betreten hatten, hatte er sich nicht anmerken lassen, dass er Svoboda kannte. Er erinnerte sich an den tschechischen Dickwanst. Oft hatte er zusammen mit seinen Schulkameraden diesen Fettmops gequält.

Karel wohnte als Kind in der Böhmischen Straße, in der auch Koschella geboren worden war. Natürlich lebten die Svobodas in einem besseren Haus im ersten Stock, wo Karels Eltern sogar einige Wohnungen hatten zusammenlegen lassen. Der Junge war besser gekleidet und konnte sich besser ausdrücken. Dafür wurde er von allen gepiesackt. Koschella hatte kein schlechtes Gewissen. Dieser pummelige, rotbackige Kasper bettelte förmlich darum.

Auf dem Heimweg von der Schule huschte Svoboda wie eine Ratte durch die Straßen und versteckte sich in den Toren und Fluren der Häuser. Abends betete er sicher darum, dass ihm die Gabe der Unsichtbarkeit zuteilwerden möge. Aber sein Gott erhörte ihn nicht. Koschella und die anderen sahen den Mops sehr wohl. Ein Augenblick reichte, um ihn zu schnappen, ihn am Kragen zu packen und mit seinem Hosenboden Hof und Treppen zu fegen. Warum sie dies taten? Weil sie es konnten, ganz einfach. Weil sie sich daran gewöhnt hatten. Tag für Tag betrachteten sie das Dickerchen als Weihnachtsgeschenk. Es bot ihnen Unterhaltung.

Doch nicht immer bekam Karel sein Fett ab. Nicht nur Koschella hatte bald bemerkt, dass der Junge eine besondere Gabe besaß. Sobald man ihm das Reden erlaubte, machte er sich über alles lustig, auch über sich selbst und seine Situation. Damit brachte er alle zum Lachen. Dann ließen sie von ihm ab und er eilte fröhlich grunzend nach Hause, glücklich, ungeschoren davongekommen zu sein. Deshalb hielten sie ihm oft den Mund zu, damit er nicht reden konnte.

Koschella wusste, dass Karel Svoboda klüger war als sie alle. Hätte er es gewollt, wäre er wohl öfter der Hetzjagd der Halbstarken aus der Böhmischen Straße entgangen. Lange hatte Koschella damals darüber nachgedacht, warum das Dickerchen dies nicht tat. Es hatte etwas gedauert, bis er es verstand. Er wollte gar nicht weglaufen. Auch er hatte sich daran gewöhnt. Es war auch für ihn die einzige Unterhaltung in seinem langweiligen Leben.

Sie hatten ihn wie Dreck behandelt, er war ihnen keinen Heller wert. Und doch hatte Svoboda, der Mops, im Leben mehr erreicht als alle anderen zusammen.

Koschella war bei der Polizei untergekommen. Und was war aus seinen Hinterhofkumpeln geworden? Die Mehrheit derer, die Svoboda damals gepiesackt und sich für gottgleich gehalten hatten, waren keine vierzig Jahre alt geworden. Koschella bekam ihre aufgedunsenen Säuferfressen manchmal in den Haustoren zu Gesicht. Sie hatten weder Arbeit noch Familie, darin unterschied er sich von ihnen. Nun waren sie es, die von Tor zu Tor hasteten und unsichtbar sein wollten, so wie früher der dicke Karel.

Svoboda hatte Glatz mit den Eltern verlassen. Sie waren nach Prag gezogen, zum Bruder des Vaters. Dort hatte er Schule und Universität abgeschlossen und war in den Staatsdienst eingetreten. Als wäre es gestern gewesen, erinnerte sich Koschella an den Tag, an dem er den Dicken zum letzten Mal gesehen hatte. Svoboda hatte gewartet, bis sie mit ihren Quälereien fertig waren, und ihnen dann eröffnet, dass es das letzte Mal gewesen sei. Sollte er jemals wieder nach Glatz kommen, würde er sich an ihnen rächen, gelobte er. Alle hielten dies für einen weiteren Scherz des tschechischen Mops. Der aber lachte nicht. Zum ersten Mal war er todernst.

An Koschella fuhr eine leere Droschke vorbei. Der durchfrorene Kutscher war auf dem Heimweg. Einen Augenblick später kam die nächste Droschke vom Unterring. Roth saß darin. Der Polizeiassistent bezahlte seine Fahrt und ging aufs Rathaus zu. Kurz vor der Rathaustreppe drehte er sich um. Koschella machte ihm dezent ein Zeichen. Roth nickte und gesellte sich unauffällig zu ihm. Das Heulen des Winds wurde lauter. Für einen Moment hatte Koschella das Gefühl, als käme ein höllisches Wehklagen irgendwo aus dem Untergrund. Das Geräusch erinnerte entfernt an menschliche Schreie. Kaum war es verklungen, begann Flora zu bellen.

»Ich muss den Hauptmann sprechen.« Roth stand vor dem Wachtmeister. Er war blass und wirkte erschöpft. »Ich habe etwas gefunden.«

»Du wirst dich gedulden müssen. Klein verkehrt gerade in Madame Hertas Bordell.«

Koschella wies auf das Mietshaus. Er beobachtete Roth. Ein Schatten huschte über das Gesicht des jungen Mannes, aber es war kein Zeichen von Verlegenheit.

»Was hast du denn rausgefunden?«

»Eigentlich weiß ich es selbst nicht so genau ...«

»Hör auf mit dem Quatsch. Ich seh doch, dass du was Neues hast.«

In diesem Moment erklang erneut der gedämpfte Schrei. Koschella blickte zu Roth, unsicher, ob er sich das nur einbildete. Aber auch der war plötzlich beunruhigt. Beide starrten auf die nördliche Häuserfront zum Eckhaus an der Einmündung der Frankensteiner Straße. Im Schaufenster von Max Weigmanns Laden bewegte sich etwas. Hinter der Scheibe zeichnete sich blass ein Umriss ab.

»Was ist da?« Roth sah Koschella unsicher an.

Der Wachtmeister antwortete nicht. Flora zerrte an der Leine und riss ihm beinahe den Arm ab. Auf der Suche nach seinem Gleichgewicht lief er mit ihr auf das Haus zu. Eine Holztür zersplitterte. Koschella blieb vor den Stufen stehen und starrte auf die Gestalt in der Tür, die aus einer Staubwolke hervortrat. Verblüfft erkannte er mit Mühe zwischen Staub und dunkelroten Flecken Hauptmann Klein.

»Was machen Sie denn hier ...?«

Wilhelm Klein stieß energisch die Tür auf und trat aus dem Laden. Er hustete und wirbelte eine weitere Staubwolke auf.

»Franz ... wir gehen gleich noch mal in den Puff!«, krächzte Klein.

»Was ist passiert?« Roth stand jetzt neben Koschella und starrte den Hauptmann an. Der hatte einen geschwollenen Wangenknochen und eine aufgeplatzte Augenbraue. Das Hemd unter seinem Mantel war blutdurchtränkt. »Sie sind verletzt!«

»Mir geht's gut. Wir sind auf der richtigen Spur. Jürgen, was hat Hauptmann Metz gesagt?«

»Also gut«, sprudelte Roth hervor. »Drei verurteilte Deserteure.

Sie sollten auf Fort Schäferberg gehängt werden. Einer davon war Wildstein. Ich habe auch einen weiteren Namen, Willi Betz. Herr Hauptmann, da war was mit seiner Freundin. Die hat sich vor den Zug geworfen, als sie von der Hinrichtung gehört hat ... Wenn man davon ausgeht, dass die drei hinter allem stecken, dann könnte Betz auch ihren Tod rächen wollen. Das wäre ein Motiv!«

»Kann Metz uns helfen, mehr über die Deserteure herauszufinden?«

»In den hiesigen Archiven gibt es keine Akten dazu. Der Hauptmann hat seine Kontakte spielen lassen. Angeblich gibt's was in Berlin. Akten und hoffentlich auch Fotos dieser Leute sollen morgen in Glatz eintreffen.«

»Sonst noch was?«

»Hauptmann Metz hat Oberleutnant Knauer von der Festung ein wenig in die Mangel genommen. Er ist der Letzte der alten Garde. Dieser Trottel hat das erste Opfer nicht mit den anderen Morden in Verbindung gebracht.«

»Warum nicht?«, wunderte sich Koschella.

»Angeblich hat Peschke vor seinem Tod mit Knauer gesprochen und nach den Deserteuren gefragt. Es scheint, als hätte er privat in der Sache nachgeforscht.«

Beide sahen Klein an, den diese Informationen offenbar gar nicht beeindruckten.

»Danke Jürgen«, sagte er nur und deutete auf das Gebäude neben dem Hotel Neu-Breslau. »Gut möglich, dass wir dort Antworten finden. Du bleibst hier und behältst den Ausgang des Puffs im Auge. Kommen Madame Herta oder einer ihrer Leute raus, nimmst du sie fest.«

»Vielleicht sollte ich Verstärkung aus dem Rathaus holen?«

»Du hast zwei Minuten, dann blockiert ihr den Ausgang. Nimm Flora mit.«

Während Roth mit der Hündin zum Rathaus lief, sah Klein Koschella an.

»Franz, du weißt, was zu tun ist.«

»Hab ich freie Hand?«

»Klar, sogar zwei.«

Koschella grinste. Die Zweifel, die er noch vor wenigen Minuten gehabt hatte, waren weg.

»Bereit!«, verkündete er.

Aus seiner Jackentasche holte er einen Schlagring. Einen zweiten reichte er Klein. Der nickte anerkennend, steckte die Finger in die Aussparungen und ballte sie am Weg zur Tür zu einer Faust.

*

Schon beim ersten Fußtritt gab die Tür nach. Koschella hatte sie in Höhe des Türschlosses getroffen. Der Türsteher stürmte auf ihn zu, aber Koschella war schneller. Er fühlte eine Euphorie, als stünde er unter dem Einfluss von Drogen. Die Zeit schien sich zu verlangsamen, und er hatte die Kontrolle über sie. Er wich einem Haken aus, ging in die Knie und landete einen Treffer auf Höhe der Leber seines Gegners. Dabei nutzte er die ganze Energie der Drehbewegung seines gestreckten Oberkörpers und des abgestützten linken Beins. Die Faust mit dem Schlagring traf genau ins Ziel. Der Mann klappte zusammen und ließ die Arme sinken. Koschella streckte sich, verlagerte sein Gewicht aufs rechte Bein und versetzte seinem Gegner einen Kinnhaken. Enttäuscht sah er, wie der Türsteher mit dem Rücken gegen den Tresen prallte und daran zu Boden rutschte.

»Guten Tag, Ines, da bin ich wieder. Ich möchte zu Madame Herta.«

Koschella sah, wie die Frau Klein anlächelte. Sie wirkte keineswegs verängstigt und hauchte dem Hauptmann einen Kuss zu. Dann deutete sie auf die Seitentür und hielt zwei Finger hoch.

»Danke.« Klein deutete eine Verbeugung an und nickte Koschella zu.

Im Treppenhaus zog der Wachtmeister seine Pistole. Er ging voraus und blickte sich vorsichtig um. Klein folgte ihm lautlos und aufmerksam.

»Diesen Gorilla ... den mit dem Quadratkiefer ...«

»Helmut.« Koschella hatte keinen Zweifel daran, dass es sich um Hertas engsten Mitarbeiter handelte, mit dem die Puffmutter nicht nur ein Arbeitsverhältnis verband. »Sie hat ihn buchstäblich aus dem Zirkus geholt. Dort hat er Eisenstangen verbogen, als wären sie aus Butter. Er hat ihr gefallen, da hat sie ihn gekauft.«

»Diesen Helmut also, überlass ihn mir!«

Koschella nickte skeptisch. Klein sah stark mitgenommen aus, und kein vernünftiger Mensch würde auch nur einen Pfennig darauf setzen, dass er wenigstens zehn Sekunden im Ring mit Helmut überlebte.

»Vorwärts, Franz ...«

Vorbei an einigen Gästen gelangten sie in den zweiten Stock. Koschella riss die Tür auf und hielt die Waffe im Anschlag. Zum Einsatz kam sie jedoch nicht mehr. Er sah die Faust zwar noch kommen, doch dann prallte sein Hinterkopf gegen den Türrahmen und er glitt zu Boden. Seine Augen tränten und er verschluckte sich am Blut, das ihm aus der Nase lief. Wie durch ein Wunder war er bei Bewusstsein geblieben. Neben ihm flackerte kurz ein Schatten auf, der unter Helmuts riesigen Pranken durchtauchte. Koschella versuchte aufzustehen, aber der Flur vor ihm drehte sich.

»Verdammt!«

Auf allen Vieren tastete er nervös auf dem Teppich nach seiner Waffe, die ihm aus der Hand gefallen war. Er blickte nach oben und erstarrte. Er konnte nicht glauben, was er sah.

Wutentbrannt warf Helmut seinen massigen Körper gegen die Wand und versuchte Klein abzuschütteln. Wie eine Wanze hatte sich der Hauptmann am Hals des Hünen festgekrallt, während seine Beine einen von Helmuts Armen umklammerten. Dem Rausschmeißer traten die Adern auf der Stirn hervor und seine Augen waren weit aufgerissen, während er unaufhörlich brüllte. Wieder stieß er seitlich gegen die Wand. Putz bröckelte. Klein schwang sich hingegen flink von links nach rechts, um nicht erdrückt zu werden.

Koschella konnte endlich wieder klar sehen und fand seine Waffe. Jemand musste sie ans andere Ende des Gangs gekickt haben. Jetzt trennten ihn die beiden Kämpfenden von seiner Pistole.

Helmut zog den Kopf ein und brüllte, er warf sich gegen die

Wand, um Klein zu zerquetschen. Fast schien es, als würde ihm diese Verzweiflungstat gelingen, doch kurz vor dem Aufprall zeigte sich der Hauptmann erneut schneller, und der Kraftprotz prallte mit dem eigenen Schädel gegen die Wand. Doch Koschella irrte, als er annahm, dies sei das Ende. Helmut sah mit seinem blutüberströmten Gesicht furchtbar aus. Er warf sich auf den Rücken und begrub Klein unter sich. Mit dem Hinterkopf schlug er jetzt auf Kleins Gesicht ein. Der Wachtmeister rappelte sich auf und rannte los mit der Absicht, Helmut in den Solarplexus zu treten. Da öffnete sich die Tür am Ende des Ganges. Auf der Schwelle stand Herta, in ihrer ausgestreckten Hand ein Revolver.

»Genug!«, verkündete sie mit erstaunlich ruhiger Stimme. »Kommen Sie bitte beide herein.«

Sie verschwand wieder hinter der Tür. Verwirrt starrten die Männer ihr nach.

Helmut ließ von Klein ab und stützte sich an die Wand. Er sah mitgenommen aus. Die an einen Neandertaler erinnernden Überaugenwülste waren eingedrückt, die breite Nase ein blutiger Brei. Trotzdem fletschte Hertas Beschützer immer noch die Zähne.

»Du warst auch vorher schon hässlich«, tröstete ihn Koschella, als er an ihm vorbeiging. Bevor er Madame Hertas Arbeitszimmer betrat, bückte er sich nach seiner Waffe. Auch Klein war jetzt wieder auf den Beinen und humpelte hinterher.

Kurz darauf saßen sie der etwa sechzigjährigen Frau in bequemen Sesseln gegenüber. Ihr Gesicht erinnerte den Wachtmeister an eine vertrocknete Rosine. Herta glich einem Skelett, sie hatte sich innerhalb der letzten Jahre sehr verändert. Koschella erinnerte sich an Zeiten, in denen sie kaum durch die Tür passte und ihr Hintern zum Zusammenbruch manchen Möbelstücks beigetragen hatte. Sie war bekannt gewesen für ihre riesigen Brüste und hatte so manchem Verehrer den Kopf verdreht. Von diesen Vorzügen war nur mehr die Erinnerung und Falten schlaffer Haut geblieben. Vor einiger Zeit hatte er aufgeschnappt, dass die Bordellchefin an einer schweren Krankheit litt. Angeblich hatte Herta die Diagnose nicht akzeptieren wollen und immer neue Quacksalber aus Breslau und Berlin kommen lassen, die sie mit kosmischer Energie oder einem Elixier aus den Zähnen bengalischer Tiger heilen sollten. Bei ihrem Anblick war Koschella sich sicher, dass sie nur noch wenige Monate zu leben hatte.

»Was führt Sie zu mir?« Die Frau richtete sich auf und beugte sich über den Tisch. Vermutlich sollte das eine aufreizende Geste sein, sie hatte aber den gegenteiligen Effekt. Hertas Stimme erinnerte an das Rascheln von trockenem Laub und konnte einem ebenso Schauer über den Rücken jagen wie der starre Blick, mit dem sie Hauptmann Klein fixierte.

»Vaterlandsverräter …«, sagte Klein.

Koschella glaubte, sich verhört zu haben. Nur mühsam löste er den Blick vom hageren Gesicht der Frau und sah seinen Chef an.

»Vaterlandsverräter.« Die Frau wurde blass. »Warum benutzen Sie ausgerechnet diesen Ausdruck? Und warum richten Sie ihn an mich?«

Koschella verstand Kleins Spielchen nicht im Geringsten. Er hatte Herta doch in der Zange. Wenn er etwas aus ihr herausbekommen wollte, brauchte er nur weiter zuzudrücken.

»Diese Bezeichnung habe ich schon einmal gehört, Herr Hauptmann«, sagte sie langsam, ohne den Blick von Klein abzuwenden. »Der neunte Kreis der Hölle ist für Vaterlandsverräter reserviert, nicht wahr?«

»Sagen Sie es mir. Kann man diesen neunten Kreis der Hölle jemandem auch zu Lebzeiten bereiten?«

Sie nahm eine Zigarette aus der Packung. Einen Moment lang schien sie zu warten, ob ihr nicht einer der Herren Feuer anbieten würde, griff dann aber schließlich selbst zum Feuerzeug.

»Vor einem Jahr wurde mir ein Angebot unterbreitet, das ich nicht ablehnen konnte. In meinem Büro tauchte der Vertreter eines Investors auf und bot mir eine beträchtliche Summe für die Renovierung des Gebäudes. Er stellte jedoch einige Bedingungen bezüglich meiner Rolle und wie das Haus in Zukunft zu führen sei.«

»Was für Bedingungen?«, fragte Klein.

»Ich sollte niemals hinterfragen, wer mein Sponsor sei. Und ich musste meinen Keller zur Verfügung stellen.«

»Der neunte Kreis der Hölle«, folgerte Klein.

»Genau.« Herta schnippte die Asche weg. »In den neunten Kreis der Hölle wurde man nur auf spezielle Einladung eingelassen. Ich selbst hatte dort keinen Zugang.«

»Wer war der Investor?«, schaltete Koschella sich ein.

»Anfangs hatte ich keine Ahnung.« Sie sah ihn an. Ihre Augen waren müde. Lügen hatte sie keine mehr nötig. Koschella war überzeugt, dass die Frau nichts mehr fürchtete. »Dann hab ich ihn von Hermann observieren lassen. Beim ersten Mal ist er ihm bis nach Berlin gefolgt, wo er ihn leider aus den Augen verloren hat. Beim zweiten Mal bis nach Paris ..., beim dritten Mal nach Wien.«

Koschella sah Klein an. Der Hauptmann saß reglos da. Ihm war nicht anzusehen, ob ihn Hertas Worte berührten.

»Sie haben die Anweisung des Investors missachtet.«

»Weibliche Neugier ...« Herta nahm einen Zug und hustete. Ein schreckliches Rasseln drang aus ihren Lungen. »Ein eigener Zugang zum Keller. Dort haben sie sich Räume eingerichtet. Für Kunden mit speziellen Vorlieben.«

»Welchen?«

»Das Zufügen von Schmerzen ... Erregung, die auf der Erniedrigung anderer beruht. Unterdrückung und Beherrschung einer anderen Person. Eine Brutalität, die ich nie akzeptiert habe.«

»Am Ende haben Sie es doch geduldet«, warf Koschella barsch ein.

»Mir blieb keine andere Wahl. Schon bald hat man mir klargemacht, dass der oder die im Hintergrund über unbegrenzte Mittel und Macht verfügten.«

»Warum sind Sie damit nicht zu uns gekommen?«

Sie fing rasselnd an zu lachen und konnte sich erst nach einer Weile wieder beruhigen.

»Glauben Sie, das Netz würde nicht weiter reichen? Gendarmerie, Polizei? Das lief doch alles hier ab, gleich neben dem Rathaus!« Eine Hustenattacke überfiel Madame Herta.

»Wer ging da ein und aus?«, fragte Klein, als sie wieder reden konnte.

»Sie wissen, wer. Deswegen sind Sie ja zu mir gekommen.«

Klein schwieg. Franz hielt den Atem an.

»Ich will es von Ihnen hören.«

»Beier und Dinter, eine Zeit lang vermutlich auch Richter Wiese. Sie hatten mehrmals versucht, mich zu überreden, Jungs für ihresgleichen einzustellen. Beier hat mir ein Bankdarlehen als Gegenleistung für meine Kooperation und mein Schweigen angeboten. Ein Darlehen, das ich nicht zurückzahlen musste, sondern das für mich getilgt wurde. Das bestärkt doch die Annahme, dass die dahintersteckten. Alle möglichen Leute mit ähnlichen Vorlieben haben sie hergeschleppt. Aber dann müssen sie einen schwerreichen Sponsor gefunden haben, denn es kam noch mehr Geld. Aber nicht von der Bank.«

»Und wer war das?«

»Das weiß ich nicht. Beier hat keine Kredite mehr vergeben und jene getilgt, die noch offen waren. Gerade noch rechtzeitig, denn Winter hat angefangen, sich dafür zu interessieren.«

Koschella fluchte leise. Er würde sich den Bankdirektor noch einmal zur Brust nehmen.

»Zurück zur Bezeichnung ›Vaterlandsverräter‹«, insistierte Klein. »Was stört Sie denn an dieser Bezeichnung so?«

Koschella runzelte die Stirn, schwieg jedoch.

»Ich bin zuletzt zufällig drauf gestoßen ...«

»Bitte erzählen Sie.«

»Der Eingang zum Keller wurde im Schichtbetrieb von zwei Männern bewacht. Die haben die Leute rein und rausgelassen. Manchmal waren von unten Schreie zu hören, obwohl die Wände schalldicht sein sollten ... In meinem Leben hab ich viel erlebt, viel gesehen und gehört. Aber das, was dort passiert ist«, Herta deutete mit dem Finger nach unten, »das muss etwas Bestialisches gewesen sein, etwas Unmenschliches ...«

Koschella wollte gerade etwas sagen, doch Klein bedeutete ihm mit einem Blick zu schweigen.

»Einmal war es besonders laut, lauter als sonst. Mir standen die Haare zu Berge. Wir mussten die anderen Gäste hinausbitten ... Zusammen mit Helmut bin ich dann in den Keller gestiegen. Die

Tür stand offen. Auf der Schwelle lag die Leiche eines der Wachmänner …«

Die Männer schwiegen. Sie verstanden, dass Herta erst ihre Gedanken ordnen musste.

»Wir sind hinein … überall Blut. Die andere Wache war totgeprügelt worden … Es sah aus wie in einer Folterkammer. Ich weiß nicht, was da passiert ist und warum …«

Koschella schluckte. Er wollte etwas fragen, brachte aber kein Wort hervor.

»›Vaterlandsverräter‹ stand da mit Blut an die Wand geschmiert.«

»Was habt ihr mit den Leichen der Wachen gemacht?« Koschella hatte seine Stimme wiedergefunden.

»Helmut hat sie im Wald vergraben.«

»Hauptmann Klein hätte er wohl auch dort verscharren sollen?«, fragte er scharf.

»Er will mich halt bestmöglich beschützen.« Herta drückte ihre Zigarette aus. »Er hat einen Fehler gemacht … Jeder von uns macht Fehler. Sollen wir das endlos durchkauen oder wollen die Herrschaften den Keller sehen?«

Klein nickte.

»Schauen wir uns den Keller an.«

»Dann kommen Sie bitte.« Herta stand auf und ging zur Tür. Sie unternahm den Versuch, ihre Hüften zu wiegen, aber es war schwierig, etwas zu wiegen, das nicht mehr da war.

Helmut hatte im Flur gewartet, sich wieder etwas hergerichtet und sah nun eindeutig besser aus als Franz und der Hauptmann. Nicht das kleinste Staubkorn war auf seinem Anzug zu finden, und die Nase war zwar etwas gerötet, schien aber intakt. Er musste sie sich selbst zurechtgerückt haben.

*

Klein betrat als Erster den Keller. Schon der erste Raum erinnerte in nichts an muffige Kellernischen, wie sie für Mietshäuser typisch waren. Hier zeugte jedes Detail vom Geschmack des Ausstatters. Kristalllüster, Spiegel mit vergoldeten Rahmen, ausgesuchte

Tischmöbel, darauf funkelnde Karaffen und Kristallgläser. Eine Bar mit exquisiten Spirituosen, ein Sofa mit Kissen aus teurem Stoff. Keine Spur mehr von dem Blut, von dem Herta vorher gesprochen hatte. Wen auch immer sie mit der Reinigung beauftragt hatte, er hatte ganze Arbeit geleistet.

Von einem ovalen Hauptraum aus führten Gänge zu Nebengelassen. Der Hauptmann riss einen der feinen Satinvorhänge zur Seite. Koschella neben ihm stöhnte vernehmlich. Die Räume waren alle ähnlich eingerichtet: in der Mitte ein Bett mit schweren Ledergurten, an den Wänden ein Andreaskreuz und an dessen Balken Ketten und Handschellen. In einer Kiste befanden sich Werkzeuge, deren Verwendungszweck Koschella sich nicht vorstellen mochte. Während der Hauptmann die Handfesseln an der Holzkonstruktion genauer in Augenschein nahm, murmelte der Wachtmeister nur: »Das ist kein Puff, das ist eine Folterkammer!«

Sie kehrten zu Herta zurück, die im Hauptraum geblieben war und den Anschein erweckte, als fühle sie sich in Türnähe sicherer. Der Leibwächter neben ihr sah dem Treiben mit ausdrucksloser Miene zu.

»Sie wussten, was hier vor sich ging«, sagte Klein. Sie hielt seinem Blick stand und nickte dann.

»Ich hatte eine Vermutung. Die Wachen müssen jemanden beaufsichtigt haben ..., jemanden, der hier monatelang eingesperrt war.«

»Hier hat man Menschen gefangen gehalten, gefoltert und missbraucht!« Mit geballten Fäusten stürmte Franz auf Herta zu. Ihr Beschützer streckte ihm die nach vorn gerichtete Handfläche entgegen, aber es war eine Geste Kleins, die den Wachtmeister schließlich zurückhielt.

»Wie viele waren es?«

»Mindestens drei«, antwortete die Frau.

»Wieso weiß sie das alles so genau?«, erhob Franz seine Stimme. »Sie muss doch von Anfang an eingeweiht gewesen sein! Was hattest du damit zu tun, du Hexe?«

»Die Eimer«, sagte Klein ruhig. »Neben jedem Bett steht ein Eimer.«

Herta nickte.

»Die Wachen haben sie zweimal am Tag geleert, morgens und abends. Dazu benutzten sie unsere Toiletten im Parterre.«

Koschella knirschte mit den Zähnen. Seine Wut nahm ihm die Fähigkeit zum analytischen Denken.

»Ich wusste nicht, was sie mit ihnen angestellt haben ... erst als ich mit Helmut hierher nach unten kam, ging mir ein Licht auf. Sie haben sich befreien können und sich an ihren Peinigern gerächt. An denen, die sie hier festhielten und an jenen, die ... die sich an ihnen vergingen.«

»Gibt es etwas, das hilft, die zu identifizieren, die hier eingesperrt waren?«

Herta nickte und blickte zu Helmut. Der trat darauf zu einem der Möbel und öffnete eine Lade. Er zog einige Lumpen heraus und warf sie Koschella vor die Füße. Der Wachtmeister musste sich nicht bücken. Er erkannte auch so, was da am Boden lag. Das Tragen solcher Kleidung war das zweifelhafte Privileg der Gefangenen der Festung Glatz.

*

Roth wusste bereits über alle Ereignisse bei Madame Herta Bescheid, als er nun zusammen mit Koschella und Klein im Rathaus saß. Klein hatte einige Beamte ins Bordell geschickt. Auch Kommissar Richter war informiert.

»Wir müssen bis zum Morgen warten. Hauptmann Metz sieht sich außerstande, die Sache zu beschleunigen, aber wenigstens wissen wir, wie viele übrig sind, wenn es drei waren und einer tot ist.«

»Warst wohl ein Mathematik-Ass in der Schule, was?« Koschella grinste, und trommelte mit den Fingern auf die Tischplatte. »Du hast deine Berufung verfehlt. Statt zur Polizei zu gehen, hättest du dein Glück im Handwerk suchen sollen. In einem Sägewerk zum Beispiel. Dein Verstand ist scharf wie ein Sägeblatt.«

»Ich will die einfach nur schnappen!« Roths Augen funkelten. »Du etwa nicht?«

Koschella stand abrupt auf.

»Ruhe jetzt!« Klein gebot ihnen Einhalt. »Fassen wir zusammen, was wir haben.«

»Wir haben drei Deserteure«, platzte Roth heraus, der sich offenbar selbst beweisen wollte, seine Berufung nicht verfehlt zu haben. »Trotz Verurteilung wurden sie nicht hingerichtet, aber dennoch offiziell für tot erklärt. Und obwohl sie dem Strang entkommen sind ...«

»Oder einer Kugel in den Kopf«, warf Franz ein.

»Dem Strang«, beharrte Roth, »kamen sie nur vom Regen in die Traufe. Sie wurden in den Keller von Madame Hertas Bordell gesperrt, gefoltert und ...«

»Und zur Sodomie gezwungen«, vollendete Koschella den Satz.

»So ist es!«, pflichtete der Assistent bei. »Sie konnten sich befreien, haben die Wachen getötet und sind irgendwo untergetaucht. Und dann haben sie an denen Rache genommen, die für ihr Schicksal verantwortlich waren. Opfer Nummer zwei war der Stadtrat, Nummer drei der Bankier. Dem Rat wurde sogar der Schwanz abgeschnitten. Nach den soeben rekonstruierten Ereignissen wissen wir auch, warum. Der Bankier trug Handfesseln aus der Festung ...«

Roth holte tief Luft. Diesmal unterbrach ihn niemand. Selbst Franz wartete gespannt, wenn auch mit saurer Miene.

»Opfer Nummer vier: Richter Wiese. Der hat sie verurteilt ... Gendarmerie-Major Schneider war ebenso in die Sache verwickelt. Er war es, der die Akten über die Deserteure hat verschwinden lassen, er wusste, dass das Urteil nie vollstreckt wurde ... und bestimmt war ihm klar, was mit den Verurteilten geschehen ist.«

»Schön und gut, aber wie passt das Verschwinden von Langer und Svoboda ins Bild?«, fragte Franz schroff. »Und all diese verdammten Symbole – Davidstern, Pyramide und Hakenkreuz?«

»Vielleicht wollten sie nur Aufmerksamkeit erregen, wie der Herr Hauptmann vermutet. Oder uns in die Irre führen«, entgegnete Roth. »Zur Ablenkung. Oder um ungestört fliehen zu können. Hätten sie ihren Rachefeldzug vollendet, wären sie wohl nicht mehr hier. Ich an ihrer Stelle würde so bald wie möglich abhauen, möglichst weit weg. Sie aber zwingen uns zur Suche nach Svoboda und Langer. Die gesamte Polizei ist auf den Beinen. Ich nehme an, die wurden irgendwo eingesperrt und wir finden sie schon bald lebend. Die haben das nur getan, um unsere Aufmerksamkeit zu bündeln und von ihrer Flucht abzulenken. Svoboda und Langer haben nichts mit diesen Deserteuren zu tun!«

Koschella schüttelte den Kopf.

»Was meinen Sie, Herr Hauptmann?«

Klein sah seine Männer an.

»Ihr habt beide recht«, sagte er.

Roth und Koschella blickten sich ratlos an.

»Die Sache mit den drei Deserteuren hat sich wohl so zugetragen, wie von Jürgen geschildert. Aber der Fall ist noch nicht gelöst.«

»Hab ich's nicht gesagt?« In Koschellas Stimme schwang ein oberlehrerhafter Ton. »Bleibt auch noch das erste Opfer. Irgendwie gehst du Antworten aus dem Weg, die nicht in dein beschissenes Konzept passen. Major Peschke könnte auf eigene Faust in Sachen Deserteure ermittelt haben. Warum hätte man ihn umbringen sollen? Weil er kurz vor der Lösung stand? Weil er ihnen helfen wollte?«

Roths Blick suchte Klein, er zögerte kurz und fuhr dann mit seiner Erklärung fort:

»Major Peschke wurde von einem Scharfschützen erschossen, von jemandem mit militärischem Hintergrund. Ich weiß nicht, ob es den Deserteuren gefallen hat, dass er die Wahrheit ans Licht bringen wollte. Damit wäre rausgekommen, dass sie dem Tod entgangen waren, und – vermutlich für sie noch schlimmer –, dass sie … entehrt worden waren. Ihre Rache war ihnen wichtig. Peschke stand dabei im Weg. Er hätte die Sache öffentlich gemacht und die Umsetzung ihres Plans erschwert.«

Koschella hatte aufgehört, mit den Fingern zu trommeln.

»Vielleicht bist du doch gar nicht so dumm, Roth … Die Erklärung zur Verwendung der Symbole steht aber noch aus.«

»Diese Firma, Franz!«, Klein unterbrach ihre Überlegungen.

»Erinnerst du dich an den Namen der Firma, die in Madame Hertas Haus investiert hat?«

»Moment ... Gammadium.« Koschella fuhr sich mit der Hand über die Stirn, als wolle er seine grauen Zellen anregen. »Aber da gab's keine Informationen über die Eigentümer. Glauben Sie, Herta hat von dieser Firma gesprochen? Steht Gammadium hinter Dinter und Beier?«

Der Hauptmann unterbrach ihn mit einer Geste.

»Franz, hol den Bankdirektor aus seinem Haus und geh noch mal ins Bankarchiv. Such nach Verbindungen zu dieser Firma.«

Koschella nickte.

»Jürgen, lässt Richter die potenziellen Tatorte noch observieren?«

»Keine Ahnung, Herr Hauptmann.«

»Find's heraus. Und sorg dafür, dass der Kommissar über die letzten Ereignisse informiert wird. Ich gehe ins Hotel und ziehe mich um. In einer Stunde treffen wir uns hier wieder.«

»Zu Befehl!« Roth nahm militärische Haltung an.

»In einer Stunde«, wiederholte Koschella und stand ebenfalls auf. Als beide weg waren, trat Klein ans Fenster. Er schaute hinüber auf das Gebäude, in dem er noch vor knapp zwanzig Minuten gewesen war. Kurz darauf machte er sich auf den Weg ins Hotel.

*

Das Licht der Straßenlaternen spiegelte sich in den Schaufenstern. Die Stadt war wie ausgestorben. Klein wusste aber, dass in diesem Moment rund ein Dutzend Beamter nach den beiden Deserteuren suchten, die offenbar für die bestialischen Morde verantwortlich waren. Für viele der Polizisten war die Sache klar, und Kommissar Richter konnte es kaum erwarten, die Lösung des Falls zu verkünden. Die Polizei tappte nicht länger im Dunkeln, die Täter waren identifiziert. Jetzt mussten sie nur noch gefasst werden, koste es, was es wolle.

Und doch ließ sich für den ersten Mord kein rechtes Motiv finden, das zu den anderen gepasst hätte. Dieser Umstand verlangte nach mehr Aufmerksamkeit und anderen Antworten. Gammadium. Ein Kreuz, gebildet aus vier griechischen Gamma. Da war die Symbolik wieder, nach der Koschella gefragt hatte. Jemand versuchte ihnen Botschaften zu übermitteln und spielte dabei ein tollkühnes und gefährliches Spiel. Wirklich nur um Aufmerksamkeit zu erregen oder den Tätern die Flucht zu ermöglichen? Klein war hier anderer Meinung als seine Untergebenen. Was, wenn es andersherum war? Vielleicht war es doch von Anfang an darum gegangen, dass Klein den Zeichen bis zum großen Finale folgen sollte. Ein Finale, so laut, dass sein Echo in ganz Deutschland und über dessen Grenzen hinaus zu hören sein würde. Das Spiel war zu raffiniert. Der Hauptmann bezweifelte, dass drei junge Deserteure dahintersteckten.

Im Hotel angekommen nickte ihm der Empfangschef zu. Klein grüßte ebenfalls und ging nach oben. Vor der angelehnten Tür seiner Suite blieb er abrupt stehen. Er suchte in der Manteltasche nach seiner Waffe, fand jedoch nur den Schlagring. Die Pistole, die Koschella ihm gegeben hatte, war bei Madame Herta zurückgeblieben. Mit dem Schlagring in der Hand drückte er die Tür vorsichtig auf. Alles deutete darauf hin, dass es hier ein Handgemenge gegeben hatte.

Er erstarrte. Sein Herz hämmerte und beruhigte sich erst, als sein Verstand zur nüchternen Analyse der Situation überging.

Agnes musste auf die Eindringlinge gestoßen sein, als sie aus ihrem Zimmer kam. Ihr Hut lag auf dem Boden. Sie war bestimmt überrascht worden. Erst als man sie zur Tür zerrte, dürfte sie angefangen haben sich zu wehren. Sie hatte nach der Tagesdecke seines Bettes gegriffen und sie dann bis zum Schreibtisch mit sich geschleift. Dort musste einer der Angreifer gegen den Stuhl gestoßen sein, hatte ihn umgeworfen und war darüber gestürzt. Dabei war die Lampe umgefallen und der Stapel Fotos vom Tisch auf den Boden gerutscht. Anschließend hatten die Einbrecher mit Agnes die Suite verlassen.

Die Fotos! Klein erinnerte sich genau an deren Anordnung … Er löste sich aus seiner Schockstarre und sog die Luft ein, als wäre er soeben an der Wasseroberfläche aufgetaucht.

Er hob die Fotos auf und suchte nach den Abzügen von der

Brücktorbrücke, die er auf dem Tisch ausbreitete. Da war Wildstein. Er blickte in seine Richtung und sah aus, als wisse er genau, was in den nächsten Tagen geschehen würde. Um seinen Mund spielte ein geheimnisvolles, aber furchtloses Lächeln. Hatte er sogar den eigenen Tod vorausgesehen? Sie hatten Klein eingeladen, ihn erwartet und sich vergewissert, dass er ihr Spiel auch annehmen würde.

Klein starrte noch immer in das Gesicht des Selbstmörders. Warum hatte er auf der Brücke diesen stechenden Blick nicht bemerkt? Sein Verstand gab ihm die Antwort. Wildstein sah nicht ihn an, er schaute an ihm vorbei zur anderen Seite des Kanals, in Richtung der Menschenmenge hinter der gegenüberliegenden Absperrung.

Klein nahm das nächste Foto und strich mit den Fingerkuppen über die abgebildeten Gesichter. Eine Person hatte sich abgewandt und war dabei sich zu entfernten. Klein erkannte sie. Sie war es, der Wildsteins Blick gegolten hatte.

Er zerknüllte den Abzug. Dann zog er sich aus, wusch sich und legte einen Verband an. Im Schrank hing lediglich sein zerknautschter Smoking. Er zog sich ein frisches Hemd an, schlüpfte in den Anzug und verließ die Suite. Im darunterliegenden Stockwerk suchte er die Hintertreppe. Über sie mussten die Eindringlinge mit Agnes das Hotel verlassen haben. Er folgte der Treppe ins Parterre, wo ein enger Flur neben der Küche zur Rückseite des Hotels führte. Er ging außen um das Gebäude herum und nahm sich vor dem Bahnhof eine Droschke.

*

Roth und Koschella warteten vor dem Rathaus und rauchten. Als sie den Hauptmann kommen sahen, traten sie die Kippen am Boden aus.

»Verdammte Scheiße!« Koschella war wütend. »Beier hat alles so gedreht, dass bei der Firma kein Name aktenkundig wird. Die haben in der Bank vielleicht ein Chaos! Gammadium ist eine reine Scheinfirma, alles erfunden!«

»Ich habe mit Kommissar Richter gesprochen.« Roth wirkte

noch niedergeschlagener als der Wachtmeister. »Er hat sämtliche Beamten ausgeschickt, um die Glatzer Ausfallstraßen abzuriegeln. Überall wurden Straßensperren errichtet. Richter denkt auch, dass die Täter fliehen wollen. Er hat Verstärkung aus Altheide, Reinerz und sogar aus Breslau angefordert. Sobald die Fotos der Verdächtigen eintreffen, wird die Stadt vollständig abgeriegelt.«

»Und die potenziellen Tatorte?«

»Die durch das Hakenkreuz markierten Punkte?« Roth fuhr sich über die Stirn. »Der Kommissar hat nicht genügend Männer, um alle Punkte zu besetzen …«

»Was für ein Trottel.« Koschella fingerte nach der nächsten Zigarette, die Schachtel war jedoch leer. Er zerknüllte sie und warf sie in den Brunnen. »Er wird Svobodas und Langers Tod zu verantworten haben.«

»Agnes haben sie jetzt auch. Sie waren in meiner Suite.«

Roth blieb der Mund offenstehen. Koschella starrte Klein an.

»Und jetzt?«, fragte Koschella.

»Wir bleiben bei unserem Plan und überprüfen die markierten Punkte.«

»Aber wir sind doch nur zu dritt«, jammerte Roth. »Das schaffen wir nie!«

»Welcher der infrage kommenden Orte eignet sich am ehesten für die Unterbringung mehrerer Personen?«

»Ein Punkt liegt auf der Promenade, die Stelle ist viel zu gut einsehbar.« Koschella kratzte sich am Kopf. »Und die Mitte des Hakenkreuzes liegt an einer Stelle, da gibt's kein Gebäude. Ich tippe auf das ehemalige Garnisonslazarett neben der Minoritenkirche.«

»Bleibt auch noch die Wallstraße, nahe der Synagoge«, sprudelte Roth hervor, als wolle er die Entscheidungsfindung beschleunigen. »Dort sollten wir zuerst hin.«

Beide sahen Klein abwartend an.

»Die Synagoge«, entschied der.

Koschella nickte zustimmend, zog ein Bündel aus der Jackentasche und reichte es dem Hauptmann.

»Das hier könnte hilfreich sein. Ich hab sie von Herta geholt.

Passen Sie gut darauf auf. Richter macht Kleinholz aus mir, wenn ich die Dienstwaffe nicht zurückbringe.«

Grinsend steckte Klein die Pistole in die Tasche seines Jacketts, bevor sie ins Automobil stiegen.

*

Die Glatzer Synagoge war für Roth schon immer ein Blickfang gewesen. Nie konnte er an ihr vorübergehen, ohne von dem Bau beeindruckt zu sein. Sie stach aus dem Stadtbild hervor, nicht zuletzt aufgrund der Backsteinfassade, die im Licht der untergehenden Sonne rot zu glühen schien. Auch die jüdische Gemeinschaft, die sich dort zum Gebet traf, schien Roth aus einer anderen Welt zu stammen. Und doch gehörte sie für ihn untrennbarer zu dieser Stadt. Stünde die Synagoge nicht an ihrem Platz, würde für Roth etwas fehlen.

Um niemanden zu alarmieren, parkten sie den Wagen in der Grünen Straße, etwa hundert Meter von der Synagoge entfernt. Roth glaubte auch so schon durch den Motorenlärm sämtliche Anwohner geweckt zu haben. Im Schutze hoher Hecken pirschten sie sich in die Wallstraße vor. Dort kletterten sie über den Zaun und kauerten sich an die Ostfassade der Synagoge. Sie lauschten aufmerksam.

»Dieser Seiteneingang führt in den unterkellerten Teil«, flüsterte Koschella, während er auf eine Stahltür zeigte. »Ich kannte mal einen, der für die Heizung des Tempels verantwortlich war.«

Unter seinem Mantel zog er nun das Köfferchen hervor, das im Wagen gelegen hatte. Er holte einen langen Werkzeugschlüssel hervor. Das Aufbrechen des Vorhängeschlosses dauerte nur Sekunden.

»Jetzt aber vorsichtig.« Koschella hielt Roth zurück, der bereits hineindrängte. »Durch die Löcher in der Decke gelangt warme Luft in den Gebetsraum. Dort hallt es ganz schön. Man hört zwar, wenn sich dort jemand aufhält, aber uns kann man auch hören.«

»Franz und ich gehen rein«, entschied Klein. »Jürgen, du gibst den anderen Bescheid, wenn etwas Unvorhersehbares passiert.«

»Aber Herr Hauptmann …«

»Das ist ein Befehl!«, ermahnte ihn Koschella.

Roth ballte die Fäuste. Der Gedanke, Agnes könnte hier gefangen gehalten werden, brachte sein Blut in Wallung. Er war sich bewusst, dass er nicht mehr klar denken konnte. Andererseits schmeckte es ihm nicht, dass er tatenlos warten sollte, bis Klein und Koschella die Geiseln befreit hätten.

»Jürgen, halt die Augen offen!«, sagte Klein, bevor er in der Finsternis verschwand.

Roth fluchte leise. Weder Koschella noch Klein konnten ihn hören.

*

Sie tasteten sich voran. Klein wartete einen Moment, damit sich seine Augen an die Dunkelheit gewöhnen konnten. Nun fand er sich schon zum zweiten Mal in derselben Nacht in einem muffigen Keller wieder. Wenigstens roch es diesmal nicht nach verfaultem Gemüse oder Moder. Die Luft war trocken und warm.

»Mir nach«, flüsterte Koschella. Dicht an die Wand gepresst schoben sie sich weiter.

»Jetzt weiß ich nicht, wohin, Herr Hauptmann.«

»Das Feuerzeug. Wir haben keine Wahl. Nur kurz.«

Koschella seufzte. Er kramte ein Feuerzeug aus seiner Tasche und hielt es hoch über den Kopf, um ihre Augen nicht zu blenden. Wenige Sekunden reichten, um den Kellerraum, einen kleinen Flur und die nächste Tür, zu der ein paar Stufen führten, erkennen zu können.

»Wir müssen zu diesen Löchern, von denen du gesprochen hast«, flüsterte Klein. »Die müssen in diesem Flur sein.«

Bald darauf spürten sie einen Luftzug über ihren Köpfen und hielten kurz inne.

»Ich glaube, wir können rein. Da oben ist niemand.«

Klein hielt Koschella an der Schulter zurück.

»Hör doch mal ...«, sagte er.

Koschella lauschte. Da war eine Stimme, flach und blechern wie aus einem Grammofon. Jemand gab kurze Kommandos. Glas klirrte.

»Was machen wir?«

»Die Tür. Die führt in den Gebetsraum.«

»Und Jürgen?«

»Wenn es losgeht, weiß er, was zu tun ist. Uns bleibt keine Zeit, Franz.«

Koschella tastete sich an der Wand vorwärts. Kleins Atem im Nacken verlieh ihm Mut. Er erspürte eine Türklinke, drückte sie nach unten und öffnete die Tür einen Spaltbreit. Dann zählte er bis drei und ging hindurch. Als er über eine der Stufen stolperte, konnte er sich gerade noch mit der Hand abstützen. Eine Stufe noch. Da war wieder eine Tür, unter der etwas Licht hindurchdrang.

»Über uns muss der Turm sein. Wir sind in der Nähe des Haupteingangs.«

»Lass uns reingehen. Aber vorsichtig!«

Koschella nickte, obwohl er wusste, dass Klein ihn in der Finsternis nicht sehen konnte. Sie lauschten. Erneut das Klirren von Glas. Für Koschella ein unerklärliches Geräusch, das ihn stark beunruhigte, auch wenn er nicht wusste, warum.

Die Tür ließ sich lautlos öffnen. Im Tempel versteckten sie sich hinter den Bänken, auf denen normalerweise die Gläubigen beteten. Koschella schaute hoch zur Frauenempore, dann folgte er Kleins Blick, der auf die Bima vor ihm gerichtet war, das Podium, wo während des Gottesdienstes aus der Thora gelesen wurde. Er hielt den Atem an.

Die drei Vermissten waren dort an der Balustrade festgebunden. Die herabhängenden Köpfe der Geiseln wirkten gespenstisch, als hätten sie jeden Widerstand aufgegeben oder seien bereits tot. Koschella erkannte Svoboda.

Da ist ja das Schweinchen, ging es ihm durch den Kopf. Noch hat er sich nicht in die Schar grunzender Engel eingereiht.

Der Wachtmeister spürte einen leichten Druck auf der Schulter. Der Hauptmann deutete auf zwei große Flaschen, die zwischen den Bänken vor der Bima standen. Koschella nahm einen stechenden Geruch in der Nase wahr.

»Wo sind sie?«, fragte er.

Klein legte den Zeigefinger auf den Mund. Er stand auf und lief tief gebückt zwischen den Bänken nach vorn. Koschella fluchte innerlich und folgte nervös um sich blickend mit gezückter Waffe. Als sie die Entführten erreicht hatten, säbelte Koschella mit einem Taschenmesser den Strick durch, mit dem Svoboda an die Balustrade gefesselt war. Er ließ ihn behutsam auf den Boden gleiten. Erst dann bemerkte er, dass der Hauptmann vor dem heiligen Schrein stand, in dem die Thorarolle aufbewahrt wurde. Von einer der Bänke ragte eine waagerecht angebrachte Kerze. Die Flamme wanderte langsam in Richtung einer Flasche, aus deren Hals ein Stück Stoff ragte.

Koschella lief es kalt über den Rücken. Eine Viertelstunde später, und die Flamme hätte den getränkten Leinenstoff erreicht und den Brandsatz entzündet.

Klein löschte den Docht der Kerze.

»Befrei die beiden anderen! Ich kümmere mich um den Rest.«

Jetzt erst entdeckte Koschella an den Wänden verteilt weitere Flaschen.

Er befreite Agnes und nahm ihr den Knebel aus dem Mund. Sie kam langsam wieder zu Bewusstsein. Nachdem er auch Svoboda und Langer die Fesseln gelöst hatte, lotste er die drei zum Ausgang. Wie ein Schatten blieb der Hauptmann dicht hinter ihnen.

»Ich gebe euch Deckung, Franz. Die müssen hier irgendwo sein. Sobald du mit ihnen draußen bist, sehe ich mich im Turm um.«

Koschella rüttelte an der Tür. Sie war von innen verriegelt. Er schob den hölzernen Riegel zur Seite und öffnete sie, während er Agnes stützte. Als er auf seinem Gesicht einen Windhauch spürte, trat er erleichtert in die Nacht hinaus. Im Hintergrund hörte er das Hallen von Kleins Schritten, der die Stufen zur Kuppel der Synagoge hochhastete.

*

Roth war sofort zum Hauptportal geeilt, als er Geräusche gehört hatte. Sein Blick fiel auf die noch immer benommene Agnes und er stürzte zu ihr, gerade noch rechtzeitig, um sie aufzufangen, bevor sie zu Boden sackte. Als er ihren warmen Atem an seinem Hals spürte, durchzuckte ihn wieder dieses vertraute Gefühl.

»Jürgen kümmere dich um die drei.«

Roth zitterte, als die Frau auf ihm lastete. Ihr Busen lag weich auf seiner Brust und ihre Hand berührte seinen Rücken.

»Jürgen! Hast du mich gehört?«

»Ich hör dich, ja ...«, antworte Roth dem immer noch angespannten Koschella.

Unvermittelt sprang der Wachtmeister auf die Straße und blickte hoch zur Kuppel. Dann drehte er den Kopf und starrte auf das Gebäude, das beinahe an die westliche Wand der Synagoge stieß.

»Scheiße, verdammt!«

Sanft schob Roth Agnes zur Seite. Er wollte sehen, was den Wachtmeister so in Aufruhr versetzte. Er brauchte einen Augenblick, um zu begreifen, was er sah. Klein stand auf der Dachkante der Synagoge, über ihm ein von der Kuppel bis zum Balkonsims des gegenüberliegenden Hauses gespanntes Seil. Agnes hob den Kopf und stöhnte, was in Roth kurz die Eifersucht auflodern ließ. Dann hingen seine Augen gebannt an Klein, als sei er in einer Zirkusvorstellung. Der Hauptmann drohte am Sims abzurutschen, bekam dann aber das Seil zu fassen und stieß sich von der Dachkante ab.

Wie die anderen Zeugen des wahnwitzigen Bravourstücks hielt Roth den Atem an. Svoboda saß auf dem Bürgersteig und konnte nicht hinschauen. Während Roth vor seinem inneren Auge Klein schon abstürzen sah, war der blitzschnell am Seil entlanggerutscht und hatte sicher den Balkon gegenüber der Synagoge erreicht. Durch die Balkontür war er bereits im Haus verschwunden, als Roth immer noch ungläubig auf die flatternden Vorhänge starrte.

»Hol das Auto!« Koschella riss ihn aus seinen Gedanken. »Ich warte am Wilhelmsplatz auf dich!«

»Und was ist mit uns?« Svoboda sah ihn an. Er war zwar verängstigt, aber immerhin schon bei vollem Bewusstsein.

»Geht zum Rathaus!«, rief Koschella und lief in Richtung Hotel Kaiserhof.

»Holen wir Hilfe.« Langer war durch die Nachtkälte ebenfalls wieder zu sich gekommen. Er übernahm die Initiative und half Svoboda auf die Beine. Mit Bedauern entließ Roth Agnes aus seinen Armen. Er schaute ihr in die Augen, doch sie schaute durch ihn hindurch. Sie schien etwas sagen zu wollen. Er verbeugte sich kühl und hastete in Richtung des Wagens.

An der Kreuzung wandte er sich noch einmal um und warf einen Blick zurück auf die Kuppel der Synagoge. Immer noch fragte er sich, wie Klein derart schnell auf dem Seil hatte hinübergleiten können. Allein der Gedanke erzeugte ein Brennen auf seinen Handflächen.

»Die Handschuhe!« Das Geräusch des startenden Motors übertönte sein Lachen. »Dieser Teufelskerl! Er trug ja Handschuhe!«

Er wendete rasant und fuhr Richtung Wilhelmsplatz, vorbei an Agnes und den beiden Männern, die sich aufmachten, um im Rathaus Verstärkung zu holen.

*

Koschella schlussfolgerte, dass Klein die Mörder bei ihren Fluchtvorbereitungen aufgescheucht haben musste. Er hielt es also für möglich, dass sie ihm direkt in die Arme liefen. Die Mietshäuser standen bis zum Hotel Kaiserhof dicht an dicht. Von der Grünen Straße über den Wilhelmsplatz bis zur Wilhelmstraße führte eine durchgehende Häuserfront.

Schwer atmend fand sich Koschella nun auf Höhe des Kaiserhofs wieder. Die Türen waren verriegelt und drinnen war es dunkel. Er verlangsamte das Tempo und sah nach oben. Er glaubte nicht, dass die Täter über die Dächer fliehen würden. Sie müssten bald aus einem der Gebäude kommen. Da sie bisher alles vorausgeplant hatten, hatten sie bestimmt auch ein Fluchtfahrzeug vorbereitet. Mit entsicherter Waffe rannte er weiter die Wilhelmstraße entlang. Um die Ecke führte eine kleine Gasse in einen Hinterhof.

Ein Motor heulte auf und Scheinwerferlicht strich über die Fassade der Post. Koschella fluchte. Wie er es geahnt hatte, raste ein schwarzer Adler aus dem Hof. Der Fahrer lenkte scharf ein und das an einen Insektenpanzer erinnernde Heck des Wagens brach aus.

Koschella zielte und gab einen Schuss ab. Er lief vom Bürgersteig auf die Straße und feuerte erneut. Im selben Augenblick kam Klein aus dem Hof gelaufen und schon hielt auch Roth mit quietschenden Reifen bei ihnen an.

»Rutsch rüber, Jürgen!«, befahl Klein.

Koschella konnte erkennen, dass Roth nur widerwillig dem Hauptmann das Steuer überließ. Der Wachtmeister stieg hinten ein und saß noch nicht richtig, als der Audi losschoss.

Koschella kam es vor, als beschleunige die Zeit. Diesmal fand er das ganz und gar nicht lustig. Die Lichter der Straßenlaternen flogen vorbei, als fege eine Kraft sie von der Erdoberfläche. Der Drehzahlmesser kletterte nach oben und der Wagen verwandelte sich in ein wildes Tier. Doch dann wurden Mensch und Maschine eins: Kleins Hände verschmolzen mit dem Lenkrad, minimale Bewegungen reichten nun aus. Der Motor heulte nicht länger, er schnurrte gleichmäßig und flüssig. Der Audi unterwarf sich seinem Fahrer widerstandslos.

»Ich seh sie!«, schrie Roth.

Er riss seine Waffe hoch und zielte über die Windschutzscheibe auf den Wagen vor ihnen.

»Stopp!«, schrie Koschella. »Du verschwendest nur Munition. Warte, bis der Hauptmann näher rankommt!«

Den letzten Satz hatte Roth nicht mehr gehört. Reflexartig war er in Deckung gegangen, als eine aus dem Adler abgefeuerte Kugel die Karosserie traf. Auf dem Rossmarkt kamen die Flüchtigen ins Schleudern, ließen den Platz aber rasch hinter sich und bogen dann in die Ross-Straße ein.

»Jetzt!«, schrie Klein.

Bis auf einige Dutzend Meter waren sie herangekommen. Roth streckte die Hand aus dem Fenster und gab einen Schuss ab. Der erhoffte Effekt blieb aus. Er feuerte noch einmal. Die Kugel zertrümmerte die Heckscheibe des Wagens vor ihnen.

»Gut gemacht, Junge!«, brüllte Koschella. »Noch mal!«

Auf die nächste Gelegenheit musste Roth etwas warten. Auf der Königshainer Straße bog der Adler scharf nach links. Klein kam auf wundersame Weise bis auf etwa zwanzig Meter heran.

»Das ist ja besser als bei der Alpen-Rallye«, gluckste Roth. Er schnellte aus dem Sitz hoch, um besser zielen zu können, wurde aber unvermittelt nach hinten geschleudert. Mit lautem Pfeifen wurde ihm die Luft aus der Lunge gepresst. Seine Bauchmuskeln verkrampften sich und es war ihm unmöglich, erneut Atem zu schöpfen. Auf der Scheibe vor sich nahm Roth spinnennetzartige Risse und ein kleines rundes Loch wahr. Erst als er auf seine Brust schaute und das blutige Hemd sah, realisierte er, was geschehen war.

»Durchhalten, Roth.«

Klein schien sich mehr ihm zu widmen als der Straße. Langsam gewann Roth wieder die Kontrolle über seine Atmung.

»Schnappen wir sie uns«, schrie er heiser. »Mir fehlt nichts.«

Der Alpensieger preschte voran, und die Zeit lief wieder schneller. Diesmal war es Koschella, der zielte und schoss. Roth glaubte gesehen zu haben, dass die Kugel den Kopf des Beifahrers getroffen hatte. Doch bevor er sich davon überzeugen konnte, krachte Klein überraschend ins Heck des vorausfahrenden Wagens.

Metall krachte, die Frontscheibe zersplitterte. Roth wusste nicht, ob der Aufprall dafür verantwortlich war oder weitere Kugeln aus dem Adler. Vor seinen Augen drehte sich alles. Er schlug mit der Stirn hart gegen die Türverkleidung.

Das Heulen des Motors wurde lauter, aber weder Schüsse noch das Knarzen von Metall waren zu hören. Sie bogen ab. Roth sah dem Adler nach, der immer kleiner wurde, und verstand nicht, warum Klein die Verfolgung abgebrochen hatte.

»Sie entkommen!«, keuchte er. »Was machen Sie?«

»Halt still, dich hat's ordentlich erwischt!«

Roth schüttelte den Kopf und wollte ins Lenkrad greifen, aber er konnte den Arm nicht heben. Er kannte diese Straße. Sie waren jetzt in Hassitz. Klein war in Richtung Krankenhaus abgebogen.

»Mir geht's gut, hab ich gesagt! Wir müssen …«

»Jürgen! Er fährt geradewegs auf die Straßensperre zu.« Kleins Stimme war irritierend ruhig. »Dort erwischen sie ihn.«

Roth hielt immer noch die Pistole in seiner Rechten. Unter Anstrengungen hob er sie und zielte auf Klein.

»Fahr ihnen nach«, japste er schwach. »Es sei denn, du steckst von Beginn an mit ihnen unter einer Decke.«

»Leg die Waffe weg, Jürgen.« Koschella redete von hinten ruhig auf ihn ein. »Du verblutest. Wir hatten genug Tote.«

»Richter wird ihn sich schnappen. Er sagt, dass er dahintersteckt ...«

Koschellas lautes Lachen ging auch auf den von Schmerzen gepeinigten Assistenten über.

»Roth, langsam gefällst du mir. Bislang dachte ich, du hättest keine Eier und nur Sägespäne im Kopf.«

Jürgen ließ die Waffe sinken. Für Diskussionen und die Frage, woher Koschella eigentlich immer das mit den Sägespänen hatte, fehlte ihm die Kraft. Die fehlte ihm auch, um den Mund aufzumachen oder den Kopf gerade zu halten. Er krachte erneut mit der Stirn auf das Armaturenbrett. Er spürte, wie Koschella auf seinem Rücken die Hand auf seine Schusswunde presste. Sein Blick war auf die Straße vor ihnen gerichtet. Klein hatte die Scheinwerfer ausgeschaltet. Er wollte ihn warnen, wie gefährlich das Fahren im Dunkeln sei, besonders in diesem unwegsamen Gelände, aber da hatte er bereits das Bewusstsein verloren.

*

Klein parkte vor dem Hotel Stadtbahnhof, blieb kurz im Wagen und blickte hoch zum Fenster seiner Suite. Noch während sie vor dem Operationssaal gewartet hatten, war Seipelt mit Neuigkeiten im Spital aufgetaucht. Der Adler war an der Straßensperre gestoppt worden. Einer der Täter wurde festgenommen, der zweite war tot. Offenbar hatte ihn während der Verfolgungsjagd eine von Koschellas Kugeln in den Kopf getroffen. Der quittierte dies nur mit einem Achselzucken. Seipelt hatte gratuliert und sie über die Besprechung informiert, die Richter für den nächsten Morgen im Rathaus angesetzt hatte. Der Kommissar hatte unterdessen den Erfolg bereits hinausposaunt und damit die halbe Stadt und sogar seine Vorgesetzten in Berlin aufgeweckt.

Klein und Koschella hatten das Krankenhaus verlassen, nachdem der leitende Arzt sie über den Verlauf der Operation informiert hatte. Roth hatte viel Blut verloren, war aber gerade noch rechtzeitig eingeliefert worden. Seine Überlebenschancen standen gut.

»Ich hab's nicht weit, Herr Hauptmann. Ein kleines Stück und ich bin zu Hause.«

»Warte, Franz.« Der Hauptmann legte Koschella die Hand auf die Schulter. »Warte beim Wagen. Es ist noch nicht vorbei ...«

Klein registrierte den verwunderten Gesichtsausdruck des Wachtmeisters, sagte aber nichts weiter. Er wusste, dass Koschella keine Fragen stellen würde, selbst wenn ihn die Neugier zerfressen sollte. Erneut hob er den Kopf und starrte auf das erleuchtete Erkerfenster. Dann betrat er das Foyer.

»Ich wusste, dass Sie sie kriegen, Herr Hauptmann!« Hans Fredke grinste breit. »Alle wissen bereits davon. Von der Verfolgungsjagd und auch von den Ereignissen in der Synagoge! Sie haben es geschafft! Ich hab's von Anfang an gewusst.«

Klein sah den jungen Mann an. Die Gesichtszüge ... damals waren sie voller Schlamm gewesen. Jetzt erinnerte er sich wieder. Fredke war einer der jungen Soldaten gewesen, die ihn ins Feldlazarett geschleppt hatten. Ihre Blicke hatten sich damals für ein, zwei Sekunden gekreuzt.

»Ach, ich hab was für Sie.« Der Page schlug sich mit der flachen Hand auf die Stirn. Er lief auf den Empfangstresen zu und fischte aus dem Schlüsselkasten einen grauen Briefumschlag hervor. »Dieser Marx war hier und hat nach Ihnen gefragt. Er meinte, es sei wichtig.«

Klein riss den Umschlag auf, holte einige Abzüge und einen Zeitungsausschnitt hervor und ging dann zur Treppe. In der Suite fand er Agnes am Fenster stehend. Sie starrte auf den Bahnsteig hinunter. Als sie ihn eintreten hörte, drehte sie sich um und setzte sich auf sein Bett. Ihr Blick war abwesend, schien die Zimmerwände und Hausmauern zu durchdringen und bis weit über die Stadtgrenze hinauszureichen.

Er zog den Stuhl hinter dem Tisch hervor und setzte sich ihr gegenüber.

»Sind beide tot?«

Klein spielte mit dem Umschlag in seiner Hand und legte ihn schließlich auf seinen Oberschenkel.

»Einer von ihnen konnte lebend gefasst werden.«

»Ist der Beifahrer tot, oder …«

»Der Beifahrer.«

Er kannte den Grund ihrer Frage.

»Seit wann weißt du es?«

Er schob ihr den Umschlag zu. Sie sah ihn überrascht an und holte Fotos und den Zeitungsausschnitt heraus. Ein gequältes Lächeln.

»Wir sehen uns sehr ähnlich. Du kennst meine natürliche Haarfarbe nicht, sonst würdest du uns für Zwillinge halten.« Unbewusst schob sie eine in die Stirn hängende Strähne hinters Ohr. »Ich habe sie auch kürzen müssen, … damit mich niemand mit der Frau in Verbindung bringt, die sich vor den Zug geworfen hat.«

»Mit deiner Schwester.«

»Ja.« Agnes strich mit ihren Fingerkuppen über das Foto.

»Anna glaubte, ihr Leben ohne Willi hätte keinen Sinn mehr. Sie wusste nicht – woher auch –, dass er noch lebte. Obwohl er bestimmt den Tod gewählt hätte, wäre er vor die Wahl gestellt worden …«

»Willi Betz, Theodor Wildstein und …«

»Heinrich Müller. Der dritte hieß Heinrich Müller. Er konnte nicht Autofahren.«

Klein nickte.

»Wann hast du es erfahren?«

»Vor ein paar Monaten. Nicht ganz ein Jahr nach Anna Freitod. Jemand ist zu mir gekommen und hat erzählt, was sie ihnen angetan hatten. Dinter, Beier, Wiese, Schneider … Jeder Einzelne von ihnen war nicht nur an der Schändung der drei Deserteure beteiligt, sondern war auch für den Tod meiner Schwester verantwortlich.«

Er schaute ihr in die Augen und blickte in einen Abgrund.

»Das hast du nicht von Willi. Es war jemand anders. Jemand, der Kontakte hat und das Vertrauen von Graf Herberstein genießt, um dich bei ihm in Dienste zu bringen. Was hat er dir versprochen?«

Sie nickte und schloss die Augen.

»Er versprach mir Rache. Ich wollte, dass der Tod meiner Schwester nicht so sinnlos und unnötig war.«

»Er konnte es arrangieren, dass du bei Graf Herberstein angestellt wurdest.«

»Ja, das konnte er. Vorher habe ich im Krankenhaus gearbeitet. Man hat mich gleich nach dem Weggang der Krankenschwester eingestellt, die sich um den alten Grafen gekümmert hatte. Er hatte ihr Geld dafür gegeben, denn er wusste, dass du nach Glatz kommen würdest und Hilfe brauchtest. Ich sollte in deiner Nähe bleiben …«

»Um ihm zu berichten, was du von mir erfährst.« Sie nickte und schwieg einen Moment.

»Ich bitte dich nicht um Verzeihung. Sie … hatten den Tod verdient.«

»Hat dir die Rache geholfen?«, fragte er.

»Und dir?«

Schweigen.

»Warum bist du nicht geflohen?«, fragte er schließlich. »Warum bist du zurückgekommen?«

»Hättest du mich einfach ziehen lassen, jetzt, wo du weißt, dass ich an den Taten beteiligt war?«

»Nein«, antwortete er knapp.

Sie lächelte.

»Ich will, dass das alles endlich vorbei ist.«

»Es ist noch nicht vorbei.«

»Ich weiß.« Wieder blickte sie auf das Foto ihrer Schwester.

*

Koschella parkte den Wagen. Dann gingen sie gemeinsam auf ein Haus zu, eines der Fenster im zweiten Stock war erleuchtet. Klein schwieg. Er hatte Koschella nicht verraten, warum sie nun hier waren. Der wunderte sich über gar nichts mehr.

Die Eingangstür war unversperrt. In völliger Dunkelheit stiegen sie die Treppe zum ersten Stock hoch. Vor sich sah Koschella nur den Umriss von Kleins Rücken. Im Gebäude roch es nach Bohnerwachs und einem nicht näher definierbaren Parfum. Im zweiten Stock fiel aus einer der Türen Licht.

Der Mann erhob sich von seinem Schreibtisch, als Klein und Koschella eintraten. Es war schwer zu sagen, ob er überrascht war oder ob mit ihrem Erscheinen gerechnet hatte.

»Welchem Umstand habe ich solch späten Besuch zu verdanken?«, fragte er.

Was nun folgte, kam Koschella vor wie eine Theaterinszenierung. Der Hausherr griff in die Schublade, aber Klein war mit zwei schnellen Schritten bei ihm. Seine schlagringbewehrte Faust traf den Mann am Kopf und hinterließ einen blutigen Abdruck. Der Getroffene sackte über dem Schreibtisch zusammen. Klein packte ihn am Kragen und verhinderte, dass er auf den Boden rutschte.

Nun trafen sich Kleins und Koschellas Blicke. Der Hauptmann wartete offensichtlich auf etwas und Koschella trat an den Schreibtisch. Er erinnerte sich daran, wie Roth im Auto Verdächtigungen gegen den Hauptmann ausgesprochen hatte. Sollte Jürgen am Ende recht gehabt haben? War Klein tatsächlich in den Fall verwickelt? Koschella schnalzte mit der Zunge, hielt dennoch an seinem Vorsatz fest und stellte keine Fragen. Er griff den Bewusstlosen an den Beinen, Klein packte ihn am Oberkörper. Gemeinsam schleppten sie ihn ins Erdgeschoss und luden ihn auf den Rücksitz des Autos. Als Klein das Ziel nannte, grinste Koschella. Er startete den Wagen und lenkte ihn auf den Ring.

*

Der Wagen hielt vor dem Haus von Madame Herta. Koschella stieg aus und betätigte den Türklopfer. Nach einem kurzen Gespräch mit dem Türsteher kehrte er zum Auto zurück und hievte mit Klein den immer noch bewusstlosen Mann aus dem Fond. Sie schleppten ihn zur Schwelle und weiter in den Keller. Der schweigsame Handlanger der Puffmutter begleitete sie den ganzen Weg. Er öffnete ihnen die Türen und packte mit an, als sie den schlaffen Körper des Bewusstlosen in einem der muffigen Räume auf einen Tisch legten und ihn darauf mit Lederriemen an Armen und Beinen fixierten. Klein gab Helmut einige Anweisungen. Der gewaltige Kiefer des Riesen mahlte, dann nickte er und verließ den Raum. Seine schweren Schritte waren auf der Treppe zu hören.

»Weck ihn, Franz!«

Koschella gab dem Mann einen Klaps auf die Wange. Da dies keine Wirkung zeigte, verpasste er ihm ein paar richtige Ohrfeigen. Langer schnappte nach Luft, wie ein Ertrinkender. Hektisch sah er sich um und versuchte seine Hände zu heben. Vergeblich.

»Hauptmann Klein«, japste er. Er blickte Wilhelm Klein direkt ins Gesicht. »Sie schlagen mich k. o. und entführen mich hierher? Warum?«

»Pardon für den Überfall in Ihrem Haus, Herr Langer. Ich dachte, Sie würden sich hier ebenfalls wie zu Hause fühlen.«

Koschellas Blick wanderte vom Hauptmann auf den am Tisch festgeschnallten Logenmeister.

»Sie haben die Mörder doch schon. Was wollen Sie von mir?«

»Herr Langer! Sie waren es doch, der mich nach Glatz geholt hat. Es ist mir unerklärlich, was sie so verwundert.«

Langer verzog das Gesicht zu einer undeutbaren Grimasse.

»Weil ich wusste, dass nur Sie den Fall würden lösen können.«

»War das der einzige Grund?«

Langer schwieg. Klein wartete geduldig.

»Ich war überzeugt, dass nach all dem, was Sie durchmachen mussten, nur Sie die Notwendigkeit meines Handelns nachvollziehen und verstehen könnten.«

Langers Stimme ließ Koschella erschaudern. Klein nickte nachdenklich.

»Ich soll verstehen, warum Sie drei Deserteure zu Ihrem Werkzeug machten? Sie verhelfen den Unglücklichen zur Flucht aus diesem Loch und nehmen sie unter Ihre Fittiche. Sie geben ihnen, was sie brauchen, um jene zu ermorden, die für ihre Entehrung verantwortlich sind. Sie unterstützen sie bei ihrem Rachefeldzug.«

»Die Männer hatten das Recht dazu, wie jeder von uns. Auch Sie …«

»Ich?«

»Der Mord an Major Peschke war ein Geschenk an Sie, Herr Hauptmann. Sein Tod ist ganz Ihnen gewidmet.«

»Und dafür soll ich auch noch dankbar sein?«

»Das sollten Sie. Schließlich habe ich deswegen den Kontakt zum Major gesucht. Ich möchte übrigens erwähnen, dass ich ihm die Chance zur Erlösung gab. Er hat sie nicht ergriffen.«

»Erlösung?«

»Seine Vorgesetzten hatten den Major nach Glatz versetzt, doch er kam hier einfach nicht zurecht und wartete auf ein Wunder. Auf etwas, womit er sich rehabilitieren könnte. Und genau so ein Wunder trat ein, Peschke war einer skandalösen Geschichte auf die Spur gekommen. Er hat von Deserteuren erfahren, die trotz Verurteilung nie hingerichtet wurden. Er begann in der Stadt herumzuschnüffeln, ermittelte auf eigene Faust und lief Gefahr aufzufliegen. Anstatt die Verdächtigen jedoch nach Berlin zu melden, überlegte er, wie er Schneider und die anderen erpressen könnte. Er forderte Schweigegeld. Dabei hat er sein wahres Gesicht gezeigt. Das Böse in ihm kam zum Vorschein, ganz genau wie zu Kriegszeiten …« Ein listiges Lächeln spielte auf seinen Lippen, als er Klein jetzt genau beobachtete. »Es war Peschke, der Ihre Einheit an die Franzosen verraten hat. Er hat sich nie dazu bekannt. Der Verdacht des Verrats blieb auf Ihren in Frankreich getöteten Männern haften. Ihnen ermöglichte man die Rückkehr in den Nachrichtendienst, während Peschke in Ungnade fiel. Das konnte er nicht verwinden. Sein Tod beunruhigte vermutlich jemanden in der Abwehr. Jemanden mit großem Einfluss. Es war nicht schwer zu erraten, dass Sie damit betraut würden, herauszufinden, wer hinter dem Mord an Ihrem ehemaligen Untergebenen steckt. Man hätte keinen anderen schicken können als Sie, Herr Hauptmann! Und Sie wollten es doch auch selbst.«

»Wer hat ihn umgebracht?«

»Das wissen Sie doch. Die Gruppe um Wildstein. Die Übereinkunft war einfach: Sie sollten Peschke töten, im Gegenzug ermöglichte ich ihnen die Rache an ihren Peinigern.«

»Und nun erwarten Sie, dass ich mich für dieses Geschenk revanchiere? Obwohl Sie diese Morde zu verantworten haben?«

»Herr Hauptmann ...« Langer schien amüsiert. »Nehmen wir mal an, ich hätte meine Entdeckung öffentlich gemacht. Ich wäre zu Kommissar Richter gegangen und hätte ihm gesagt, dass sich direkt gegenüber der Polizei einige hochanständige, einflussreiche Glatzer Bürger ihren Privatpuff eingerichtet haben – inklusive einer Folterkammer für zum Tode verurteilte Deserteure. Mal ehrlich – hätte mir irgendwer geglaubt? Denken Sie allen Ernstes, ich hätte nach der Weitergabe dieser Information noch lange zu leben gehabt? Die Tentakel dieser Perversen hätten mich schneller gepackt, als Sie sich vorstellen können. Major Schneider, Richter Wiese ... ihr Einfluss ging weit über die Stadtgrenzen hinaus. Der drei Deserteure hätten die sich schnell entledigt und alle Spuren verwischt. Sie wären nie ihrer gerechten Strafe zugeführt worden.«

»Und durch Ihre Hand haben sie Gerechtigkeit erfahren?«

»Jemand musste es tun. Gerade Sie wissen das doch ganz genau! Diese Franzosen, die die Männer Ihrer Einheit umgebracht haben, haben ihre Strafe doch auch nur durch Sie bekommen!«

Koschella schaute abwechselnd Langer und Klein an. Er sog jedes Wort auf.

»Ihnen ging es nicht um Gerechtigkeit, Langer. Sie verfolgten ein anderes Ziel. Das Schicksal dieser drei Deserteure berührte Sie doch nur insofern, als es Ihren Plänen dienlich war.«

»Haben Sie meinen Plan also doch verstanden!« Immer noch lag ein ironisches Lächeln auf Langers Zügen. Der Meister wirkte wie jemand, der sein Ziel erreicht hatte und dem nun nichts anderes mehr wichtig war. »Andere verstehen ihn auch. Kaum jemand hat bislang begriffen, was mit diesem Volk passiert. Leute wie Wiese, Dinter und Beier steuern Deutschland auf den nächsten Abgrund zu. Sie führen es in einen Krieg, der unser Volk vernichten wird. In wenigen Jahren werden diese Kräfte unser Land in

Brand stecken. Das Feuer wird jeden Winkel des Reichs erfassen und sich weiter ausbreiten. Sehen Sie nicht, wozu die fähig sind? Das sind keine Menschen, das sind Tiere. Sie werden die Massen begeistern und mit ihren Sprüchen all jene mitreißen, die sich eine bessere Zukunft erhoffen. Zuerst wird man ihnen einreden, dass für ihr Elend innere Feinde verantwortlich seien: Juden, Freimaurer, Jesuiten. Und wenn es dann an diesen inneren Feinden mangelt, finden sie neue Feinde außerhalb der Grenzen …«

»Und Sie wollten mit ihren Taten unser Land heilen?«

»Sie haben die Gräuel des Krieges doch am eigenen Leib erfahren. Sie wissen, dass selbst anständige Menschen zu Monstern werden können. Versailles hat dieses Krebsgeschwür im Volk nicht unschädlich gemacht. Man beachtet es jetzt nur einfach nicht mehr, was dazu führt, dass es ungehindert weiterwuchern kann und mit neuer Kraft das Gewebe unserer Gesellschaft zu zerstören sucht. Ja, ich will dieses Land gesund machen! Ich will zeigen, wozu wir fähig sind, wenn wir rechtzeitig zur Besinnung kommen! Haben Sie gesehen, wie wenig es braucht, alle davon zu überzeugen, dass die Juden hinter den Ereignissen stünden? Es dauerte nur Stunden, bis gesetzestreue Bürger die Schaufenster von jüdischen Läden einschlugen. Er folgten Verhaftungen und Schikanen. Und was passierte, als der Verdacht auf die Freimaurer fiel? Die Fenster meines Hauses wurden ebenso eingeworfen … Also ja, Heilung durch das Aufzeigen der Krankheit! Ich wollte unser Volk wachrütteln! Damit die Bürger sehen, was in nicht allzu ferner Zukunft geschehen könnte. Damit sie Zeit haben, entsprechende Schlüsse zu ziehen! Ich weiß, ich liege richtig! Ich will mich nicht damit abfinden, dass in weiteren Kriegen Unschuldige sterben.« Seine Stimme bebte.

»Die Symbole. Sie haben damit gespielt«, unterbrach ihn Klein. »Um den Verdacht erst auf die Juden zu lenken, dann auf die Freimaurer und schließlich auf die Nazis. Sie nehmen Szenarien vorweg, die so überhaupt nicht eintreten müssen. Der Schlussakt ihrer Inszenierung sollte in der Synagoge stattfinden? Die versuchte Brandstiftung hätte endgültig auf die Schuldigen verweisen sollen …«

Zum ersten Mal wirkte Langer aufgebracht. Koschella starrte ihn ungläubig an. Alles, was in Glatz in den letzten Tagen vorgefallen war, war von diesem einen Mann geplant worden? Bis zuletzt hatte er sie an der Nase herumgeführt, hatte sich sogar fesseln und in die Synagoge sperren lassen, um den Verdacht von sich zu lenken.

»Weil sie die Schuldigen sind!«

»Müller, Betz und Agnes. Die wussten nicht, welche Rolle Sie ihnen in diesem letzten Akt zugewiesen hatten. Bestimmt haben Sie ihnen weisgemacht, dass Sie zum Helden werden wollten. Zum Helden, der sich im letzten Moment von seinen Fesseln befreit und sowohl die Geiseln wie auch die Synagoge vor dem Feuer rettet. Der große Logenmeister Otto Langer vereitelt die Pläne der Verbrecher! Dabei sah Ihr Plan doch ganz anders aus: Die Synagoge sollte abbrennen, gemeinsam mit Ihnen, Svoboda und Agnes. Sie wollten nicht zum Helden werden, Sie wollten zum Märtyrer werden!«

»Ich habe nicht damit gerechnet, dass Sie es rechtzeitig verhindern würden«, murmelte Langer leise, mehr an sich selbst gerichtet.

»Da muss ich Sie enttäuschen. Hätte ich es nicht geschafft, hätten Müller und Betz Sie aufgehalten. Die waren bis zum Schluss in der Synagoge, um sicherzugehen, dass es zu keiner Explosion kommt und Agnes nicht gefährdet wird. Sie zögerten ihre Flucht hinaus, was ihnen schließlich zum Verhängnis wurde.

»Es wäre nicht die erste brennende Synagoge gewesen, Herr Klein ... Und ich bin nicht der einzige Gerechte, der sein Leben hingibt.« Die Stimme des Freimaurers klang frostig. »Sie werden es erkennen, wenn das, was ich getan habe, nicht ausreicht. Wenn mein Opfer keine Früchte trägt ... Die Lawine ist schon losgetreten. Schauen Sie nur auf Hitler und das 25-Punkte-Programm der NSDAP. Bildung eines Volksheeres, allgemeine Wehrpflicht, Kontrolle der Presse ... Dieser Mann spricht von einer antideutschen Verschwörung und ruft zu deren Bekämpfung auf.«

»Wenn man sieht, was Sie in Glatz angerichtet haben, muss ich Ihnen leider beipflichten. In unserem Volk gibt es einige psychisch

Auffällige, die die Massen zu begeistern wissen. Für die heiligt der Zweck jedes Mittel. Wie für Sie.«

»Für mich? Sie vergleichen mich mit denen?«

»Sie haben zugesehen, wie diese drei Männer ein Jahr lang gequält wurden. Sie wussten davon und halfen ihnen erst, als in ihrem Kopf der große Plan fertig war. Sie haben sie benutzt, wie vor Ihnen Beier, Wiese, Dinter und weiß Gott, wer sonst noch.«

»Sie verstehen es immer noch nicht!« Langer schäumte vor Wut und sein Gesicht lief rot an. »Sind Sie so borniert?«

»Der Plan war Ihnen das Wichtigste. Monatelang haben Sie daran gefeilt und in Kauf genommen, dass diese jungen Männer die Hölle auf Erden erlebten. Hinter der Firma Gammadium, die Beier und Dinter unterstützte, standen Sie, denn Sie wollten sichergehen, dass dieses Etablissement so lang existierte, bis ihr Plan ausgereift war.«

»Ich weiß nicht, wovon Sie reden …«

Koschella fletschte grimmig die Zähne. Langer versuchte nicht mal, aufrichtig zu klingen.

»Die Aktivitäten intensivierten Sie erst kurz vor meiner Ankunft«, fuhr Klein fort. »Dann befreiten Sie die Männer und boten ihnen Unterstützung bei ihrer Rache an. Mit ihrer Hilfe vollstreckten Sie blitzschnell die Urteile. Jeden Tag ein neues.«

»Bei aller Wertschätzung für Ihre Auffassungsgabe«, Langer hatte zunehmend Mühe, seinen Zorn im Zaum zu halten, »ich konnte die Sache nicht länger aufschieben. Das Interesse der Presse wäre sonst nicht so groß gewesen. Ich wusste, dass mein Plan nicht perfekt ist und Sie mir auf die Spur kommen würden.«

»Es tut mir leid um Ihre Angehörigen, Herr Langer. Ich kann Ihre Beweggründe teilweise nachvollziehen. Dennoch kann niemand die Zukunft vorhersagen oder beeinflussen. Ist diese Lawine losgetreten, kann keiner von uns sie aufhalten.«

»Denken Sie, das ganze Land hätte mir zugehört, wenn ich anders gehandelt hätte? Wie hätte ich diesen Wahnsinn sonst stoppen sollen?«

»Ich weiß nicht, Herr Langer … Nun haben Sie jedoch anderen gezeigt, wie man Deutschland in Brand stecken kann.«

Stille. Erst nach einer Pause fuhr der Logenmeister fort:

»Sie irren sich. Ich werde nicht weiter diskutieren. Was wollen Sie tun? Sie wissen, dass ich es nicht zu einem Prozess kommen lasse und mich eher selbst richten werde.«

»Das bezweifle ich nicht. Dazu waren Sie schon in der Synagoge bereit.«

»Was also ist Ihr Plan, Herr Hauptmann?«

»Ich darf Sie zitieren: Jeder hat ein Recht auf Rache.« Klein betonte jedes Wort. »Ich werde Sie einer Person ausliefern, die nach Rache verlangt. Sie haben sich mitschuldig an der Entehrung dieser Soldaten gemacht, und es gibt jemanden, der sich in deren Namen rächen will.«

Langer war zu perplex, um etwas zu entgegnen. Koschella interpretierte Kleins Nicken als Zeichen, ihm zur Tür zu folgen. Im Flur lehnte Agnes kreidebleich an der Wand. Klein drückte ihr ein Bündel in die Hand. Auf der Treppe drehte sich Koschella noch einmal um und sah, wie Agnes langsam in den Raum schritt, in dem sie Langer zurückgelassen hatten. In ihrer Hand hielt sie eine Pistole.

Vor der Garderobe suchte Koschella vergeblich in seinen Taschen nach Zigaretten. Er kratzte sich am unrasierten Kinn. Minuten vergingen. Endlich kam Agnes die Kellertreppe herauf. Sie ging auf Klein zu und legte die Waffe vor ihm auf den Tresen, doch er starrte nur auf das Regal mit den Masken.

Kaum war Agnes gegangen, stand auch schon Helmut bei ihnen.

»Madame Herta dankt Ihnen für den Besuch. Wenn Sie noch etwas brauchen, steht sie gerne zur Verfügung. Um alles Weitere kümmere ich mich.« Mit undurchdringlichem Gesichtsausdruck verschwand er auf der Treppe nach unten.

Koschella und Klein wechselten nur einen kurzen Blick, dann verließen auch sie das Bordell.

*

Koschella schreckte aus dem Schlaf und saß augenblicklich kerzengerade im Bett. Was waren das eben für seltsame Geräusche gewesen? Er spähte zu seiner Frau in die Küche. Von dort drang das Klirren von Tellern und Besteck, das Ticken der Uhr … aber da war aber noch etwas anderes. Es kam von draußen, von der Böhmischen Straße? Er wischte sich den Schlaf aus den Augen und lauschte konzentriert mit angehaltenem Atem: Das Rattern von Wagenrädern, das Klingeln einer Ladentürglocke, das einen Kunden ankündigte …

»Wie spät ist es?«, krächzte er beunruhigt.

»Fast neun!«, rief Barbara ihm vom Herd zu.

»Verdammt! Die Besprechung mit Richter! Warum hast du mich nicht geweckt?«

Barbara wandte sich ihm zu.

»Franz, den Schlaf hattest du dringend nötig. Du bist halb tot ins Bett gefallen. Die ganze Stadt redet von den gestrigen Ereignissen. Wenn dieser Richter noch ganz richtig im Kopf ist, sollte er dir und dem Hauptmann danken, dass er seinen Posten überhaupt noch hat. Bist du dir eigentlich bewusst, was ihr geleistet habt?«

»Also …« Der Wachtmeister zögerte. Er dachte über die Worte seiner Frau nach und lächelte.

»Wasch dich, das Wasser in der Schüssel ist noch warm. Gleich gibt's Frühstück.«

Franz Koschella blickte auf seine verdreckten Füße. Ein herber Geruch lag in der Luft.

»Ich geh mich waschen«, verkündete er, als wäre er selbst zu dieser Erkenntnis gekommen. Er stand auf, kratzte sich am Bauch und ging zu einem Schemel, auf dem eine angeschlagene Schüssel stand. Er zog das Unterhemd aus und wusch sich unter den Achseln. Dann stellte er die Schüssel auf den Boden und tauchte die Füße ein. Während die Seifenlauge kurz einwirkte, ließ er den Blick durchs Zimmer streifen, als hätte er es lange nicht gesehen.

»Ist Opitz in der Schule? Der treibt sich doch bestimmt wieder rum!«

»Ganz der Vater …«

»Dann ist das bestimmt der Briefträger, so viel wie der herumläuft.«

Barbara lachte.

»Opitz kannst du nicht verleugnen. Der ist dir wie aus dem Gesicht geschnitten.«

Nun musste auch Koschella lachen. Er trocknete sich ab und holte frische Sachen aus dem Schrank. Als er in die Hose schlüpfte, spürte er, wie sich Barbara an ihn schmiegte. Ihre Hand wanderte in Richtung seiner Leiste.

»Nicht jetzt! Ich muss los. Im Rathaus ist bestimmt schon die Hölle los!«

»Wie du willst ...« Barbara trat ein paar Schritte zurück und beobachtete ihren Mann beim Anziehen. Sie lachte, weil er den Hosenschlitz aufgrund der Beule in der Hose nicht zubekam.

»Der hier will doch gar nicht gehen ...«

Koschella murmelte eine Antwort, zog sich fertig an und umarmte seine Frau.

»Heute Abend machen wir weiter, wo wir aufgehört haben.« Er küsste sie und wollte bereits zur Tür raus.

»Warte. Nimm was auf den Weg mit. Auch für unseren kleinen Rumtreiber.«

Franz Koschella schnappte sich zwei dicke Brotscheiben und steckte sich eine davon in den Mund. Der Duft des Brots hatte ihm in Erinnerung gerufen, wie hungrig er war. Gerne wäre er noch geblieben, hätte ausgiebig gefrühstückt und sich dann mit Barbara wieder ins Bett verzogen. Aber er ahnte schon, dass er wegen seiner Verspätung einiges zu hören bekommen würde. Auch wenn seine Frau ihn für einen Helden hielt, im Rathaus würde man ihn schief anschauen. Klein war bald wieder fort, er selbst aber musste ja bleiben und war Richter auf Gedeih und Verderb ausgeliefert. Bestimmt wollte der ihn schnellstmöglich loswerden. Immerhin hatte er für den Hauptmann Partei ergriffen und mit ihm zusammengearbeitet. Der Kommissar würde Gründe finden, um ihm Ungehorsam zur Last zu legen. Aber so ist das Leben, konstatierte Koschella für sich. Er hatte eine Entscheidung getroffen und würde nun die Konsequenzen tragen.

»Ich geh dann mal. Vielleicht komm ich heute früher nach Hause«, sagte er mehr an sich selbst gerichtet. Seine Unruhe wuchs und die Besorgnis lastete immer schwerer auf seiner Brust.

Er war kaum aus dem Haus getreten, da fiel sein Blick auf das Auto und auf Hauptmann Klein, der danebenstand. Er hatte den Wachtmeister ebenfalls bemerkt und winkte ihm zu. Koschella ging hinüber und reichte seinem Chef die Hand.

»Los, ab in die Schule!«, blaffte er die um den Wagen stehenden Jungen an. Wie ein Schwarm Spatzen stoben sie davon. Einzig Opitz blieb ungerührt stehen. Seltsam, sonst fürchtete er den Vater.

»Warten Sie schon lange, Herr Hauptmann?«

»Nein.« Klein lächelte. »Dein Sohn und seine Freunde haben mir Gesellschaft geleistet.«

Opitz strahlte Koschella an.

»Sind Sie gekommen, um sich zu verabschieden?«

Klein nickte.

»Es ist Zeit für mich. Gerade war ich noch bei Roth. Er kann das Spital bald verlassen.«

»Wie geht's ihm? Wird er in den Dienst zurückkehren?«

»Nein. Er will nach Schweidnitz, heiraten und den Familienbetrieb übernehmen.«

»Hab ich's nicht gesagt: Wo gehobelt wird, fallen Späne …« Der Wachtmeister zuckte mit den Achseln.

»Franz, ich danke dir!« Klein schüttelte Koschella die Hand.

»Werden Sie wiederkommen?« Opitz ignorierte den tadelnden Blick des Vaters. »Sie kommen wieder! Ich hab mit meinen Freunden drauf gewettet!«

»Hast du denn schon mal eine Wette verloren?«

»Noch nie!«

Die Ehrlichkeit des Jungen war entwaffnend. Klein lachte, strich ihm mit der Hand durchs Haar, stieg in den Wagen und fuhr los.

Franz Koschella erinnerte sich plötzlich an die Brotscheibe in seiner Hand. Er steckte sie seinem Sohn zu, scheuchte ihn in Richtung Schule und machte sich schweren Herzens auf den Weg zum Rathaus. Auf den Stufen des Rathausportals begegnete ihm ein kleiner, korpulenter Mann, der unvermittelt stehen blieb. Die beiden sahen sich einen Moment lang in die Augen, dann streckte

Karel Svoboda dem Wachtmeister die Hand entgegen. Ein kurzer Händedruck, dann ging jeder seines Weges. Kaum hatte Koschella das Rathaus betreten, spürte er einen kräftigen Schlag auf die Schulter.

»Gratuliere, Franz«, rief ihm Seipelt zu. »Du hast es verdient.«

Koschella fragte nicht, was der Kollege damit meinte, sondern folgte betreten dem Flur zu den Räumlichkeiten der Polizei. Noch bevor er seinen Schreibtisch erreicht hatte, baute Sekretär Otto Fengler sich vor ihm auf und verkündete, er solle sich unverzüglich bei Conrad Goebel melden. Weitere Kollegen blieben stehen, als Koschella an ihnen vorbeiging, und nickten ihm anerkennend zu. Sein frisches Hemd klebte ihm bereits am Rücken.

Der Weg erschien ihm unendlich lang. Unzählige Gedanken gingen ihm durch den Kopf. Er fühlte sich nicht bereit. Der Sekretär, der ihn begleitete, hatte nicht gesagt, worum es ging, somit wusste er nicht, wie er sich verhalten sollte. Sein Mund war staubtrocken.

Im ersten Stock blieben sie vor dem Büro des stellvertretenden Bürgermeisters Goebel stehen, der für die Polizei zuständig war. Er hatte seinen Urlaub wegen der jüngsten Ereignisse abgekürzt und war eben erst zurückgekehrt – gerade rechtzeitig, um die Aufklärung des Falls zu verkünden. Ein Fall, der mit einer unrühmlichen Blamage für die Glatzer Polizei hätte enden können. Mit Genugtuung stellte Koschella fest, dass Richter so doch nicht das ganze Lob würde allein einstreichen können. Das änderte zwar nichts an seiner eigenen Situation, aber der Druck auf seiner Brust ließ dennoch etwas nach. Er bedauerte, nicht zu Bürgermeister Ludwig zitiert worden zu sein. Dort hätte er womöglich auf das Wohlwollen von Wilhelm Kleins Verwandtem hoffen können. Jedoch war allgemein bekannt, dass Ludwig sich nicht in die Entscheidungen seines Stellvertreters einmischte und ihm in Polizeiangelegenheiten freie Hand ließ. Koschella machte sich also keine allzu großen Hoffnungen. In Gedanken war er bereits zurück in seiner kleinen Mansardenwohnung. Er überlegte, was er machen würde, um seine Familie vor dem Hungertod zu bewahren, sollte man ihn bei der Polizei hinauswerfen.

Fengler öffnete Koschella die Tür. Der zögerte kurz, als er neben dem stellvertretenden Bürgermeister auch Kommissar Richter erblickte. Er presste die Kiefer aufeinander und trat vor seine Vorgesetzten.

»Du lässt dir ja ganz schön Zeit, Koschella.« Richters Gesicht verriet keinerlei Emotionen. Es lag jedoch ein vertrauter Tonfall in seiner Stimme, der Tonfall, der den unvermeidlichen Wutausbruch ankündigte. »Ich habe doch gestern ankündigen lassen, dass ich heute früh alle zum Rapport erwarte. Klein hat meinen Befehl auch schon ignoriert. Und du tust es ihm gleich! Hast du etwas zu deiner Verteidigung vorzubringen?«

»Ich habe verschlafen.« Koschellas Zunge löste sich endlich. »Das ist mir noch nie passiert …«

»Aber ausgerechnet heute. Am wichtigsten Tag für unsere Polizei!«

Franz Koschella schwieg. Er wusste, jede Rechtfertigung wäre sinnlos und würde nur Öl ins Feuer gießen. Und wenn das Feuer dann auch noch auf Goebel übergriff, würde von Koschella nur ein Häufchen Asche übrigbleiben.

»Heute gab es eine wahre Belagerung, ein Dutzend Reporter aus ganz Europa. Und das war anscheinend erst der Anfang.« Plötzlich klang Richters Tonfall anders. Koschella spitzte die Ohren. Die zufriedene Stimme seines Vorgesetzten verriet, dass die Gespräche mit den Reportern für ihn günstig verlaufen waren und er sich endlich wertgeschätzt fühlte. »Wir haben die Täter gefasst. Willi Betz hat eine Aussage gemacht, die seine Schuld und die der beiden Mittäter bestätigt.«

»Dennoch gibt es in dem Fall noch einige Unbekannte«, warf Goebel ein. »Wir arbeiten an der Aufklärung. Die Presse soll vorerst noch nicht erfahren, dass die Mordopfer für das Martyrium ihrer Mörder verantwortlich waren. Wir müssen hier vorsichtig und mit Bedacht vorgehen.«

»Vizedirektor Beier und Stadtrat Dinter haben diesen Männern die Hölle auf Erden bereitet! Der Major der Gendarmerie ebenso …«

»Wachtmeister Koschella!« Richters Stimme hatte nun wieder

diesen giftigen Unterton. »Der Vizebürgermeister hat klar und deutlich zum Ausdruck gebracht, dass wir an der vollständigen Aufklärung der Umstände arbeiten. Mit Umsicht! Zum jetzigen Zeitpunkt muss der Bevölkerung vor allem zugesichert werden, dass von den Tätern keine Gefahr mehr ausgeht. Diese Gewissheit konnten wir heute geben. Bei der Pressekonferenz war auch der Abgeordnete Svoboda anwesend. Svoboda und Fräulein Braun berichteten ausführlich. Herrn Langer konnten wir leider noch nicht befragen. Ich hoffe, diese Formalität wird bald erledigt sein.«

Koschella zeigte keine Regung. Er fragte sich immer noch, was der Grund für seine Einladung in Goebels Büro war. Er hatte nicht mit Diskussionen über den Fall gerechnet, sondern mit der Mitteilung, dass er entlassen war und disziplinarrechtliche Untersuchungen zu erwarten hatte. Andererseits war der Kommissar ein erfahrener Taktiker und konnte seine Rachekarte auch erst irgendwann später ausspielen, wenn der Zeitpunkt für ihn günstiger wäre. Koschella grübelte, welche Art der Demütigung Richter sich für ihn ausgedacht hatte.

»Wachtmeister Koschella.« Goebel hob die Hand zur Beruhigung der Emotionen. »Wir haben beschlossen, zwei neue Abteilungen zu schaffen: eine Hundestaffel unter Wachtmeister Puders Kommando, die andere Abteilung wird direkt Kommissar Richter unterstellt. Angesichts der immer unruhiger werdenden Zeiten stehen uns tiefgreifende Veränderungen bevor. Wir richten eine Kriminalabteilung für die Grafschaft ein, die sich mit Fällen befassen soll, die verstärkte Aufmerksamkeit erfordern. Wir möchten, dass Sie die Leitung dieser Abteilung übernehmen. Derzeit besteht sie aus den Wachtmeistern Seipelt und Schulz. Ihre erste Aufgabe wird sein, den Fall der geometrischen Mörder abzuschließen und dem Kommissar und mir einen entsprechenden Bericht vorzulegen.«

Koschella sah zu Richter, dessen Gesicht ein undefinierbares Lächeln zeigte.

»Koschella«, sagte Richter, »das ist eine große Auszeichnung und Anerkennung deiner jüngsten Anstrengungen, die zur Ergreifung der Täter geführt haben. Nimmst du die Nominierung an?«

Koschella blickte nun zu Goebel. Er wusste, ein solches Angebot bekam man nur einmal, und er spürte die gespannten Blicke.

»Ich nehme an!«

Goebel nickte. Offenbar war er nicht davon ausgegangen, etwas anderes zu hören.

»Sie können gehen. Organisieren Sie mit Seipelt und Schulz einen Raum und Schreibtische. Ihr beginnt unverzüglich mit der Arbeit.« Richter signalisierte mit einer unmissverständlichen Handbewegung das Ende der Unterredung.

Im Flur stützte sich Koschella kurz an der Wand ab, atmete tief durch, aber als er bemerkte, dass Otto Fengler und eine Sekretärin ihn beobachteten, richtete er sich auf und ging weiter.

Wer hatte ihn vorgeschlagen? Klein? Der Bürgermeister? Dessen Stellvertreter, ... Richter? War das ein Pakt mit dem Teufel? Zumindest damit hatte er bereits Erfahrung. Zuvor hatte Richter doch ständig behauptet, er würde sich nicht für den Polizeidienst eignen.

Endlich war Koschella an seinem angestammten Schreibtisch angelangt. Wem hätte Richter sonst die Leitung über die Ermittlungsgruppe übertragen können? Der Fall sollte seinen Ehrgeiz befriedigen und ihn groß rausbringen. Dachte er, Koschella so besser kontrollieren zu können und ausreichend Einfluss oder ein Druckmittel gegen ihn zu haben?

Koschella lächelte schief und trat ans Fenster. Von dort sah man direkt auf das Tor zu Madame Hertas Haus. Sein Blick fiel auf die zugemauerten Kellerfenster. Nun war er sich sicher, dass es die Initiative Richters gewesen sein musste. Der nutzte jede Gelegenheit, um sich einen Vorteil zu verschaffen und damit seine Mitarbeiter in der Hand zu haben.

Franz Koschella schüttelte den Kopf und grinste vielsagend. Kommissar Richter hatte sich noch nie durch gute Menschenkenntnis ausgezeichnet.

*

Georg Marx' Rucksack war gepackt. Neben Proviant für den ganzen Tag war seine Fotoausrüstung darin untergebracht. Aber vor der Abfahrt nach Reinerz wollte er noch etwas erledigen. Er hatte mit dem Bahnhofsvorsteher vereinbart, den Bahnsteig genau während der Abfahrt des Schnellzugs nach Breslau abzulichten. Wenn er es noch schaffen wollte, musste er sich beeilen.

Schweißgebadet betrat er das Haus in der Wagnerstraße und stürmte ins oberste Stockwerk, von wo er den besten Blick auf den Bahnsteig hatte. Der Hausmeister, der wenige Tage zuvor mit Frau und Tochter wegen Familienfotos bei Marx gewesen war, hatte ihn ins Gebäude gelassen. Marx öffnete das Fenster im Flur. Zum Glück war es windstill. Ein heiterer, sonniger und wolkenloser Tag.

Routiniert brachte Marx seinen Apparat in Position, richtete sein Objektiv auf die Festung über der Stadt und wanderte dann tiefer zum Hotel Stadtbahnhof und weiter auf den Bahnsteig. Unten hatten sich bereits viele Reisende versammelt: Frauen mit Schirmen, die dem wechselhaften Wetter nicht trauten, herumtollende Kinder, Männer in dunklen Anzügen, die sich in Grüppchen unterhielten, während andere den Bahnsteig auf und ab spazierten. Marx beobachtete diese Atmosphäre freudiger Erwartung. Er lächelte den Reisenden zu, obwohl keiner ihn sehen konnte.

Beim Reinigen des Objektivs hatte er sich von dieser Stimmung anstecken lassen. Wie sehr unterschied sich dies hier von dem bedrückenden Gefühl, das ihn in den letzten Tagen begleitet hatte? Die jüngsten Ereignisse hatten ihn verstört – mehr als er zugeben wollte. Das Fotografieren immer neuer Leichen, der Fokus auf Details, die er am liebsten niemals gesehen hätte, geschweige denn im Kopf behalten wollte. Und doch kehrten sie in seinen Träumen zurück. Aber er hatte eine Entscheidung für seine Zukunft getroffen und war Klein für den Stups in die richtige Richtung sehr dankbar.

Fräulein Agnes hingegen war ihm seltsam bekannt vorgekommen und dieses komische Gefühl hatte ihn nicht losgelassen. So hatte er am Vortag im Pressearchiv gestöbert und Fotos gefunden, nebst kurzen Berichten zu einem Selbstmord. Beim Anblick der jungen Frau, die ihrem Leben auf dramatische Weise ein Ende gesetzt hatte, war ihm ein kalter Schauer über den Rücken gelaufen. Die Ähnlichkeit mit Agnes war verblüffend. Er hatte Klein aufgesucht, um ihm seine Entdeckung mitzuteilen.

Nun war er wieder ruhiger geworden. Er konnte die Ereignisse hinter sich lassen und den Blick in die Zukunft richten. Er wusste, was zukünftig sein Lebensinhalt sein würde: Er würde Berge fotografieren. Seit Tausenden von Jahren standen die am gleichen Platz. Ihnen musste er nicht hinterherlaufen. Er würde Wälder, Wasserfälle, Heilquellen und Städte ablichten und zum größten Postkartenproduzenten in Glatz und Umgebung aufsteigen. Heute noch würde er ins nahe Karlsberg fahren …

Beim Scharfstellen des Objektivs korrigierte er noch einmal Belichtung und Bildausschnitt. Dann machte er die erste Aufnahme. Doch etwas störte die Harmonie, als hätte sein Objektiv plötzlich einen Riss. Er blickte noch einmal hindurch.

Der Raum erweiterte sich und zog sich dann wieder zusammen, als hätte er ein unbewegtes, bereits auf Papier gebanntes Motiv vor Augen. Sein Blick wanderte an den Rand, als wollte er über diesen Ausschnitt der Realität hinausschauen. Dabei bemerkte er eine Frau im Hintergrund, am Ende des Bahnsteigs, weitab von den anderen Menschen. Als sie in seine Richtung schaute, erstarrte er. Er blickte von seiner Kamera auf und errötete. Einen Moment lang schnürte es ihm die Kehle zu. Er sog die Luft ein und beugte sich aus dem Fenster.

Die Lokomotive donnerte heran und fraß die nächsten Gleismeter. Dampf zischte hinter den Antriebsrädern hervor, weiße Wolken quollen aus dem Schornstein und umhüllten das stählerne Ungetüm. Ohrenbetäubendes Pfeifen. Die Wartenden drängten sich auf dem Bahnsteig zusammen.

Marx starrte auf die Frau, die den Eindruck erweckte, als wolle sie sich der anstürmenden Bestie in den Weg werfen. Bewegungslos und abwartend stand sie an der Bahnsteigkante.

Er hatte sie erkannt. Sie war es! Er wusste, was sie vorhatte. Sie war hierher gekommen wie vormals ihre Schwester!

Der Fotograf lehnte sich erneut aus dem Fenster und schrie aus Leibeskräften, doch ein weiterer Pfiff übertönte ihn. Kurz vor dem Bahnsteig bremste das heranrasende Ungeheuer, Tonnen von Stahl schoben die Lokomotive weiter. Marx ließ die Frau nicht aus den Augen. Sie machte einen Schritt nach vorn, dann nahm ihm eine weiße Dampfwolke die Sicht.

Marx blieb am Fenster stehen, sogar noch als alle Reisenden eingestiegen waren und der Zug sich wieder in Bewegung gesetzt hatte. Er starrte auf den leeren Bahnsteig, als wolle er sich vergewissern, keiner Täuschung aufgesessen zu sein.

Schließlich packte er seine Sachen zusammen. Er hatte nicht sehen können, wie die Frau in den letzten Waggon eingestiegen war, durch die Reihen gegangen war und einem gewissen Mann gegenüber Platz genommen hatte. Es war jemand, den Marx zuvor in der Menge nicht hatte ausmachen können, der ihm aber vor wenigen Tagen wertvolle Ratschläge erteilt hatte.

Er konnte nicht wissen, dass der Mann und die Frau sich schweigend ansahen. Er wollte es auch nicht wissen. Er dachte lediglich an die Fotos, die er heute machen würde.

Verzeichnis der Orts- und Straßennamen

Historischer Name	*Aktueller Name*
Am Böhmischen Tor	ul. R. Traugutta
Am Frankensteiner Tor	ul. Nadrzeczna
Am Schäferberg	ul. Podgrodzie
Bahnhofstraße	ul. Kolejowa
Baderberg	ul. Spadzista
Böhmische Straße	ul. Czeska
Brücktorberg	ul. Wita Stwosza
Domgasse	ul. Tumska
Frankensteiner Straße	ul. W. Łukasińskiego
Friedrichstraße	ul. S. Okrzei
Gartenstraße	ul. Bohaterów Getta
Grüne Straße	ul. Wojska Polskiego
Herrenstraße	ul. Lutycka
Judengasse	ul. I. Łukasiewicza i Muzealna
Kirchplatz	pl. Kościelny
Kirchgasse	ul. Kościelna
Königshainer Straße	ul. Śląska
Mälzstraße	ul. Połabska
Minoritenstraße	ul. I. Daszyńskiego
Promenadenweg	ul. Wiejska
Ring	ul. B. Chrobrego
Rossmarkt	ul. Grottgera
Ross-Straße	ul. J. Matejki
Sellgittplatz	pl. Jedności
Schlossberg	ul. Grodzisko
Schwedeldorfer Straße	ul. Armii Krajowej
Wagnerstraße	ul. S. Moniuszki

Wallstraße	ul. Zawiszy Czarnego
Wasserstraße	ul. Wodna
Wilhelmsplatz	pl. W. Jagiełły
Wilhelmstraße	ul. T. Kościuszki
Der Zwinger	ul. Nad Kanałem

Dank

Das Verfassen dieses Buches empfand ich als unglaublich spannendes, wenn auch nicht einfaches Abenteuer. Ich möchte mich für die unschätzbare Hilfe vieler Menschen bedanken, die mich mit ihrem Wissen und aufmunternden Worten dabei unterstützt haben. Bei meinen Recherchen führten mich meine ersten Schritte ins Museum des Glatzer Landes. Ich möchte mich bei der Leitung dieser Einrichtung, insbesondere bei der Kuratorin Frau Irena Klimaszewska bedanken. Ihr Entgegenkommen und ihre Professionalität waren herausragend. Oft konnte ich mit dem immer neuen Material, das auf meinem Schreibtisch im Lesesaal landete, nicht Schritt halten.

Mein Dank gilt auch Frau Jolanta Czechowska, der Leiterin der Abteilung für regionale Sammlungen in der Kreis- und Stadtbibliothek von Kłodzko, sowie Herrn Grzegorz Sadowski, dem Vorsitzenden der Gesellschaft der Freunde von Kłodzko. Sein umfangreiches Fotoarchiv ermöglichte mir, die verschiedensten Ecken der Stadt kennenzulernen. Bei Frau Joanna Stoklasek-Michalak, der Direktorin der Festung Glatz, bedanke ich mich dafür, dass sie mich aus den Kasematten des Donjons wieder herausholte. Die Gespräche mit diesen passionierten Menschen werden mir immer in bester Erinnerung bleiben.

Auf meinen Recherchen stieß ich auch auf die Regionalstellen des polnischen Staatsarchivs in Kamieniec Ząbkowicki und Wrocław. Ich danke den Mitarbeitern dieser Institutionen für ihre Unterstützung.

Dank gebührt auch den ersten Lesern von Glatz: meiner Frau Monika, Wojtek Sobok, Grzegorz Sadowski und meiner Lektorin Joanna Mica. Dank ihrer Kommentare konnte ich viele Fehler vermeiden. Für die anderen bin ich persönlich verantwortlich, einschließlich der bewussten Anachronismen, wie zum Beispiel das Tätowieren von Gefangenen in der Festung Glatz.

Ich hoffe, dies war nicht unsere letzte gemeinsame Reise nach Glatz. Sollten Sie sich aufgrund der Lektüre dieses Buchs dazu entschließen, das heutige Kłodzko zu besuchen, würde ich mich sehr freuen.

»Kranich hat doch überhaupt keine Methode. Aber er hat etwas anderes, viel Wichtigeres: Er hat Glück!«

Taschenbuch, 240 Seiten,
ISBN 978-3-89773-972-7

Detektiv Kranichs aktueller Fall ist eine echte Herausforderung: Der Sohn des Kommerzienrats Sommerfeld soll seinen eigenen Bruder umgebracht haben. Kranich ist sicher, dass der junge Mann unschuldig ist – denn in Berlin treibt seit Jahren »die Viper« ihr Unwesen, begeht Giftmorde und schiebt diese geschickt anderen in die Schuhe. Detektiv Kranich stürzt sich Hals über Kopf in die Ermittlungen …
Die rasante Geschichte rund um den draufgängerischen Detektiv ist ein originaler Berlin-Krimi von 1932. Arno Alexander war damals einer der erfolgreichsten deutschen Krimi-Autoren.

Der erste deutsche
Science-Fiction-Krimi

Taschenbuch, 150 Seiten,
ISBN 978-3-89773-951-2
Science-Fiction-Krimi von 1928

Die Leiche des berühmten Erfinders Professor Hedlund wird aus einem Heißluftballon über Berlin abgeworfen. Die Polizei ist ratlos. Welche Rolle spielt Hedlunds Neffe und Assistent? Und welche der mysteriöse Erwin Pan, der über die Gabe verfügt, Radiowellen zu hören? Als beide Tatverdächtigen verschwinden, übernimmt der wohlhabende Amateurdetektiv Dr. Osten den Fall. Bald entdeckt er eine Spur in Paris, wo in einem populären Varieté ein gewisser Professor Bánksy mit einem Maschinenmenschen auftritt, der über erstaunliche Fähigkeiten verfügt ...

Spannender Originalkrimi
aus dem Jahr 1908

Taschenbuch, 178 Seiten
ISBN 978-3-89773-952-9
Kriminalroman von 1908

Die Öffentlichkeit weiß bis heute nicht, wer als Jack the Ripper um 1890 auf den Straßen Londons zahlreiche Frauen ermordete. Dabei ist die Identität des Mörders längst enthüllt. Durch einen glücklichen Zufall gelang es Victor von Falk bereits 1908, Einsicht in die streng geheimen Polizeiakten zu nehmen. In diesem Roman enthüllt der Wiener Schriftsteller die wahre – überaus frappierende – Geschichte von Jack dem Aufschlitzer, schildert die spektakulärsten Morde und leuchtet die psychologischen Hintergründe aus. Drastisch, einfühlsam – und natürlich frei erfunden.